Das Buch

Wegen seiner verschiedenfarbigen Augen von seiner Familie verstoßen, war der mächtige Vampirkrieger Qhuinn zeit seines Lebens ein Außenseiter in der strengen Welt des Vampiradels. Einzig sein bester Kumpel Blay steht immer zu ihm, und wenn Qhuinn ehrlich ist, empfindet er viel mehr für Blay als bloße Freundschaft. Doch Qhuinn kann nicht zu seinen Gefühlen für einen anderen Mann stehen: Er will mit keinem weiteren Makel behaftet sein. Denn eine Beziehung zwischen zwei Männern würde der Vampiradel niemals akzeptieren. Als sich die Ereignisse auf dem Anwesen der Bruderschaft der BLACK DAGGER überschlagen, erkennt Qhuinn, dass wahre Liebe stärker ist als alle Regeln. Er will um Blay kämpfen, doch um das Herz des Vampirkriegers zu erobern, ist es möglicherweise schon zu spät ...

Die Autorin

J. R. Ward begann bereits während des Studiums mit dem Schreiben. Nach dem Hochschulabschluss veröffentlichte sie die BLACK DAGGER-Serie, die in kürzester Zeit die amerikanischen Bestsellerlisten eroberte. Die Autorin lebt mit ihrem Mann und ihrem Golden Retriever in Kentucky und gilt seit dem überragenden Erfolg der Serie als Star der romantischen Mystery.

Ein ausführliches Werkverzeichnis aller von J. R. Ward im Wilhelm Heyne Verlag erschienenen Bücher finden Sie am Ende des Bandes.

www.twitter.com/HeyneFantasySF
@HeyneFantasySF
www.heyne-fantastisch.de

J. R. Ward

Sohn der Dunkelheit

Ein BLACK DAGGER-Roman

WILHELM HEYNE VERLAG
MÜNCHEN

Titel der Originalausgabe:
LOVER AT LAST (Part 2)

Aus dem Amerikanischen
von Corinna Vierkant

MIX
Papier aus verantwor-
tungsvollen Quellen
FSC® C014496
www.fsc.org

Penguin Random House Verlagsgruppe FSC® N001967

3. Auflage
Deutsche Erstausgabe 04/2014
Redaktion: Bettina Spangler
Copyright © 2013 by Love Conquers All, Inc.
Copyright © 2014 der deutschen Ausgabe
und der Übersetzung by
Wilhelm Heyne Verlag, München,
in der Penguin Random House Verlagsgruppe GmbH,
Neumarkter Str. 28, 81673 München
Printed in Germany
Umschlagbild: Dirk Schulz
Umschlaggestaltung: Animagic, Bielefeld
Autorenfoto © by John Rott
Satz: Buch-Werkstatt GmbH, Bad Aibling
Druck und Bindung: GGP Media GmbH, Pößneck

ISBN 978-3-453-31519-8

Gewidmet: euch beiden.

Es ist an der Zeit, und niemand verdient es mehr als ihr.

Danksagung

Ein großes Dankeschön allen Lesern der Bruderschaft der Black Dagger und ein Hoch auf die Cellies!

Vielen Dank für all die Unterstützung und die Ratschläge an: Steven Axelrod, Kara Welsh, Claire Zion und Leslie Gelbman. Danke auch an alle Mitarbeiter von NAL – diese Bücher sind echte Teamarbeit!

Danke an all unsere Cheforganisatoren und Ordnungshüter für alles, was ihr aus reiner Herzensgüte tut!

Alles Liebe an das Team Waud – ihr wisst, wer gemeint ist. Ohne euch käme die Sache gar nicht zustande.

Nichts von alledem wäre möglich ohne: meinen liebevollen Ehemann, der mir mit Rat und Tat zur Seite steht, sich um mich kümmert und mich an seinen Visionen teilhaben lässt; meine wunderbare Mutter, die mir mehr Liebe geschenkt hat, als ich ihr je zurückgeben kann; meine Familie (die blutsverwandte wie auch die frei gewählte) und meine liebsten Freunde.

Ach ja, und an die bessere Hälfte von WriterDog.

7

Glossar der Begriffe und Eigennamen

Ahstrux nohtrum – Persönlicher Leibwächter mit Lizenz zum Töten, der vom König ernannt wird.

Die Auserwählten – Vampirinnen, deren Aufgabe es ist, der Jungfrau der Schrift zu dienen. Sie werden als Angehörige der Aristokratie betrachtet, obwohl sie eher spirituell als weltlich orientiert sind. Normalerweise pflegen sie wenig bis gar keinen Kontakt zu männlichen Vampiren; auf Weisung der Jungfrau der Schrift können sie sich aber mit einem Krieger vereinigen, um den Fortbestand ihres Standes zu sichern. Einige von ihnen besitzen die Fähigkeit zur Prophezeiung. In der Vergangenheit dienten sie alleinstehenden Brüdern zum Stillen ihres Blutbedürfnisses. Diese Praxis wurde von den Brüdern wieder aufgenommen.

Bannung – Status, der einer Vampirin der Aristokratie auf Gesuch ihrer Familie durch den König auferlegt werden kann. Unterstellt die Vampirin der alleinigen Aufsicht ihres *Hüters*, üblicherweise der älteste Mann des Haushalts. Ihr *Hüter* besitzt damit das gesetzlich verbriefte Recht, sämtliche Aspekte ihres Lebens zu bestimmen und nach eigenem Gutdünken jeglichen Umgang zwischen ihr und der Außenwelt zu regulieren.

Die Bruderschaft der Black Dagger – Die Brüder des Schwarzen Dolches. Speziell ausgebildete Vampirkrieger, die ihre Spezies vor der Gesellschaft der *Lesser* beschützen. Infolge selektiver Züchtung innerhalb der Rasse besitzen die Brüder ungeheure physische und mentale Stärke sowie die Fähigkeit zur extrem raschen Heilung. Die meisten von ihnen sind keine leiblichen Geschwister; neue Anwärter werden von den anderen Brüdern vorgeschlagen und daraufhin in die Bruderschaft aufgenommen. Die Mitglieder der Bruderschaft sind Einzelgänger, aggressiv und verschlossen. Sie pflegen wenig Kontakt zu Menschen und anderen Vampiren, außer um Blut zu trinken. Viele Legenden ranken sich um diese Krieger, und sie werden von ihresgleichen mit höchster Ehrfurcht behandelt. Sie können getötet werden, aber nur durch sehr schwere Wunden wie zum Beispiel eine Kugel oder einen Messerstich ins Herz.

Blutsklave – Männlicher oder weiblicher Vampir, der unterworfen wurde, um das Blutbedürfnis eines anderen zu stillen. Die Haltung von Blutsklaven wurde vor Kurzem gesetzlich verboten.

Chrih – Symbol des ehrenhaften Todes in der alten Sprache.

Doggen – Angehörige(r) der Dienerklasse innerhalb der Vampirwelt. *Doggen* pflegen im Dienst an ihrer Herrschaft altertümliche, konservative Sitten und folgen einem formellen Bekleidungs- und Verhaltenskodex. Sie können tagsüber aus dem Haus gehen, altern aber relativ rasch. Die Lebenserwartung liegt bei etwa fünfhundert Jahren.

Dhunhd – Hölle.

Ehros – Eine Auserwählte, die speziell in der Liebeskunst ausgebildet wurde.

Exhile Dhoble – Der böse oder verfluchte Zwilling, derjenige, der als Zweiter geboren wird.

Gesellschaft der *Lesser* – Orden von Vampirjägern, der von Omega zum Zwecke der Auslöschung der Vampirspezies gegründet wurde.

Glymera – Das soziale Herzstück der Aristokratie, sozusagen die »oberen Zehntausend« unter den Vampiren.

Gruft – Heiliges Gewölbe der Bruderschaft der Black Dagger. Sowohl Ort für zeremonielle Handlungen als auch Aufbewahrungsort für die erbeuteten Kanopen der *Lesser*. Hier werden unter anderem Aufnahmerituale, Begräbnisse und Disziplinarmaßnahmen gegen Brüder durchgeführt. Niemand außer Angehörigen der Bruderschaft, der Jungfrau der Schrift und Aspiranten hat Zutritt zur Gruft.

Hellren – Männlicher Vampir, der eine Partnerschaft mit einer Vampirin eingegangen ist. Männliche Vampire können mehr als eine Vampirin als Partnerin nehmen.

Hohe Familie – König und Königin der Vampire sowie all ihre Kinder.

Hüter – Vormund eines Vampirs oder einer Vampirin. Hüter können unterschiedlich viel Autorität besitzen, die größte Macht übt der Hüter einer gebannten Vampirin aus.

Jungfrau der Schrift – Mystische Macht, die dem König als Beraterin dient sowie die Vampirarchive hütet und Privilegien erteilt. Existiert in einer jenseitigen Sphäre und besitzt umfangreiche Kräfte. Hatte die Befähigung zu einem einzigen Schöpfungsakt, den sie zur Erschaffung der Vampire nutzte.

Leahdyre – Eine mächtige und einflussreiche Person.

Lesser – Ein seiner Seele beraubter Mensch, der als Mitglied der Gesellschaft der *Lesser* Jagd auf Vampire macht, um sie auszurotten. Die *Lesser* müssen durch einen Stich in die Brust getötet werden. Sie altern nicht, essen und trinken nicht und sind impotent. Im Laufe der Jahre verlieren ihre Haare, Haut und Iris ihre Pigmentierung, bis sie blond, bleich und weißäugig sind. Sie riechen nach Talkum. Aufgenommen in die Gesellschaft werden sie durch Omega. Daraufhin erhalten sie ihre Kanope, ein Keramikgefäß, in dem sie ihr aus der Brust entferntes Herz aufbewahren.

Lewlhen – Geschenk.

Lheage – Respektsbezeichnung einer sexuell devoten Person gegenüber einem dominanten Partner.

Lhenihan – Mystisches Biest, bekannt für seine sexuelle Leistungsfähigkeit. In modernem Slang bezieht es sich auf einen Vampir von übermäßiger Größe und Ausdauer.

Lielan – Ein Kosewort, frei übersetzt in etwa »mein Liebstes«.

Lys – Folterwerkzeug zur Entnahme von Augen.

Mahmen – Mutter. Dient sowohl als Bezeichnung als auch als Anrede und Kosewort.

Mhis – Die Verhüllung eines Ortes oder einer Gegend; die Schaffung einer Illusion.

Nalla oder Nallum – Kosewort. In etwa »Geliebte(r)«.

Novizin – Eine Jungfrau.

Omega – Unheilvolle mystische Gestalt, die sich aus Groll gegen die Jungfrau der Schrift die Ausrottung der Vampire zum Ziel gesetzt hat. Existiert in einer jenseitigen Sphäre und hat weitreichende Kräfte, wenn auch nicht die Kraft zur Schöpfung.

Phearsom – Begriff, der sich auf die Funktionstüchtigkeit der männlichen Geschlechtsorgane bezieht. Die wörtliche Übersetzung lautet in etwa »würdig, in eine Frau einzudringen«.

Princeps – Höchste Stufe der Vampiraristokratie, untergeben nur den Mitgliedern der Hohen Familie und den Auserwählten der Jungfrau der Schrift. Dieser Titel wird vererbt; er kann nicht verliehen werden.

Pyrokant – Bezeichnet die entscheidende Schwachstelle eines Individuums, sozusagen seine Achillesferse. Diese Schwachstelle kann innerlich sein, wie zum Beispiel eine Sucht, oder äußerlich, wie ein geliebter Mensch.

Rahlman – Retter.

Rythos – Rituelle Prozedur, um verlorene Ehre wiederherzustellen. Der Rythos wird von dem Vampir gewährt, der einen anderen beleidigt hat. Wird er angenommen, wählt der Gekränkte eine Waffe und tritt damit dem unbewaffneten Beleidiger entgegen.

Schleier – Jenseitige Sphäre, in der die Toten wieder mit ihrer Familie und ihren Freunden zusammentreffen und die Ewigkeit verbringen.

Shellan – Vampirin, die eine Partnerschaft mit einem Vampir eingegangen ist. Vampirinnen nehmen sich in der Regel nicht mehr als einen Partner, da gebundene männliche Vampire ein ausgeprägtes Revierverhalten zeigen.

Symphath – Eigene Spezies innerhalb der Vampirrasse, deren Merkmale die Fähigkeit und das Verlangen sind, Gefühle in anderen zu manipulieren (zum Zwecke eines Energieaustauschs). Historisch wurden die Symphathen oft mit Misstrauen betrachtet und in bestimmten Epochen auch von den anderen Vampiren gejagt. Sind heute nahezu ausgestorben.

Trahyner – Respekts- und Zuneigungsbezeichnung unter männlichen Vampiren. Bedeutet ungefähr »geliebter Freund«.

Transition – Entscheidender Moment im Leben eines Vampirs, wenn er oder sie ins Erwachsenenleben eintritt. Ab diesem Punkt müssen sie das Blut des jeweils anderen Geschlechts trinken, um zu überleben, und vertragen kein Sonnenlicht mehr. Findet normalerweise mit etwa Mitte zwanzig statt. Manche Vampire überleben ihre Transition nicht, vor allem männliche Vampire. Vor ihrer Transition sind Vampire von schwächlicher Konstitution und sexuell unreif und desinteressiert. Außerdem können sie sich noch nicht dematerialisieren.

Triebigkeit – Fruchtbare Phase einer Vampirin. Üblicherweise dauert sie zwei Tage und wird von heftigem sexuellem Verlangen begleitet. Zum ersten Mal tritt sie etwa fünf Jahre nach der Transition eines weiblichen Vampirs auf, danach im Abstand von etwa zehn Jahren. Alle männlichen Vampire reagieren bis zu einem gewissen Grad auf eine triebige Vampirin, deshalb ist dies eine gefährliche Zeit. Zwischen konkurrierenden männlichen Vampiren können Konflikte und Kämpfe ausbrechen, besonders wenn die Vampirin keinen Partner hat.

Vampir – Angehöriger einer gesonderten Spezies neben dem Homo sapiens. Vampire sind darauf angewiesen, das Blut des jeweils anderen Geschlechts zu trinken. Menschliches Blut kann ihnen zwar auch das Überleben sichern, aber die daraus gewonnene Kraft hält nicht lange vor. Nach ihrer Transition, die üblicherweise etwa mit Mitte zwanzig stattfindet, dürfen sie sich nicht mehr dem Sonnenlicht aussetzen und müssen sich in regelmäßigen Abständen aus der Vene ernähren. Entgegen einer weit verbreiteten Annahme können Vampire Menschen nicht durch einen Biss oder eine Blutübertragung »verwandeln«; in seltenen Fällen aber können sich die beiden Spezies zusammen fortpflanzen. Vampire können sich nach Belieben dematerialisieren, dazu müssen sie aber ganz ruhig werden und sich konzentrieren; außerdem dürfen sie nichts Schweres bei sich tragen. Sie können Menschen ihre Erinnerung nehmen, allerdings nur, solange diese Erinnerungen im Kurzzeitgedächtnis abgespeichert sind. Manche Vampire können auch Gedanken lesen. Die Lebenserwartung liegt bei über eintausend Jahren, in manchen Fällen auch höher.

Vergeltung – Akt tödlicher Rache, typischerweise ausgeführt von einem Mann im Dienste seiner Liebe.

Wanderer – Ein Verstorbener, der aus dem Schleier zu den Lebenden zurückgekehrt ist. Wanderern wird großer Respekt entgegengebracht und sie werden für das, was sie durchmachen mussten, verehrt.

Whard – Entspricht einem Patenonkel oder einer Patentante.

Zwiestreit – Konflikt zwischen zwei männlichen Vampiren, die Rivalen um die Gunst einer Vampirin sind.

1

Von Schlafen konnte keine Rede sein.

Layla hatte niemandem etwas vorgemacht, sie hatte Qhuinn aus dem Zimmer geschickt, um nicht vor ihm stark sein zu müssen. Seit sie mit Gewissheit erfahren hatte, dass sie ihr Kind verlor, war sie nicht mehr allein gewesen und hatte sich beherrschen müssen. Sie wollte endlich für sich sein. Doch merkwürdigerweise blieb der hysterische Zusammenbruch aus. Kein Weinkrampf. Kein Fluchen.

Sie lag einfach nur auf der Seite, Arme und Beine angewinkelt, und horchte in sich hinein. Wie unter Zwang überwachte sie jedes Ziehen und jeden Krampf in ihrem Unterleib. Es war zum Verrücktwerden, doch sie hatte keine Gewalt darüber. Ein Teil von ihr schien überzeugt, dass sie den Vorgang beeinflussen konnte, wenn sie nur wusste, in welchem Stadium sie sich befand.

Völliger Quatsch. Wie Qhuinn sagen würde.

Sie sah ihn noch vor sich, wie er Havers in der Klinik am

Kragen gepackt und ihm den Dolch an den Hals gehalten hatte, eine Szene wie aus einem Buch in der Bibliothek des Heiligtums – eine dramatische Episode aus dem Leben eines anderen.

Doch sie hatte das alles vom Untersuchungsbett aus gesehen und nicht in einem Buch davon gelesen ...

Es klopfte an der Tür, leise, weshalb Layla eine weibliche Person vermutete.

Sie schloss die Augen. Sosehr sie jede freundliche Zuwendung zu schätzen wusste, wäre sie doch lieber ungestört geblieben. Der Kurzbesuch der Königin war anstrengend gewesen, obgleich sie sich darüber gefreut hatte.

»Ja?« Ihre Stimme war so schwach, dass sie sich räuspern musste. »Ja?«

Die Tür ging auf. Erst erkannte Layla nicht, wessen Schatten da den Rahmen füllte. Groß. Kräftig. Doch kein männlicher Vampir ...

»Payne?«, fragte sie überrascht.

»Darf ich reinkommen?«

»Aber natürlich.«

Layla wollte sich aufsetzen, doch die Kriegerin bedeutete ihr, liegen zu bleiben, und schloss die Tür hinter sich. »Nein, nein, bitte ... keine Umstände.«

Die einzige Lichtquelle war die Lampe neben der Kommode, und in ihrem sanften Schein wirkte Vishous' Schwester nahezu bedrohlich, mit ihren diamantfarbenen Augen, die aus dem markanten Gesicht zu funkeln schienen.

»Sag mir, wie geht es dir?«, erkundigte Payne sich sanft.

»Sehr gut, danke. Und dir?«

Payne kam auf sie zu. »Das mit deinem ... Zustand ... tut mir so leid.«

Wie sehr wünschte Layla, Phury und die anderen hätten niemandem davon erzählt. Doch ihr Aufbruch aus dem Haus hatte ziemlichen Wirbel verursacht und sicher zu besorgten Nachfragen geführt. Dennoch hätte sie die Sache lieber für sich behalten und auf gut gemeinte Besuche verzichtet.

»Danke für dein Mitgefühl«, flüsterte sie.

»Darf ich mich setzen?«

»Selbstverständlich.«

Sie erwartete, dass Payne auf einem der Stühle Platz nehmen würde, die im Zimmer herumstanden. Doch sie trat ans Bett und setzte sich zu Layla.

Um wenigstens den Anschein einer Gastgeberin zu wahren, wollte Layla sich nach oben schieben, wurde jedoch jäh von einer Serie von Krämpfen erfasst.

Payne fluchte betroffen, während Layla sich wieder hinlegen musste. Mit rauer Stimme sagte sie: »Vergib mir, aber ich kann im Moment keinen Besuch empfangen – auch wenn es gut gemeint ist. Danke für dein Mitgefühl ...«

»Ist dir bewusst, wer meine Mutter ist?«, fiel ihr Payne ins Wort.

Layla drehte den Kopf auf dem Kissen hin und her. »Bitte, geh ...«

»Weißt du es?«, unterbrach Payne sie.

Layla war zum Heulen zumute. Sie hatte keine Kraft für eine Unterhaltung – und ganz bestimmt nicht über *Mahmens*. Nicht jetzt, da sie ihr Kind verlor.

»Bitte.«

»Ich wurde von der Jungfrau der Schrift zur Welt gebracht.«

Layla runzelte die Stirn, als diese Worte durch den Nebelschleier ihrer Qual – körperlicher wie seelischer – in ihr Bewusstsein drangen. »Wie bitte?«

Payne atmete tief durch, als würde ihr diese Enthüllung weniger Freude als Kummer bereiten. »Ich bin die leibliche Tochter der Jungfrau der Schrift. Ich wurde vor langer Zeit geboren, doch ich erscheine nicht in den Annalen der Auserwählten und meine Herkunft wurde vor aller Augen verborgen.«

Layla blinzelte schockiert. Im Heiligtum oben hatte Paynes außergewöhnliches Aussehen immer als Mysterium gegolten, doch sie hätte niemals danach gefragt, allein schon, weil es ihr nicht zustand. Doch in einem Punkt war sie sich sicher: An keiner Stelle wurde erwähnt, dass die heiligste Mutter der Spezies ein Kind zur Welt gebracht hatte.

Genau genommen war es die Grundlage des gesamten Glaubenssystems, dass eben jenes *nicht* der Fall war.

»Wie ist das möglich?«, hauchte Layla.

Paynes leuchtende Augen wirkten ernst. »Ich habe mir dieses Schicksal nicht ausgesucht. Und ich rede nicht darüber.«

Ein angespanntes Schweigen folgte, und Layla spürte instinktiv, dass Payne die Wahrheit sagte. Zudem spürte sie bitteren Zorn von ihr ausgehen, über dessen Ursache sie nur spekulieren konnte.

»Du bist eine Heilige«, flüsterte sie voller Ehrfurcht.

»Ganz und gar nicht, dessen sei dir sicher. Aber aufgrund meiner Abstammung besitze ich eine gewisse … wie soll ich sagen? Fähigkeit.«

Layla versteifte sich. »Und die wäre?«

Payne sah ihr mit ihren diamantfarbenen Augen fest ins Gesicht. »Ich möchte dir helfen.«

Layla legte die Hand auf ihren Bauch. »Wenn du damit andeuten willst, du könntest es schneller zu Ende bringen … dann nein.«

Sie hatte ihr Kind nur so kurz in ihrem Bauch. Ganz

gleich, wie schmerzhaft es war, sie wollte keine Minute ihrer einzigen Schwangerschaft opfern.

Denn dieser Tortur würde sie sich kein zweites Mal unterziehen. In Zukunft würde sie sich während der Triebigkeit betäuben lassen.

Diesen schrecklichen Verlust einmal zu ertragen reichte für den Rest ihres Lebens.

»Und wenn du glaubst, es aufhalten zu können«, fuhr Layla fort, »dann irrst du dich. Das ist unmöglich.«

»Da wäre ich mir nicht so sicher.« Paynes Augen leuchteten. »Ich würde gern versuchen, dein Kind zu retten. Wenn du es zulässt.«

Mr C hatte sich im ehemaligen Rektorat auf dem Campus der leer stehenden Brownswick-Schule für Mädchen niedergelassen.

Das entnahm er dem angeknacksten Schild auf dem Gang.

Da man hier nicht heizen konnte, war die Raumtemperatur identisch mit der Außentemperatur, doch dank des Bluts von Omega stellte Kälte kein Problem dar. Ein Glück, denn im großen Schlafsaal auf dem Hügel gegenüber, hinter einem verwilderten, schneebedeckten Rasen, schliefen fast fünfzig *Lesser* wie die Toten.

Und hätten diese armen Schlucker Wärme oder Verpflegung gebraucht, wäre er echt aufgeschmissen gewesen.

Glücklicherweise musste er sie nur mit einem Dach über dem Kopf versorgen. Den Rest erledigte ihre Initiation – und dass sie alle vierundzwanzig Stunden eine Phase der Bewusstlosigkeit einlegen mussten, kam ihm sehr gelegen.

Er brauchte Zeit zum Denken.

Gütiger Himmel, was für ein Chaos.

Der Drang umherzuwandern wurde übermächtig, und er wollte seinen Stuhl zurückschieben. Da fiel ihm ein, dass er auf einem umgedrehten Eimer Wandfarbe saß.

»Verdammt.«

Er sah sich in seiner schäbigen Behausung um. Der Putz war von der Decke gebröckelt, die Fenster waren vernagelt, in einer Ecke klaffte ein Loch in den Bodendielen. Diese Schule glich den Konten, die er vorgefunden hatte.

Nirgends Geld. Keine Munition. Stumpfe Gegenstände als Waffen, und das war auch schon alles.

Nach seiner Beförderung zum Haupt-*Lesser* war er zunächst völlig im Rausch gewesen, voller Tatendrang. Jetzt sah er die Defizite. Es fehlte an Geld, es fehlte an Mitteln, es fehlte an allem.

Dennoch erwartete Omega Erfolge. Was er bei seiner kleinen Stippvisite in der letzten Nacht überdeutlich zum Ausdruck gebracht hatte.

Und das war ein weiteres Problem: Mr C hasste diese Übergriffe.

Gegen den Rest konnte er wenigstens etwas unternehmen.

Er streckte die Arme über den Kopf, ließ die Schultern krachen und dankte dem lieben Herrgott für zweierlei: erstens, dass die Handys noch nicht abgeschaltet waren – er konnte also weiterhin mit seinen Jungs im Einsatz in Verbindung bleiben und das Internet nutzen. Und zweitens, dass ihn all die Jahre auf der Straße mit einer eisernen Faust ausgestattet hatten, wenn es darum ging, halbwüchsige Idioten im Drogengeschäft zu befehligen.

Er brauchte Zaster. Und zwar schnell.

Dafür hatte er auch schon einen verdammten Beschaffungsplan gehabt: Vergangene Nacht um Mitternacht hatte er drei seiner Jungs mit den letzten neuntausend-dreihundert Dollar losgeschickt. Die Aufgabe dieser Schwachköpfe hatte darin bestanden, das Geld zu über-geben und mit dem Stoff zurückzukommen, damit er ihn strecken und auf kleine Tütchen verteilen konnte. Und dann hätte er seine neuen Rekruten losgeschickt, um das Zeug auf der Straße zu verkaufen.

Dummerweise wartete er noch immer auf die verdamm-te Lieferung.

Langsam fragte er sich wirklich, was aus seinem Stoff respektive Geld geworden war.

Natürlich bestand die Möglichkeit, dass diese Penner damit durchgebrannt waren. In diesem Fall würde er sie jagen und einfangen wie räudige Hunde und dann ein Exempel an ihnen statuieren, sodass allen klar war, was sie riskierten, wenn sie …

Sein Handy klingelte. Er griff danach, sah auf das Dis-play und nahm den Anruf an.

»Wurde aber auch Zeit. Wo steckt ihr, und wo ist mein Stoff?«

Pause. Dann antwortete eine Stimme, die nicht im Ge-ringsten nach dem pickligen Schieber klang, dem er das Handy, die Kohle und die letzte funktionsfähige Schuss-waffe der Gesellschaft anvertraut hatte.

»Ich habe hier etwas, das Sie wollen.«

Mr C runzelte die Stirn. Die Stimme klang sehr tief. Den Tonfall kannte er von der Straße, aber den Akzent konn-te er nicht einordnen.

»Es ist nicht das windige Handy, von dem aus Sie an-rufen«, sagte Mr C gedehnt. »Von denen habe ich jede Menge.«

Denn wenn man nichts in der Hand hatte, kein Half-ter, kein Portemonnaie, blieb einem nur noch zu bluffen.

»Wie schön für Sie. Aber haben Sie auch jede Menge von dem, was Sie mir geschickt haben? Geld? Arbeitskräfte?«

»Wer zum Teufel spricht da?«

»Ihr Feind.«

»Darauf können Sie Ihren Arsch verwetten, wenn Sie mein Geld genommen haben.«

»Tatsächlich ist das eine vereinfachte Antwort auf ein ziemlich komplexes Problem.«

Mr C sprang auf und warf dabei den Eimer um. »Wo ist mein *verficktes* Geld, und was haben Sie mit meinen Männern gemacht?«

»Ich fürchte, sie können nicht mehr ans Telefon kommen. Aus diesem Grund rufe ich an.«

»Sie haben keine Ahnung, mit wem Sie hier sprechen«, presste Mr C hervor.

»Aber nein, ganz im Gegenteil. Sie sind es, der sich diesbezüglich im Nachteil befindet – wie in so vielerlei Hinsicht.« Bevor Mr C aufbrausen konnte, wurde ihm das Wort abgeschnitten. »Wir machen es so: Ich rufe Sie bei Anbruch der Nacht an und gebe Ihnen bekannt, wo Sie mich treffen können. Allein. Sollte Sie jemand begleiten, weiß ich davon, und Sie hören nie wieder von mir.«

Mr C war es gewöhnt, Verachtung für andere zu empfinden – das brachte seine Betätigung mit sich, bei der er ausschließlich mit miesen Kleinganoven und mittellosen Junkies zu tun hatte. Aber dieser Typ hier an der Strippe war beherrscht. Ruhig.

Ein Profi.

Mr C unterdrückte seinen Zorn. »Ich habe es nicht nötig, mich auf irgendwelche Spielchen einzulassen ...«

»Doch, das haben Sie. Denn wenn Sie Drogen zum Verkauf benötigen, kommen Sie nicht um mich herum.«

Mr C verstummte. Das hier war entweder ein größenwahnsinniger Irrer oder ... jemand, der wirklich Macht besaß. Zum Beispiel der Typ, der im Laufe des letzten Jahres nach und nach die Mittelsmänner im Drogenhandel von Caldwell getötet hatte.

»Wo und wann?«, fragte er mürrisch.

Ein kehliges Lachen tönte aus dem Handy. »Gehen Sie bei Anbruch der Nacht ans Handy, und Sie finden es heraus.«

2

Layla brauchte eine Weile, um Paynes Worte zu erfassen.

»Nein«, hauchte sie. »Nein, Havers sagte mir ... es ließe sich nicht aufhalten.«

»Aus medizinischer Sicht mag das stimmen. Aber ich weiß möglicherweise einen anderen Weg. Ich weiß nicht, ob es funktioniert, aber wenn du mich lässt, würde ich gern mein Möglichstes versuchen.«

Einen Moment lang konnte Layla nur atmen.

»Ich ...« Sie betastete ihren flachen Bauch. »Was wirst du mit mir anstellen?«

»Ehrlich gesagt, weiß ich es auch nicht genau.« Payne zuckte die Schultern. »Tatsächlich wäre mir gar nicht in den Sinn gekommen, dass ich dir in deiner Situation helfen könnte. Aber ich habe schon öfters geheilt. Wir könnten es versuchen – und es wird dir nicht schaden. So viel kann ich versprechen.«

Layla erforschte das Gesicht der Kriegerin. »Warum ... willst du das für mich tun?«

Paynes Gesicht verdüsterte sich, und ihr Blick schweifte ab. »Meine Gründe müssen dich nicht interessieren.«

»Doch, das müssen sie.«

Jetzt versteinerte sich Paynes Profil. »Die Tyrannei meiner Mutter macht uns zu Schwestern, wir sind beide Opfer ihrer Vorstellung vom großen Weltgefüge. Sie hat uns auf unterschiedliche Weise eingekerkert – dich als Auserwählte, mich als leibliche Tochter. Ich würde alles tun, um dir zu helfen.«

Layla hatte sich noch nie als Opfer der Jungfrau der Schrift betrachtet. Doch als sie jetzt an ihre Sehnsucht nach einer Familie dachte, an das Gefühl, keine Wurzeln zu haben, keine eigenständige Identität jenseits ihrer Dienste als Auserwählte ... geriet sie ins Grübeln. Die Willensfreiheit hatte sie in diese missliche Lage gebracht, aber zumindest war es ein selbst gewählter Weg. Als Auserwählter war ihr keine Wahl vergönnt gewesen, zu keinem Aspekt ihres Lebens.

Sie verlor ihr Kind, das war offensichtlich. Und wenn Payne glaubte, dass da eine Möglichkeit bestand ...

»Tu, was du für richtig hältst«, sagte sie mit brüchiger Stimme. »Und ganz gleich, wie es ausgeht, ich danke dir.«

Payne nickte. Dann hob sie die Hände und spreizte die Finger. »Darf ich deinen Bauch berühren?«

Layla schob das Laken zurück. »Muss ich mein T-Shirt ausziehen?«

»Nein.«

Umso besser. Denn selbst das Zurückschieben der Decke löste einen erneuten Krampf aus, die Verlagerung dieses Federgewichts reichte, um ...

»Solche Schmerzen«, murmelte Payne.

Wortlos legte Layla ihren Bauch frei. Ihr Gesicht sagte offensichtlich genug.

»Entspann dich. Es dürfte eigentlich nicht wehtun.«

Als Payne die Hände auf ihren Unterleib legte, riss Layla den Kopf hoch. Die Berührung war ganz sanft und warm, wie ein Vollbad. Und auch so wohltuend. Wohltuend auf merkwürdige Art, um genau zu sein.

»Tut es weh?«, wollte Payne wissen.

»Nein. Es fühlt sich …« Als der nächste Krampf sich zusammenbraute, umklammerte Layla das Laken und machte sich gefasst auf …

Doch der Schmerz erreichte nicht den Höhepunkt, er stieg an wie ein mächtiger Berg, dem der Gipfel fehlte.

Es war die erste Linderung seit Beginn des Ganzen.

Mit einem Seufzer der Erleichterung ließ Layla den Kopf in die Kissen sinken, und eine plötzliche Mattheit führte ihr vor Augen, wie groß ihr körperliches Unbehagen gewesen war.

»Und jetzt fangen wir an.«

Unvermittelt begann die Lampe gegenüber zu flackern … und erlosch.

Doch bald schon erstrahlte ein neues Licht.

Paynes sanfte Hände begannen schwach zu leuchten, die Wärme ihrer Berührung intensivierte sich, und diese merkwürdige, wundervolle Linderung durchdrang ihre Haut, die Muskeln, alle im Weg befindlichen Knochen … und ergoss sich in ihren Mutterleib.

Dann gab es eine Art Explosion.

Mit einem Fauchen ergab Layla sich dem Kraftstrom, der sie urplötzlich durchflutete, der Hitze, die nicht brannte und doch den Schmerz einkochte und aus ihrem Fleisch löste, bis er entwich wie Dampf aus einem Topf und davongeweht wurde.

Aber es war noch nicht vorüber. Eine immense Euphorie ergriff von ihr Besitz und breitete sich mit goldenen

Tentakeln von ihrem Becken her aus, durchdrang ihren Oberkörper, erfasste ihren Geist und ihre Seele, während es in Armen und Beinen kribbelte.

Welch herrliche Erlösung …

Welch unglaubliche Kraft …

Welch Segen …

Doch die Heilung war noch nicht vollendet.

Mitten im Mahlstrom fühlte Layla ein … was war es? Eine Regung in ihrem Schoß. Als würde sich etwas zusammenziehen, aber nicht krampfartig, nein, diesmal nicht. Mehr so, als fände das, was gezaudert hatte, eine belebende Kraft.

Da wurde ihr bewusst, dass ihre Zähne klapperten.

Sie blickte an sich herab und sah, dass sie am ganzen Leib schlotterte. Doch das war noch nicht alles.

Sie leuchtete. Ihre Haut war wie ein Lampenschirm, durchdrungen vom inneren Strahlen ihres Körpers, das selbst durch ihre Kleidung hindurchschien.

Paynes Gesicht wirkte hart in diesem Licht, als würde sie teuer für die Übertragung ihrer wundersamen Heilkraft bezahlen. Und Layla wäre abgerückt, hätte es beendet, wäre es ihr möglich gewesen – denn Payne wirkte schon ganz ausgezehrt. Doch die Verbindung ließ sich nicht unterbrechen, sie hatte keine Kontrolle über ihre Gliedmaßen, konnte nicht einmal mehr sprechen.

Sie schien ewig zu dauern, diese Leben spendende Verbindung zwischen ihnen beiden.

Schließlich riss Payne sich ruckartig los, glitt vom Bett und blieb reglos auf dem Boden liegen.

Layla öffnete den Mund, um zu schreien. Sie wollte nach ihrer Retterin greifen und kämpfte gegen die bleierne Schwere ihres noch immer leuchtenden Körpers an.

Doch sie war machtlos.

Ihr letzter Gedanke vor der Ohnmacht galt der Sorge um den Zustand ihrer Wohltäterin. Und dann wurde es dunkel.

3

Qhuinn erwachte mit einem Ständer.

Er lag auf dem Rücken, und seine Hüften wiegten sich ohne sein Zutun, sodass seine Erektion sich an Daunendecke und Laken rieb. Einen Moment lang verharrte er in diesem halbwachen Dämmerzustand und stellte sich vor, es wäre Blay, der ihn da streichelte, der seine Hand an ihm auf und ab gleiten ließ … als Vorspiel zu Aktivitäten, die den Mund einschlossen.

Erst als er die Finger in dem roten Haarschopf vergraben wollte, wurde ihm bewusst, dass er alleine war: Seine Hände griffen lediglich in das Laken.

Da er die Hoffnung nicht aufgab, streckte er den Arm aus und tastete neben sich im Bett herum, in der Erwartung, auf den warmen Körper des Freundes zu stoßen.

Doch er fand nichts als Laken. Kalte Laken.

»Scheiße«, keuchte er.

Als er die Augen aufschlug, traf ihn die Realität wie

ein Fausthieb. Schlagartig sank seine Erektion in sich zusammen.

Obwohl sie zweimal übereinander hergefallen waren, wachte Blay in diesem Moment neben Saxton auf.

Hatte vermutlich Sex mit ihm.

Verflucht, ihm wurde schlecht.

Die Vorstellung, dass Blay einen anderen berührte, einen anderen ritt, einen anderen mit Händen und Zunge befriedigte – seinen verfickten Cousin, um genau zu sein –, war beinahe so unerträglich wie die Sache mit Layla. Denn dank der jüngsten Ereignisse übte Blay nun eine noch viel größere Anziehung auf Qhuinn aus, statt uninteressant geworden zu sein.

Super. Noch so eine freudige Entwicklung.

Völlig antriebslos schleppte Qhuinn sich vom Bett ins Bad. Eigentlich wollte er kein Licht anmachen, wollte nicht sehen, wie beschissen er aussah, aber rasieren rein nach Gefühl wäre auch nicht gerade clever gewesen.

Also betätigte er den Schalter und blinzelte ins Licht, während hinter seinen Augäpfeln ein pochender Schmerz einsetzte. Zweifellos sollte er wieder einmal etwas essen, aber Scheiße, die permanenten Forderungen seines Körpers gingen ihm allmählich auf den Zeiger.

Er ließ das Waschbecken volllaufen, gab einen Klacks Rasiergel in die hohle Hand und verrieb ihn zu Schaum. Dabei dachte er an seinen Cousin. Obwohl er es nicht wusste, hatte er den Verdacht, dass Saxton einen altmodischen Rasierpinsel benutzte, um sich Kinn und Wangen einzuseifen. Und keinen Einwegrasierer. Sicher verwendete er ein Barbiermesser mit Perlmuttgriff.

Qhuinns Vater hatte so eines besessen. Und sein Bruder hatte zur Transition ein eigenes geschenkt bekommen, mit seinen Initialen darauf.

Zusammen mit dem Siegelring.

Tja, schön für die beiden. Doch da sie nun tot waren, rasierten sie sich ohnehin nicht mehr.

Er betupfte sich mit Schaum, bis sein Gesicht aussah wie die verschneite Landschaft draußen, und griff nach dem gewöhnlichen Mach 3 mit Wegwerfkopf ...

Unvermittelt überlegte er, dass er diesen vielleicht mal wieder wechseln sollte.

Ja, einen frischen, superscharfen, sauberen.

Qhuinn verdrehte die Augen. Es ging doch nichts darüber, sein Selbstwertgefühl durch drei kleine Klingen und einen Gleitkopf zum Ausdruck zu bringen. Eine verdammt bestechende Logik.

Dennoch fing er an, in den Schubladen unter dem Waschtisch herumzukramen, und stieß dabei auf alle möglichen Badezusätze und Kosmetikprodukte, die er nie benutzte oder auch nur ansah.

Als er die letzte Schublade rauszog, die ganz unten, hielt er inne. Stutzte. Bückte sich.

Da war ein kleines schwarzes Samtkästchen, ähnlich einem Behältnis für Schmuck. Doch er besaß keinen Schmuck, und schon gar nicht von Reinhardt, diesem stinkteuren Laden in der Stadt. Da aber sonst niemand in diesem Zimmer wohnte, fragte er sich, ob das Kästchen vielleicht bereits vor seinem Einzug hier gelegen und er es nur nie wahrgenommen hatte.

Er holte das Schächtelchen raus, klappte den Deckel auf und ...

»Ach, sieh mal einer an.«

Darin lagen die stahlgrauen Ohrringe und der Hufeisenstecker, den er früher immer in der Unterlippe getragen hatte, als handelte es sich um kostbare Stücke.

Fritz musste sie bei einer nächtlichen Putzaktion aufgesammelt und in dieses Kästchen gelegt haben. Anders konnte Qhuinn es sich nicht erklären – denn er hatte sich ganz gewiss nicht mehr darum gekümmert, seit er sie nach und nach rausgenommen hatte. Er hatte sie einfach ganz hinten in das Badezimmerschränkchen geworfen.

Qhuinn betastete die stählernen Stecker und erinnerte sich, wie er sie gekauft und angelegt hatte. Sein Vater war entsetzt gewesen, seine Mutter auch – sie war vom Letzten Mahl aufgestanden und hatte sich für vierundzwanzig Stunden in ihre Privatgemächer zurückgezogen, nachdem er mit den Dingern im Esszimmer eingelaufen war.

Im Piercingstudio hatte man ihm gesagt, dass er warten solle und die frisch gestochenen Löcher erst heilen müssten, ehe er die medizinischen Stecker gegen die anderen austauschte. Doch dieser Rat mochte für Menschen gelten. Bei ihm war nach ein paar Stunden alles verheilt, und er hatte seine eigenen Stecker eingesetzt.

Bei Blay auf dem Klo, um genau zu sein.

Qhuinn zog die Stirn in Falten und erinnerte sich an den Moment, als er aus der Toilette ins Schlafzimmer seines Kumpels getreten war. Blay hatte mit einem Corona auf dem Bett gesessen und ferngesehen. Er hatte sich nach ihm umgeschaut, und sein Ausdruck war offen und gelöst gewesen – bis er Qhuinn sah.

Da hatte seine Miene sich unmerklich verhärtet. So dezent, dass es nur jemandem auffallen konnte, der ihn wirklich sehr gut kannte. Aber Qhuinn war es nicht entgangen.

Damals hatte er geglaubt, dass dieser Goth-Look vielleicht eine Spur zu krass für seinen konservativen Freund war. Doch als er jetzt an diese Szene zurückdachte, erinnerte er sich an ein weiteres Detail: Blay hatte sich wieder dem Fernseher zugewandt ... und sich beiläufig ein Kissen in den Schoß gestopft.

Er musste hart geworden sein.

Als Qhuinn sich dies vergegenwärtigte, schwoll auch sein Schwanz aufs Neue an.

Doch das war reine Zeitverschwendung.

Er starrte die verdammten Ohrringe an und dachte an seine Rebellion und die Wut und die verkorksten Vorstellungen, was ihm zu einem glücklichen Leben fehlte.

Eine Vampirin. Wenn er eine fand, die ihn akzeptierte.

Er hatte sich etwas vorgemacht.

Schon komisch. Feigheit gab es in allen erdenklichen Ausformungen. Man musste nicht bibbernd in der Ecke kauern wie ein Jammerlappen. O nein. Man konnte ein vorlauter Muskelprotz sein, der einen auf harten Kerl machte, das Gesicht voller Piercings, und der Welt mit einem abfälligen Lächeln entgegentreten ... und trotzdem nichts als ein erbärmlicher Feigling sein. Denn Saxton mochte zwar Dreiteiler mit Krawatten und Loafers tragen, er stand aber dennoch zu dem, was er war, und hatte keine Angst, sich zu nehmen, was er wollte.

Prompt wachte er zusammen mit Blay im Bett auf.

Qhuinn schloss das Kästchen und steckte es zurück in die Schublade. Dann sah er in den Spiegel. Was wollte er gleich wieder hier?, fragte er sich und betrachtete sein Gesicht.

Ach ja. Rasieren.

Das war's.

Ungefähr zwanzig Minuten später verließ Qhuinn sein Zimmer. Er ging den Flur mit den Statuen runter, vorbei an der geschlossenen Tür von Wrath' Arbeitszimmer und weiter.

Es war unmöglich, in den Salon im ersten Stock zu schauen und nicht an den unglaublichen Sex mit Blay vor nur wenigen Stunden zu denken. Besonders schwer fiel es ihm, cool zu bleiben, als das Sofa in Sicht kam.

Er würde dieses Möbelstück nie mehr mit den gleichen Augen sehen können. Scheiße, vielleicht waren alle Sitzgarnituren für ihn verdorben, auf ewig.

Vor Laylas Zimmer blieb er stehen und legte das Ohr an die Kassettentür. Nichts zu hören, doch er fragte sich, was er eigentlich glaubte, auf diese Weise herauszufinden.

Er klopfte leise. Als keine Antwort kam, schnürte ihm eine plötzliche, irrationale Angst die Kehle zu, und er stieß die Tür auf.

Licht strömte in die Dunkelheit.

Sein erster Gedanke war, dass sie tot war, dass dieser Penner von Havers gelogen hatte und sie an den Folgen des Schwangerschaftsverlusts gestorben war: Layla lag reglos in den Kissen, den Mund leicht geöffnet, die Hände über der Brust gefaltet, wie von einem Bestattungsunternehmer arrangiert, der Respekt für seine Toten hatte.

Doch ... etwas hatte sich geändert, und es dauerte eine Weile, bis ihm klar wurde, was es war.

Der penetrante Geruch von Blut war fort. Genau genommen lag nur ihr feiner Zimtduft in der Luft und erfrischte es auf eine Art, dass das ganze Zimmer heller wirkte.

War der Schwangerschaftsabbruch endlich überstanden?

»Layla?«, sagte er, obwohl er versprochen hatte, sie nicht zu wecken, wenn sie schlief.

Erleichtert sah er, wie ihre Brauen zuckten, als ihr Unterbewusstsein ihren Namen selbst im Schlaf registrierte.

Er hatte den Eindruck, dass sie aufwachen würde, wenn er sie noch einmal rief.

Doch es erschien ihm grausam, sie aus dem Schlaf zu reißen. Denn was erwartete sie beim Erwachen? Schmerzen? Ein Gefühl des Verlustes?

Vergiss es.

Qhuinn zog sich leise zurück, schloss die Tür und stand einfach nur da. Er wusste nicht so recht, was er mit sich anfangen sollte. Wrath hatte ihm gesagt, er solle zu Hause bleiben, selbst wenn John Matthew das Haus verließ – was vermutlich eine Art Sonderurlaub von seinen *Ahstrux-nohtrum*-Pflichten aufgrund von Laylas Zustand war. Und er war froh darüber. Er konnte so gut wie nichts für Layla tun – auf diese Weise war er wenigstens in ihrer Nähe, für den Fall, dass sie irgendetwas brauchte. Etwas zu trinken. Aspirin. Eine Schulter, an der sie sich ausheulen konnte.

Das ist dein Werk, klangen ihm die Worte von Phury im Kopf.

Dem Uhrenschlag aus diesem gottverlassenen Salon nach zu schließen, hatte er wohl das Erste Mahl verpasst. Neun Uhr. Ja, er hatte es verschlafen, und das war nur gut so. Eine Dreiviertelstunde an der Tafel zu sitzen, in Gesellschaft von zwei Dutzend Hausbewohnern, die sich bemühten, ihn nicht anzustarren, hätte ihn vermutlich in den Wahnsinn getrieben.

Jemand lief unten durch die Eingangshalle, und er hob den Kopf.

Ohne groß darüber nachzudenken, ging er zur Balustrade und sah hinab.

Payne, Vs knallharte Schwester, kam aus dem Esszimmer.

Er kannte sie nicht sonderlich gut, hatte aber einen Höllenrespekt vor ihr. Kein Wunder, so wie sie sich im Einsatz schlug … tough, supertough. Doch im Moment sah Dr. Manellos *Shellan* aus, als hätte man sie in einer Kneipe vermöbelt: Sie schlurfte in gebeugter Haltung über das Bodenmosaik, am Arm ihres *Hellren*, der alles zu sein schien, was sie noch aufrecht hielt.

War sie in einen Kampf geraten?

Er roch kein Blut.

Dr. Manello sagte etwas zu ihr, das nicht bis zu Qhuinn drang, doch dann nickte er in Richtung Billardzimmer – als würde er vorschlagen, dorthin zu gehen.

Sie bewegten sich im Schneckentempo darauf zu.

Da er niemanden sehen wollte, trat Qhuinn vom Geländer zurück und wartete, bis die Luft wieder rein war. Dann joggte er die große Freitreppe hinunter.

Essen. Training. Noch einmal nach Layla sehen.

Das war sein Programm für die Nacht.

Er ging Richtung Küche und ertappte sich bei dem Gedanken, wo Blay stecken mochte. Was er wohl gerade tat. Ob er draußen war und kämpfte oder heute frei hatte und …

Weil er aber nicht wusste, wo Saxton sich aufhielt, führte er diese Überlegung nicht weiter.

Denn hätte Qhuinn die Möglichkeit gehabt, sich mit Blay zurückzuziehen, hätte er genau gewusst, was er tun würde.

Und Saxton, sein nervtötender Cousin, war kein Idiot.

4

Assails Versäumnis, sich zu nähren, rächte sich fünf Stunden nach Einbruch der Nacht. Er schlüpfte gerade in ein hellblaues Hemd mit Umschlagmanschetten, als seine Hände derart heftig zu zittern begannen, dass er die verdammten oberen Knöpfe nicht mehr schließen konnte. Und dann senkte sich eine tonnenschwere Erschöpfung auf ihn herab und brachte ihn ins Wanken.

Leise fluchend tapste er zur Kommode. Auf der polierten Mahagoniplatte warteten sein Flakon und das Löffelchen auf ihn, und er entledigte sich des Problems mit zweimal Schnupfen, einmal links, einmal rechts.

Es war eine schlechte Angewohnheit, und er verfiel ihr nur, wenn es unbedingt sein musste.

Zumindest war damit die Müdigkeit behoben. Doch er musste sich bald eine Vampirin suchen. Es grenzte ohnehin an ein Wunder, dass er so lange durchgehalten hatte: Seine letzte Blutmahlzeit lag Monate zurück und war alles andere als erquicklich gewesen: eine schnelle, schmutzige Angelegenheit mit einer Angehörigen seiner Spezies, die äußerst versiert darin war, die Bedürfnisse hungriger Vampire zu stillen. Gegen Bezahlung.

Nicht schön.

Er legte seine Waffen an, schnappte sich einen schwarzen Kaschmirmantel und ging die Treppe hinunter ins Erdgeschoss. Hinter der verriegelten Stahlschiebetür empfing ihn ein metallisches Klicken.

Die Zwillinge waren in der Küche und kontrollierten diverse Vierziger.

»Hast du die Sache mit dem Anruf erledigt?«, wandte Assail sich an Ehric.

»Ganz nach deinen Anweisungen.«

»Und?«

»Er kommt. Allein. Waffe?«

»Bin schon versorgt.« Assail fischte den Schlüssel vom Range Rover aus einer Silberschale auf dem Küchentresen. »Wir nehmen meinen Wagen. Für den Fall, dass jemand verletzt wird.«

Denn nur ein Idiot nahm seinen Widersacher beim Wort, und sein SUV besaß eine Vorrichtung am Unterboden, die sich im Falle eines Großangriffs als äußerst nützlich erweisen konnte.

Kawumm.

Fünfzehn Minuten später fuhren die drei über die Brücke nach Caldwell hinein. Assail saß am Steuer und beglückwünschte sich zur Wahl seiner Mitstreiter: Die Zwillinge waren nicht nur eine große Unterstützung, sie besaßen auch keinerlei Neigung zu unnötigen Worten.

Das Schweigen war ein willkommener vierter Fahrgast.

Er nahm die Ausfahrt hinter dem Hudson, fuhr in einem Bogen unter den Northway und dann parallel zum

Fluss durch einen Wald aus dicken Stützpfeilern. Es war eine kahle, dunkle und vor allem menschenleere Gegend.

»Noch ungefähr hundert Meter, dann rechts parken«, meldete Ehric sich von hinten.

Assail fuhr seitlich ran, hoch auf den Bordstein und hielt.

Sie stiegen aus in die Kälte und blickten sich suchend um. Dann liefen sie los, Mäntel offen, Waffen in den Händen. Ehrics Bruder bildete den Abschluss, in einer Hand die drei schwarzen Müllsäcke mit den abgetrennten Köpfen der *Lesser*, die bei jedem Schritt raschelten.

Über ihnen rauschte der Verkehr, Pkws fuhren in gleichmäßiger Geschwindigkeit über ihren Köpfen, ein Krankenwagen jagte mit durchdringend heulender Sirene vorbei, ein schwerer Laster rumpelte über die Träger. Assail atmete tief ein, doch seine Nase registrierte nur eisige Kälte, die jeglichen Gestank von Unrat und totem Fisch tilgte.

»Da vorne«, meinte Ehric.

Gemessenen Schrittes liefen sie über den Asphalt und dann über gefrorene Erde. Die Betonmasse der Fahrbahn über ihnen hielt die Sonne ab und ließ keine Vegetation zu, dennoch gab es Leben – gewisser Art. Obdachlose schützten sich behelfsmäßig mit Pappkartons und Plastikplanen gegen die Winterkälte und hatten sich so dick eingemummt, dass nicht zu erkennen war, in welche Richtung sie blickten.

Doch da ihre Hauptbeschäftigung darin bestand, am Leben zu bleiben, machte Assail sich keine Sorgen, dass sie sich einmischen könnten. Außerdem wurden diese Leute zweifellos öfter Zeugen derartiger Transaktionen und wussten, dass sie besser nicht störten.

Und wenn doch? Assail würde nicht zögern, sie von ihrem Elend zu erlösen.

Das erste Zeichen für die Ankunft ihres Feindes war der Gestank, den ihnen der Wind zutrug. Assail war nicht sonderlich bewandert in den Eigenarten der Gesellschaft der *Lesser* und ihrer Mitglieder, aber seine ausgezeichnete Nase konnte keine unterschiedlichen Nuancen innerhalb dieses Geruchs ausmachen, woraus er schloss, dass man seinen Anweisungen Folge leistete und keine Hundertschaft im Anmarsch war – obwohl es natürlich möglich war, dass Omegas Gefolgschaft nur eine Geruchsnote besaß.

Sie würden es bald erfahren.

Assail und die Zwillinge blieben stehen. Und warteten.

Einen Moment später trat ein einzelner *Lesser* hinter einem Pfeiler hervor.

Sieh an, wie interessant. Es war ein ehemaliger »Kunde«, der Ecstasy und Heroin bei Assail eingekauft hatte. Beinahe wäre er eliminiert worden, doch sein Kaufvolumen lag knapp unter der Grenze, die einen zum Mittelsmann qualifizierte.

Das war der einzige Grund, warum er noch atmete ... und mittlerweile war er also zum *Lesser* mutiert. Jetzt, da er darüber nachdachte: Der Kerl war in letzter Zeit von der Bildfläche verschwunden, also konnte man davon ausgehen, dass er sich an sein neues Leben gewöhnen musste. Beziehungsweise an sein Nicht-Leben.

»Ach du Scheiße«, sagte der *Lesser*, als er ihren Geruch auffing.

»Tja, dass ich Ihr Feind bin, war nicht gelogen«, sprach Assail gedehnt.

»Vampire ...?«

»Was uns beide in eine kuriose Position bringt, nicht

wahr?« Assail nickte den Zwillingen zu. »Meine Partner sind gestern Nacht mit den besten Absichten hierhergekommen. Sie waren nicht minder überrascht, als Ihre Männer erschienen. Es kam zu gewissen … aggressiven Akten … von unserer Seite aus, bevor sich die Sache aufklärte. Ich bitte um Vergebung.«

Auf Assails Nicken hin wurden dem *Lesser* die drei Müllbeutel zugeworfen.

Ehric sagte trocken: »Wir sind gewillt, Ihnen zu verraten, wo der Rest von ihnen steckt.«

»Davon abhängig, wie sich diese Übergabe gestaltet«, fügte Assail hinzu.

Der *Lesser* blickte auf die Müllbeutel, zeigte aber keine Regung. Ein Hinweis darauf, dass er Profi war. »Haben Sie die Ware dabei?«

»Sie haben dafür bezahlt.«

Die Augen des Jägers verengten sich. »Sie machen Geschäfte mit mir?«

»Ich bin nicht gekommen, um mich an Ihrer Gesellschaft zu erfreuen, so viel kann ich Ihnen verraten.« Assail gab ein Zeichen, und Ehric zückte ein eingewickeltes Päckchen. »Zuerst ein paar Grundregeln: Sie kontaktieren mich direkt. Ich nehme keine Anrufe von anderen Mitgliedern Ihrer Organisation an. Abholung und Lieferung können Sie delegieren, an wen Sie wollen, aber Sie teilen mir Identität und Anzahl Ihrer Gesandten mit. Sollte es zu einem Angriff oder zu Verstößen gegen meine Regeln kommen, beende ich die Geschäfte mit Ihnen. Das sind meine einzigen Bedingungen.«

Der *Lesser* musterte Assail und seine Cousins. »Was, wenn ich größere Mengen kaufen möchte?«

Auch diese Möglichkeit hatte Assail in Betracht gezogen. Er hatte nicht umsonst zwölf Monate lang Mittelsmänner animiert, sich Kugeln in den Kopf zu jagen – diese hart erkämpfte Machtposition wollte er an niemanden verlieren. Dennoch bot sich ihm hier eine einmalige Gelegenheit. Wenn die Gesellschaft der *Lesser* durch den Straßenverkauf zu Geld kommen wollte, versorgte er sie gerne mit den nötigen Drogen. Dieser stinkende Widerling konnte sich nicht direkt an Benloise wenden, denn das würde Assail zu verhindern wissen. Aber vor allem gab es in Assails bisherigem Geschäftsmodell eine akute Schwachstelle: Er verfügte über zu viel Ware, um sie allein mit seinen beiden Mitarbeitern unter die Leute zu bringen.

Also war es an der Zeit für Outsourcing. Nachdem er die Stadt nun im Würgegriff hatte, bestand die nächste Phase darin, ein paar handverlesene Helfer zu gewinnen, die sozusagen Auftragsarbeit leisteten.

»Wir beginnen langsam und warten ab, wie es sich entwickelt«, murmelte Assail. »Sie sind auf mich angewiesen. Ich bin die Bezugsquelle. Es hängt ganz von Ihnen ab, wie wir weiter verfahren. Ich bin gewiss nicht … wie soll ich sagen … abgeneigt, wenn Sie Ihren Bestellwert erhöhen. Im Laufe der Zeit.«

»Woher weiß ich, dass Sie nicht mit der Bruderschaft zusammenarbeiten?«

»Wäre das der Fall, würde ich sie in diesen Sekunden auf Sie hetzen.« Er deutet auf die drei Mülltüten zu Füßen des Jägers. »Darüber hinaus habe ich Ihnen in Anerkennung Ihrer Verluste Ware im Wert von dreitausend Dollar dazugepackt. Eine versöhnliche Geste. Einen Riesen für jeden unserer, sagen wir mal, voreiligen Schlüsse von letzter Nacht.«

Die Brauen des Jägers schossen in die Höhe.

Schweigen machte sich breit. Der Wind fegte um sie

herum, blähte Mäntel auf und pfiff um den Jackenkragen des *Lessers*.

Assail wartete geduldig auf die Reaktion. Es gab zwei mögliche Antworten: Lautete sie Ja, würde Ehric dem *Lesser* das Paket zuwerfen. Bei einem Nein würden sie zu dritt auf ihn feuern und ihn außer Gefecht setzen, um ihn dann mit einem Messerstich zurück zu Omega zu schicken.

Beides war für ihn akzeptabel. Doch Ersteres würde er vorziehen.

Er witterte Profit. Für beide Seiten.

Sola blieb auf Abstand zu den vier Männern, die sich unter der Brücke versammelt hatten: Aus einiger Entfernung verfolgte sie das Treffen durch ihr Fernglas.

Mr Geheimnisvoll wurde von zwei riesenhaften Bodyguards begleitet, die einander glichen wie ein Ei dem anderen. Allem Anschein nach führte er die Verhandlungen, und das überraschte sie nicht – denn natürlich konnte sie sich denken, worum es bei dem Treffen ging.

Da trat auch schon der linke Zwilling vor und überreichte dem Mann, der allein gekommen war, ein Paket von der Größe einer Pausenbrotbox für Kinder.

Ihr war bewusst, dass sie ihr Leben riskierte, während sie diesen Deal hier beobachtete – und das nicht, weil sie nach Anbruch der Dunkelheit unter dieser Brücke war.

Nach ihrem Zusammenstoß in der letzten Nacht war es mehr als fraglich, ob dieser Mann es zu schätzen wüsste, dass sie ihn beschattete und Zeugin seiner illegalen Geschäfte wurde. Doch in den vergangenen vierundzwanzig Stunden hatte sie fast ausschließlich an ihn gedacht – und war wütend geworden. Es war verdammt noch mal ein freies Land, niemand konnte ihr verbieten, sich an diesem öffentlich zugänglichen Ort aufzuhalten.

Wenn er ungestört sein wollte, sollte er seine Geschäfte nicht unter einer Brücke betreiben.

Erneut flammte Wut in ihr auf, und sie biss die Zähne zusammen ... denn sie wusste, dass dies ihre größte Schwäche bei der Arbeit war.

Ihr ganzes Leben lang hatte sie sich gegen Verbote aufgelehnt. Aber Sachen wie der Keks vor dem Essen oder das Auto, der Hausarrest oder die Gefängnisbesuche bei ihrem Vater ... hatten im Allgemeinen andere Konsequenzen als die Beobachtung dieser Szene unter der Brücke.

Nein, keine weiteren Besuche auf meinem Grundstück.

Nein, Schluss mit dem Spionieren.

Ja, redet nur, ihr Wichtigtuer. *Sie* entschied, wann sie genug hatte. Und im Moment war das noch *nicht* der Fall.

Außerdem gab es einen weiteren Grund für ihre Beharrlichkeit: Sie mochte es nicht, wenn sie die Nerven verlor, und genau das war in der vergangenen Nacht geschehen: sie hatte die Konfrontation mit diesem Mann gescheut, sie hatte Angst verspürt – und sie *duldete* keine Angst in ihrem Leben. Nach jener Tragödie vor langer Zeit, die alles verändert hatte, hatte sie entschieden – oder besser gesagt, geschworen –, sich durch nichts mehr einschüchtern zu lassen.

Nicht von Schmerz. Nicht vom Tod. Nicht vom Unbekannten.

Und ganz bestimmt nicht von einem Mann.

Sola richtete ihr Fernglas auf sein Gesicht. Das Leuchten der Stadt spendete genug Licht. Himmel, sein Haar war so verdammt schwarz, fast wie gefärbt. Seine Augen – schmal, aggressiv. Und sein Ausdruck war so arrogant und kontrolliert.

Eigentlich wirkte er viel zu fein für das, was er da trieb. Aber vielleicht war er ja vom gleichen Schlag wie Benloise.

Kurz darauf trennten sich die beiden Parteien: der Einzelgänger drehte sich um und ging in die Richtung, aus der er gekommen war, ein paar halbvolle Müllbeutel über der Schulter, die anderen drei kehrten zum Range Rover zurück.

Sola joggte zu ihrem Mietwagen, wobei ihr dunkler Einteiler und die Skimaske sie weitgehend mit ihrer Umgebung verschmelzen ließen. Sie schwang sich hinter das Steuer des Fords, duckte sich und überwachte mit einem Spiegel die Einbahnstraße, die unter der Brücke entlang verlief.

Sie war der einzige Ausweg, wenn man sich keinen Ärger mit der Verkehrspolizei einhandeln wollte.

Kurz darauf passierte der Range Rover. Sie ließ ihm etwas Vorsprung, dann drückte auch sie aufs Gas und folgte ihm mit einem Abstand von einem Block.

Benloise hatte ihr bei Auftragserteilung Marke und Modell des Wagens genannt, zusammen mit der Adresse des Mannes am Hudson. Aber seinen Namen hatte er ihr verschwiegen.

Sie kannte nur den Immobilienfonds und den Namen des einzigen Treuhänders.

Während der Verfolgung prägte sie sich das Kennzeichen ein. Vielleicht konnte ihr einer ihrer Freunde bei der Polizei weiterhelfen. Wenn das Haus einer juristischen Person gehörte, war es mit dem Wagen sicher nicht anders.

Egal. Einer Sache war sie sich sicher: Wohin er auch als Nächstes fuhr, sie würde dabei sein.

5

Ein Schrei gellte durch das schummrige Schlafzimmer, laut, durchdringend, unerwartet.

Er hallte in Laylas Ohren, und sie verstand nicht gleich, wer sie da auf diese Weise weckte. Was war das für ein ...

Sie blickte an sich herab. Aufrecht saß sie im Bett und umklammerte die Laken, während ihr Herz wie wild schlug und ihr Brustkorb sich hektisch hob und senkte.

Als sie sich umsah, fiel ihr auf, dass ihr Mund weit offen stand ...

Sie musste den Schrei selbst ausgestoßen haben, dachte sie und machte den Mund zu. Sie war allein in diesem Zimmer. Die Tür war geschlossen.

Sie hob die Hände und drehte die Handteller nach oben, dann nach unten. Das Licht im Zimmer ging nicht mehr von ihrer Haut aus, sondern fiel aus dem Badezimmer herein.

Payne lag auch nicht mehr zusammengesunken auf

dem Boden. Sie musste gegangen sein – oder hatte man sie hinausgetragen?

Laylas erster Gedanke war, nach Vishous' Schwester zu suchen, auf der Stelle aufzuspringen und damit zu beginnen. Obwohl sie nicht wusste, was da genau zwischen ihnen vorgegangen war, bestand doch kein Zweifel daran, dass die Kriegerin teuer dafür bezahlt hatte.

Aber Layla hielt sich zurück, als die Sorge um ihr eigenes Wohlergehen überhandnahm: Sie lenkte ihre Aufmerksamkeit von außen nach innen und durchforschte ihren Körper auf der Suche nach den Krämpfen, dem warmen Fluss zwischen den Schenkeln, den lähmenden Schmerzen, die durch Mark und Bein gingen.

Nichts.

So, wie ein Raum ruhig werden konnte, wenn alle Leute darin verstummten, war es auch mit dem Körper, wenn kein Bestandteil Beschwerden meldete.

Layla schob die Laken von sich und hob die Beine langsam über die Bettkante, sodass sie seitlich von der hohen Matratze baumelten. Unbewusst machte sie sich auf das scheußliche Gefühl von Blut gefasst, das aus ihrem Schoß rann. Als es ausblieb, fragte sie sich, ob der Schwangerschaftsabgang womöglich vollzogen war. Aber hatte Havers nicht gesagt, dass es noch eine Woche dauern würde?

Aufzustehen kostete Mut. Obwohl ihr das lächerlich erschien.

Immer noch nichts.

Langsam ging Layla ins Bad und erwartete jeden Moment, dass die Symptome zurückkehrten und sie in die Knie zwangen. Sie wartete darauf, dass der Schmerz einsetzte, dass die rhythmischen Krämpfe erneut von ihr Besitz ergriffen, dass der Vorgang einmal mehr Körper und Geist vereinnahmte.

Ich weiß nicht, ob es funktioniert, aber wenn du mich lässt, würde ich gern mein Möglichstes versuchen.

Layla riss sich ihre Kleidung regelrecht vom Leib und entledigte sich aller Hüllen. Dann saß sie auf der Toilette.

Keine Blutung.

Keine Krämpfe.

Ein Teil von ihr verfiel in bodenlose Trauer – auf merkwürdige Art und Weise hatten ihr die Schmerzen das Gefühl einer Verbindung zu ihrem Kind gegeben. Wenn es nun ganz vorüber war, dann war das Sterben vollzogen – obwohl sie theoretisch wusste, dass da nichts gelebt hatte oder überlebensfähig gewesen wäre. Andernfalls hätte die Schwangerschaft nicht von selbst geendet.

Der Rest von ihr allerdings war von Hoffnung erfüllt.

Was, wenn …

Hastig duschte sie, obwohl sie nicht wusste, was sie mit der Eile bezweckte oder was sie vorhatte.

Sie betrachtete ihren Bauch und fuhr mit seifigen Händen über die weiche, glatte Haut.

»Bitte … nimm, was du willst, egal, was es ist … aber gib mir das Leben in meinem Leib …«

Die Worte waren an die Jungfrau der Schrift gerichtet – obwohl die Mutter der Spezies schon lange nicht mehr zuhörte.

»Lass mir mein Kind … lass es mich behalten … *bitte …*«

Ihre Verzweiflung war fast so schlimm wie die Krämpfe zuvor, und sie stolperte aus der Dusche, trocknete sich hastig ab und warf sich etwas Sauberes über.

Wie sie aus dem Fernsehen wusste, gab es für Menschenfrauen Tests, die sie selbst durchführen konnten, verschiedene Methoden, die ihnen offensichtlich über die

Mysterien der Fortpflanzung Aufschluss gaben. Für Vampirinnen existierte nichts dergleichen – zumindest nicht, soweit sie informiert war.

Doch männliche Vampire spürten es. Sie spürten es genau.

Layla stürzte aus dem Zimmer in den Flur. Sie betete, dass sie jemandem begegnete, irgendwem …

Nur nicht Qhuinn.

Nein, sie konnte ihn nicht fragen, ob sich ein Wunder ereignet hatte … oder alles beim Alten war. Das wäre einfach zu grausam gewesen.

Die erste Tür war die von Blaylock, und nach kurzem Zögern klopfte sie an. Blay hatte von Anfang an über alles Bescheid gewusst. Und er war durch und durch anständig, ein verlässlicher, guter Kerl.

Als niemand reagierte, wandte sie sich leise fluchend ab. Sie hatte nicht auf die Uhr geschaut, aber nachdem die Jalousien oben waren und kein Essensgeruch aus dem Erdgeschoss zu ihr drang, war es wahrscheinlich mitten in der Nacht. Blay war sicher im Einsatz …

»Layla?«

Sie drehte sich um. Blay steckte den Kopf aus der Tür und wirkte überrascht.

»Es tut mir so leid …« Ihre Stimme versagte, und sie musste sich räuspern. »Ich … ich …«

»Was ist? Bist du … hey, ganz ruhig. Komm, setz dich erst einmal hin.«

Mit diesen Worten geleitete er sie behutsam auf die goldverzierte Bank vor seinem Zimmer.

Dann kniete er vor ihr und nahm ihre Hände. »Soll ich Qhuinn für dich suchen? Ich glaube, er ist …«

»Sag mir, ob ich noch schwanger bin.« Als seine Augen sich weiteten, drückte sie seine Hände. »Ich muss es wissen. Es ist etwas …« Sie war sich nicht sicher, ob Payne einverstanden wäre, dass sie von ihrem Erlebnis erzählte. »Ich muss wissen, ob es vorbei ist oder nicht. Kannst du … bitte, ich muss es wissen …«

Als sie anfing, sinnloses Zeug zu faseln, legte er die Hand auf ihren Oberarm und streichelte sie. »Beruhige dich. Tief durchatmen – hier, komm, wir machen es zusammen. Gut … so ist es gut …«

Layla gab sich alle Mühe, seinen Anweisungen zu folgen, und konzentrierte sich ganz auf den ruhigen, gefassten Ton seiner tiefen Stimme.

»Ich rufe Doc Jane, okay?« Als sie etwas einwenden wollte, schüttelte er bestimmt den Kopf. »Du bleibst hier. Versprich mir, nicht wegzugehen. Ich hole nur schnell mein Handy. Du bleibst hier.«

Aus irgendeinem Grund begannen ihre Zähne zu klappern. Dabei war es gar nicht kalt.

Eine Sekunde später war Blay zurück und kniete erneut vor ihr. Er presste sich das Handy ans Ohr und redete.

»Okay, Jane kommt sofort«, sagte er und steckte das Handy wieder weg. »Und ich bleibe hier bei dir.«

»Aber du weißt es, oder? Du weißt es, du kannst es riechen …«

»Ganz ruhig …«

»Es tut mir leid.« Sie wandte sich ab und ließ den Kopf hängen. »Ich will dich da nicht hineinziehen. Ich will nur … es tut mir leid.«

»Ist schon gut. Mach dir keine Sorgen. Wir warten einfach auf Doc Jane. Hey, Layla, schau mich an. *Schau* mich an.«

Endlich blickte sie in seine blauen Augen und war überwältigt von der Wärme, die ihr entgegenstrahlte. Erst recht, als er freundlich lächelte.

»Ich bin froh, dass du zu mir gekommen bist«, sagte er. »Was auch passiert, wir schaffen das.«

Als Layla in das schöne, markante Gesicht des Kriegers blickte, der ihr so großzügig Halt bot, als sie seine tiefe Güte spürte, dachte sie an Qhuinn.

»Jetzt weiß ich, warum er dich so liebt«, entfuhr es ihr.

Alle Farbe wich aus Blays Gesicht, bis er buchstäblich kalkweiß war. »Was ... hast du gesagt ...?«

»Ich bin hier«, rief Doc Jane in dem Moment vom Kopf der Treppe aus. »Ich komme schon.«

Die Ärztin lief auf sie zu, und Layla schloss die Augen.

Scheiße. Was war ihr da bloß herausgerutscht.

Xcor hatte den Tag in der Lagerhalle in der Innenstadt verbracht, jetzt trat er hinaus in die kalte, dunkle Nacht.

Er hatte seine Waffen angelegt und hielt sein Handy in der Hand.

Irgendwann im Laufe der langen Tagesstunden war ihm wieder eingefallen, dass er seine Soldaten angewiesen hatte, ihr Lager zu verlegen. Das erklärte, warum keiner von ihnen vor Sonnenaufgang erschienen war.

Ihre neue Bleibe lag außerhalb der Innenstadt. Und genau betrachtet war es ein Fehler seinerseits gewesen, ihr Hauptquartier in diesem Teil der Stadt zu etablieren, selbst wenn die Halle verlassen schien: Das Risiko, entdeckt zu werden, oder anderer Komplikationen, war zu groß.

Wie sie letzte Nacht erfahren mussten, als der Schatten in der Lagerhalle gewesen war.

Xcor schloss kurz die Augen. Es war schon merkwürdig, wie ein Ereignis das nächste auslösen konnte. Wäre dieser Schatten nicht aufgekreuzt, wäre er vermutlich niemals imstande gewesen, seine Auserwählte zu orten. Und wäre er ihr nicht zur Klinik gefolgt, hätte er nie erfahren, dass sie ein Kind erwartete ... oder hätte den Sitz der Bruderschaft entdeckt.

Er dematerialisierte sich in die kalte Nachtluft und nahm auf dem Dach des höchsten Wolkenkratzers der Stadt Gestalt an. Hier oben wehte der Wind unbarmherzig und fuhr in Stößen in seinen knöchellangen Mantel, der flatterte und nur noch vom Halfter seiner Sense an seinem Rücken gehalten wurde. Xcors Haar, das immer länger geworden war, wehte ihm ins Gesicht, sodass er kaum noch erkennen konnte, wie die Stadt sich vor seinen Füßen ausbreitete.

Er wandte sich in Richtung des Königsbergs, der großen Erhebung am fernen Horizont.

»Wir dachten, du wärst tot.«

Xcor wirbelte herum, und der Wind blies ihm das Haar aus dem Gesicht.

Throe und die anderen standen in einem Halbkreis um ihn herum.

»Aber ich lebe.« Obwohl es sich keineswegs so anfühlte. »Wie ist die neue Unterkunft?«

»Wo warst du?«, fragte Throe in scharfem Ton.

»Andernorts.« Er blinzelte und erinnerte sich, wie er die merkwürdige, neblige Gegend abgesucht hatte, immer um den Fuß des Berges herum. »Die neue Unterkunft – wie macht sie sich?«

»Ganz gut«, murmelte Throe. »Kann ich dich kurz sprechen?«

Xcor wölbte eine Braue. »Es scheint dir ein echtes Anliegen zu sein.«

Die beiden traten ein paar Schritte zur Seite und ließen die anderen stehen – und zufällig stand Xcor mit Blick auf das Heim der Bruderschaft.

»Das kannst du nicht machen«, schimpfte Throe über das laute, eisige Wehen hinweg. »Du kannst nicht einfach sang- und klanglos den ganzen Tag über verschwinden. Nicht beim derzeitigen politischen Klima – wir dachten, du wurdest getötet, oder schlimmer noch, gefasst.«

Es hatte eine Zeit gegeben, da hätte Xcor diesen Tadel scharf zurückgewiesen oder Throe gar körperlich gezüchtigt. Doch die Dinge hatten sich geändert – seit er Throe in die Höhle des Löwen geschickt hatte, spürte er mehr und mehr eine wechselseitige Verbindung zu seinen Männern.

»Ich versichere dir, es war nicht meine Absicht.«

»Also, was war los? Wo warst du?«

In diesem Moment sah Xcor, wie sich der Weg vor ihm gabelte. Die eine Richtung führte ihn und seine Soldaten zur Bruderschaft, in einen blutigen Kampf, der ihr Leben für immer verändern würde, zum Guten oder Schlechten. Und die andere?

Er dachte an die beiden Krieger, die seine Auserwählte gestützt und wie ein rohes Ei behandelt hatten.

Welche Richtung sollte er einschlagen?

»Ich war im Lagerhaus«, hörte er sich nach einer Weile sagen. »Den ganzen Tag über. Ich war zerstreut bei meiner Heimkehr, und dann war es zu spät, um noch zu euch zu stoßen. Im Keller hatte ich keinen Empfang. Sobald ich die Halle verließ, kam ich her.«

Throe musterte ihn misstrauisch. »Es ist schon lange nach Sonnenuntergang.«

»Ich habe das Gefühl für die Zeit verloren.«

Mehr würde er nicht preisgeben. Und Throe schien dies zu spüren, denn obwohl er nach wie vor skeptisch wirkte, bohrte er nicht weiter nach.

»Ich brauche nur noch einen Augenblick, dann machen wir uns auf die Suche nach unseren Widersachern«, erklärte Xcor und holte sein Handy raus. Er konnte zwar das Display nicht lesen, aber er wusste, wie man die Mailbox abhörte. Ein paar Anrufer hatten aufgelegt – Throe und die anderen, aller Wahrscheinlichkeit nach. Und dann war da die Nachricht von einem, dessen Anruf er erwartet hatte.

»Ich bin's«, verkündete Elan, Sohn des Larex, und legte eine dramatische Pause ein, wie um eine gedankliche Fanfare einzufügen. »Der Rat trifft sich morgen zur Mitternacht. Ich hielt es für angemessen, dich darüber in Kenntnis zu setzen. Treffpunkt ist ein Anwesen hier in der Stadt, das die Bewohner erst kürzlich wieder bezogen haben. Rehvenge hat uns regelrecht zu diesem Treffen zitiert, ich muss also annehmen, dass unser hochgeschätzter *Leahdyre* eine Botschaft vom König bringt. Ich werde dich über alles Weitere auf dem Laufenden halten, aber ich erwarte *nicht*, dich dort zu sehen. Gehab dich wohl, mein Verbündeter.«

Mit gebleckten Fängen löschte Xcor die Nachricht. Es fühlte sich gut an, wie die Wut in ihm hochkochte – denn es war die Rückkehr zur Normalität.

Wie konnte dieser verweichlichte Aristokratenschnösel es wagen, ihm vorzuschreiben, was er zu tun und zu lassen hatte?

»Morgen trifft sich der Rat«, sagte er und steckte sein Handy weg.

»Wo? Wann?«, wollte Throe wissen.

Xcor blickte über die Stadt hinweg in Richtung des Berges. Dann kehrte er ihm den Rücken zu.

»Der hochwohlgeborene Elan hat verfügt, dass wir nicht daran teilnehmen sollen. Doch er übersieht, dass dies allein meine Entscheidung ist. Nicht seine.«

Als ob ihn das Verschweigen der Adresse aufhalten könnte, wenn er wünschte, an dem Treffen teilzunehmen.

»Genug der Worte.« Er kehrte zu seinen versammelten Soldaten zurück. »Lasst uns in die Straßen gehen und uns in der Kriegskunst üben.«

Die Sense zwischen seinen Schulterblättern erwachte zu neuem Leben und drängte ihn zu blutrünstigen Taten, flehentlich wie eine Liebhaberin.

Ihr Schweigen hatte ihn beunruhigt.

Erleichtert und voller Energie dematerialisierte er sich vom Wolkenkratzer ins Gewirr der Gassen. Die vergangenen vierundzwanzig Stunden fühlten sich an, als hätte sie ein anderer erlebt.

Doch jetzt war er wieder der Alte.

Und gewillt zu töten.

6

Qhuinn hatte bereits elf Meilen auf dem Laufband zurückgelegt, als sich die Tür zum Kraftraum des Trainings-
zentrums schwungvoll öffnete.

Als er sah, wer da hereinkam, hüpfte er auf den Rand
und drückte auf Stopp: Blay stand in der Tür. Seine Augen huschten rastlos umher, und er sah echt beschissen
aus – aber nicht, weil ihn jemand verprügelt hatte oder so.

»Was gibt's?«, fragte Qhuinn.

Blay fuhr sich energisch durch das rote Haar. »Äh, Layla
ist unten in der Klinik …«

»*Scheiße!*« Qhuinn sprang vom Laufband und rannte auf
die Tür zu. »Was ist mit ihr?«

»Nein, nein, nichts. Nur eine Kontrolluntersuchung.
Das ist alles.« Blay trat zur Seite und machte den Durchgang frei. »Ich dachte nur, das solltest du wissen.«

Qhuinn blieb stehen, wo er war. Skeptisch musterte er
Blays Gesicht und kam zu einem beunruhigenden Schluss:
Der Typ verbarg etwas vor ihm. Er konnte nicht sagen,

woran er das merkte, aber wenn man jemanden seit der Kindheit kannte, lernte man eben, Nuancen zu deuten.

»Alles okay bei dir?«, fragte Qhuinn.

Blay deutete in Richtung Klinik. »Ja, klar. Sie ist gerade im Untersuchungszimmer.«

Okay, offensichtlich war das Thema beendet. Was es auch war.

Qhuinn erwachte wieder zu neuem Leben und joggte durch den Flur. Beinahe wäre er ungebremst zur Tür hineingeplatzt, doch in letzter Sekunde rief er sich zur Ordnung. Untersuchungen an schwangeren Vampirinnen konnten äußerst intime Körperpartien betreffen – und obwohl er mit Layla geschlafen hatte, war ihre Beziehung ganz gewiss nicht so vertraut.

Er klopfte. »Layla? Bist du da drin?«

Es dauerte kurz, dann öffnete Doc Jane. »Hallo, komm rein. Ich bin froh, dass Blay dich gefunden hat.«

Die Miene der Ärztin wirkte unergründlich, was ihn fast in den Wahnsinn trieb. Denn wenn Ärzte auf professionelle Weise freundlich waren, musste man mit dem Schlimmsten rechnen.

Er blickte an Vs *Shellan* vorbei zu Layla – doch es war Blay, an dem er sich festhielt, indem er seinen Arm packte.

»Kannst du bleiben?«, presste er aus dem Mundwinkel hervor.

Blay schien überrascht, aber er fügte sich der Bitte und ließ die Tür zufallen.

»Was ist los?«, fragte Qhuinn.

Von wegen Kontrolluntersuchung: Laylas Augen waren geweitet und verstört, während ihre fahrigen Hände mit dem offenen, zerzausten Haar spielten.

»Es hat sich eine Veränderung ergeben«, sagte Doc Jane nach kurzem Zögern.

Schweigen.

Qhuinn schrie fast: »Okay, Leute, hört zu: Wenn mir jetzt nicht bald jemand sagt, was los ist, verliere ich den Verstand …«

»Ich bin schwanger«, platzte Layla heraus.

Und was soll daran jetzt neu sein?, fragte Qhuinn sich, und sein Kopf begann zu summen.

»Wie es scheint, ist der Schwangerschaftsabbruch zu einem Ende gekommen«, erklärte Jane. »Doch die Schwangerschaft besteht weiter.«

Qhuinn blinzelte. Dann schüttelte er den Kopf – aber nicht nur ganz leicht, sondern so, als wollte er einen Schneesturm in einer Schneekugel auslösen.

»Das verstehe ich nicht.«

Doc Jane setzte sich auf einen Drehstuhl und öffnete eine Krankenakte auf ihrem Schoß. »Ich habe eine Blutprobe genommen. Es gibt eine Skala von Schwangerschaftshormonen …«

»Ich muss mich übergeben«, unterbrach Layla. »Jetzt …«

Alles stürzte auf die arme Auserwählte zu, doch nur Blay war so schlau, einen Mülleimer mitzubringen, und den benutzte Layla dann.

Während sie würgte, hielt Qhuinn ihr das Haar zurück, ein bisschen wackelig auf den Beinen.

»Es geht ihr *nicht* gut«, sagte er vorwurfsvoll zur Ärztin.

Jane sah ihn über Laylas Kopf hinweg an. »Das ist normal bei einer Schwangerschaft. Offensichtlich auch bei Vampirinnen …«

»Aber sie blutet …«

»Nicht mehr. Ich habe einen Ultraschall durchgeführt. Dabei konnte ich die Fruchtblase sehen. Die Schwangerschaft besteht …«

»Ach du Scheiße!«, rief Blay.

Erst verstand Qhuinn nicht, warum der Kerl so fluchte. Doch dann bemerkte er zu seinem Erstaunen, dass die Zimmerdecke sich da befand, wo eben noch die Wand gewesen war.

Nein, Moment.

Er verlor das Bewusstsein.

Sein letzter Gedanke war, dass es wirklich cool von Blay war, ihn aufzufangen, als er zu Boden ging wie ein gefällter Baum.

Im Kontext der Sprache gab es weitaus bedeutsamere Worte als das Wörtchen »so«. Es gab ausgefallene Worte, geschichtsträchtige Worte, Worte, die über Leben und Tod entschieden. Es gab vielsilbige Zungenbrecher, auf die man sich vorbereiten musste, bevor man sie aussprach, und Schlüsselbegriffe, die Kriege in Gang setzten oder aufhalten konnten ... und sogar lyrische Unsinnigkeiten, die wie eine Symphonie über die Lippen gingen.

Allgemein spielte »so« also nicht in der ersten Liga. Tatsächlich hatte es kaum eine Eigenbedeutung und war im täglichen Dasein nicht mehr als eine Steigerung, ein Beiwerk der Träger eines Satzes.

Doch es gab einen Zusammenhang, in dem diese bescheidenen zwei Buchstaben einen großen Unterschied machten.

Lieben.

Ob man jemanden »liebte« oder »so liebte«, war ein himmelweiter Unterschied, ähnlich wie zwischen einer Kerbe und dem Grand Canyon. Wie zwischen einem Stecknadelkopf und dem gesamten Mittleren Westen. Oder wie zwischen Atemstoß und Orkan.

Jetzt weiß ich, warum er dich ...

Als Blay jetzt im Untersuchungszimmer auf dem Boden saß, einen ausgeknockten Qhuinn im Schoß, konnte er sich einfach nicht mehr erinnern, was Layla als Nächstes gesagt hatte. War es »liebt«? Was im Grunde nichts Neues war, denn Blay wusste, dass Qhuinn ihn liebte, als Freund, und das nun schon seit Jahrzehnten. Das änderte nichts.

Oder hatte sie es tatsächlich mit dem Wörtchen »so« verstärkt?

Was wiederum heißen würde, dass er es Qhuinn womöglich jeden Moment gleichtat und selbst in Ohnmacht sank.

»Wie geht es meinem anderen Patienten?«, erkundigte Doc Jane sich, als Layla zurück auf die Untersuchungsliege sackte.

»Atmet«, antwortete Blay.

»Er wird wieder zu sich kommen.«

Das stand zu hoffen, dachte Blay, während er Qhuinns Gesicht betrachtete – als könnten ihm diese vertrauten Züge trotz der Ohnmacht die Frage beantworten.

Die Auserwählte hatte ganz bestimmt nicht »so liebt« gesagt.

Unmöglich. Er würde nicht zulassen, dass zweimal zügelloser Sex ihn dazu verleitete, die Worte einer Dritten umzuinterpretieren.

»Bist du sicher, dass alles in Ordnung ist?«, hörte er Layla die Ärztin fragen.

»Wegen des Erbrechens? Soweit ich von Ehlena weiß, kann es durchaus Symptom einer bestehenden Schwangerschaft sein. Tatsächlich kann es sogar auf einen guten Verlauf hindeuten. Es liegt an den Hormonen.«

»Ich muss nicht zurück zu Havers, oder?«

»Sagen wir mal so, Ehlena kommt heute Abend von ihrem Vater zurück. Dann werden wir wissen, ob sie sich zutraut, dich zu behandeln – und dann sehen wir einfach weiter. Ich will dir nichts vormachen … meiner Meinung nach haben wir es hier mit einem Wunder zu tun.«

»Da bin ich ganz deiner Meinung.«

Während die Frauen sich unterhielten, betrachtete Blay Qhuinns geschlossene Lider. Ja, es war ein Wunder. Klarer Fall …

Wie aufs Stichwort kam Qhuinn wieder zu sich, und seine dichten dunklen Wimpern flatterten, als versuchten sie zu ergründen, wie ernst es ihm mit dem Erwachen war.

»Layla!«, rief er aus und setzte sich ruckartig auf.

Blay schob sich zurück und ließ Qhuinn los. Er kam sich ein bisschen dumm vor.

Erst recht, als Qhuinn auf die Füße sprang und zu Layla eilte.

Blay blieb, wo er war, und lehnte sich an die Schränke unter dem Waschbecken, die Knie angezogen, die Hände auf den Oberschenkeln. Obwohl es ihm das Herz brach, musste er den beiden zusehen. Mit unglaublicher Zärtlichkeit strich Qhuinn Layla das Haar aus der Stirn.

Dann raunte er ihr etwas zu, leise und ermutigend.

Bevor Blay es sich versah, war er draußen auf dem Flur und lief ziellos umher. So schwer es war, Mitgefühl von Qhuinn anzunehmen … zuzusehen, wie er es einem anderen spendete, war schlicht unerträglich – auch wenn die entsprechende Person es mehr als verdiente.

Der Gedanke, dass Layla in ihrer Triebigkeit genau das von Qhuinn bekommen hatte, was er in den letzten zwei Tagen genossen hatte, zerriss ihm das Herz – aber noch schlimmer war, dass das mit ihr einem biologischen Zweck gedient hatte. Sie war schwanger – und dank Payne würde es wohl dabei bleiben.

Im Grunde hatte er das Richtige getan, als er sich am

Tag zuvor an Vs Schwester gewandt hatte. Vorausgesetzt, das war tatsächlich die Ursache für diese unglaubliche Wendung. Dennoch fühlte er sich entgegen aller Logik ...

»Alles okay bei dir?«

Blay blieb wie angewurzelt stehen. Qhuinns Stimme zu hören kam überraschend. Er hätte erwartet, dass der Kerl bei der Auserwählten bleiben würde.

Er sammelte sich, vergrub die Hände in den Taschen, atmete tief durch und drehte sich um.

»Ja, alles okay. Ich dachte nur, ihr wollt vielleicht für euch sein.«

»Danke, dass du mich aufgefangen hast.« Qhuinn hob die Hände. »Keine Ahnung, was da drinnen los war.«

»Die Erleichterung.«

»Wahrscheinlich.«

Es folgte ein Moment der Befangenheit. Aber darin waren sie schließlich Experten.

»Hör zu, ich gehe zurück ins Haus.« Blay setzte ein Lächeln auf und hoffte, dass Qhuinn es ihm abkaufte. »Es ist schön, eine freie Nacht zu haben.«

»Ja, klar. Saxton wartet vermutlich schon auf dich.«

»Warum?«, wollte Blay fragen, doch dann verkniff er es sich. »Ja, so ist es. Kümmere dich um dein Mädchen. Wir sehen uns vielleicht beim Letzten Mahl.«

Damit schlenderte er zum Büro. Er wusste, dass es feige war, sich hinter einer nicht mehr existierenden Beziehung zu verstecken, aber wenn man einen wunden Punkt hatte, brauchte man eben ein Notpflaster.

Mann, kein Wunder, dass Saxton ihn verlassen hatte.

Was war er doch für ein hoffnungsloser Romantiker.

7

Assail fuhr durch das Eingangstor eines Anwesens in einem Reichenviertel von Caldwell. Er war verdrossen. Erschöpft. Gereizt. Und das nicht nur, weil er regelmäßig Kokain geschnupft und nichts gegessen hatte.

Das kleine Cottage stand linker Hand, und er parkte den Range Rover mit dem Kühlergrill voraus unter einem der niedlichen kleinen Fenster. Angenehmer wäre es gewesen, sich hierher zu materialisieren – viel weniger Aufwand –, aber nachdem er die Zwillinge an diesem Goth-Schuppen, dem Iron Mask, abgesetzt hatte, musste er sich eingestehen, dass es ohne Nähren nicht weiterging.

Trotz allem widerstrebte ihm das Ganze. Nicht die Kosten, sondern dass er sich einfach nicht sonderlich zu dieser Vampirin hingezogen fühlte – und es irritierte ihn, dass sie das zu ändern versuchte.

Kälte schlug ihm ins Gesicht, als er die Fahrertür öffnete und ausstieg. Sie belebte ihn etwas und führte ihm vor Augen, wie müde er gewesen war.

Genau in diesem Moment fuhr auf der Straße ein Auto vorbei, irgendeine Limousine.

Und dann öffnete sich die hübsche kleine Tür des Häuschens.

Assails Fänge kitzelten, als seine Sinne die Reize der Vampirin in der Tür empfingen. Sie trug etwas Schwarzes, Dessousartiges und war schon jetzt für ihn bereit. Der betörende Geruch ihrer Erregung lag in der Luft, doch das war es nicht, was seine Lust weckte. Es war ihre Ader, nicht mehr, nicht weniger ...

Assail stutzte und blickte an dem Cottage vorbei in den Wald, der an das Grundstück grenzte.

Durch die kahlen Bäume sah er die roten Rücklichter des Wagens aufleuchten, der gerade vorbeigefahren war. Dann beschrieben die Scheinwerfer einen Bogen, als der Wagen wendete – und gingen schließlich ganz aus.

Augenblicklich langte Assail nach seiner Waffe. »Geh rein. Wir sind nicht allein.«

Die Vampirin hörte sofort mit ihrem aufreizenden Gehabe auf und verschwand im Cottage. Die Tür schloss sich mit einem Knall.

Natürlich wäre es das Beste gewesen, sich in den Wald zu dematerialisieren, aber dazu war Assail einfach zu ausgehungert ...

Auf einmal drehte der Wind und wehte ihm entgegen. Seine Nasenflügel weiteten sich.

Ein leises Knurren entfuhr ihm – aber kein bedrohliches. Mehr eines, das einer Begrüßung gleichkam.

Als könnte er diese spezielle Kombination von Pheromonen je vergessen.

Seine kleine Einbrecherin hatte den Spieß umgedreht und beschattete ihn, so wie er sie in der letzten Nacht beschattet hatte. Wie lange war sie nun schon hinter ihm her, fragte er sich, während er ein Gemisch aus Hochachtung und Frust empfand.

Ihm missfiel, dass sie ihn vielleicht unter der Brücke gesehen hatte. So, wie er sie einschätzte, war das nicht auszuschließen.

Assail atmete langsam und bedächtig ein und fing keine weiteren auffälligen Gerüche auf. Sie war also allein.

Informationsbeschaffung. Aber für wen?

Assail wandte sich wieder dem Cottage zu und lächelte finster. Sie würde sich anpirschen, sobald er drinnen war, das stand fest … und natürlich würde er ihr eine Show bieten.

Er klopfte an die Tür, und die Vampirin öffnete erneut.

»Alles in Ordnung?«, fragte sie besorgt.

Assail musterte ihr Gesicht und blieb an ihrem Haar hängen. Es war dunkel. Kräftig. Ein bisschen so wie das seiner kleinen Einbrecherin.

»Alles klar. Nur ein Mensch, der eine Autopanne hat.«

»Dann müssen wir uns also keine Sorgen machen?«

»Ganz und gar nicht.«

Als sich Erleichterung auf ihrem Gesicht breitmachte, trat er ein und schloss die Tür.

»Wie schön, dass du zu mir zurückkommst«, schnurrte die Vampirin und ließ ihren spitzenbesetzten Satinmorgenmantel auseinanderklaffen.

Heute trug sie ein schwarzes Negligé, das ihre Brüste nach oben drückte und ihre Taille so schlank wirken ließ, als könnte er sie mit einer Hand umfangen. Ihr Geruch war aufdringlich: Sie hatte zu viel Handcreme, Bodylotion, Shampoo, Conditioner und Parfüm verwendet.

Assail wünschte wirklich, sie würde sich den Aufwand sparen.

Mit einem kurzen Blick überprüfte er die Lage der

Fenster – die natürlich unverändert war: zwei schmale Öffnungen rechts und links des aus Flusssteinen gemauerten Kamins. Ein breites, dreigeteiltes Fenster über der Spüle. Und dann noch ein bogenförmiges links über der gepolsterten Sitznische mit den Gobelinkissen.

Seine Einbrecherin würde das Fenster rechts vom Kamin wählen. Es lag im Schatten des Schornsteins und wurde nicht vom Schein der Laterne über der Haustür erreicht.

»Bist du für mich bereit?«, schnurrte die Vampirin.

Assail fasste in sein Jackett. Die zehn Hunderterscheine waren in der Mitte gefaltet und bildeten ein dünnes Bündel.

Für die Übergabe wandte er Fenster und Kamin den Rücken zu. Aus irgendeinem Grund wollte er nicht, dass seine Einbrecherin sah, wie er zahlte.

Alles Weitere würde er ihr nur zu gerne zeigen.

»Bitte.«

Er hoffte, dass die Vampirin das Geld nicht zählte, und das tat sie auch nicht. »Danke«, sagte sie, trat zurück und steckte es in einen roten Keramiktopf. »Sollen wir?«

»Ja, wir sollen.«

Mit einem Schritt war Assail bei ihr und übernahm das Kommando. Er umfasste ihr Gesicht, legte ihren Kopf in den Nacken und küsste sie stürmisch. Sie stöhnte, als wäre ihr sein gieriger Angriff nicht nur willkommen, sondern eine unverhoffte Überraschung.

Assail freute sich, dass es ihr gefiel. Doch ob es ihr Vergnügen bereitete, war hier nicht das Entscheidende.

Er drehte sie herum und führte sie durch das kleine Cottage zur Couch an der Wand, schob sie mit seinem Körper vor sich her und bettete sie dann mit dem Kopf in Richtung Kamin. Sie legte sich auf den Rücken und brei-

tete die Arme aus, sodass sich ihre Brüste nach oben schoben und gegen die Satinkörbchen pressten.

Assail bestieg sie in voller Montur und mit Mantel und
schob ein Knie zwischen ihre Beine, dann griff er nach
ihrem knöchellangen Negligé und schob es hoch ...

»Nein, nein«, sagte er, als sie die Arme um seinen Hals
schlingen wollte. »Ich möchte dich sehen.«

Unsinn. Er wollte, dass sie vom Fenster aus zu sehen
war.

Während sie sich willig fügte, küsste er sie erneut und
schob den dünnen Stoff weiter hoch – und sobald das
geschehen war, spreizte sie die Beine.

»Nimm mich«, stöhnte sie und bog sich ihm entgegen.

Tja, das war leider nicht möglich. Er war nicht hart.

Aber das mussten ja nicht alle wissen.

Um Leidenschaft vorzutäuschen, ließ er seinen Mantel
von den Schultern gleiten. Dann durchbiss er die Träger
ihres Negligés mit den Zähnen und entblößte ihre Brüste im Feuerschein. Augenblicklich verhärteten sich die
dunklen Brustwarzen inmitten all der hellen Haut.

Assail hielt inne, als wäre er von dem Anblick ergriffen.
Dann streckte er die Zunge heraus und senkte den Kopf.

Doch im letzten Moment, kurz bevor er zu lecken und
zu saugen begann, sah er zum rechten schwarzen Fenster
auf und begegnete dem Blick der Frau, die ihn, dessen
war er sich gewiss, aus den Schatten beobachtete ...

Eine Welle purer, konzentrierter Lust schwappte über
ihn hinweg, riss ihn mit sich und drängte die Vernunft als
Antrieb seines Handelns in den Hintergrund. Die Vampirin unter ihm war keine Vertreterin seiner Spezies mehr,
deren Gunst er sich für kurze Zeit erkauft hatte.

Sie wurde zu seiner Einbrecherin.

Und das veränderte alles. Er schlug die Zähne in ihren schlanken Hals, nahm ihre Ader, holte sich, was er brauchte ...

Und stellte sich dabei die ganze Zeit vor, die Menschenfrau läge unter ihm.

Sola schnappte nach Luft ...

Und riss sich von dem Fenster los.

Dann stolperte sie rücklings gegen den harten gemauerten Schornstein und schloss die Augen. Ihr Herz hämmerte wie wild, während sie die kalte Luft in tiefen Zügen einsog.

Doch trotz geschlossener Lider sah sie noch immer, wie die nackten Brüste der Frau sich vor ihm erhoben, wie sein dunkler Schopf sich senkte, die Zunge hervorschoss ... und dann seine Augen, als er den Blick hob und sie ansah.

Gütiger Himmel, woher wusste er, dass sie da war?

Scheiße, sie würde niemals vergessen, wie diese Frau sich vor ihm rekelte, während er den Mantel von sich warf und in die Wiege ihres schmalen Beckens drängte. Sie konnte sich die Wärme vorstellen, die vom Kaminfeuer ausging, und die noch viel größere Hitze, die er selbst ausstrahlte – das Gefühl von Haut auf Haut, die Aussicht auf pure Ekstase.

Nicht noch einmal hinschauen, ermahnte sie sich. *Er weiß, dass du da bist ...*

Der leidenschaftliche Schrei einer Frau auf dem Höhepunkt drang aus dem Cottage und störte das beschauliche Ambiente.

Sola blickte erneut durch das Fenster ... obwohl sie wusste, dass es dumm war.

Er hatte das Gesicht am Hals der Frau vergraben, stützte seinen schweren Oberkörper mit seitlich aufgestellten Armen und nahm sie mit peitschenden Hüft-schwüngen.

Er sah nicht mehr auf. Und er würde noch eine Weile beschäftigt sein.

Zeit für den Rückzug.

Außerdem: Musste sie da wirklich zusehen?

Mit einem Fluch löste Sola sich vom Fenster, stapfte durch widerspenstiges Gestrüpp, vorbei an dürren, blatt-losen Bäumen. Sie gelangte zu ihrem Mietwagen, sprang hinein, verriegelte die Türen und startete den Motor.

Dann schloss sie erneut die Augen und ließ die Szene vor ihrem Geist Revue passieren: wie sie sich dem Cottage genähert hatte, unter das Fenster geschlichen war, sich im Schatten des Kamins gehalten hatte.

Wie er mitten im Raum gestanden hatte, vor dieser schlanken Frau in schwarzem Satin mit Haaren bis zu den Hüften. Er hatte ihr Gesicht umfasst und sie gierig geküsst, und seine Schultern hatten sich gewölbt, als er sich zu ihr hinunterbeugte, mit diesem unglaublich ero-tischen Ausdruck …

Dann hatte er sie zur Couch gedrängt.

Obwohl sie es nur ungern zugab, hatte Sola eine voll-kommen irrationale Eifersucht gepackt. Aber damit nicht genug: Ihr Körper reagierte auf die Szene vor ihr und ließ ihr Geschlecht erblühen, als würde er *ihre* Lippen küssen, *ihre* Hüften umfassen, sich an *ihre* Brüste pressen. Und die-se Empfindungen hatten sich verstärkt, als er die Frau auf die Couch gebettet hatte, mit hungrigem Ausdruck und funkelnden Augen, als hätte er eine Mahlzeit vor sich, die er verschlingen würde.

Zuschauen war falsch. Zuschauen war schlecht.

Doch nicht einmal die Gefährdung ihrer Sicherheit – mal ganz abgesehen von ihrer geistigen Gesundheit – hatten sie vom Fenster vertreiben können. Erst recht nicht, als er sich aufgebäumt hatte, um seinen schweren Mantel abzustreifen. Sie hatte nicht anders gekonnt, als ihn sich nackt vorzustellen: wie er im Feuerschein aussehen mochte, seine starke Brust und seine Bauchmuskeln, wenn sie sich unter der Haut zusammenzogen ... und dann sah es aus, als hätte er die Spaghettiträger des Negligés mit den Zähnen durchtrennt – *mit den Zähnen!*

Gerade, als die schrecklich wohlgeformten Brüste der Frau entblößt wurden ... hatte er sie angesehen.

Ohne Vorwarnung. Sein funkelnder Raubtierblick hatte sich gehoben und in sie gebohrt, während ein verschlagenes Lächeln um seine Mundwinkel spielte.

Als wäre diese Vorführung ganz allein für sie bestimmt.

»Scheiße. *Scheiße.*«

Eines war klar: Wenn er ihr eine Lektion in Sachen Neugierde erteilen wollte, hätte man sich kaum etwas Wirkungsvolleres vorstellen können – außer vielleicht, ihr den Lauf einer Vierziger in den Mund zu rammen.

Sola fuhr auf die Straße. Der Ford Taurus brauchte eine Weile, um die erlaubten siebzig Stundenkilometer zu erreichen, und sie sehnte sich nach ihrem Audi: Das Blut rauschte noch immer durch ihre Adern, und sie brauchte dringend eine äußere Ausdrucksform für den Tumult in ihrem Inneren.

Irgendein Ventil.

Wie ... Sex zum Beispiel.

Aber nicht mit sich selbst.

9

Rehvs Sommerhaus hatte alles, was zu einem typischen
Blockhaus in den Adironbacks gehörte: ein rustikales
Haupthaus mit Zedernschindelverkleidung und jeder
Menge Balkonen und Veranden. Diverse Schuppen und
Gästehäuschen. Seeblick. Schlafzimmer im Überfluss.

Trez und iAm nahmen neben dem Haus Gestalt an
und gingen durch den Schnee auf den Hintereingang
zu. Selbst im Winter sah dieses Haus einladend aus, denn
aus den rautengemusterten Bleiglasfenstern strahlte ein
warmes gelbes Licht in die Nacht. Doch die Idylle trog:
Die reichen Viktorianer, die diese Sommerresidenzen als
Zufluchtsort vor Hitze und Lärm der Industriestädte gebaut hatten, hatten sie ganz bestimmt nicht mit laserge-
steuerten Bewegungsmeldern und Berührungsdetekto-
ren an sämtlichen Fenstern und Türen ausgestattet, und
erst recht nicht mit einem System von mehreren Alarm-
anlagen, das über ein vollintegriertes Multi-Interface-Pa-
nel kontrolliert wurde.

Buh!

Trez legte den Daumen auf einen dezent platzierten Scanner links der Tür, die sich sogleich zum Dreh- und Angelpunkt des Hauses öffnete: einer Großküche, komplett in Edelstahl ausgestattet, die sich jederzeit mit der im Sal's messen konnte.

Im Ofen wurde etwas gebacken. Brot, dem Geruch nach zu schließen.

»Ich bin hungrig«, bemerkte Trez und zog die Tür zu. Sie verriegelte sich automatisch, aber aus alter Gewohnheit überprüfte er sie trotzdem.

Irgendwo bediente jemand einen Staubsauger – vermutlich eine Auserwählte. Seit Phury Primal war und die Auserwählten von ihrem Klosterleben auf der Anderen Seite befreit hatte, bot ihnen Rehv sein Haus als Bleibe an. Und das war gut so. Hier war man ungestört, insbesondere außerhalb der Saison, und die abgeschiedene Lage ermöglichte einen sanften Übergang von der beschaulichen Gleichförmigkeit, die, wenn Trez richtig informiert war, im Heiligtum herrschte, zum hektischen, oftmals aufwühlenden Leben auf der Erde.

Er war lange nicht mehr in diesem Haus gewesen – seit die Auserwählten eingezogen waren, um genau zu sein. Aber seit Rehv seine Betätigung als Drogenbaron an den Nagel gehängt hatte, indem er das ZeroSum in die Luft sprengte, hatte auch Trez' Verpflichtung ihm gegenüber an Dringlichkeit verloren.

Und da Rehv keine Rubine und sexuellen Dienste mehr an die Prinzessin liefern musste, hatte es selten Anlass gegeben, hier hoch in den Norden zu kommen.

Doch das hatte sich offensichtlich geändert.

»Hey, Rehv, wo steckst du?«, rief Trez mit dröhnender Stimme.

Sosehr sein Magen protestierte, traten er und sein Bruder in den großen Wohnraum, mit seinem erdrückenden viktorianischen Dekor: granatfarbene Orientteppiche, Sitzbänke mit Gobelinstickereien bezogen, ausgestopfte Köpfe von Bison, Hirsch, Elch und Rotluchs an der Wand rund um einen Kamin aus grobem Stein.

»Rehv!«, rief er erneut.

Mann, vor dieser Waschbärlampe hatte er sich schon immer ein bisschen gefürchtet. Genauso wie vor der ausgestopften Eule mit der Sonnenbrille.

»Er kommt gleich runter.«

Trez drehte sich nach der Frauenstimme um.

Und stellte auf diese Weise die Weichen für sein weiteres Leben.

Es war eine einfache Treppe, die vom ersten Stock herunterführte, gerade, niedrige Stufen, schlichtes Geländer, keine architektonischen Verkünstelungen.

Doch angesichts der Vampirin in der weißen Robe, die jetzt am Fuß der Treppe stand, wirkte sie, als führte sie geradewegs vom Himmel herab. Die Vampirin war groß und schlank, verfügte aber über die entscheidenden Rundungen. Ihr wallendes Kleid konnte die hochangesetzten, großen Brüste oder die anmutige Wölbung ihrer Hüften nicht verbergen. Ihre Haut war glatt und milchkaffeefarben, ihr dunkles Haar hatte sie eingedreht und hochgesteckt. Ihre Augen waren hell und von dichten Wimpern gerahmt.

Ihre vollen Lippen waren rosig.

Er wollte sie küssen.

Erst recht, als sie sich bewegten und auf betörende Weise Worte formten, die er nicht verstand …

iAms harter Ellbogen stieß ihm in die Rippen, und er zuckte zusammen. »Au, was soll der Scheiß – äh, Mist? Verdammt! Ich meine verflixt.«

Mannomann, was für ein cooler Auftritt.

»Sie hat gefragt, ob wir etwas essen wollen«, raunte iAm ihm zu. »Ich sagte *Nein, für mich nichts.* Jetzt bist du dran.«

O ja, er hatte große Lust, etwas zu verspeisen. Er wollte vor ihr auf die Knie fallen und unter diese …

Trez schloss die Augen und fühlte sich wie das letzte Stück Dreck. »Nein, danke, für mich auch nichts.«

»Sagtest du nicht, du hättest Hunger?«

Trez öffnete die Lider und warf seinem Bruder einen warnenden Blick zu. Wollte er ihn wie einen Idioten dastehen lassen?

iAms wissender Blick verriet ihm, dass er damit richtiglag.

»Nein, ich bin satt«, sagte er gepresst, und zwischen den Zeilen teilte er seinem Bruder mit: *Treib's nicht zu weit, mein Freund!*

»Ich wollte gerade nach meinem Brot sehen.«

Trez musste erneut die Augen schließen, als die Stimme der Auserwählten in seinen Ohren klang. Sie trieb seinen Blutdruck in die Höhe und hatte gleichzeitig etwas Beruhigendes an sich.

»Weißt du was«, hörte er sich sagen, »vielleicht könnte ich doch noch einen Happen vertragen.«

Sie lächelte ihn an. »Dann kommt mit. Ich bin mir sicher, wir finden etwas nach Eurem Geschmack.«

Sie ging auf die Tür zu, durch die er und iAm gerade gekommen waren, und Trez blinzelte wie benebelt.

Es war lange, sehr lange her, dass eine Frau etwas Unzweideutiges zu ihm gesagt hatte … doch sie schien mit diesen Worten, die man sehr wohl als Anmache interpretieren konnte – zumindest als Lüstling, wie er einer war –, keineswegs anzudeuten, dass sie ihm einen blasen wollte oder gleich mit ihm schlafen. Oder ihn auch nur anziehend fand.

Was ihn natürlich noch mehr anstachelte.

Seine Füße liefen einfach los. Er reagierte wie ein Hund, der seinem Frauchen folgte, ohne auch nur eine Sekunde nachzudenken …

iAm packte ihn am Arm und riss ihn zurück. »*Denk* nicht einmal daran.«

Trez' erster Impuls war, sich loszureißen, und wenn es ihn den Arm kostete. »Ich weiß nicht, wovon du redest …«

»Zwing mich nicht, dich an deinem Ständer zu packen, um es dir zu verdeutlichen«, zischte iAm.

Benommen sah Trez an sich herab. Oh fuck. »Ich habe nicht vor, sie …« *Zu vögeln,* wollte er schon sagen, aber, Himmel, nein, er konnte diesen vulgären Ausdruck nicht in Bezug auf dieses Geschöpf verwenden, nicht einmal hypothetisch. »Du weißt schon, sie anzumachen oder dergleichen.«

»Und das soll ich dir abnehmen?«

Trez' Augen hefteten sich auf die Tür, hinter der sie verschwunden war. Scheiße. In Sachen Enthaltung mangelte es ihm tatsächlich an Glaubwürdigkeit.

»Diese Frau ist nicht für dich bestimmt, verstanden?«, presste iAm hervor. »Es wäre unfair ihr gegenüber – aber vor allem wird dich Phury mit seinem schwarzen Dolch durchbohren, wenn du dich an ihr vergreifst. Sie gehört *ihm,* nicht dir.«

Einen Moment lang kochte Trez vor Wut – aber nicht, weil sich der Feminist in ihm dagegen auflehnte, Frauen wie Besitztümer zu behandeln, was natürlich falsch war. Nein, es war, weil …

Mein.

Von irgendwo aus tiefsten Tiefen drängte dieses Wort

in sein Bewusstsein, als hätten all seine Körperzellen eine gemeinsame Stimme gefunden und sprächen die einzige Wahrheit aus, die zählte.

»Tut mir leid, dass ihr warten musstet.«

Rehvs Stimme riss Trez von diesem jähen Abgrund zurück.

Der König der *Symphathen* kam die gleichen Stufen herunter wie die Auserwählte, gestützt auf seinen Gehstock und eingemummt in einen schwarzen Nerz, weil ihm aufgrund der Medikamente, die er einnahm, chronisch kalt war.

Während iAm etwas sagte und Rehv darauf antwortete, sah Trez erneut zur Küchentür. Was sie wohl da drinnen trieb? O Mann, wahrscheinlich bückte sie sich gerade, um nach dem Brot zu sehen …

Ein leises Knurren entrang sich seiner Kehle.

»Verzeihung?«, fragte Rehv irritiert, und seine violetten Augen verengten sich.

Ein weiterer Rippenknuff brachte Trez zur Besinnung. »Entschuldigung. Magenverstimmung. Wie läuft's bei dir?«

Rehv wölbte eine Braue, doch dann zuckte er die Achseln. »Ich brauche eure Hilfe.«

»Jederzeit«, sagte Trez wie aus der Pistole geschossen.

»Morgen Nacht findet ein Ratstreffen statt. Mit Wrath. Die Bruderschaft bietet ihm Schutz, aber ich will, dass ihr beide heimlich mit von der Partie seid.«

Trez stutzte. Vor den Plünderungen vor ein paar Jahren war der Rat regelmäßig zusammengekommen. Damals hatte Rehv nie Hilfe benötigt. »Was ist los?«

»Wrath wurde im Herbst angeschossen.«

Wie bitte?

Trez' Gesicht verhärtete sich. »Von wem?« Schließlich mochte er den König.

»Xcors Bande. Ihr kennt sie nicht, aber das könnte sich morgen Nacht ändern – wenn ihr euch bereit erklärt, zu kommen.«

»Klar sind wir dabei.« iAm nickte, und Trez verschränkte die Arme vor der Brust. »Wo findet das Ganze statt?«

»Ich halte das Treffen um Mitternacht in einem Haus in Caldwell ab – einem der wenigen, die von der Gesellschaft der *Lesser* verschont geblieben sind –, doch der größte Teil der Familie wurde trotzdem ausgelöscht, weil sie eine andere Familie in der Stadt besuchten, als dort angegriffen wurde.« Rehv setzte sich auf die Bank mit der Gobelinstickerei und zwirbelte seinen Gehstock zwischen den Beinen. »Der Plan ist folgender: Wrath ist mittlerweile vollkommen blind, doch das weiß man in der *Glymera* nicht. Ich möchte, dass er bereits im Morgensalon sitzt, wenn die Aristokraten eintreffen, damit sie nicht sehen, dass er zu seinem Platz geführt werden muss. Dann ...«

Während Rehv mit seinen Erläuterungen fortfuhr, setzte Trez sich an den Kamin und nickte an den entsprechenden Stellen.

Doch in Gedanken war er in der Küche bei der Vampirin ...

Wie sie wohl hieß?, fragte er sich.

Aber nicht minder wichtig: Wann konnte er sie wiedersehen?

9

Im Untersuchungszimmer der Klinik fühlte Qhuinn sich, als würde er schweben. Aber diesmal nicht in einer absturzreifen Cessna mit einem verwundeten Bruder an Bord.

»Entschuldige, kannst du das wiederholen?«

Lächelnd schob Doc Jane einen Rolltisch ans Bett. Qhuinn registrierte nur am Rande, was darauf lag, weil er sich ganz darauf konzentrierte, was die Ärztin sagen oder nicht sagen würde. »Die Schwangerschaft besteht weiter. Laylas Hormonspiegel hat sich planmäßig verdoppelt, der Blutdruck stimmt, die Herzfrequenz könnte nicht besser sein. Und es gibt weiterhin keine Blutung, habe ich recht?«

Die Auserwählte schüttelte den Kopf und sah dabei so ungläubig aus, wie er sich fühlte. »Kein bisschen.«

Qhuinn lief im Kreis, raufte sich das Haar und litt unter kompletter Gedankenblockade. »Ich verstehe das nicht ... ich meine, ich will das Kind – wir beide wollen es –, aber was war mit der Blutung ...«

Nach der Höllenfahrt in den Abgrund setzte es ihn nun völlig außer Gefecht, als es unverhofft wieder bergauf ging.

Doc Jane schüttelte den Kopf. »Das hilft euch jetzt vermutlich nicht weiter, aber auch Ehlena hat so etwas noch nie erlebt. Ich verstehe eure Verwunderung. Und kaum jemand weiß so gut wie ich, dass Hoffnung trügen kann. Nach allem, was ihr gerade durchgemacht habt, fällt es schwer, optimistisch in die Zukunft zu blicken.«

Mann, Vs *Shellan* war echt nicht dumm.

Qhuinn musterte Layla. Sie trug Weiß, aber nicht die Robe, die sie in der heiligen Glaubensgemeinschaft der Auserwählten getragen hatte, sondern einen gewöhnlichen Bademantel. Darunter spitzte ein Nachthemd hervor, mit pinken und roten Herzchen auf weißem Grund. Und auf dem Rolltisch standen eine Schachtel Cracker und ein Sixpack Ginger Ale.

Lauter rezeptfreie Arzneien.

Doc Jane öffnete die Packung. »Ich weiß, dass Essen das Letzte ist, woran du jetzt denkst.« Sie reichte Layla einen der trockenen, salzigen Kekse. »Aber wenn du das hier isst und etwas Ginger Ale dazu trinkst, beruhigt dein Magen sich vielleicht etwas.«

Zu Laylas Erstaunen war es tatsächlich so. Letztlich verputzte sie die halbe Packung und trank dazu zwei der kleinen grünen Fläschchen.

»Das scheint wirklich zu helfen, oder?«, staunte Qhuinn, als die Auserwählte sich mit einem zufriedenen Seufzer zurücklehnte.

»Du hast ja *keine* Ahnung.« Layla legte die Hand auf ihren Unterleib. »Was auch immer nötig ist, ich werde es tun, essen, trinken.«

»Ist die Übelkeit so schlimm?«

»Es geht nicht um mich. Mir ist einerlei, ob ich mich die nächsten achtzehn Monate übergebe, solange es dem Kind gut geht. Aber ich habe Angst, durch das Würgen etwas auszulösen … du weißt schon.«

Okay, jeder, der Frauen für das schwächere Geschlecht hielt, hatte wirklich einen an der Waffel.

Er sah Doc Jane an. »Was machen wir jetzt?«

Die Ärztin zuckte die Schultern. »Mein Rat wäre: Vertraut auf die Symptome und die Testergebnisse und macht euch nicht verrückt. Laylas Körper war und ist der Antrieb. Wenn es keine weiteren Anzeichen für eine Fehlgeburt gibt, sondern alles auf einen normalen Schwangerschaftsverlauf hindeutet, solltet ihr tief durchatmen und die Sache Schritt für Schritt auf euch zukommen lassen. Blickt nicht zu weit in die Zukunft und zerbrecht euch nicht den Kopf über die letzten Tage, sonst übersteht ihr das nicht.«

Da war etwas dran, dachte Qhuinn.

Janes Handy klingelte. »Sekunde – verflixt. Ich muss nach dem *Doggen* sehen, der sich gestern in die Hand geschnitten hat. Layla, aus meiner Sicht gibt es keinen Grund, warum du hier unten bleiben müsstest. Trotzdem will ich nicht, dass du in den nächsten Tagen das Anwesen verlässt. Wir warten eine Weile ab, okay?«

»Selbstverständlich.«

Kurz darauf war Doc Jane verschwunden und ließ einen etwas ratlosen Qhuinn zurück. Er wollte Layla ins Haus helfen, aber verflixt noch mal, sie war doch kein Krüppel. Trotzdem hatte er das Gefühl, sie herumtragen zu müssen – so ungefähr bis zum Ende der verdammten Schwangerschaft.

Er lehnte sich an einen der Stahlschränke. »Ich will dich alle zwei Sekunden fragen, wie es dir geht.«

Layla lachte leise auf. »Dann sind wir schon zu zweit.«

»Möchtest du zurück ins Haus?«

»Weißt du was? Eigentlich nicht. Hier unten fühle ich mich …«, sie sah sich um, »irgendwie sicherer.«

»Kann ich verstehen. Brauchst du etwas?«

Sie nickte in Richtung des kleinen Tabletts mit ihrer Verpflegung. »Solange ich das habe, bin ich versorgt. Und du solltest dich nicht davon abhalten lassen, heute in den Einsatz zu gehen.«

Qhuinn verzog das Gesicht. »Ich dachte, ich bleibe lieber im Haus …«

»Und dann? Ich will dich wirklich nicht vergraulen, aber wahrscheinlich sitze ich nur rum und brüte vor mich hin. Wenn etwas ist, kann ich ja anrufen, und dann kommst du zurück.«

Qhuinn dachte daran, was heute um Mitternacht auf dem Programm stand: das Ratstreffen.

Bei einem gewöhnlichen Einsatz in der Stadt wäre er vermutlich zu Hause geblieben. Aber heute verließ Wrath den Schutz des Anwesens und traf sich mit diesen Arschlöchern aus der *Glymera* …

»Okay«, sagte er zögerlich. »Ich habe mein Handy dabei und sage den anderen, dass ich raus bin, sobald du anrufst.«

Layla nippte an ihrem Ginger Ale und starrte dann in den Becher, als würde sie die Bläschen um das Eis herum betrachten.

Qhuinn dachte an die vergangene Nacht, als sie bei Havers gewesen waren – panisch, verängstigt, zu Tode betrübt.

Scheiße, es konnte jederzeit wieder so kommen, rief er sich ins Gedächtnis. Es war noch viel zu früh, um sich erneut auf die Schwangerschaft einzulassen.

Doch er konnte nicht anders. Als er hier in diesem gekachelten Raum stand, den Geruch von Desinfektionsmittel in der Nase und die Kante eines Schränkchens im Rücken ... erlebte er bewusst den Moment, in dem die Liebe zu seinem Kind entflammte.

Genau hier und jetzt.

So, wie sich der Vampir an seine Vampirin band, so war es auch mit Vater und Kind – daher öffnete sich jetzt sein Herz und ließ alles ein: die Hingabe, die erforderlich war, wenn man sich für ein Kind entschied; die Angst, es zu verlieren, die vermutlich nie aufhörte; die Freude, dass ein Teil von einem auf der Welt bleiben würde, wenn man selbst nicht mehr war; die Ungeduld, es endlich kennenzulernen; die brennende Sehnsucht, es endlich in den Armen zu halten, in seine Augen zu blicken und ihm alle Liebe zu schenken, die man aufbringen konnte.

»Dürfte ich ... deinen Bauch berühren?«, fragte er schüchtern.

»Aber natürlich! Du musst doch nicht fragen.« Layla lehnte sich lächelnd zurück. »Das da drin gehört zur Hälfte dir, weißt du.«

Qhuinn rieb sich nervös die Hände, als er auf Layla zuging. Er hatte sie in ihrer Triebigkeit berührt und danach auch noch auf tröstende Art, wenn es die Situation erforderte.

Doch er hatte nie daran gedacht, sein Baby zu berühren.

Qhuinn sah aus weiter Ferne zu, wie sich seine Dolchhand ausstreckte. Himmel, seine Fingerspitzen zitterten wie Espenlaub.

Doch sie wurden ruhig, sobald er Laylas Bauchdecke berührte.

»Ich bin bei dir«, sagte er. »Dein Daddy ist bei dir. Und

ich gehe nicht weg. Ich warte hier, bis du so weit bist und raus in die Welt kommst, und dann werden Mom und ich auf dich aufpassen. Also bleib ganz einfach, wo du bist, okay? Du machst dein Ding – wir warten, egal, wie lange es dauert.«

Mit der freien Hand nahm er Laylas und legte sie auf seine eigene.

»Deine Familie ist hier bei dir. Wir warten auf dich … und wir lieben dich.«

Es war total bescheuert, mit etwas zu reden, das nicht viel mehr als ein Zellhäufchen war. Aber Qhuinn konnte nicht anders. Die Worte, seine Gesten … sie waren gleichzeitig sein Eigen und kamen doch von einem ihm fremden Ort.

Doch es fühlte sich richtig an.

Wie etwas … das ein Vater tun sollte.

Vierziger links. Check.

Vierziger rechts. Check.

Ersatzmunition am Gürtel. Check.

Zwei Dolche im Brusthalfter. Check.

Lederjacke …

Als es klopfte, steckte Blay den Kopf aus dem Schrank. »Herein?«

Es war Saxton. Blay streifte seine Lederjacke über und drehte sich um. »Hallo. Wie geht es dir?«

Irgendetwas stimmte nicht.

Saxton sah Blay in seiner »Berufskleidung«, wie sie es früher genannt hatten, und seine hellen Brauen wölbten sich voll Unbehagen Richtung Stirn. In Gegenwart von Waffen hatte er sich nie ganz wohl gefühlt.

»Es geht in den Einsatz?«, murmelte er.

»Zu einem Ratstreffen.«

»Ich wusste gar nicht, dass man dazu so schwer bewaffnet sein muss.«

»Das ist die neue Ära.«

»Das kann man wohl sagen.«

Es folgte eine Pause. »Wie geht es dir?«

Saxtons Blick wanderte im Zimmer umher. »Ich wollte
es dir selber sagen.«

Oh, nein, was kam wohl jetzt?

Blay schluckte. »Was denn?«

»Ich bin für eine Weile weg – in Urlaub, um genau zu
sein.« Er hob die Hand, um jeden Widerspruch im Keim
zu ersticken. »Nein, es ist nicht dauerhaft. Für Wrath ist
alles arrangiert, in den nächsten Tagen braucht er mich
nicht. Sollte sich das ändern, komme ich natürlich sofort
zurück. Ich besuche eine alte Freundin. Ich brauche etwas Erholung – aber mach dir keine Sorgen, ich schwöre,
ich komme zurück, und es ist ehrlich nicht wegen uns.
Ich habe monatelang ohne Pause durchgearbeitet und
will einfach für eine Weile keine Termine haben, wenn
du das verstehst.«

Blay atmete tief durch. »Ja, das verstehe ich gut. Wohin
willst du …« Er rief sich ins Gedächtnis, dass ihn das nichts
mehr anging. »Sag mir, wenn du irgendetwas brauchst.«

»Versprochen.«

Einem Impuls folgend, ging Blay auf seinen Exfreund
zu und legte die Arme um ihn, und die platonische Umarmung war so ungezwungen und natürlich wie früher
ihre erotische. Er hielt Saxton in den Armen und wandte
ihm das Gesicht zu.

»Danke«, sagte Blay. »Dass du es mir gesagt hast.«

In diesem Moment ging jemand auf dem Flur vorbei
und wurde langsamer.

Qhuinn. Blay erkannte ihn am Geruch, noch bevor er

seine große, kräftige Gestalt sah. Und in dem kurzen Moment, ehe Qhuinn weiterging, trafen sich ihre Blick über Saxtons Schulter.

Qhuinns Gesicht erstarrte augenblicklich zu einer Maske und verriet keinerlei Gefühl.

Dann trugen ihn seine langen Beine von der offenen Tür weg, und er war verschwunden.

Blay löste die Umarmung und musste sich gewaltsam wieder auf Saxton konzentrieren. »Wie lange bleibst du weg?«

»Mindestens zwei Tage, nicht länger als eine Woche.«

»Okay.«

Saxton blickte sich noch einmal im Zimmer um, und man sah ihm an, dass er sich erinnerte. »Mach's gut und pass auf dich auf da draußen. Versuch nicht, den Helden zu spielen.«

Diesen Part übernahm normalerweise Qhuinn, dachte Blay sofort, es war also unwahrscheinlich, dass er in sein Superman-Kostüm steigen musste.

»Versprochen.«

Saxton ging, und Blay starrte vor sich hin. Er sah nicht, was vor ihm lag, erinnerte sich auch nicht an die Stunden mit Saxton in diesem Zimmer. In Gedanken war er im Nebenzimmer bei Qhuinn … und dem Sex mit Qhuinn.

Scheiße.

Er sah auf die Uhr, steckte das Handy in die Brusttasche seiner Jacke und brach auf. Als er die Treppe hinunterjoggte, hallten ihm Stimmen aus der Eingangshalle entgegen. Die Bruderschaft hatte sich also bereits versammelt und wartete auf das Signal zum Aufbruch.

Da waren sie alle. Z und Phury. V und Butch. Rhage, Tohr und John Matthew.

Blay ertappte sich bei dem Wunsch, Qhuinn möge heute Nacht mit von der Partie sein – aber sicher blieb er wegen Layla zu Hause.

Wo steckt eigentlich Payne?, fragte er sich, als er sich neben John Matthew stellte.

Tohr begrüßte ihn mit einem Nicken. »Okay, einer fehlt noch, dann geht's los. Der erste Schwung geht vor. Auf euer Okay hin dematerialisiere ich mich mit Wrath zum Haus, unterstützt von …«

Lassiter kam aus dem Billardzimmer geschliddert. Der gefallene Engel glitzerte und funkelte von den schwarzblonden Haaren und weißen Augen bis hinab zu den Tretern. Doch vielleicht war es nicht seiner Natur zuzuschreiben, sondern all dem Gold, mit dem er sich behängte.

Er sah aus wie ein wandelnder Weihnachtsbaum.

»Da bin ich. Wo ist meine Chauffeursmütze?«

»Hier, nimm meine.« Butch zückte eine Boston-Red-Sox-Kappe und warf sie Lassiter zu. »Damit kannst du deine Haare bändigen.«

Der Engel fing die Kopfbedeckung aus der Luft und starrte auf das rote S. »Tut mir leid, aber die kann ich nicht aufsetzen.«

»Sag nicht, du bist Yankees-Fan«, meinte V gedehnt. »Denn dann müsste ich dich leider umbringen, und heute Nacht brauchen wir jeden Mann.«

Lassiter warf die Kappe zurück. Pfiff vor sich hin. Machte ein unverfängliches Gesicht.

»Das ist nicht dein Ernst?«, sagte Butch fassungslos. Als hätte sich der Engel freiwillig zur Lobotomie gemeldet. Oder zur Beinamputation. Oder Pediküre.

»Das darf nicht wahr sein«, hauchte V. »Wann und wo hast du dich mit dem Feind verbündet …«

Der Engel hob abwehrend die Hände. »Es ist nicht meine Schuld, dass ihr so mies seid …«

Tohr stellte sich tatsächlich schützend vor Lassiter, als fürchtete er, dass hier gleich mehr als beißende Kommentare durch die Luft fliegen könnten. Und so traurig es war, seine Sorge war durchaus berechtigt. Abgesehen von ihren *Shellans* liebten V und Butch die Red Sox mehr als alles andere – inklusive ihres Verstands.

»Okay, okay«, versuchte Tohr, die Wellen zu glätten, »wir haben andere Sorgen …«

»Irgendwann muss er schlafen«, raunte Butch seinem Mitbewohner zu.

»Ja, pass auf dich auf, Engel«, knurrte V. »Für Leute wie dich haben wir nichts übrig.«

Lassiter zuckte die Schultern, als wären die Brüder nichts weiter als ein paar kläffende Hunde, die um seine Knöchel herumtollten. »Redet da jemand mit mir? Oder ist es nur der Klang verlierender …«

Jetzt wurde es laut.

»Zwei Worte, ihr Loser«, sagte Lassiter gehässig: »Johnny. Damon. Oder wartet: Kevin. Youkilis. Nein: Wade. Boggs. Roger. Clemens. Ist das Essen so schlecht in Boston oder nur das Ballspiel?«

Butch holte aus, bereit, den Engel zu Hackfleisch zu verarbeiten …

»Was ist los da unten?«

Die bellende Stimme aus dem ersten Stock setzte dem Streit ein jähes Ende.

Während Tohr den Cop außer Reichweite des Engels zerrte, richteten sich alle Blicke auf den König, der von seiner Königin die Treppe heruntergeführt wurde. Wraths Anwesenheit brachte alle zur Vernunft, und die Truppe besann sich wieder ihrer Aufgabe. Selbst Lassiter.

Nur Butch nicht. Doch bei ihm lagen auch schon seit vierundzwanzig Stunden die Nerven blank, und das aus gutem Grund: Seine *Shellan* würde an dem Ratstreffen teilnehmen, und das war für den Bruder so, als müsste er einen zweiten Wrath beschützen. Doch Marissa war nun einmal Familienälteste und musste deshalb dabei sein, wenn Rehv Anwesenheitspflicht verhängte.

Armer Kerl.

Schweigen machte sich breit, und in Blays Dolchhand begann es zu kribbeln. Er verspürte den fast unwiderstehlichen Drang, nach seiner Waffe zu greifen. Das Ganze erinnerte einfach zu sehr an den Aufbruch vor dem Attentat im Herbst – auch damals waren sie hier versammelt gestanden, bis Wrath mit Beth die Treppe herunterkam ... und kurz darauf hatte eine Kugel einen Gewehrlauf verlassen und ihren Weg in den Hals des Königs gefunden.

Offensichtlich ging es nicht nur ihm so. Mehrere Hände wanderten an Halfter und verharrten dort.

»Oh, gut, da bist du ja.«

Blay drehte sich verwundert um und musste seine Überraschung verbergen. Nicht Payne stieß zu ihnen, sondern Qhuinn. Und Mann, der Kerl sah aus, als wäre er mehr als bereit, etwas aufzumischen: Sein Blick war finster und seine Haltung gespannt wie ein Flitzebogen in all dem schwarzen Leder.

Blay durchzuckte es. Einen Moment lang konnte er nur noch an Sex denken.

Und in seinem Kopf entstand vollkommen unpassend das Bild, wie er und Qhuinn sich für einen schnellen Quickie in die Speisekammer verdrückten.

Mit einem Stöhnen richtete er seine Aufmerksamkeit wieder auf den König. Hier ging es um Wrath, nicht um sein verdammtes Liebesleben ...

Unbehagen verdrängte sein körperliches Verlangen.

Würden er und Qhuinn je wieder etwas miteinander haben?

Mann, was für ein merkwürdiger Gedanke. Schließlich war Sex nicht das beste Rezept für jemanden in seinem Gemütszustand. Um nicht zu sagen das genaue Gegenteil.

Aber er wollte mehr davon. Gütige Jungfrau der Schrift, er war machtlos.

»Okay, ziehen wir es durch«, meinte Tohr. »Wissen alle, wo sie hinmüssen?«

Schon sonderbar, dass Blay der bevorstehenden Aufgabe erleichtert entgegenblickte, weil sie alles andere aus seinem Kopf verbannen würde. Jetzt gab es für ihn nur noch die Pflicht, das Leben von Wrath zu schützen ... selbst, wenn es ihn das eigene kostete.

Und das war besser, als sich den Kopf über Qhuinn zu zerbrechen.

So viel stand fest.

10

Qhuinn und die gesamte Bruderschaft, ausgenommen Butch, materialisierten sich auf einer verschneiten Terrasse. Es
war eine piekfeine Gegend, was ihn nicht überraschte. Das
Ratstreffen fand auf einem typischen *Glymera*-Anwesen statt:
ein großes, parkähnliches Grundstück, neben der Pforte
ein schnuckeliges Cottage wie von einer Ansichtskarte aus
den Cotswolds, ein riesiges Backsteinhaus mit Zahnschnitt-
sims, farbenfrohen Fensterläden und Schieferdach.

»Los geht's«, meinte V und stapfte auf einen Seitenein-
gang zu.

Die Tür öffnete sich nach dem ersten lauten Klopfen,
als wäre das, wie vieles andere, so vereinbart. Aber wow,
was für eine Gastgeberin ... Die Vampirin in der Tür trug
ein langes schwarzes Abendkleid, das bis zum Nabel aus-
geschnitten war, und dazu ein Diamantcollier so dick wie
das Halsband eines Dobermanns. Außerdem hatte sie sich
mit einem Parfüm eingenebelt, das Qhuinn fast umwarf,
obwohl er noch im Freien stand.

»Ich bin bereit für Euch«, sagte sie mit tiefer, rauchiger Stimme.

Qhuinn runzelte die Stirn. Selbst in ihrem Designerkleid wirkte sie nuttig auf ihn. Doch das war nicht sein Problem.

Nacheinander betraten sie eine Art Wintergarten. Übergroße Topfpflanzen und ein Flügel deuteten darauf hin, dass man hier gesellige Abende abhielt, bei denen die Gäste dem Gejaule irgendeines Opernsängers zuhören mussten.

Würg.

»Hier entlang.« Ihre Gastgeberin vollführte eine ausladende Geste mit ihrer funkelnden Hand.

Sie zog eine penetrante Duftwolke hinter sich her – vielleicht war es nicht einmal nur ein Parfüm, sondern ein Potpourri aus allem möglichen Pflegescheiß – und wackelte aufreizend mit den Hüften, als hoffte sie, dass alle sabbernd ihren Arsch anglotzten.

Irrtum. So wie die anderen sah Qhuinn in alle Ecken und Winkel, bereit, scharf zu schießen und erst danach etwaige Fragen zu stellen.

Schließlich kamen sie in ein Foyer mit Ölgemälden, die von der Decke aus angestrahlt wurden, dunkelroten Orientteppichen und …

Scheiße, dieser Spiegel sah genauso aus wie der im Haus seiner Eltern. Er hing an der gleichen Stelle, war genauso hoch, hatte den gleichen verzierten Goldrahmen.

Qhuinn wurde ganz anders.

So vieles hier erinnerte ihn an das Haus seiner Kindheit und Jugend: Alles war an seinem Platz, die Einrichtung hob sich meilenweit vom Mittelstand ab, war aber kein bisschen übertrieben oder protzig. Weit gefehlt, das hier war eine unaufdringliche Melange aus altem Reichtum und klassischem Stilbewusstsein, das nur vererbt und nicht gelehrt werden konnte.

Er sah sich nach Blay um.

Der Kerl war ganz bei seinem Job, blieb auf der Hut, suchte alles ab.

Blays Mom und Dad waren nicht ganz so reich. Doch in ihrem Haus war es so viel angenehmer gewesen. Wärmer – und das nicht wegen der Heizung.

Wie ging es Blays Eltern?, fragte er sich unvermittelt. Er hatte fast mehr Zeit unter ihrem Dach verbracht als unter dem eigenen, und sie fehlten ihm. Das letzte Mal hatte er sie gesehen … Mann, vor langer Zeit. Vielleicht in der Nacht der Plünderungen, als Blays Vater vom Anzugträger zum Pitbull geworden war. Danach waren die beiden in ihr sicheres Haus aufs Land gezogen, und im Anschluss hatten Qhuinn und Blay sich vollkommen entfremdet.

Hoffentlich ging es ihnen gut.

Plötzlich sah er wieder Blay und Saxton vor sich, wie sie in Blays Zimmer voreinander standen und sich an Brust und Hüfte berührten.

Verdammt … das hatte wehgetan.

Er hasste ausgleichende Gerechtigkeit.

Qhuinn riss sich von seinen Gedanken los und folgte den wackelnden Hüften und der Bruderschaft in ein sehr großes Esszimmer, das nach Tohrs Anweisungen hergerichtet worden war: die Vorhänge vor den Fenstern zum Garten waren zugezogen, und eine Schwingtür, die wohl in die Küche führte, mit einer schweren alten Anrichte verstellt. Der Tisch, der vermutlich in der Mitte des Raums gestanden hatte, war weg, dafür standen fünfundzwanzig identische Mahagonistühle mit roten Seidenpolstern aufgereiht mit Blick auf den marmornen Kamin.

Wrath würde vor dem Kamin stehen, um seine Ansprache zu halten, und Qhuinn überprüfte, ob der stählerne Rauchabzug geschlossen war. Er war es.

Rechts und links vom Kamin führten getäfelte Türen in einen altmodischen Empfangssalon. Qhuinn, John Matthew und Rhage inspizierten ihn und verriegelten dann die Türen. Qhuinn postierte sich vor der linken, John Matthew vor der rechten.

»Ich gehe davon aus, dass alles zu Eurer Zufriedenheit ist«, sagte die Frau.

Rehv stellte sich vor den Kamin und blickte auf die leeren Stuhlreihen. »Wo ist dein *Hellren*?«

»Oben.«

»Hol ihn runter. Jetzt. Sonst riskiert er eine Kugel in die Brust, wenn er sich bewegt.«

Die Augen der Vampirin weiteten sich, und als sie diesmal loslief, wackelte sie nicht mit den Hüften oder warf ihr Haar über die Schultern. Offensichtlich hatte sie die Botschaft verstanden und wollte, dass ihr *Hellren* die Nacht überlebte.

Sie warteten. Qhuinn behielt die Waffe in der Hand, blickte in den Raum und lauschte auf alles Ungewöhnliche.

Nichts.

Was wohl hieß, dass ihre Gastgeber alle Anweisungen befolgt hatten …

Ein merkwürdiges Unbehagen breitete sich über seinen Rücken aus. Qhuinn runzelte die Stirn und schaltete von Alarmbereitschaft auf maximale Gefahrenstufe. Rechts vom Kamin schien John ein ähnliches Signal zu empfangen. Er hob die Waffe und verengte die Augen.

Mit einem Mal wurden Qhuinns Knöchel von kaltem Nebel umweht.

»Ich habe zwei spezielle Gäste dazugeladen«, kommentierte Rehv trocken.

In diesem Moment stiegen zwei Nebelsäulen vom Boden auf, und in den Wirbeln bildeten sich Gestalten ... die Qhuinn sofort erkannte.

Gott sei Dank.

Ohne Payne hatte er das Gefühl gehabt, dass sie etwas dünn besetzt waren, trotz der Stärke der Bruderschaft. Doch als Trez und iAm erschienen, atmete er auf.

Die zwei Brüder waren eiskalte Killer, die man sich nicht als Gegner wünschte. Glücklicherweise war Rehvenge seit Langem mit den Schatten verbündet, und aufgrund seiner Verbindung zu Wrath und den Black Daggern waren die beiden wohl bereit, der Bruderschaft ein wenig unter die Arme zu greifen.

Qhuinn ging auf sie zu und begrüßte sie auf die gleiche Weise wie die anderen, mit Handschlag, kurzem Ruck und Schulterklopfen. »Hey, Mann, wie geht es euch ...«

»Wie läuft's denn so ...«

»Alles klar bei euch ...«

Nach der Begrüßung sah Trez sich um. »Okay, wir bleiben unsichtbar, es sei denn, wir werden gebraucht. Aber verlasst euch drauf: Wir sind da.«

Die Brüder bedankten sich, dann unterhielt Rehv sich noch kurz privat mit den Schatten ... bevor sie sich wieder in Nebel auflösten und über den Boden wallten. Doch jetzt hatte der kalte Luftzug etwas Beruhigendes.

Es war perfektes Timing. Keine Minute später kam die Dame des Hauses mit einem gebrechlichen Vampir an der Seite zurück. In Anbetracht des Alterungsprozesses, der bei Vampiren erst in der letzten Lebensphase eintrat und mit einem schnellen körperlichen Verfall einherging, gab

Qhuinn dem Kerl noch fünf Jahre zu leben. Zehn, wenn es hoch kam.

Man begrüßte sich und wechselte ein paar Worte, doch all dem schenkte Qhuinn keine Beachtung. Er war mehr darum besorgt, ob der Rest des Hauses leer war.

»Sind irgendwelche *Doggen* hier?«, erkundigte Rehv sich, während die Gastgeberin ihren Tattergreis auf einen der Stühle setzte.

»Wie angeordnet wurden sie für diesen Teil des Abends alle fortgeschickt.«

V nickte Phury und Z zu. »Wir drei durchsuchen das Haus und sehen nach, ob es stimmt.«

Obwohl Blay voll auf seine Fähigkeiten vertraute, genauso wie auf die der Bruderschaft und die von John Matthew und Qhuinn, ging es ihm gleich viel besser, als er von der Anwesenheit der Schatten erfuhr. Trez und iAm waren nicht nur ausgezeichnete Kämpfer und eine echte Gefahr für jeden, den sie zu ihrem Feind erklärten, sie hatten auch noch einen entscheidenden Vorteil gegenüber der Bruderschaft: Sie konnten sich unsichtbar machen.

Blay wusste zwar nicht, ob sie in diesem Zustand auch zupacken konnten, aber das machte nichts. Jeder, der hier hereinplatzte – beispielsweise Xcors Bande –, konnte bei seinem Schlachtplan nur die sichtbaren Krieger berücksichtigen.

Nicht aber diese zwei Brüder.

Das war gut.

In diesem Moment kamen V, Phury und Z von ihrem Rundgang zurück – Butch war ebenfalls dabei, er musste wohl gerade mit dem Wagen angekommen sein.

»Alles sauber.«

Es entstand eine kurze Pause. Dann ging Tohr wie vereinbart an die Haustür und öffnete sie für Wrath.

Showtime, dachte Blay, und seine Augen schweiften kurz in Qhuinns Richtung ab, bevor er sich wieder konzentrierte.

Tohr und der König kamen Seite an Seite ins Esszimmer. Sie steckten die Köpfe zusammen, als seien sie in ein Gespräch vertieft, und Tohrs Hand lag auf Wraths Unterarm, als wollte er seinen Worten Nachdruck verleihen.

Doch das Ganze war nur Theater für die Gastgeber.

In Wirklichkeit dirigierte Tohr den König am Arm zum Kamin und in die richtige Position, während sich die Unterhaltung darum drehte, wo die beiden Gastgeber saßen, die Stühle standen und sich die Brüder und Kämpfer verteilt hatten – und die zwei Schatten.

Wrath nickte und wandte den Kopf hierhin und dorthin, als würde er sich umsehen. Dann begrüßte er die Gastgeber, die zu ihm geführt wurden, um den riesigen schwarzen Diamanten an seinem Ring zu küssen.

Bald darauf trudelte die Crème de la Crème der *Glymera* ein. Von seinem Platz vor den Fenstern im hinteren Teil des Raums aus hatte Blay beste Sicht auf die Gesellschaft. Himmel, an ein paar von ihnen erinnerte er sich aus der Zeit vor den Plünderungen, bevor er ins Haus der Bruderschaft gezogen war, um an der Seite der Brüder zu kämpfen. Seine Eltern gehörten nicht zum oberen Zirkel, sondern waren eher im Umfeld angesiedelt – dennoch stammten sie aus angesehenen Familien und wurden zu zahlreichen Festivitäten in den großen Häusern eingeladen.

Diese Leute waren Blay also nicht unbekannt.

Aber er hatte sie ganz bestimmt nicht vermisst.

Vielmehr schmunzelte er in sich hinein, als eine Reihe von Vampirinnen irritiert auf ihr vornehmes Schuhwerk blickten, wie sie die Louboutins hoben und schüttelten ... als spürten sie den kalten Hauch der Schatten.

Havers kam an und wirkte etwas zerfahren. Zweifellos machte es den Heiler nervös, seine Schwester wiederzusehen, und dazu hatte er guten Grund. Soweit Blay informiert war, hatte Marissa ihm beim letzten großen Ratstreffen gründlich die Leviten gelesen.

Schade, dass Blay das verpasst hatte.

Kurz nach ihrem Bruder traf Marissa ein. Butch ging ihr entgegen und begrüßte sie mit einem innigen Kuss, bevor er sie an seinem schützenden Arm zu einem Platz in der Nähe seines Standorts führte. Er rückte ihr den Stuhl zurecht und blieb neben ihr stehen, groß, stark und bedrohlich ... umso mehr, als er Havers Blick begegnete und mit gebleckten Fängen lächelte.

Blay erfasste ein Anflug von Neid auf dieses Paar. Natürlich nicht wegen des Zerwürfnisses mit der Familie, aber, ach ... öffentlich mit dem Partner auftreten zu können, seine Zuneigung zeigen zu dürfen, als Paar respektiert zu werden. Für heterosexuelle Paare war es das Normalste der Welt, weil sie es nicht anders kannten. Die *Glymera* hieß ihre Beziehungen gut, selbst wenn die Paare sich nicht liebten, einander betrogen oder auf andere Weise etwas vorheuchelten.

Aber zwei männliche Vampire?

Ausgeschlossen.

Nur ein Grund mehr, die *Glymera* zu verachten, sagte er sich. Obwohl er sich eigentlich nicht um Diskriminierung sorgen musste. Seine große Liebe würde niemals öffentlich neben ihm stehen, aber nicht, weil es Qhuinn scheißegal war, was andere über ihn dachten. Erstens zeigte er seine Gefühle nie in der Öffentlichkeit, und zweitens war man allein wegen Sex noch lange kein Paar.

Sonst wäre Qhuinn mit halb Caldwell verlobt, verflucht noch mal.

Aber was sollte das alles?

Schließlich war er längst über diese Spinnerei hinweg. Ehrlich.

Total …

»Klappe«, ermahnte er sich, als das letzte Ratsmitglied eintraf.

Rehv verlor keine Zeit. Mit jeder Sekunde, die Wrath vor der Versammlung stand, war er angreifbar und lief auch noch Gefahr, seine Blindheit zu verraten.

Der König der *Symphathen* wandte sich den Ratsmitgliedern zu und taxierte sie mit seinen violetten Augen, ein routiniertes Lächeln auf den Lippen. »Ich rufe den Rat zur Ordnung. Wir schreiben heute den …«

Während der Vorrede ließ Blay seine Augen über die Hinterköpfe der Ratsmitglieder wandern und überprüfte die Haltung von Armen und Händen oder ob irgendwer Anzeichen von Nervosität zeigte. Natürlich waren alle in Samt und Seide erschienen, die Frauen hatten sich mit Juwelen behängt, die Männer mit goldenen Taschenuhren. Doch die letzte offizielle Zusammenkunft lag eben auch schon eine Weile zurück, und das bedeutete, dass sie einander schmerzlich lange nicht gegenseitig hatten übertreffen können.

» … unseren Anführer Wrath, Sohn des Wrath.«

Nachdem die Ratsmitglieder höflich applaudiert und sich etwas aufrechter hingesetzt hatten, trat Wrath einen Schritt nach vorn.

Mann, ob nun blind oder nicht, er machte zweifelsohne den Eindruck einer Naturgewalt: Obwohl der König keinen hermelinbesetzten Umhang oder dergleichen trug, war er unverkennbar der Machtinhaber. Durch seine riesenhafte Gestalt, die lange dunkle Mähne und die schwarze Panoramasonnenbrille wirkte er eher wie eine Bedrohung als wie ein Monarch.

Und genau das war der Zweck der Übung.

Herrschaft basierte zum großen Teil auf der äußeren Wahrnehmung, was insbesondere für die *Glymera* galt – und niemand konnte bezweifeln, dass Wrath Macht und Autorität verkörperte.

Diese tiefe, herrische Stimme tat ihr Übriges.

»Mir ist bewusst, dass ich euch lange nicht gesehen habe. Die Plünderungen vor nun bald zwei Jahren haben viele eurer Familien hart getroffen, und ich teile euren Schmerz. Auch ich habe meine Familie bei einem Überfall der *Lesser* verloren, daher weiß ich genau, was ihr durchmacht und wie schwer es ist, neue Ordnung in euer Leben zu bringen.«

Ein Vampir in der vorderen Reihe rutschte auf seinem Stuhl umher ...

Aber er setzte sich nur anders hin und griff nicht nach einer Waffe.

Blay entspannte sich, so wie ein paar andere auch. Verdammt, er konnte es kaum erwarten, dass dieses Treffen vorbei war und sie Wrath wieder sicher zu Hause hatten.

»Viele von euch kannten meinen Vater gut und erinnern sich an seine Regierungszeit im Alten Land. Mein Vater war ein weiser und maßvoller Anführer, ein Gentleman von klarem Verstand und königlichem Betragen, der sich ganz dem Wohl seiner Spezies und ihrer Bürger verschrieben hatte.« Wrath legte eine Kunstpause ein, und sein Blick hinter der Sonnenbrille schien durch den Raum zu wandern. »Ein paar der Eigenschaften meines Vaters teile ich … aber nicht alle. Denn ich bin nicht maßvoll. Ich bin nicht versöhnlich. Ich bin ein Mann des Krieges, nicht des Friedens.«

Mit diesen Worten zog Wrath einen seiner schwarzen Dolche aus der Scheide, und die dunkle Klinge blitzte im Licht der Kristallglaslüster an der Decke. Ein kollektives Schaudern zog sich durch die Reihen der erfolgsverwöhnten Schnösel vor ihm.

»Ich kann mit Konflikten leben, seien sie gesetzlicher oder lebensbedrohlicher Art. Mein Vater war Vermittler und Brückenbauer. Ich schaufle Gräber. Mein Vater hat mit Worten überzeugt. Ich mit Taten. Mein Vater war ein König, der gerne mit euch zu Tisch saß und stundenlang über Feinheiten diskutierte. Ich bin anders.«

Ja, wow. Eine solche Ansprache hatte der Rat bestimmt noch nie gehört. Aber Blay verstand den Ansatz. Vor der *Glymera* durfte man keine Schwäche zeigen. Denn das Gesetz allein konnte den Thron von Wrath nicht mehr sicher garantieren.

Angst hatte da schon bessere Chancen.

»Doch eines haben mein Vater und ich gemeinsam.« Wrath senkte den Kopf, als würde er auf die schwarze Klinge blicken. »Durch meinen Vater kamen acht eurer Angehörigen zu Tode.«

Die Ratsmitglieder schnappten nach Luft. Wrath redete ungerührt weiter.

»Im Laufe der Regentschaft meines Vaters wurden acht Anschläge auf sein Leben unternommen, und ganz gleich, wie lange es dauerte, ob Tage, Wochen oder Monate, er machte es sich zur Aufgabe, die Schuldigen zu finden … er jagte jeden Einzelnen persönlich und tötete ihn. Ihr kennt vielleicht nicht die wahren Geschichten, aber ihr wisst von diesen Toten – die Übeltäter wurden enthauptet und ihre Zungen herausgeschnitten. Sicher wisst ihr, ob ein Angehöriger eurer Familie so beigesetzt wurde.«

Nervöses Herumgerutsche. An mehreren Stellen. Anscheinend wurden Erinnerungen wach.

»Ihr wisst auch, dass diese Todesfälle den *Lessern* zugeschrieben wurden. Ich sage euch jetzt: Ich kenne die Namen der Betroffenen, und ich weiß, wo ihre Gräber sind, denn mein Vater sorgte dafür, dass ich sie mir einpräge. Das war seine erste Lektion für meine zukünftige Herrschaft. Der König achtet und schützt sein Volk, er hat ihm zu dienen. Verräter jedoch sind das Geschwür einer gesetzestreuen Gesellschaft und gehören ausgemerzt.« Wrath lächelte böse. »Man kann viel über mich sagen, aber ich war ein aufmerksamer Schüler meines Vaters. Und auch das muss euch klar sein – mein Vater, nicht die Bruderschaft, hat diese Hinrichtungen vollstreckt. Ich weiß es, weil er vier der Verräter vor meinen Augen köpfte. So wichtig war ihm diese Lektion.«

Mehrere Vampirinnen rückten näher an den nächstbesten Vampir in ihrer Umgebung heran.

Wrath fuhr fort. »Ich werde nicht zögern, dem Vorbild meines Vaters zu folgen. Ich weiß, ihr alle habt gelitten. Ich kenne eure Nöte und will euch anführen. Doch ich werde nicht zögern, *jeglichen* Aufstand gegen mich und die Meinen als einen Akt des Verrats zu ahnden.«

Der König senkte das Kinn und schien hinter seiner Sonnenbrille hervorzufunkeln, sodass es selbst Blay einen Adrenalinschub versetzte.

»Und wenn ihr meinen Vater jetzt für grausam gehalten habt, dann zieht euch warm an. Denn neben meiner Vergeltung werden seine Hinrichtungen wie ein Gnadenerlass erscheinen, das schwöre ich bei meiner Familie.«

11

Assail konnte selbst kaum glauben, dass er ein Restaurant betrat. Erstens frequentierte er grundsätzlich keine menschlichen Etablissements, und zweitens hatte er kein Interesse, in dieser Spelunke zu essen: In der Luft hing der Geruch von Frittierfett und Bier, und was die Bedienungen auf ihren Tabletts vorbeitrugen, erinnerte verdächtig an Hundefutter.

Und sieh einer an. Hinten gab es eine mit Maschendraht geschützte Bühne.

Wie stilvoll.

»Aber hallo, wen haben wir denn da?«, schnurrte eine Frauenstimme.

Assail zog eine Augenbraue hoch und blickte über die Schulter. Die Menschenfrau trug eine enge Bluse und Jeans, die sie eindeutig in der Wanne angezogen hatte. Blondes, glattes Haar. Eine dicke Schicht Make-up, Lippenstift so grell, dass er vermutlich für den Außenanstrich geeignet war.

Eher würde Assail seine eigenen Augen auslöffeln, als sich mit ihresgleichen einzulassen.

Er löschte sich aus ihrer Erinnerung und wandte sich wieder um. Der Laden brummte, es gab mehr Besucher als Tische und Stühle, also war er gut getarnt, während er sich in einer Ecke hielt und sich umsah nach ...

Ach, da war sie ja auch schon.

Seine kleine Einbrecherin.

Zeitverschwendung, musste er sich leise fluchend eingestehen – außerdem verhandelten seine Cousins in diesem Augenblick erneut mit diesem *Lesser*. Doch als sein Handy gemeldet hatte, dass der schwarze Audi wieder unterwegs war, hatte er ihr einfach folgen müssen.

Auf das hier war er allerdings nicht vorbereitet gewesen.

Was hatte sie hier zu schaffen? Und warum war sie so gekleidet?

Als sie einen der wenigen freien Tische fand und alleine Platz nahm, betrachtete er missbilligend, wie ihr volles Haar auf ihre Schultern fiel und ihr Gesicht umschmeichelte. Oder das figurbetonte Oberteil, das zum Vorschein kam, als sie den Mantel auszog. Oder – dass sie geschminkt war, verflucht noch mal! Aber nicht so wie die Frau, die ihn gerade angesprochen hatte. Seine Einbrecherin hatte nicht übertrieben, sondern ihre Züge vorteilhaft zur Geltung gebracht ...

Sie war schön.

Zu schön.

Die Männer im Restaurant warfen ihr bereits Blicke zu. Und das erweckte in ihm den Wunsch, jedem Einzelnen von ihnen die Kehle mit den Zähnen aufzureißen ...

Wie um seinem Plan zuzustimmen, kitzelte es in seinen Fängen, und sie verlängerten sich, während sich seine Haltung mehr und mehr verspannte.

Doch es war zu früh, ermahnte er sich. Er musste erst herausfinden, weshalb sie hier war. Nachdem er ihr zum Haus von Benloise gefolgt war, hatte er mit allem gerechnet ... aber doch nicht mit diesem Schuppen hier. Was hatte sie vor ...

Sie wandte den Kopf, und einen Moment lang dachte er, sie hätte ihn irgendwie gewittert, obwohl sie keine Vampirin war.

Doch dann kam ein sehr großer, sehr gut gebauter Mensch auf ihren Tisch zu.

Seine Einbrecherin sah zu ihm auf. Lächelte. Stand auf und schlang die Arme um dessen breite Schultern.

Assails Hand wanderte in seinen Mantel und umschloss die Pistole.

In Gedanken sah er sich zu ihrem Tisch gehen und dem Mann eine Kugel zwischen die Augen setzen.

»Hey, warst du schon mal hier?«

Assail wandte sich um. Ein ziemlich großer Kerl war auf ihn zugetreten und sah ihn mit einem gewissen Maß an Angriffslust an.

»Ich habe dir eine Frage gestellt.«

Es gibt zwei Möglichkeiten, dachte Assail. Er konnte verbal reagieren und sich auf diese Weise in ein Gespräch verwickeln, das seine Aufmerksamkeit beanspruchte – was vermutlich keine schlechte Idee war, nachdem seine Hand noch immer die Waffe umschloss und ihm noch immer nach Mord zumute war.

»Ich rede mit dir.«

Oder er konnte ...

Assail bleckte seine ausgefahrenen Fänge und leitete seine Wut mit einem tiefen Knurren fort von seiner Einbrecherin und diesem Menschentrottel, für den sie sich schick angezogen und schön gemacht hatte.

Der Kerl mit den vielen Fragen riss die Hände hoch und trat einen Schritt zurück. »Hey, ganz cool bleiben. Ich wollte nicht stören. Bin schon weg.«

Er verschwand in der Menge und bewies so, dass manchmal selbst diese schwanzlosen Ratten in der Lage waren, sich zu dematerialisieren.

Assails Blick kehrte zurück zu ihrem Tisch. Der »Gentleman«, der sich seiner Einbrecherin gegenüber gesetzt hatte, beugte sich soeben vor und betrachtete gebannt ihr Gesicht, obwohl sie gerade die Speisekarte studierte und sich zwischendurch umsah.

Assail würde etwas unternehmen müssen.

Sola klappte die Speisekarte zu und lachte. »Das habe ich nie gesagt.«

»Doch, hast du.« Mark Sanchez lächelte. »Du hast gesagt, ich hätte schöne Augen.«

Mark war genau der Richtige für eine Nacht wie diese. Er sah echt gut aus, war super charmant, und solange er keine zehntausend Liegestützen von ihr verlangte, war alles gut: Als Personal Trainer war er unerbittlich. Das wusste sie aus Erfahrung.

»Willst du mich auf diese Weise milde stimmen?«, fragte er, als die Kellnerin ihr Bier brachte. »Damit ich dich beim Training schone?«

»So blöd bin ich nicht.« Sola trank vom dicken, eiskalten Rand ihres Glases. »Ich weiß doch, dass du kein Pardon kennst.«

»Na ja, um fair zu sein, hast du nie um eine Sonderbehandlung gebeten.« Es folgte eine Pause. »Obwohl ich in deinem Fall durchaus zu etwas Spielraum bereit wäre … auf manchen Gebieten.«

Sola wich den funkelnden Augen aus, die ihren Blickkontakt suchten. »Dann triffst du dich normalerweise nicht mit Kundschaft, wie?«

»Nein. Normalerweise nicht.«

»Klare Grenzen.«

»Es könnte zu Komplikationen führen – aber in gewissen Fällen ist es das Risiko wert.«

Sola sah sich in dem Lokal um. Viele Leute. Stimmengewirr. Heiß und stickig.

Sie runzelte die Stirn und versteifte sich. Hinten in der Ecke, etwas … jemand …

»Alles okay?«

Sie verscheuchte ihre Paranoia. »Ja, entschuldige – oh, ja, wir würden gern bestellen«, sagte sie, als die Bedienung zurückkam. »Für mich einen Cheeseburger. Wenn mein Trainer deswegen keinen Herzinfarkt kriegt.«

Mark lachte. »Zweimal, bitte. Aber ohne Pommes. Bei beiden.«

Als die Kellnerin verschwand, bemühte Sola sich, nicht in Richtung der dunklen hinteren Ecke zu sehen. »Also …«

»Ich hätte nicht mehr gedacht, dass du darauf eingehst. Wann habe ich den Vorschlag gemacht?«

Als Mark lächelte, fiel ihr auf, dass er fantastische Zähne hatte, ebenmäßig und strahlend weiß. »Es ist wohl eine Weile her. Ich war beschäftigt.«

»Was machst du denn von Beruf?«

»Dieses und jenes.«

»In welchem Bereich?«

Normalerweise reagierte sie immer schnell gereizt, wenn Leute zu neugierig wurden. Aber Mark fragte ganz gelassen und unverbindlich, einfach nur, um sich zu unterhalten.

»Ich schätze, man könnte es Rechtspflege nennen.«

»Dann hast du also mit Strafrecht zu tun.«

»Damit bin ich bestens vertraut, ja.«

»Das ist cool.« Mark räusperte sich. »Also ... du siehst wirklich gut aus.«

»Danke. Ich glaube, das verdanke ich meinem Trainer.«

»Irgendwie habe ich das Gefühl, du würdest auch ohne mich gut zurechtkommen.«

Während sie sich ungezwungen unterhielten, konnte Sola sich tatsächlich langsam entspannen – und dann kam ihr Essen, und sie bestellten noch ein Bier. Es war so ... normal, in einer Kneipe zu sitzen, jemanden kennenzulernen, sich zu unterhalten.

Genau das Gegenteil von dem, was sie in der letzten Nacht beobachtet hatte.

Sola erschauderte, als die Bilder wieder wach wurden ... das Kerzenlicht, dieser schwarzhaarige Mann, der vor der halbnackten Frau stand, als wollte er sie gleich verschlingen, wie sie wild und ungehemmt übereinander herfielen ... Und dann diese glitzernden Augen, die sich plötzlich hoben und ihrem Blick durch das Fenster begegneten, als hätte er die ganze Zeit über gewusst, dass sie zusah.

»Alles okay?«

Sola zuckte zusammen. »Entschuldige, ja. Was hast du gerade gesagt?«

Als Mark weiter von seinem Training für den Iron Man erzählte, stand sie im Geiste erneut draußen in der Kälte vor dem Cottage und sah diesem Mann und dieser Frau zu.

Verdammt. Sie hatte dieses Date arrangiert, weil sie ein Ventil brauchte. Nicht, weil ihr Mark so viel bedeutete, auch wenn er durchaus nett war.

Vielleicht hatte sie sich auch gerade deshalb darauf eingelassen, weil ihr Personal Trainer zufällig ziemlich groß und gut gebaut war und kräftiges dunkles Haar und sehr helle Augen hatte.

Leise Schuldgefühle klopften bei ihr an, doch sie schob sie genervt beiseite. Verflixt noch mal, sie war erwachsen. Mark war erwachsen. Die Leute schliefen aus den unterschiedlichsten Gründen miteinander – nur weil sie ihr Gegenüber nicht heiraten wollte, brach sie noch lange keine Kardinalsregel ... nur, Mist. Mal abgesehen von der üblichen Moralpredigt ihrer Großmutter, sie fühlte sich trotz seiner perlweißen Zähne und den breiten Schultern nicht zu Mark hingezogen.

Sie fühlte sich hingezogen zu dem Mann, an den er sie erinnerte.

Und deshalb war dieses Date nicht richtig.

12

Obwohl man Qhuinn wohl kaum als profunden Kenner von Ratstreffen bezeichnen konnte, war auch ihm sehr schnell klar geworden, dass die versammelten Mitglieder etwas vollkommen anderes erwartet hatten, als sie heute Nacht zu diesem Haus gekommen waren.

Wrath hielt sich kurz und nahm kein Blatt vor den Mund und kam fünf bis zehn Minuten nach dem Paukenschlag auch schon zum Schluss.

Und das war gut so. Je schneller er fertig war, desto schneller konnten sie ihn nach Hause bringen.

»Abschließend möchte ich betonen«, sagte der König in seinem dröhnenden Bass, »wie sehr ich es zu schätzen weiß, mich an diese erlauchte Versammlung wenden zu können.«

In diesem Fall bedeutete »erlaucht« eindeutig »arschgesichtig«.

»Doch ich habe noch andere Verpflichtungen.« Namentlich, am Leben zu bleiben. »Deshalb mache ich mich wieder auf den Weg. Mit möglichen Kommentaren wendet euch bitte an Tohrment, Sohn des Hharm.«

Keine Sekunde später verließ der König das Haus in Begleitung von V und Zsadist.

Die aufgedonnerten Aristokraten blieben auf ihren Stühlen hocken und machten lange Gesichter. Ganz eindeutig hatten sie mehr erwartet ... aber irgendwie auch wieder nicht so viel. Ein bisschen wie Kinder, die ihre Eltern so lange genervt hatten, bis sie schließlich den Kochlöffel auf den Hintern bekamen.

Qhuinn fand, das war ein echter Brüller.

Endlich löste die Gesellschaft sich auf, nachdem die Gastgeberin sich erhoben hatte, um herumzusülzen, was es doch für eine Ehre war, sie alle zu Gast gehabt zu haben und bla, bla, bla.

Qhuinn interessierte sich nur für eines.

Und das war die SMS, die eine Minute später auf seinem Handy einging: Wrath war sicher heimgekehrt.

Er atmete auf, steckte das Handy in die Innentasche seiner Lederjacke und spielte mit dem Gedanken, ein paar Schüsse in die Holzdielen zu feuern und diese steife Gesellschaft ein wenig zum Tanzen zu bringen. Doch damit würde er sich vermutlich nur Ärger einhandeln.

Zu blöd.

Kurz darauf verabschiedeten die Gäste sich, sehr zum Kummer der Gastgeberin, die sich extra schick gemacht und das halbe Haus umgestellt hatte. Sie hatte ein ausgedehntes gesellschaftliches Ereignis erwartet – und was hatte es gegeben? Einen zweisekündigen Promiauftritt und die Familienpackung Chickenwings zum Essen.

Dumm gelaufen.

Tohrment wachte über den Aufbruch. Er stand vor dem Kamin, nickte mit dem Kopf, wechselte ein paar Worte hier und da. Es war eine weise Aufgabenzuteilung von Wrath gewesen. Der Bruder sah zwar zum Fürchten aus mit all seinen Waffen, aber er war schon immer ein geduldiger Zuhörer und Friedensstifter gewesen, und das war auch heute Nacht nicht anders.

Besonders nett war er zu Marissa. Als sie sich von ihm verabschiedete, flammte echte Zuneigung in seinem Gesicht auf, und er umarmte sie und nickte, als Butch sie hinausgeleitete. Doch gleich darauf setzte er wieder seine professionelle Miene auf.

Schließlich half die Gastgeberin ihrem gebrechlichen *Hellren* auf die Füße und erklärte umständlich, dass sie ihn nach oben bringen würde.

Und dann war nur noch einer übrig.

Elan, Sohn des Larex, stand in abwartender Haltung vor den zugezogenen Vorhängen.

Qhuinn hatte den Typen schon die ganze Zeit über im Auge gehabt und genau gezählt, wie viele Ratsmitglieder auf ihn zugegangen waren, ihm die Hand geschüttelt und ihm ein paar Worte ins Ohr geraunt hatten.

Nämlich jeder Einzelne.

Daher überraschte es nicht sonderlich, dass er sich nicht brav trollen wollte wie der Rest, sondern zum Kamin kam, als suchte er das Gespräch.

Na super.

Mit jedem Schritt, den Elan auf Tohr zuging, musste er das Kinn etwas mehr heben, um Blickkontakt mit dem Bruder zu halten.

»Was für eine Ehre, diese Audienz mit Eurem König«, erklärte er feierlich. »Ich bin regelrecht an seinen Lippen gehangen.«

Tohr murmelte etwas Unverständliches.

»Aber es gibt da etwas, das mich beschäftigt«, fing der

Aristokrat umständlich an. »Ich hatte gehofft, mit ihm persönlich darüber sprechen zu können, aber ...«

Tja, darauf kannst du lange warten, Freundchen.

Tohr half ihm aus: »Alles, was du mir sagst, geht direkt an den König weiter, ungefiltert und neutral. Und die Kämpfer in diesem Raum haben ein Schweigegelübde abgelegt. Sie würden lieber sterben, als ein Wort auszuplaudern.«

Elan schielte in Richtung Rehv, als erwartete er von ihm eine ähnliche Zusicherung.

»Das Gleiche gilt für mich«, brummte Rehvenge und lehnte sich auf seinen Gehstock.

Augenblicklich schwoll Elans Brust an, als hätte er diese Form der Aufmerksamkeit für diesen Abend nicht zu erhoffen gewagt. »Nun, die Angelegenheit lastet schwer auf meinem Herzen.«

Ganz bestimmt nicht auf deiner Brust, dachte Qhuinn. *Du bist gebaut wie ein Zehnjähriger.*

»Und das wäre?«, fragte Tohr.

Elan verschränkte die Hände hinter dem Rücken und begann, auf und ab zu laufen – als müsste er erst nach den richtigen Worten suchen. Doch etwas sagte Qhuinn, dass sie einstudiert waren – obwohl er nicht sagen konnte, was es war.

»Ich hatte eigentlich erwartet, dass Euer König ein gewisses Gerücht ansprechen würde, das mir zu Ohren gekommen ist.«

»Was für ein Gerücht?«, fragte Tohr ruhig.

Elan blieb stehen. Drehte sich um. Sprach klar und deutlich: »Dass im Herbst auf ihn geschossen wurde.«

Niemand zeigte eine Reaktion. Tohr nicht und Rehv nicht und auch nicht die noch anwesenden Brüder. Und ganz bestimmt nicht Qhuinn oder die anderen Jungs.

»Wer sagt so etwas?«, erkundigte Tohr sich.

»Nun ja, um ehrlich zu sein, war ich davon ausgegangen, ihn heute Abend hier zu sehen.«

»Tatsächlich?« Tohr ließ den Blick über die leeren Stuhlreihen streifen und zuckte die Schultern. »Willst du mir sagen, was du gehört hast?«

»Der Betreffende sprach von einem Besuch des Königs. Ähnlich dem, den mir Wrath im Sommer in meinem Haus abstattete.« Elan sagte das gewichtig, als wäre es für Wrath der Höhepunkt im vergangenen Jahr gewesen. »Er sagte, dass Xcors Bande auf den König geschossen hätte, als er in seinem Haus war.«

Wieder gab es keine Reaktion.

»Aber offensichtlich hat der König überlebt.« Elan machte eine Pause, als erwartete er, dass man sie mit Informationen füllte. »Tatsächlich scheint es ihm sehr gut zu gehen.«

Schweigen breitete sich aus, als würden beide Seiten darauf warten, dass die andere es brach.

Tohr hob die Brauen. »Bei allem Respekt, was du sagst, hat kaum Gehalt, und Gerüchte gibt es seit Anbeginn der Zeit.«

»Ja, aber das Merkwürdige kommt noch: Der Betreffende erwähnte es bereits, bevor es geschah. Damals hab ich ihm nicht geglaubt. Wer würde schon ein Attentat planen? Ich hielt es für die Prahlerei eines Mannes, der unzufrieden war mit der Art, wie die Dinge geregelt wurden. Doch eine Woche später erzählte er mir dann, dass Xcors Bande den Plan in die Tat umgesetzt hätte, dass Wrath getroffen wurde. Ich wusste nicht, was ich tun sollte. Ich hatte keine Möglichkeit, persönlich mit dem König in Kontakt zu treten, und konnte mich nicht vergewissern, ob der Betreffende die Wahrheit sagte. Also habe ich der Sache weiter keine Beachtung geschenkt – bis dieses Treffen einberufen wurde. Ich fragte mich, ob es vielleicht … nun ja, offensichtlich nicht, aber dann wiederum habe ich mich gewundert, dass er nicht hier war.«

Tohr starrte auf das schmächtige Kerlchen hinab. »Es wäre hilfreich, wenn du einen Namen nennen würdest.«

Diesmal runzelte Elan die Stirn. »Ihr meint, Ihr wisst nicht, wer noch im Rat ist?«

Als Rehv die Augen verdrehte, zuckte Tohr die Schultern. »Wir haben Wichtigeres zu tun, als uns über Rehvenges Mitgliederzahlen den Kopf zu zerbrechen.«

»In der Alten Welt wusste die Bruderschaft, wer wir sind.«

»Ein Ozean trennt uns vom Mutterland.«

»Umso schlimmer.«

»Das ist deine Meinung.«

Qhuinn trat einen Schritt auf die beiden zu, um einzuschreiten, sollte der Bruder den dünnen Hals dieser Nervensäge packen: Vermutlich sollte dann jemand den Kopf aufsammeln, bevor er über die Läufer der Gastgeber kullerte. Und die Leiche.

Die Höflichkeit schien das zu gebieten.

»Also, vom wem redest du?«, fragte Tohr.

Elan blickte in die Runde der reglosen Krieger, die ihn nicht aus den Augen ließen. »Assail. Sein Name ist Assail.«

Tief im dunklen Straßengeflecht der Innenstadt von Caldwell, wo man nur selten auf nüchterne Menschen traf, vollführte Xcor einen großen Schwung mit seiner Sense, ungefähr einen Meter siebzig über dem matschigen, schwarz getränkten Schnee.

Den *Lesser* erwischte es am Hals, und der Kopf, nunmehr losgelöst von der Wirbelsäule, segelte sich überschlagend durch die kalte, stürmische Luft. Schwarzes Blut spritzte spiralförmig aus den durchtrennten Arterien, während der führerlose untere Teil des Körpers vorwärts auf den Bauch kippte.

Und damit hatte sich die Sache.

Was für eine Enttäuschung.

Xcor wirbelte herum und legte sich seine Geliebte über die Schulter, sodass sie sich schützend hinter ihm bog und seinen Rücken deckte, während er sich für den nächsten Angriff bereitmachte. Die Gasse, in die er gekommen war, um diesen jetzt enthaupteten Jäger zu stellen, war am anderen Ende offen, und hinter ihm standen die drei Cousins Schulter an Schulter, für den Fall, dass Verstärkung aus dieser Richtung nahte ...

Und tatsächlich kam da etwas.

Das Röhren eines Motors wurde lauter und lauter und näherte sich rasend schnell ...

Ein Geländewagen schlitterte um die Kurve in die Gasse hinein. Die Reifen fanden wenig bis gar keinen Halt auf dem eisigen Untergrund, und so rammte der Wagen gegen die Mauer, und das Fernlicht blendete Xcor.

Wer auch immer hinter dem Steuer saß, er trat nicht auf die Bremse.

Der Motor heulte.

Xcor blieb stehen, wo er war, und schloss die Augen. Es gab keinen Anlass, die Lider geöffnet zu halten, da er ohnehin nichts mehr sah. Und es war ihm einerlei, wer den Wagen lenkte, Jäger, Vampir oder Mensch.

Er kam auf ihn zu, und er würde ihn stoppen. Obwohl es vermutlich einfacher gewesen wäre, demjenigen aus dem Weg zu gehen.

Aber an einfachen Lösungen war ihm noch nie viel gelegen.

»Xcor!«, schrie jemand.

Er füllte seine Lunge mit der eiskalten Luft und stieß

einen Schlachtruf aus. Konzentriert verfolgte er den Ansturm, sandte seine Sinne aus und verfolgte Position und Routenverlauf des SUV. Seine Sense verschwand, und im nächsten Moment hielt er zwei Pistolen in den Händen, die darauf brannten, in Aktion zu treten.

Er wartete weitere sieben Meter ab.

Erst dann begann er, Schüsse abzufeuern.

Dank der Schalldämpfer hörte man nur die Einschläge der Kugeln, als sie die Windschutzscheibe sprengten, vom Kühlergrill abprallten, einen Reifen platzen ließen ...

An diesem Punkt schwenkten die Scheinwerfer zur Seite, und das Heck des Fahrzeugs kam nach vorne. Doch aufgrund der mörderischen Geschwindigkeit blieb der Kurs des Wagens unverändert, sosehr er auch schlingerte.

Kurz bevor ihn die Flanke erwischte, machte Xcor einen Satz und sprang in die Luft. Das Autodach schoss nur knapp unter den Sohlen seiner Stiefel hindurch, und eineinhalb Tonnen kreiselndes Blech schlitterten unter ihm hinweg.

Als Xcors Springerstiefel wieder auf dem Boden aufsetzten, endete die Fahrt des Autos soeben an einem Müllcontainer, der wirkungsvoller war als jede Bremse.

Xcor verlor keine Zeit und näherte sich dem Wagen mit vorgestreckten Pistolen, die Finger an den Abzügen. Obwohl er eine Reihe von Schüssen abgefeuert hatte, wusste er, dass er noch mindestens vier Patronen in jeder Pistole hatte. Seine Soldaten hatten sich erneut hinter ihm positioniert.

Er erreichte den Wagen, und es war ihm egal, was er vorfinden würde: einen Vertreter seiner eigenen Spezies, Mann, Frau, *Lesser,* all das spielte keine Rolle.

Doch der Gestank nach verdorbenem Fleisch und Melasse verriet ihm, mit welchem seiner zahlreichen Feinde er es hier zu tun hatte, und tatsächlich, als er sich durch die zersplitterte Windschutzscheibe ins Wageninnere beugte, hingen zwei neue Rekruten mit noch dunklen Haaren und Farbe im Gesicht schlaff auf den Vordersitzen.

Sie waren übel zugerichtet, trotz der Sicherheitsgurte. Ihre Körper waren von Kugeln durchsiebt, und ihre Gesichter verrieten, dass sie in der Fahrerkabine hin und her geflogen und gegen die Armaturen geprallt waren, während zersplittertes Glas auf sie herabhagelte: Schwarzes Blut lief aus den gebrochenen Nasen und aufgeschürften Wangen und tropfte vom Kinn auf die Brust wie bei einem alten Wasserhahn.

Keine Airbags. Vielleicht eine Fehlfunktion.

»Ich dachte, jetzt erwischt es dich«, brummte Balthazar.

»Aye«, stimmte ein anderer zu.

Xcor zerstreute alle Bedenken, indem er seine Waffen in die Halfter steckte, nach der Fahrertür griff und sie mit einem Ruck aus den Angeln riss. Während noch metallenes Knirschen durch die Gasse hallte, warf er das Ding bereits zur Seite, zückte seinen stählernen Dolch und beugte sich ins Wageninnere.

Wie alle *Lesser* blinzelten und rührten sich auch diese beiden Omega-Gesandten trotz ihrer verheerenden Verletzungen – und würden es bis in alle Ewigkeiten tun, wenn man sie in diesem Zustand beließ, obwohl ihre Körper im Laufe der Zeit verwesen würden.

Es gab nur einen Weg, sie endgültig zu töten.

Xcor hob die rechte Hand über die linke Schulter und stieß seinen Dolch in die Brust des *Lessers* hinter dem Steuer. Dann wandte er den Kopf ab und schloss die Augen, um nicht erneut geblendet zu werden, und wartete auf Knall und Lichtblitz, bevor er sich über den Sitz beugte und den Beifahrer erledigte.

Dann machte er kehrt und stapfte durch schwarzen Schneematsch auf den kopflosen, sich noch immer windenden Körper zu, den jetzt eine frische Reifenspur zierte, da er unter die Räder geraten war.

Erneut hob Xcor den Dolch über die Schulter und stieß so heftig auf das Brustbein ein, dass sich die Spitze seines Dolches in den Asphalt bohrte.

Schnaufend richtete er sich auf. »Durchsucht den Wagen, dann hauen wir ab.«

Er sah auf die Uhr. Die Polizei von Caldwell war lästig schnell, selbst in diesem Teil der Stadt – und menschliche Einmischung, die jederzeit drohte, war stets ein Ärgernis. Doch mit etwas Glück waren sie in ein paar Minuten verschwunden, als wären sie nie da gewesen.

Xcor steckte seinen Dolch in die Scheide und sah zum Himmel auf, ließ den Nacken krachen und lockerte die Schultern.

Es war unmöglich, nicht an dieses Ratstreffen zu denken, das für heute angesetzt war. Es beschäftigte ihn schon die ganze Nacht. Hatte Wrath sich gezeigt? Oder waren nur Rehvenge und Repräsentanten der Bruderschaft gekommen? Sollte der König aufgetaucht sein, konnte Xcor sich den Ablauf des Treffens ausmalen: Machtdemonstration, warnende Worte, dann ein schneller Abgang.

Auch wenn die Bruderschaft stark war und Wrath diese treulosen Speichellecker der Aristokratie in ihre Schranken weisen musste, würde er sicher ungern ein Risiko eingehen, nachdem er erst kürzlich knapp dem Tod entgangen war. Und die Bruderschaft hatte größtes Interesse an seinem Überleben, da es Grundlage für ihre hohe Stellung war.

Deshalb hatte Xcor beschlossen, dem Ganzen fernzubleiben.

Es schadete nicht, wenn Wrath versuchte, etwas von seinem verlorenen Ansehen zurückzuerlangen. Riskant war es dagegen, die Bruderschaft vor adeligem Publikum anzugreifen, das konnte äußerst unangenehme Nebeneffekte haben. Xcor hatte nicht das geringste Interesse daran, die *Glymera* zu vergraulen ... oder sie, bei dem Versuch, den König zu töten, allesamt abzuschlachten.

Aber über Throes Kontakte hatte er tatsächlich herausgefunden, wo und wann das Treffen stattfand. Und zwar jetzt ... im Hause der Vampirin, von der sich seine Soldaten in dem kleinen Cottage genährt hatten.

Anderen gewährte sie offensichtlich nicht nur die Nutzung ihres Gartens, sondern auch ihrer Säle.

Bald schon würde er vom Verlauf des Treffens erfahren, durch seinen Informanten Elan – und sei es nur, weil er damit prahlen wollte, zu welch wichtigen Ereignissen er Zugang hatte ...

Ein anerkennender Pfiff ertönte hinter dem zerstörten Wagen, und er drehte sich um.

Zypher stand an der offenen Kofferraumklappe, beugte sich neugierig vor und ... brachte ein weißes, in Zellophan eingewickeltes Päckchen von der Größe eines Ziegelsteins zum Vorschein.

»Fette Beute«, rief er und schwenkte es durch die Luft.

Xcor ging zu ihm. Es gab noch drei weitere Pakete, die lose im Kofferraum lagen. Offensichtlich waren die Jäger mehr um ihre Gesundheit besorgt gewesen als um diese Drogen.

In diesem Moment heulten Sirenen aus östlicher Richtung auf, vielleicht in Zusammenhang mit dem Unfall, vielleicht auch nicht.

»Die Pakete kommen mit«, befahl Xcor. »Abmarsch.«

13

Alles in allem war es ein sehr netter Abend.

Als Sola aufstand, um ihren Mantel anzulegen, erschien Mark hinter ihr und half ihr hinein.

Und da seine Hände auf ihren Schultern liegen blieben, schien er mehr als offen dafür, den gemeinsamen Abend mit diesem Essen nicht zu beenden, sondern erst richtig zu beginnen. Doch er bedrängte sie nicht. Lächelnd trat er zurück und wies ihr galant den Weg zum Ausgang.

Sie lief vor ihm her und hatte das Gefühl, nicht ganz bei Trost zu sein, weil er ihr Blut nicht zum Kochen brachte … das hatte nur dieser bedrohliche, herrische Typ der letzten Nacht vermocht.

Vielleicht brauchte ihre Libido mal ein paar aufmunternde Worte. Oder eine Tracht Prügel …

Zum Beispiel von diesem geheimnisvollen Kerl, schlug eine leise Stimme in ihr vor.

»Oh, nein«, murmelte sie.

»Entschuldige, was?«

Sola schüttelte den Kopf. »Ich führe nur Selbstgespräche.«

Sie hatten sich durch das Gedränge bis zum Ausgang gekämpft, und wow, die Luft war frisch, als sie ins Freie traten.

»Also ...«, sagte Mark. Er vergrub die Hände in den Taschen seiner Jeans, und sein wohlproportionierter Torso spannte sich an – doch war er nichts im Vergleich zu ...

Genug.

»Danke für das Essen. Du hättest mich nicht einladen müssen.«

»Na ja, es war ein Date. Das hast du selbst gesagt.« Er lächelte erneut. »Da bin ich altmodisch.«

Tu es, sagte sie sich. *Frag ihn, ob du mit zu ihm kannst.*

Bei ihr zu Hause konnte man nicht rummachen. Niemals. Nicht, wenn ihre Großmutter im ersten Stock war. Ihre Taubheit war nämlich höchst selektiv.

Tu es einfach.

Deshalb hast du ihn doch angerufen ...

»Ich habe morgen früh ein Meeting«, sprudelte es aus ihr heraus. »Ich muss also heim. Aber ich danke dir vielmals – ich würde das gerne wiederholen.«

Es war Mark hoch anzurechnen, dass er seine etwaige Enttäuschung mit einem weiteren gewinnenden Lächeln überspielte.

»Klingt gut. Es hat Spaß gemacht.«

»Ich parke gleich da drüben.« Sie deutete mit dem Daumen über die Schulter. »Also ...«

»Ich bringe dich noch zu deinem Wagen.«

»Danke.«

Sie schwiegen, während das Streusalz unter ihren Schuhen knirschte.

»Eine schöne Nacht.«

»Ja«, sagte sie. »Das ist es.«

Aus irgendeinem Grund wurde sie nervös und versuchte, die Dunkelheit um den beleuchteten Parkplatz mit ihren Augen zu durchdringen.

Vielleicht lauerte ihr Benloise auf, dachte sie. Mittlerweile wusste er bestimmt, dass jemand in sein Haus eingedrungen war und seinen Safe geknackt hatte, und auch die verschobene Statue war ihm vermutlich schon aufgefallen. Es war schwer abzuschätzen, ob er sich rächen würde. Trotz seiner zwielichtigen Geschäfte hielt er sich an einen gewissen Verhaltenskodex – und eigentlich musste ihm bewusst sein, dass es nicht richtig gewesen war, sie mitten im Auftrag zurückzupfeifen und ihr dann nur die Hälfte zu zahlen.

Sicher verstand er ihre Botschaft.

Abgesehen davon hätte sie alles nehmen können, was in seinem Safe lag.

Sie näherten sich ihrem Audi, und Sola deaktivierte die Alarmanlage. Dann wandte sie sich um und blickte zu Mark auf.

»Ich rufe dich an?«

»Ja, bitte«, sagte Mark.

Sie schwiegen. Dann legte Sola ihm die Hand um den Nacken und zog ihn an sich. Mark nahm die Einladung bereitwillig an, aber nicht auf drängende, dominierende Art: Als sie den Kopf neigte, tat er ihr es gleich, und ihre Lippen trafen sich, berührten sich leicht, dann mit etwas mehr Nachdruck. Doch er presste sie nicht an sich oder drückte sie gegen den Wagen … der Kuss vermittelte nicht den Eindruck, außer Kontrolle zu geraten.

Aber auch nicht den von großer Leidenschaft.

Sie löste sich von ihm. »Wir sehen uns bald.«

Mark stieß vernehmlich die Luft aus, als wäre er angetörnt. »Äh, ja. Das hoffe ich. Und nicht nur im Fitness-
raum.«

Er hob die Hand, lächelte ein letztes Mal und ging dann
zu seinem Truck.

Mit einem stillen Fluch setzte Sola sich hinters Steuer,
schloss die Tür und ließ den Kopf gegen die Nackenstütze
fallen. Im Rückspiegel beobachtete sie, wie Marks Rücklichter aufleuchteten, bevor er in einem großen Bogen
wendete und vom Parkplatz fuhr.

Sie schloss die Augen, doch sie sah nicht das strahlende
Lächeln von Mark oder dachte an seinen Kuss oder stellte
sich vor, seine Hände würden über ihren Körper gleiten.

Sie stand wieder vor dem Cottage, blickte durch das
Fenster und sah, wie ein Paar glühender, leicht gehässi-
ger Augen sie über die entblößten Brüste einer anderen
Frau hinweg anfunkelten.

»Ach, verflixt noch mal ...«

Sie verscheuchte die Erinnerung und fürchtete, dass sie
ihren Heißhunger auf, sagen wir mal, Schokolade nicht
mit einer Cola Light befriedigen würde können. Oder einem Keks. Oder einer einzelnen Mozartkugel.

In diesem Fall musste sie wohl eine Schachtel Trüffel-
pralinen schmelzen und sie sich intravenös in den Arm
pumpen.

Sie stellte den Fuß auf die Bremse, drückte auf den An-
lasser am Armaturenbrett und lauschte, wie der Motor an-
lief. Als die Scheinwerfer aufleuchteten ...

Sola schrie auf und presste sich in den Sitz.

Im Anwesen der Bruderschaft trennte Qhuinn sich von
den anderen, sobald er durch die Vorhalle in die große
Eingangshalle kam. Eilig joggte er die Treppe hoch und

zu Laylas Zimmer. Per SMS hatte sie ihm mitgeteilt, dass sie letztlich doch nicht in der Klinik geblieben war, und er wollte wissen, wie es ihr ging.

Er klopfte und begann zu beten. Schon wieder.

Nichts bekehrte einen Agnostiker so schnell zur Religion wie eine Schwangerschaft.

»Herein!«

Qhuinn holte tief Luft und trat ein. »Wie geht es dir?«

Layla blickte von ihrem *US Weekly*-Magazin auf, das sie auf dem Bett liegend las. »Hallo!«

So gut gelaunt? Qhuinn stutzte. »Äh … hallo?«

Er blickte sich um und sah die *Vogue,* das *People Magazine* und die *Vanity Fair* auf der Decke um sie herum verstreut, während im Fernsehen ein Spot für Zahnpasta auf eine Deo-Werbung folgte. Cracker und Ginger Ale standen auf dem Nachttischchen neben ihr und auf dem anderen ein leerer Karton Eiscreme mit zwei Löffeln auf einem Silbertablett.

»Mir ist wirklich übel«, verkündete sie strahlend, als sei das eine erfreuliche Neuigkeit.

Und vermutlich war es das auch. »Irgendwelche … du weißt schon …«

»Nicht die Spur. Ich übergebe mich auch nicht mehr. Ich muss nur darauf achten, durchgehend Kleinigkeiten zu essen. Zu viel, und mir wird schlecht – zu lange nichts, und mir wird auch schlecht.«

Qhuinn lehnte sich an den Türrahmen, seine Knie zitterten buchstäblich vor Erleichterung. »Das ist … wundervoll.«

»Willst du dich setzen?« Offensichtlich war er so blass, wie er sich urplötzlich fühlte.

»Nein, ist schon gut. Ich … ich habe mir nur wirklich Sorgen um dich gemacht.«

»Nun, wie du siehst« – sie deutet auf ihren Körper –, »geht es mir gut, der Jungfrau der Schrift sei Dank.«

Layla lächelte ihn an, und ihm gefiel ihr Anblick – und zwar keineswegs in sexueller Hinsicht. Nein, sie wirkte einfach … ruhig, entspannt und glücklich. Ihr Haar fiel offen auf ihre Schultern, sie hatte wieder Farbe im Gesicht, Hände und Blick waren wieder stet. Im Grunde schien sie … auf einmal wieder völlig gesund. Die Blässe war wie weggezaubert.

»Sieht aus, als hättest du Besuch gehabt?« Qhuinn deutete auf die Illustrierten und den leeren Eisbecher.

»O ja, alle waren hier. Beth am längsten. Sie hat sich einfach mit zu mir aufs Bett gelegt. Wir haben gar nicht groß geredet, sondern einfach nur Zeitschriften durchgeblättert und mehrere Folgen *Der gefährlichste Job Alaskas* angeschaut, diese Dokuserie mit den Fischern. Ich finde sie super, wirklich spannend. Ich war froh, im Warmen und auf dem Trockenen zu sein.«

Qhuinn rieb sich das Gesicht und hoffte, dass sich sein Gleichgewichtssinn irgendwann wieder einstellen würde: Offensichtlich hinkte seine Adrenalinausschüttung immer noch der Wirklichkeit hinterher. Dass es kein Drama gab, keinen Notfall, nichts Dringliches, auf das man reagieren musste, war merkwürdigerweise gar nicht so einfach zu verkraften.

»Es freut mich, dass du Besuch hattest«, murmelte er, weil er das Gefühl hatte, etwas sagen zu müssen.

»Oh, ja, ich hatte …« – Layla wandte den Blick ab, und ein seltsamer Ausdruck trat auf ihr Gesicht – »… viel Besuch.«

Qhuinn runzelte die Stirn. »Aber keinen unangenehmen, oder?«

Er konnte sich nicht vorstellen, dass irgendwer in die-

sem Haus etwas anderes als freundlich und nett sein konnte, aber er musste einfach fragen.

»Nein … nicht unangenehm.«

»Was?« Aber Layla fummelte nur am Titelblatt ihrer Illustrierten herum, sodass sich das Gesicht irgendeiner
dämlichen brünetten Schnepfe mit leerem Blick in Falten legte und wieder glättete, in Falten legte und wieder
glättete. »Layla, sag es mir.«

Er konnte gleich mal ein paar Grundregeln festlegen,
wenn es sein musste.

Layla schob ihr Haar zurück. »Du hältst mich sicher für
verrückt … oder, ich weiß auch nicht.«

Qhuinn setzte sich neben sie aufs Bett. »Okay, schau.
Ich weiß nicht, wie ich das am besten sagen soll, also sag
ich es jetzt einfach, wie es mir gerade in den Sinn kommt.
Auf uns kommt noch jede Menge … persönlicher Mist
zu … in Verbindung mit …« Verflucht, er hoffte wirklich,
dass die Schwangerschaft hielt. »Da können wir genauso
gut gleich anfangen, offen miteinander zu reden. Egal
was es ist, ich werde dich nicht verurteilen. Nach allem,
was ich in meinem Leben verbockt habe, urteile ich über
nichts und niemanden mehr.«

Layla holte tief Luft. »In Ordnung … na ja, Payne war
letzte Nacht hier.«

Qhuinn runzelte erneut die Stirn. »Und?«

»Na ja, sie sagte, sie könnte vielleicht etwas für die
Schwangerschaft tun. Sie wusste nicht, ob es helfen
würde, aber sie meinte, es würde mir auch nicht schaden.«

Qhuinns Brust zog sich zusammen, und Angst schlich
sich in sein Herz. V und Payne hatten ein paar Eigenschaften an sich, die nicht von dieser Welt waren. Und das war
absolut in Ordnung. Aber nicht, wenn es um sein Kind

ging, verdammt noch mal. Vs Killerhand war eine tödliche Waffe ...

»Sie hat ihre Hände auf meinen Bauch gelegt, genau über dem Kind ...«

Qhuinn fühlte sich, als hätte jemand die Spülung in seinem Kopf betätigt. »Oh, Scheiße ...«

»Nein, nein.« Layla streckte die Hand nach ihm aus. »Es war nicht schlimm. Es fühlte sich ... gut an. Ich wurde ... in Licht gebadet – es floss durch mich hindurch und gab mir Kraft. Es war heilsam. Es hat sich auf meinen Unterleib konzentriert, aber es ging noch viel weiter. Danach habe ich mir allerdings solche Sorgen um Payne gemacht. Sie ist zusammengebrochen und lag neben dem Bett.« Layla deutete auf den Boden. »Aber dann habe ich das Bewusstsein verloren. Ich muss lange geschlafen haben. Und als ich aufwachte, fühlte ich mich ... anders. Erst dachte ich, die Krämpfe hätten aufgehört, weil der Abgang ... beendet war. Ich bin rausgerannt zu Blay, und er hat mich in die Klinik gebracht. Und dann bist du gekommen, und Doc Jane hat uns gesagt, dass ...« Laylas schlanke Hand legte sich auf ihren Bauch. »Da hat sie uns gesagt, dass unser Kind noch lebt ...«

Ihre Stimme brach, und sie blinzelte heftig. »Du siehst also, ich glaube, Payne hat unsere Schwangerschaft gerettet.«

Nach einer Weile Sprachlosigkeit flüsterte Qhuinn: »Ach du ... Scheiße.«

Auf dem Parkplatz vor dem Restaurant stand Assail bedrohlich vor der Kühlerhaube seiner Einbrecherin, angestrahlt durch die Scheinwerfer.

Und ähnlich wie in der letzten Nacht blickte er ihr in die Augen, ohne sie wirklich zu sehen.

Trotz der Kälte war ihm ganz heiß vor Wut und anderen Empfindungen: Als dieser Kotzbrocken sie zu ihrem Auto geleitet und auch noch die Dreistigkeit besessen hatte, sie zu küssen, war Assail erneut vor einer Entscheidung gestanden: den Kerl verfolgen und ihm doch noch die Kehle aufreißen, oder warten, bis er weg war und …

Sein Bauch hatte für ihn entschieden: Er kam einfach nicht von ihr los.

Seine Einbrecherin ließ das Fenster runter, und der Duft ihrer Erregung machte ihn hart.

Und entlockte ihm ein Lächeln. Es war das erste Mal an diesem Abend, dass er diesen Duft aufschnappte – und nichts hätte seine Wut wirkungsvoller besänftigen können.

Nun, mal abgesehen davon, diesen Typen bei lebendigem Leib zu häuten.

»Was wollen Sie?«, schnauzte sie.

Tja, das war die große Frage.

Er ging zur Fahrerseite. »Haben Sie sich gut amüsiert?«

»Wie bitte?«

»Ich glaube, Sie haben meine Frage sehr wohl verstanden.«

Sie stieß die Fahrertür auf und sprang aus dem Wagen. »Wie *können* Sie es wagen, eine Erklärung von mir zu erwarten …«

Er beugte sich leicht auf sie zu. »Darf ich daran erinnern, dass Sie die Erste waren, die in meine Privatsphäre eingedrungen …«

»Aber ich bin Ihnen nicht vors Auto gesprungen und …«

»Hat Ihnen gefallen, was Sie gestern Nacht gesehen haben?« Sie verstummte. Und als das Schweigen anhielt, lächelte er leicht. »Dann geben Sie also zu, dass Sie zugesehen haben.«

»Sie haben verdammt noch mal *gewusst,* dass ich da war«, fauchte sie.

»Dann beantworten Sie meine Frage: Hat Ihnen gefallen, was Sie gesehen haben?«, sagte er in einem Tonfall, der selbst in seinen Ohren rauchig klang.

O ja, dachte er, als er ihren Duft einsog. Es hatte ihr gefallen.

»Egal«, schnurrte er. »Sie müssen es nicht in Worte fassen. Ich kenne die Antwort …«

Sie schlug ihm so schnell und fest ins Gesicht, dass doch tatsächlich sein Kopf zurückflog.

Sein erster Impuls war, die Fänge zu blecken und sie zu beißen, sie zu bestrafen, um sich anzuheizen – denn nichts steigerte den Genuss so sehr wie ein Hauch von Schmerz. Oder gleich ganz viel davon.

Er hob den Kopf und senkte die Lider. »Das hat sich gut angefühlt. Wollen Sie noch einmal?«

Als ihm erneut ihr Duft entgegenwehte, lachte er leise aus tiefer Brust. Mit dieser Reaktion hatte sie ihrem menschlichen Begleiter das Leben gerettet. Zumindest würde er nicht durch Assails Hand sterben.

Sie wollte ihn. Und keinen anderen.

Assail rückte ihr noch mehr auf die Pelle, bis seine Lippen beinahe ihr Ohr berührten. »Was haben Sie gemacht, als Sie zu Hause waren? Oder konnten Sie nicht so lange warten?«

Demonstrativ trat sie einen Schritt zurück. »Interessiert Sie das wirklich? Schön. Ich habe die Katzenstreu gewechselt und mir zwei Rühreier und Zimttoast gemacht, bevor ich ins Bett gegangen bin.«

Er trat nun seinerseits demonstrativ einen Schritt auf sie zu. »Was haben Sie unter der Decke getan?«

Wieder roch er sie, und wieder beugte er sich ganz nah

an ihr Ohr. »Ich glaube, ich weiß, was Sie getan haben. Aber ich will es von Ihnen hören.«

»Hauen Sie ab …«

»Haben Sie an das gedacht, was Sie gesehen haben?« Als eine Bö ihr ein paar Strähnen in die Augen blies, strich er sie zurück. »Haben Sie sich vorgestellt, ich hätte Sie gevögelt?«

Ihr Atem ging schneller, und – gütige Jungfrau im Schleier – jetzt wollte er sie nehmen. »Wie lange sind Sie geblieben?«, hauchte er. »Bis die Frau kam … oder ich?«

Sie stieß ihn von sich. »Verpissen Sie sich!«

Und mit einem Satz sprang sie an ihm vorbei in ihren Wagen und knallte die Tür zu.

Er war genauso schnell.

Er beugte sich durch das offene Seitenfenster, packte ihren Kopf und küsste sie stürmisch. Sein Mund übernahm das Kommando, und der Drang, jede Spur von diesem Menschen auszulöschen, pulsierte in seinem Geschlecht.

Sie erwiderte den Kuss.

Nicht minder kraftvoll.

Seine Schultern passten nicht durch das Fenster, und am liebsten hätte er den Stahl mit den Händen aufgerissen. Doch er konnte nicht zu ihr, und das stachelte seine Wut nur noch mehr an, das Blut rauschte ohrenbetäubend in seinen Adern, er drängte gegen die Fahrertür, während er die Zunge in ihren Mund stieß und die Hand in ihrem Nackenhaar vergrub.

Sie war feucht und süß und höllisch heiß.

So heiß, dass er Luft schöpfen musste, um nicht am Ende ohnmächtig zu werden.

Er trennte sich von ihr und sah ihr in die Augen. Beide atmeten schwer, und als er ihre Erregung roch, wollte er nur noch in ihr sein.

Um sie zu kennzeichnen ...

Sein Handy hätte sich keinen ungünstigeren Moment aussuchen können: Das Klingeln aus seinem Mantel brachte sie schlagartig zur Besinnung. Ihre Augen weiteten sich und schweiften ab, ihre Hände umfassten das Lenkrad, als versuchte sie, Halt zu gewinnen.

Und dann ließ sie ohne einen weiteren Blick das Fenster hochfahren, legte den Gang ein und fuhr davon.

Assail stand in der Kälte und rang nach Atem.

14

Kurz darauf verließ Qhuinn Laylas Zimmer und ging schnellen Schrittes über den schmalen Läufer, der den Flur entlang bis zur Treppe führte. Auf der Höhe von Wraths Arbeitszimmer hörte er undeutlich, wie jemand seinen Namen rief, doch er achtete nicht darauf.

Am Ende des Gangs mit den Statuen, noch hinter der Suite von Z und Bella, lag das Zimmer von Payne und Manny. Die Tür war geschlossen, aber die Geräusche eines Fernsehers drangen leise in den Flur.

Qhuinn fasste sich ein Herz und klopfte an.

»Herein«, kam die Antwort.

Das Zimmer war in das bläuliche Licht des Fernsehers getaucht. Payne lag im Bett und war so blass, dass die wechselnden Bilder auf ihre Haut projiziert wurden wie auf eine Leinwand.

»Sei gegrüßt«, murmelte sie schwerfällig.

»Gütige … Jungfrau …«

»Nein, die bin ich leider nicht.« Sie lächelte. Oder zumindest die eine Hälfte ihres Mundes. »Entschuldige, wenn ich mich nicht erhebe, um dich zu begrüßen.«

Leise schloss Qhuinn die Tür. »Was ist passiert?«

Doch er ahnte es bereits.

»Geht es ihr gut?«, fragte Payne. »Layla – ist sie noch schwanger?«

»Alle Tests deuten darauf hin.«

»Gut. Welch schöne Nachricht.«

»Liegst du im Sterben?«, platzte Qhuinn heraus und hätte sich am liebsten gleich dafür geohrfeigt.

Sie lachte stockend. »Das glaube ich nicht. Aber ich bin sehr geschwächt.«

In der nächsten Sekunde war Qhuinn an ihrem Bett. »Was ist passiert?«

Payne versuchte mühsam, sich aufzurichten, gab dann aber auf. »Ich glaube, ich verliere meine Gabe.« Stöhnend bewegte sie die Beine unter der Decke. »Als ich auf diese Seite kam, konnte ich durch Handauflegen heilen, ohne viel zu spüren. Doch mit jedem Mal scheint es mich mehr zu belasten. Und was ich für Layla und euer Kind tun wollte …«

»… hätte dich fast umgebracht«, beendete er den Satz für sie.

Sie zuckte die Schultern. »Ich erwachte neben dem Bett und habe mich hierhergeschleppt. Manny hat mich vorhin aus dem Bett geholt, da ging es mir schon wieder besser, doch wie es scheint, ist die Kraft erneut versiegt.«

»Kann ich irgendetwas tun?«

»Ich fürchte, ich muss ins Heiligtum meiner Mutter«, sagte sie voll bitterem Hohn. »Um frische Kraft zu schöpfen. Das erscheint mir logisch, denn dort liegt vermutlich der Quell meiner Gabe. Ich muss nur noch die Energie für diese Reise sammeln – und meinen Widerwillen besiegen. Ich gehe nur ungern. Doch diese Entscheidung wurde mir abgenommen. Es kommt der Punkt, an dem der Körper nicht mehr mit sich verhandeln lässt.«

Ja, Qhuinn wusste, wie das war.

»Ich kann nicht ...« Er fuhr sich durchs Haar. »Ich weiß nicht, wie ich dir danken soll.«

»Danke mir, wenn Layla das Kind zur Welt gebracht hat. Vor euch liegen noch viele Ungewissheiten.«

Nicht mehr, dachte er. Seine Vision von der Tür zum Schleier war nun auf bestem Wege, sich zu erfüllen.

Und diesmal würde es so bleiben.

Qhuinn holte einen Dolch aus dem Brusthalfter und zog die scharfe Klinge über seine Handfläche. Als das Blut in dicken Tropfen hervorquoll, bot er sich der Vampirin dar.

»Ich schwöre dir und den Deinen, bei meiner ...« Er geriet ins Stocken. Als Ausgestoßener hatte er keine Familie. *»Bei meiner Ehre: Von nun an bis zu meinem letzten Herzschlag und Atemzug werde ich ohne Zögern oder Fragen tun, was immer du von mir verlangst.«*

Irgendwie war es lächerlich, sich der Tochter einer Gottheit darzubieten. Als ob Payne auf seine Hilfe angewiesen wäre.

Doch Payne ergriff seine Dolchhand und hielt sie fest. *»Deine Ehre schätze ich höher als jede Familie dieser Welt.«*

Und als sich ihre Blicke trafen, schien es ihm, als handelte es sich hier nicht um einen Pakt zwischen Mann und Frau, sondern zwischen zwei Kämpfern. Das Geschlecht spielte keine Rolle.

»Ich kann dir nicht genug danken«, sagte er.

»Ich hoffe, dass sie es schafft. Dass sie es beide schaffen, meine ich.«

»Ich habe das Gefühl, das werden sie. Und das verdanken wir dir.«

Es war merkwürdig, sich vor Payne zu verbeugen, aber manche Dinge tat man einfach, und so war es auch jetzt. Dann wandte er sich ab und verabschiedete sich, damit sie sich ausruhen konnte.

Doch als er die Hand auf die Klinke legte, murmelte Payne: »Wenn du jemandem danken solltest, dann Blaylock.«

Qhuinn war wie versteinert. Er drehte sich noch einmal um. »Was ... hast du gesagt?«

Assail blieb stehen, als der Audi vom Parkplatz auf die Straße preschte, als hätte seine Einbrecherin eine Bombe in dem Restaurant gelegt und soeben den Fernzünder betätigt.

In ihm tobte das Verlangen, sie zu verfolgen, das Auto anzuhalten und sie auf die Rückbank zu zerren.

Doch sein Verstand wusste es besser.

Dieses körperliche Verzehren führte ihm vor Augen, wie sehr er in ihrer Nähe die Kontrolle verlor. Das war gefährlich. Assail definierte sich über seine Selbstbeherrschung. Aber wenn er diese Frau sah? Und ihr Geschlecht erblühte?

Dann war er nicht mehr Herr seiner selbst.

Er musste sich zügeln.

Denn es war Unfug und Zeitverschwendung, einer Menschenfrau hinterherzulaufen und sich in einem schäbigen Restaurant herumzudrücken, um ihr beim Essen mit einem Mann zuzusehen.

Besessen von dem Drang, ihren Burger-Buddy zu lynchen.

Was war nur in ihn gefahren?

Als ihm die Antwort kam, schob er sie rigoros von sich.

Um sich sinnvoll abzulenken, zückte er sein Handy und sah nach, wer da angerufen und den Bann gebrochen hatte, bevor es zum Äußersten gekommen war.

Rehvenge.

Es gab mehrere Gründe, warum er nicht mit ihm reden wollte. Insbesondere verspürte er keine Lust, sich noch einmal all die Gründe vorhalten zu lassen, warum er im Rat verbleiben und sich am gesellschaftlichen sowie politischen Stillstand beteiligen sollte.

Aber alles war besser, als seine Einbrecherin zu verfolgen ...

Er kannte nicht einmal ihren Namen.

Und es war in seinem eigenen Interesse, ihn nie zu erfahren, ermahnte er sich.

Also aktivierte er den Rückruf, hob das iPhone ans Ohr und schob die andere Hand in die warme Manteltasche. »Rehvenge«, sagte er, als der *Leahdyre* abnahm. »Mit dir rede ich öfter, als ich mit meiner *Mahmen* spreche.«

»Ich dachte, deine Mutter ist tot?«

»So ist es.«

»Du telefonierst nicht gern.«

»Was kann ich für dich tun?« Eine reine Floskel. Assail wünschte keine Antwort darauf.

»Nicht doch, ich möchte etwas für *dich* tun.«

»Mit Verlaub, um meine Angelegenheiten kümmere ich mich lieber selbst.«

»Ein kluger Zug. Doch obwohl ich weiß, wie sehr dir deine Geschäfte am Herzen liegen, sind sie nicht der Grund für meinen Anruf. Ich dachte, es würde dich vielleicht interessieren, dass Wrath heute mit dem Rat zusammengekommen ist.«

»Ich war der Ansicht, ich hätte meine Ratsmitgliedschaft bei unserem letzten Gespräch niedergelegt. Ich verstehe also nicht, inwiefern mich das betreffen sollte.«

»Dein Name ist gefallen. Am Ende, als alle anderen bereits gegangen waren.«

Assail wölbte eine Braue. »In welchem Zusammenhang?«

»Ein kleines Vögelchen hat uns gezwitschert, dass du mit Xcor im Bunde stehst und Wrath im Herbst in deinem Haus in einen Hinterhalt gelockt hast.«

Assail hätte um ein Haar sein Handy zerquetscht. Doch er wählte seine Worte mit Bedacht. »Wrath weiß, dass das nicht wahr ist. Ich habe ihm damals zur Flucht verholfen. Und wie ich bereits sagte: Ich habe kein Interesse an einem Aufstand. Hatte ich noch nie. Deshalb bin ich aus dem Rat ausgetreten. Ich will in keine Konflikte hineingezogen werden.«

»Entspann dich. Er hat dir einen Gefallen getan.«

»Wie soll ich das verstehen?«

»Der Betreffende sagte es in meiner Gegenwart.«

»Tut mir leid, aber ich verstehe noch immer nicht …«

»Ich wusste, dass er lügt.«

Assail verstummte. Es war natürlich zu begrüßen, dass Rehvenge von der Unwahrheit dieser Aussage überzeugt war. Aber wie war das möglich?

»Bevor du fragst«, brummte Rehv finster, »ich werde dir nicht darlegen, warum ich mir in diesem Punkt so sicher bin. Aber der König möchte deine Loyalität mit einem Geschenk belohnen.«

»Einem Geschenk?«

»Wrath trägt seinen Namen nicht zu Unrecht. Er kann sich vorstellen, wie es sich anfühlt, wenn man fälschlicherweise des Verrats bezichtigt wird. Und er weiß: Die meisten Denunzianten wollen von ihrer eigenen Schuld ablenken. Besonders verdächtig machen sie sich, wenn sie von Verbrechen reden, von denen eigentlich niemand weiß, und dabei auch noch … wie soll ich sagen, Regungen an den Tag legen, die auf Täuschung und Rachsucht schließen lassen. So, als wollte man dir etwas heimzahlen.«

»Wer ist es?«, hauchte Assail. Obwohl er es natürlich längst wusste.

»Wrath bittet dich nicht darum, die Drecksarbeit für ihn zu erledigen. Wenn du nicht selbst Hand anlegen möchtest, ist der Betreffende binnen vierundzwanzig Stunden tot. Doch da wir in diesem Fall nicht nur ein gemeinsames Interesse haben, sondern deine Beweggründe überwiegen, würde der König dir den Vortritt überlassen.«

Assail schloss die Augen. Mordlust brachte sein Blut in Wallung, auf die gleiche Weise wie zuvor die Begierde. Doch das Resultat würde ein anderes sein. »Nenn mir den Namen.«

»Elan, Sohn des Larex.«

Assail riss die Augen auf und fletschte die Fänge. »Richte deinem König aus, dass ich mich der Angelegenheit mit größtem Eifer annehmen werde.«

Rehvenge lachte finster. »Wird erledigt. Ehrenwort.«

15

Blay lief rastlos in seinem Zimmer umher. Obwohl er die volle Kampfmontur trug, würde er das Haus nicht verlassen. Keiner von ihnen würde das.

Nach dem Ratstreffen hatte Tohr angeordnet, dass die Bruderschaft im Haus blieb und sich für alle Fälle bereithielt. Rehv redete mit den einzelnen Ratsmitgliedern, knüpfte Verbindungen und verschaffte sich einen Eindruck, wo die *Glymera* stand. Nachdem er schlecht mit einem Sixpack von Brüdern auf den Plan treten konnte – zumindest nicht, solange er einen Anstrich von Höflichkeit wahren wollte –, mussten sie sich im Hintergrund halten. Doch in Anbetracht des gegenwärtigen politischen Klimas war es unerlässlich, dass Verstärkung parat stand, für den Fall, dass der Reverend sie brauchte.

Nicht, dass er diesen Namen noch trug …

Die Tür zu seinem Zimmer flog auf, ohne ein Klopfen, »Hallo« oder »Darf man reinkommen?«.

Qhuinn stand in der Tür und rang um Atem, als wäre er gerannt.

Verdammt, war die Schwangerschaft doch noch abgegangen?

Qhuinn blickte suchend umher. »Bist du allein?«

Wer sollte hier sonst noch sein … ach so, Saxton. Stimmt. »Ja …«

Qhuinn war mit drei Schritten bei Blay, packte ihn … und knutschte ihn nieder.

Es war ein Kuss, wie man ihn zeit seines Lebens nicht vergaß, ein vollkommenes Verschmelzen, das sich unauslöschlich ins Bewusstsein fräste: die innige Umschlingung, die warmen, feuchten Lippen, die Kraft und die Beherrschung.

Blay stellte keine Fragen.

Er ließ es einfach geschehen, legte die Arme um Qhuinn, hieß die Zunge willkommen, die in seinen Mund drängte, erwiderte den Kuss, obwohl er nicht wusste, wie er dazu kam.

Wahrscheinlich sollte es ihn kümmern. Wahrscheinlich sollte er sich lösen.

Sollte, würde, könnte.

Egal.

Nur am Rande nahm er wahr, dass die Tür noch offen stand, doch es war ihm schnuppe – obwohl die Sache verdammt schnell verdammt indiskret werden konnte.

Ganz unvermittelt legte Qhuinn dann aber eine Vollbremsung ein und löste sich von Blay. »Entschuldige. Deshalb bin ich nicht gekommen.«

Er atmete noch immer schwer, und seine unglaublichen Augen glühten, sodass Blay am liebsten gesagt hätte, *Ist schon okay, aber können wir erst einmal zu Ende bringen, was wir angefangen haben?*

Qhuinn ging zur Tür und schloss sie. Dann steckte er die Hände in die Taschen seiner ledernen Hose – wie um zu verhindern, dass er sich erneut an Blay vergriff.

Verdammte Taschen, dachte Blay, während er unauffällig versuchte, seine Erektion zu justieren. »Um was geht es?«, fragte er.

»Ich weiß, dass du bei Payne warst.«

Qhuinn sagte es langsam und deutlich – und tat damit etwas, womit Blay nicht gut zurechtkam. Blay musste sich abwenden und wanderte im Zimmer umher.

»Du hast das Kind gerettet.« Aus Qhuinns Stimme klang eine Ehrfurcht, die Blay nicht ertrug.

»Dann geht es Layla gut?«

»Du hast uns gerettet.«

»Das war Payne.«

»Sie hat gesagt, sie wäre nie auf die Idee gekommen – wenn du nicht mit ihr geredet hättest.«

»Vs Schwester hat wirklich eine Gabe ...«

Plötzlich stand Qhuinn direkt vor ihm, eine Wand aus Muskeln, undurchdringlich. Und dann streckte er die Hand aus und streichelte Blays Wange. »Du hast meine Tochter gerettet.«

Schweigen breitete sich aus, und Blay wusste, dass er etwas sagen sollte. Ja, es lag ihm auf der Zunge. Aber ...

Scheiße. Wenn Qhuinn ihn so ansah, vergaß er seinen eigenen Namen. Blaysox? Blacklock? Blabberfox? Wer konnte das schon sagen ...

»Du hast meine Tochter gerettet«, flüsterte Qhuinn.

Was Blay jetzt sagte, würde er später bereuen – denn es war wichtig, Distanz zu wahren, insbesondere im Hinblick auf den Sex, zu dem es in jüngster Zeit ab und an gekommen war.

Aber als sie so voreinander standen, Auge in Auge, war

es ihm unmöglich, die Wahrheit zu verschweigen. »Ich konnte nicht anders ... du warst am Boden. Ich musste doch irgendetwas tun.«

Qhuinn schloss kurz die Augen. Und dann umschlang er Blay und hielt ihn fest. »Du bist immer für mich da, nicht wahr?«

Das war schön und bitter zugleich: Dass Qhuinn allen Ernstes eine Familie gründen würde, mit einer anderen, mit Layla, versetzte Blay einen Stich.

Es war wie ein Fluch.

Er löste sich aus Qhuinns Umarmung und trat einen Schritt zurück. »Nun, ich hoffe, es ...«

Bevor er den Satz beenden konnte, rückte Qhuinn ihm erneut auf die Pelle, und seine zweifarbigen Augen brannten.

»Was?«, fragte Blay.

»Ich schulde dir ... alles.«

Aus irgendeinem Grund verletzte ihn das. Vielleicht, weil er sich jahrelang erfolglos selbst angeboten hatte und jetzt Dankbarkeit dafür empfing, dass er sich für das Kind von einer anderen eingesetzt hatte.

»Ist doch klar, dasselbe hättest du für mich getan«, sagte er rau.

Doch noch während er es aussprach, kamen ihm Zweifel. Sicher, wenn ihn jemand angriff, wäre Qhuinn sofort zur Stelle. Aber dieser knallharte Kerl liebte nun mal den Kampf und war der geborene Held – das hatte nichts mit Blay zu tun.

Vielleicht fühlte er sich deshalb so leer. Alles hatte sich immer nach Qhuinn gerichtet. Die Freundschaft. Die Distanz. Selbst der Sex.

»Warum schaust du mich so an?«, fragte Qhuinn.

»Wie denn?«

»Wie einen Fremden.«

Blay rieb sich das Gesicht. »Entschuldigung. Es war eine lange Nacht.«

Schweigen machte sich breit, und Blay nahm nichts mehr wahr außer den Augen von Qhuinn.

»Ich gehe«, meinte der nach einer Weile. »Ich wollte einfach nur ... na ja. Egal.«

Qhuinn ging auf die Tür zu, und Blay fluchte ...

Es klopfte, ein einziges Mal und sehr laut: ein Bruder.

Rhages Stimme dröhnte durch das Holz. »Blay? Tohr hat ein Meeting einberufen, Gebietsaufteilung für morgen. Weißt du, wo Qhuinn steckt?«

Blay sah Qhuinn quer durchs Zimmer an. »Nein, keine Ahnung.«

Verdammter Mist, dachte Qhuinn, als sie so jäh gestört wurden. Dabei war ihre Unterhaltung ohnehin zu einem Ende gekommen.

Wenigstens kam Rhage nicht rein. Blay wäre es sicher unangenehm gewesen, mit ihm zusammen erwischt zu werden.

Hollywood machte es kurz: »Wenn du ihn siehst, richte ihm aus, dass wir in fünf Minuten anfangen. Wenn er bei Layla bleiben möchte, vollstes Verständnis.«

»In Ordnung«, sagte Blay tonlos.

Als Rhage zur nächsten Tür ging und bei Z anklopfte, rieb Qhuinn sich das Gesicht. Er hatte keine Ahnung, was Blay gerade durch den Kopf ging, aber sein Blick jagte ihm eiskalte Schauer über den Rücken.

Doch was hatte er erwartet? Er platzte in das Zimmer, das Blay mit Saxton teilte, knutschte ihn ab und wurde dann rührselig wegen der Sache mit Payne ... das hier war Saxtons Bereich. Nicht Qhuinns.

Leider hatte er die Angewohnheit, Grenzen zu über-
schreiten.

»Ich werde nicht wieder hier reinplatzen«, versuchte
Qhuinn es wiedergutzumachen. »Ich wollte dir nur sagen,
dass ... ich dir eine Menge schulde.«

Er legte das Ohr an die Tür und lauschte in den Flur,
ob Rhage schon weg war.

Was war er doch manchmal für ein selbstsüchtiges
Arschloch ...

»Qhuinn?«

Er wirbelte herum, als hätte Blay ihn an der Leine. »Ja?«

Blay kam auf ihn zu. Als sie sich Auge in Auge gegenüberstanden, sagte er: »Ich will dich noch immer ficken.«

Qhuinns Brauen wanderten hoch bis zum Haaransatz.
Und augenblicklich wurde er hart.

Bedauerlicherweise schien Blay nicht glücklich über
seine Enthüllung. Aber wie auch? Er war nicht der Typ,
der leichtfertig seinen Freund hinterging – obwohl er wegen Saxtons Seitensprung offensichtlich von der Treue
geheilt war.

Bei dem Gedanken hätte Qhuinn seinen Cousin am
liebsten gleich noch einmal erwürgt. Und das Einzige, was
ihn davon abhielt, auf der Stelle nach diesem Hurenbock
zu suchen, war der positive Nebeneffekt, den dieses Fehl-
verhalten nach sich zog.

»Ich will dich auch«, sagte Qhuinn.

»Ich komme nach Morgendämmerung zu dir.«

Qhuinn wollte nicht fragen. Doch er konnte nicht anders. »Was ist mit Saxton?«

»Er ist im Urlaub.«

Ach, wirklich? »Wie lange?«

»Nur für ein paar Tage.«

Schade. Bestand vielleicht die Möglichkeit einer Verlängerung ... für ein Jahr vielleicht oder auch zwei? Vielleicht sogar für immer?

»Okay, dann haben wir also ein ...« Qhuinn verbiss sich das *Date*.

Es hatte keinen Zweck, sich etwas vorzumachen. Saxton war in Urlaub. Blay wollte Sex. Und Qhuinn war mehr als bereit, sich dafür zur Verfügung zu stellen.

Es war also *kein* Date. Aber scheiß drauf.

»Komm zu mir«, knurrte er. »Ich werde dich erwarten.«

Blay nickte, als hätten sie einen Pakt geschlossen, dann verließ er das Zimmer als Erster, und seine Bewegungen hatten etwas Aggressives, als er an Qhuinn vorbei und durch die Tür ging.

Qhuinn sah ihm nach. Wartete eine Weile. Hätte sich am liebsten noch einmal eingeschlossen, um sich zu sammeln.

Mit einem Mal war er deprimiert, trotz der Aussicht auf ihr Schäferstündchen. Er musste an Blays Gesicht denken, und seine Brust zog sich zusammen. Scheiße, vielleicht waren diese neuen heißen Zusammenkünfte nur die nächste Stufe ihrer misslungenen Beziehung, eine neue Facette des Trauerspiels, das ihre Freundschaft ausmachte.

Es war ihm niemals in den Sinn gekommen, dass sie vielleicht nicht gut füreinander waren. Dass sie sich nicht auf eine geistige Übereinkunft zubewegten, nachdem er sich endlich geöffnet hatte.

Er ballte eine Faust und rammte sie gegen den Türstock, sodass sich die Kante in seinen Handballen eingrub.

Der Schmerz erinnerte ihn an die Fahrt im Abschleppwagen, wo er auf das Armaturenbrett eingedroschen hatte, damit man ihn rausließ. Es schien ihm eine Ewigkeit her zu sein.

Und doch wollte er nicht zurück. Wenn Blay nichts anderes von ihm wollte als Sex, dann würde er sich darauf einlassen. Und die Sache mit Layla?

Das bedeutete doch sicher etwas. Immerhin hatte Blay mit seinem Engagement den Kurs von Qhuinns Leben geändert.

Nicht, dass er das nicht schon vor langer Zeit getan hätte.

16

Assail nahm neben einem gurgelnden Bach Gestalt an, der dank seiner Strömung eisfrei war.

Das Haus, das vor ihm lag, hatte er erst einmal besucht. Es war ein viktorianisches Bauwerk aus Backstein mit den obligatorischen Verzierungen im Zuckerbäckerstil an Veranda und Eingang. Einfach entzückend! So heimelig. Vor allem wegen dieser hohen viergeteilten Bleiglasfenster und des Rauchs, der sich nicht aus einem, sondern gleich aus dreien der vier Kamine kräuselte.

Ein Zeichen dafür, dass der Besitzer zum Ende der Nacht heimgekehrt war.

Genau zum richtigen Zeitpunkt: die Dämmerung nahte, da war es nur sinnvoll, die Läden zu schließen, damit keine Sonne hineinschien. Die Umgebung zu sichern. Sich auf die Stunden einzustellen, die man im Haus verbringen musste, um keinen Schaden zu nehmen.

Assail stapfte durch den unberührten Schnee und hinterließ Spuren mit tiefem Profil. Diesmal keine Halbschuhe. Auch kein Geschäftsanzug.

Und kein Range Rover, dem die Einbrecherin folgen konnte.

Er lief über den Rasen auf die deckenhohen Fenster eines Empfangszimmers zu, eben jenes Zimmer, in das der Herr dieses Hauses vor nicht allzu langer Zeit ausgewählte Mitglieder des Rats geladen hatte … zusammen mit Xcors Bande.

Assail war unter den Geladenen gewesen. Zumindest bis sich herauskristallisiert hatte, dass er verschwinden musste, wenn er nicht Teil einer Intrige werden wollte, an der er kein Interesse hatte.

Er blickte durch die Scheibe.

Elan, Sohn des Larex, saß mit gekreuzten Beinen in einem ledernen Clubsessel an seinem Schreibtisch und hielt sich einen Telefonhörer ans Ohr. Neben seinem Ellbogen stand ein Kognakschwenker, und im Kristallglasaschenbecher auf dem Tisch lag eine glimmende Zigarette. Alles in allem schien er sich in einem Zustand gelöster Selbstzufriedenheit zu befinden, fast wie nach einem Orgasmus.

Assail formte eine Faust, sodass der schwarze Lederhandschuh leise knarzte.

Dann dematerialisierte er sich in das Zimmer und nahm direkt hinter Elans Sessel Gestalt an.

Irgendwie konnte er nicht glauben, dass Elan sein Domizil nicht besser gesichert hatte – mit einem feinen Stahldrahtgeflecht vor den Fenstern und in den Wänden zum Beispiel. Andererseits litt dieser Aristokrat ganz eindeutig unter mangelndem Risikobewusstsein – und an einer Arroganz, die ihm eine trügerische Sicherheit vorgaukelte.

»… und dann erzählte Wrath von seinem Vater. Ich muss gestehen, wenn man ihn leibhaftig vor sich hat, ist der König ziemlich ... furchteinflößend. Natürlich nicht in dem Maße, dass ich mich von meinem Kurs abbringen lassen würde.«

Nein, denn das würde Assail besorgen.

Elan beugte sich vor und griff nach seiner Zigarette, die in einer dieser altmodischen Zigarettenspitzen steckte, wie sie für gewöhnlich Frauen verwendeten. Als er das Mundstück an die Lippen führte und zog, ragte das glimmende Ende hinter der Sessellehne hervor.

Assail zog eine glänzende Stahlklinge aus der Scheide, die so lang war wie sein Unterarm.

Das war schon immer seine bevorzugte Waffe für diese Art von Verwendung gewesen.

Sein Herzschlag war so ruhig wie seine Hand, sein Atem vollkommen gleichmäßig, während er hinter dem Sessel stand. Dann trat er einen Schritt zur Seite, sodass er sich im Fenster vor dem Schreibtisch spiegelte.

»Ich bin mir nicht im Klaren, ob es die gesamte Bruderschaft war. Wie viele sind übrig? Sieben oder acht? Das ist ein Teil des Problems. Wir kennen sie mittlerweile nicht mehr.« Elan tippte seine Zigarette gegen den Rand des Aschenbechers, und ein Stück Asche fiel hinein. »Nun, auf dem Ratstreffen habe ich einen Kollegen von mir angewiesen, Verbindung mit dir aufzunehmen ... Verzeihung? Natürlich habe ich ihm deine Nummer gegeben, und ich verbitte mir diesen Ton ... ja, er war bei dem Treffen in meinem Haus. Er wird ... Nein, in Zukunft werde ich davon absehen. Hörst du nun auf, mich ständig zu unterbrechen? Das will ich doch hoffen.«

Elan zog energisch an seiner Zigarette und stieß den Rauch verärgert aus. »Können wir jetzt fortfahren? Danke. Wie ich schon sagte, mein Kollege wird sich mit dir in Verbindung setzen. Es geht um eine gewisse gesetzliche Regelung, die uns dienlich sein könnte. Er hat es mir erklärt, aber nachdem es fachlich komplex ist, ging ich davon aus, dass du ihn selbst befragen möchtest.«

Es folgte eine ziemlich lange Pause. Und als Elan das nächste Mal sprach, klang er wieder ruhiger, als hätte ihn sein Gesprächspartner besänftigt. »Ach, und ein Letztes noch: Ich habe unser kleines Problem mit einem gewissen ›Geschäftsmann‹ erledigt ...«

Assail ballte gemächlich die Faust.

Als der Lederhandschuh erneut einen leisen Protestlaut von sich gab, richtete Elan sich auf und stellte das übergeschlagene Bein auf den Boden. Dann streckte er den Hals, bis sein Kopf über der Rückenlehne erschien. Er sah nach links. Nach rechts.

»Ich muss mich verabschieden ...«

In diesem Moment fiel sein Blick auf das Fenster ihm gegenüber, und er sah das Spiegelbild seines Mörders in der Scheibe.

Xcor stand in einem wärmegedämmten Zimmer mit funktionierender Heizung und musste zugeben, dass er die neue Bleibe, die Throe für die Bande aufgetan hatte, dem Verlies unter der Lagerhalle vorzog, in dem sie zuvor gehaust hatten. Vielleicht würde er sich bei dem Schatten bedanken, der dort eingedrungen war, sollten sich ihre Pfade je wieder kreuzen.

Aber womöglich wärmte ihn auch gar nicht die Heizung, sondern die Wut, die in ihm hochkochte: Der Aristokrat am anderen Ende der Leitung stellte seine Geduld auf eine harte Probe.

Er wollte nicht von anderen Ratsmitgliedern angerufen werden. Die Kapriolen *eines* Angehörigen der *Glymera* reichten ihm vollkommen aus.

Obwohl er Elan normalerweise mit Samthandschuhen anfasste, brauste er jetzt auf: »Das war das letzte Mal, dass du meine Nummer weitergegeben hast.«

Danach ging es ein wenig hin und her, und auch Elan wurde ungehalten.

Was es zu vermeiden galt. Man wollte schließlich ein Werkzeug, das geschmeidig in der Hand lag, keines mit einem stacheligen Griff.

»Ich muss mich entschuldigen«, sagte Xcor beschwichtigend. »Ich verhandle eben am liebsten mit Entscheidungsträgern. Aus diesem Grund kontaktiere ich dich und niemanden sonst. Die anderen interessieren mich nicht. Nur du.«

Als würde er eine romantische Beziehung zu Elan unterhalten.

Xcor verdrehte die Augen, als der Aristokrat sich dadurch erweichen ließ und den Faden wieder aufnahm. »... und ein Letztes noch: Ich habe unser kleines Problem mit einem gewissen ›Geschäftsmann‹ erledigt.«

Xcor horchte auf. Was im Namen des Schleiers hatte dieser Idiot nun schon wieder angestellt?

Wahrlich, so etwas konnte böse enden. Man konnte Assail vorhalten, dass er den Nutzen in Wraths Sturz nicht sah, doch dieser gewisse »Geschäftsmann« war von einem anderen Schlag als der zarte Elan. Und sosehr Xcor den Umgang mit dem Sohn des Larex hasste, hatte er doch eine Menge Zeit und Energie in diese Beziehung investiert. Es wäre ein Jammer, diesen Übeltäter jetzt zu verlieren und sich eine neue Verbindung im Rat aufbauen zu müssen.

»Was hast du gesagt?«, fragte Xcor nun barsch.

Elans Ton veränderte sich, Argwohn schlich sich in seine Stimme. »Ich muss mich verabschieden ...«

Der Schrei schrillte so laut aus der Leitung, dass Xcor das Handy von sich weghielt.

Seine Soldaten, die über den Raum verteilt in Ecken und auf Polstermöbeln lümmelten, drehten die Köpfe und wurden mit ihm Zeuge von Elans Ermordung.

Das Geschrei hielt noch eine Weile an, aber es wurde nicht um Gnade gewinselt – entweder arbeitete der Angreifer zu schnell dafür, oder es war klar, dass nichts dergleichen von ihm zu erwarten war.

»Unschön«, bemerkte Zypher, als ein weiteres Crescendo aus dem Handy erklang. »Sehr unschön.«

»Aber Schnaufen kann er noch«, kommentierte ein anderer.

»Nicht mehr lange«, mischte sich ein Dritter ein.

Und sie hatten recht. Einen Moment später fiel etwas mit dumpfem Schlag zu Boden, und damit endete der Lärm.

»Assail«, bellte Xcor. »Geh an das verdammte Telefon. *Assail!*«

Es raschelte, als der Hörer, den Elan fallen gelassen hatte, aufgehoben wurde. Dann drang ein Keuchen durch das Telefon.

Ein Hinweis, dass Elan möglicherweise nicht mehr aus einem Stück war.

»Ich weiß, dass du das bist, Assail«, sagte Xcor. »Ich nehme an, dass Elan zu weit gegangen ist und du Wind davon bekommen hast. Nichtsdestotrotz hast du meinen Partner getötet, und das schreit nach *Vergeltung.*«

Zu seiner Überraschung antwortete Assail, und seine Stimme klang tief und kräftig: »Im Alten Land gab es klare Vorgehensweisen im Falle von Rufmord. Sicher erinnerst du dich, und sicher wirst du mir das Recht auf Vergeltung auch in der Neuen Welt nicht verwehren.«

Xcor bleckte die Fänge, aber nicht wegen Assail. Dieser verdammte Elan. Wäre der Dummkopf einfach Informant geblieben, dann wäre er jetzt noch am Leben – und Xcor wäre am Ende in den Genuss gekommen, ihn selbst zu töten.

Assail fuhr fort. »Er hat Vertretern des Königs gegenüber behauptet, ich sei für den Gewehrschuss verantwortlich, den ihr ohne mein Wissen oder meine Erlaubnis auf meinem Grundstück abgefeuert habt – und«, schnitt er Xcor das Wort ab, ehe er etwas einwenden konnte, »du selbst weißt am besten, wie wenig ich mit diesem Angriff zu tun hatte.«

Zu Zeiten des Bloodletter hätte diese Unterhaltung niemals stattgefunden. Sie hätten Assail als Quertreiber gejagt und sich einen Spaß daraus gemacht, ihn zu töten.

Aber Xcor hatte dazugelernt.

Sein Blick fiel auf Throe, der sich groß und elegant von den anderen abhob, und er dachte, aye, er hatte gelernt, dass es Zeiten gab für gewisse … Umgangsformen, wenn er sich recht an das Wort erinnerte.

»Ich meinte es damals ernst, Xcor, Sohn des Bloodletter.« Bei dieser Anrede zuckte Xcor zusammen und war froh, dass dieses Gespräch über das Telefon stattfand. »Ich interessiere mich nicht für deine Ambitionen, auch nicht für die des Königs. Ich bin Geschäftsmann – ich bin aus dem Rat ausgetreten und habe mich nie mit dir verbündet. Elan hat mich des Verrats bezichtigt – dafür muss man, wie du weißt, bezahlen. Ich habe Elan umgebracht, weil er mich umbringen wollte. Das ist absolut legitim.«

Xcor fluchte verhalten. Diesem Argument war leider nicht viel entgegenzusetzen. Anfangs hatte er Assail nicht geglaubt, als er seine Neutralität beteuert hatte, doch nun fing er an, ihm zu … na ja, *trauen* war ein Wort, das er normalerweise für seine Soldaten reservierte.

»Sag mir eines«, sprach Xcor gedehnt.

»Ja?«

»Sitzt dieser Affenkopf noch auf dem schmächtigen Leib?«

Assail gluckste. »Nein.«

»Weißt du, dass dies zu meinen bevorzugten Arten des Tötens gehört?«

»Soll das eine Drohung sein, Xcor?«

Wieder fiel Xcors Blick auf Throe, und er dachte an die Vorzüge eines Verhaltenskodex, der selbst zwischen Feinden galt.

»Nein«, erklärte er. »Das ist nur etwas, das uns gemeinsam ist. Gehab dich wohl, Assail, für den Rest der Nacht.«

»Ebenso. Und um es in den Worten unseres gemeinsamen Bekannten zu sagen: Ich muss mich verabschieden. Bevor ich genötigt bin, den *Doggen* abzuschlachten, der hier gegen die von mir verschlossene Tür hämmert.«

Xcor warf den Kopf zurück und lachte, als er auflegte.

»Wisst ihr was?«, sagte er zu seinen Kriegern. »Ich mag den Kerl.«

17

Als am nächsten Abend die Rollläden hochfuhren und ein Wecker piepste, den Blay nicht erkannte, öffnete er die Augen.

Das hier war nicht sein Zimmer. Aber er wusste genau, wo er war.

An seinen Rücken geschmiegt erwachte Qhuinn und streckte sich, sodass sich nackte Haut an nackter Haut rieb … seine Morgenlatte begann zu pulsieren.

Ein schwerer Arm erschien über ihm, als Qhuinn über seinen Kopf hinweglangte und den Wecker mit einem Hieb zum Schweigen brachte.

Um die Frage zu klären, ob Qhuinn vor dem Duschen, Anziehen und dem Ersten Mahl noch einen Quickie wünschte, presste Blay seinen Hintern in dessen Schoß. Qhuinns Stöhnen entlockte ihm ein leises Lächeln, doch bald schon wurde die Lage ernst, als Qhuinns Dolchhand an ihm herabwanderte und seinen Schwanz umfasste.

»Oh, fuck«, hauchte Blay und zog das Bein hoch, um Qhuinn Platz zu verschaffen.

»Ich kann mich nicht zurückhalten.«

Witzig, das Gleiche hatte Blay gerade auch gedacht.

Als Qhuinn auf ihn glitt, drehte Blay sich auf den Bauch, und seine Erektion presste sich in Qhuinns Hand.

Bald schon wurde ihr Rhythmus schneller und heftiger, und als Blays Eier sich einmal mehr zu einem Erguss zusammenzogen, staunte er, dass sein verzweifeltes Verlangen nach Qhuinn sich immer weiter steigerte. So oft wie sie im Laufe des Tages zusammen gekommen waren – im wahrsten Sinne des Wortes –, hätte man erwartet, das lodernde Feuer müsste zu einer sanften Glut herabgebrannt sein.

Aber dem war nicht so.

Er ließ sich davontragen und biss die Zähne zusammen, als er zuckend zum Höhepunkt kam, genau in dem Moment, als Qhuinn das Becken an ihn presste und grunzte.

Es gab keine zweite Runde. Nicht, dass Blay nicht gewollt oder Qhuinn nicht gekonnt hätte – doch ihnen blieb keine Zeit.

Als Blay die Augen wieder aufschlug, sah er auf der Digitalanzeige, dass Qhuinn nur fünfzehn Minuten für das Aufstehen einkalkuliert hatte – Zeit für eine schnelle Dusche und das Anlegen der Waffen, mehr nicht. Wie schade, dass Qhuinn nicht der Typ für eine ausgiebige Zweifachrasur mit allem Pipapo und eine sorgfältige Wahl der Garderobe war.

Wieder seufzte Qhuinn und rollte sich mit Blay auf die Seite, ohne sich aus ihm zurückzuziehen. Und als er seinen tiefen Atem hörte, wurde Blay bewusst, dass er für immer hier liegen bleiben wollte, einfach nur er und Qhuinn in einem ruhigen, dämmrigen Raum. In diesem friedvollen Moment gab es keine Schatten der Vergangenheit oder Probleme, die es zu bewältigen galt, oder irgendwelche störenden Dritten, ob nun real existent oder erfunden.

»Kommst du am Ende der Nacht wieder zu mir?«, fragte Qhuinn mit belegter Stimme.

»Ja.«

Eine andere Antwort kam Blay überhaupt nicht in den Sinn. Genau genommen fragte er sich schon jetzt, wie er die zwölf dunklen Stunden mit Essen und Arbeit aushalten sollte, bis er sich wieder abseilen konnte, um hierher zurückzukehren.

Qhuinn murmelte etwas, das wie »Gott sei Dank« klang. Dann zog er sich mit einem Stöhnen aus ihm zurück. Blay blieb noch einen kurzen Moment liegen, aber es hatte ja keinen Zweck. Er musste aufstehen, zur Tür hinaus, zurück in das Zimmer, in das er gehörte.

Zum Glück sah ihn niemand.

Er schaffte es ohne Zeugen in sein Zimmer und war tatsächlich binnen fünfzehn Minuten geduscht, in Leder gehüllt und bewaffnet. Er trat auf den Flur, und ...

... im selben Moment kam Qhuinn aus seinem Zimmer.

Beide erstarrten.

Normalerweise wäre es ihnen ein wenig unangenehm gewesen, zusammen die Treppe herunterzukommen, und sie hätten die Verlegenheit mit Small Talk überspielt.

Aber jetzt ...

Qhuinn senkte den Blick. »Du gehst vor«, sagte er.

»Okay.« Blay wandte sich zum Gehen. »Danke.«

Er warf sich Brusthalfter und Lederjacke über die Schulter und ging los. Und schon am Kopf der Treppe fühlte es sich an, als sei es Jahre her, dass sie einander so nah gewesen waren. Hatte es diesen gemeinsamen Tag wirklich gegeben?

Himmel, er verlor schön langsam den Verstand.

Er kam in den Speisesaal, setzte sich auf den erstbesten freien Stuhl und hängte seine Ausrüstung über die Rückenlehne wie die anderen – obwohl Fritz es nicht gern sah, wenn Waffen in die Nähe seines Essens kamen. Dann dankte er dem *Doggen*, der ihm einen voll beladenen Teller servierte, und begann zu essen. Er nahm kaum wahr, was er zu sich nahm oder wer mit ihm an dem Tisch saß. Aber er bemerkte sofort, als Qhuinn durch den Türbogen trat: Sein Unterleib zog sich zusammen, sodass es unmöglich war, keinen Blick über die Schulter zu werfen.

Und es durchzuckte ihn, als er diesen großen Kerl in schwarzem Leder mit all den Waffen sah – als hätte man eine Autobatterie an sein Nervensystem angeschlossen.

Qhuinn mied seinen Blick. Was vermutlich besser so war. Die am Tisch Versammelten kannten sie beide zu gut, besonders John, und die Sache war so schon kompliziert genug, auch ohne die Kommentare eines wohlwollenden Publikums – nicht, dass hier irgendetwas öffentlich ausgesprochen wurde. Aber Bettgeflüster war gang und gäbe in diesem Haus.

Beneidenswert.

Qhuinn kam auf den Tisch zu, dann änderte er abrupt den Kurs, umrundete die Tafel und setzte sich auf den einzig freien Platz, abgesehen von dem neben Blay.

Aus irgendeinem Grund dachte Blay an das Telefonat mit seiner Mutter, bei dem er endlich einem Elternteil gestanden hatte, wer er wirklich war.

Ein unbehagliches Gefühl kroch ihm über den Nacken.

Qhuinn würde sich niemals zu seiner Neigung bekennen, und das nicht nur, weil seine Eltern tot waren oder ihn dafür hassen würden, wären sie noch am Leben.

Ich sehe mich in einer Langzeitbeziehung mit einer Frau. Ich kann es nicht erklären. Aber so wird es sein.

Blay schob seinen Teller von sich.

»Blay? Hallo?«

Blay riss sich von seinen Gedanken los und sah Rhage fragend an. »Wie bitte?«

»Ich habe dich gefragt, ob du bereit bist, Polarexpedition zu spielen.«

Ach ja, stimmt. Sie wollten zurück zu diesem Waldabschnitt, wo sie die Hütten und den *Lesser* entdeckt hatten, der sich in Luft auflösen konnte – und dieses Flugzeug, das jetzt im Garten eingeschneit wurde.

Er, John und Rhage waren für diese Mission eingeteilt. Und Qhuinn.

»Ich ... ja, absolut.«

Der Attraktivste der Brüder runzelte die Stirn, und seine türkisblauen Augen verengten sich. »Alles okay?«

»Ja. Alles bestens.«

»Wann hast du dich zum letzten Mal genährt?«

Blay öffnete den Mund. Schloss ihn. Fing an zu rechnen.

»Hab ich es mir doch gedacht.« Rhage beugte sich vor und sprach an Z vorbei: »Phury? Meinst du, eine deiner Auserwählten könnte im Morgengrauen kommen und für Layla einspringen? Ein paar von uns brauchen Blut.«

Super. Genau, was er zum Ende der Nacht wollte.

Eine Stunde später materialisierte Qhuinn sich in der Kälte und atmete scharf ein. Schneeflocken wirbelten vor ihm herum, landeten in seinen Augen, in seiner Nase.

Einer nach dem anderen nahmen sie um ihn herum Gestalt an: John, Rhage und Blay.

Als er sich dem Flugzeug-Hangar zuwandte, stürzten die Erinnerungen auf ihn ein: die vermaledeite Cessna, der Höllenflug, die Bruchlandung.

Lustig, lustig, tralalalala.

»Bereit zum Abmarsch?«, fragte er an Rhage gewandt.

»Packen wir's an.«

Der Plan war, sich in Viertelmeilenabständen bis zu den ersten Hütten vorwärtszubewegen, die sie bereits gesehen hatten. Danach wollten sie mithilfe der Karte, die sie gefunden hatten, die anderen Hütten suchen. Ein ganz normaler Erkundungstrip also.

Qhuinn hatte keine Ahnung, was sie erwartete, aber das war ja der Punkt. Man wusste es nicht, bevor man den Job ausgeführt hatte.

Während er sich auf den Weg machte, war er sich überdeutlich der Position von Blay bewusst. Und doch sah er sich nicht um, als er sich vor der ersten Hütte materialisierte und Blay eineinhalb Meter entfernt von ihm erschien. Das wäre unklug gewesen, denn obwohl sie hier eine Aufgabe zu erledigen hatten, musste er nur die Augen schließen, um Bilder nackter Leiber zu sehen, die sich im Schummerlicht seines Schlafzimmers aneinanderrieben.

Jede weitere visuelle Bestätigung, dass sein Freund superheiß war, wäre kontraproduktiv gewesen.

Er gestand es sich nur ungern ein, doch im Moment war Blays Versprechen, nach Ende der Nacht wieder zu ihm zu kommen, das Einzige, was ihn bei der Stange hielt. Die Befangenheit beim Ersten Mahl hatte seine Sehnsucht nach einer Zusammenkunft nur noch verstärkt, und die Vorstellung, dass Saxton eines Tages, und zwar schon bald, zurückkehren würde und Blay dann nicht mehr vom Nebenzimmer rüberkäme, war unerträglich – denn was sollte dann werden?

Was für ein Schlamassel.

Zumindest war bei Layla alles in Ordnung: die Übelkeit war geblieben, genauso wie ihr konstantes Lächeln.

Die Schwangerschaft auch, dank Blays Eingreifen ...

»Ost-Nordost«, sagte Rhage mit Blick auf die Karte.

»In Ordnung«, antwortete Qhuinn.

Und so ging es weiter, immer tiefer in den Wald hinein, der sich meilenweit um sie herum erstreckte.

Die Hütten ähnelten einander: Größe circa zwanzig auf zwanzig, ein offener Raum in der Mitte, kein Bad, keine Küche, einfach vier Wände und ein Dach, um sich vor den schlimmsten Unwettern zu schützen. Je weiter sie in den Wald vordrangen, desto verfallener wirkten sie – und alle standen leer. War ja auch logisch. Es war ein langer Fußmarsch – und *Lesser* waren zwar kräftig, aber sie konnten sich nicht dematerialisieren.

Zumindest die meisten von ihnen.

Es musste der Haupt-*Lesser* gewesen sein, dachte Qhuinn. Das war die einzig logische Erklärung dafür, dass sich dieser verletzte Jäger in Luft auflösen konnte.

Die siebte Hütte auf ihrer Erkundungstour lag direkt an einem Pfad, der irgendwann so häufig frequentiert worden sein musste, dass man seinen Verlauf durch das immergrüne Gestrüpp noch gut erkennen konnte.

Mehrere Fensterscheiben fehlten, und der Wind hatte die Tür aufgestoßen, eine Schneeverwehung drängte ins Innere wie ein Einbrecher. Qhuinn stapfte missmutig durch den verharschten Schnee auf die Veranda zu und zermalmte die unberührte Eiskruste unter seinen Stiefeln. Mit einer Taschenlampe in der Linken und einer Fünf-

undvierziger in der Rechten sprang er unter den Dach-
vorsprung und beugte sich in die Hütte.

Es war das übliche Bild: alles tot.

Er leuchtete umher, doch es gab nichts zu sehen. Keine Möbel. Ein eingebautes Regal, leer. Spinnweben, die
in der Zugluft wehten, die durch die zerbrochenen Schei-
ben drang.

»Alles sauber«, rief er.

Er wandte sich ab. Schwachsinnige Aktion, dachte er.
Wie viel lieber wäre er jetzt in der Stadt gewesen und hätte ein paar *Lesser* aufgemischt, als hier am Arsch der Welt
eine Reihe von Bruchbuden abzuklappern, ohne dass
irgendetwas dabei herauskam.

Rhage steckte sich eine Stiftlampe zwischen die Zähne
und faltete die Karte noch einmal auseinander. Er setzte
eine Markierung mit einem Kuli und tippte auf das dicke
Papier. »Die Letzte liegt eine Viertelmeile westlich.«

Na endlich.

Wenn die genauso langweilig war wie der Rest, waren sie
in fünfzehn, vielleicht zwanzig Minuten fertig und konnten sich in den Gassen auf den Feind stürzen.

Ein Spaziergang.

18

»Du siehst wirklich glücklich aus.«

Layla sah auf. Irgendwie war es schon unglaublich, dass die Königin der Spezies es sich neben ihr auf dem Bett gemütlich gemacht hatte, abwechselnd *US Weekly* und *People* las und dabei fernsah. Andererseits war sie, abgesehen von dem riesigen blutroten Rubin der Nacht an ihrem Finger, so normal, wie man nur sein konnte.

»Das bin ich auch.« Layla legte den Artikel über die neueste Staffel von *The Bachelor* zur Seite und berührte ihren Bauch. »Ich kann mein Glück kaum fassen.«

Vor allem, weil Payne vorhin vorbeigeschaut hatte und schon wieder viel besser aussah. Layla hatte sich zwar nichts sehnlicher gewünscht als den Erhalt ihrer Schwangerschaft, doch dass ihr Glück auf Kosten einer anderen Frau gegangen war, hatte sie zutiefst betrübt.

»Wünschst du dir Kinder?« Layla musste einfach fragen, fügte dann jedoch hinzu: »Wenn ich dir mit dieser Frage nicht zu nahe trete …«

Beth winkte ab. »Du kannst mich alles fragen. Ja! Ich wünsche mir ganz schrecklich welche! Es ist schon komisch. Vor meinem Wandel hatte ich kein Interesse an Nachwuchs – überhaupt nicht. Kinder waren für mich nichts als laute Nervensägen, und ich konnte ehrlich nicht verstehen, warum Leute sich das antun. Aber dann habe ich Wrath getroffen.« Sie strich sich das dunkle Haar aus der Stirn und lachte. »Unnötig zu sagen, dass sich dadurch alles geändert hat.«

»Wie oft warst du schon in der Triebigkeit?«

»Ich warte. Bete. Zähle die Tage.«

Layla zog die Stirn kraus und fingerte an einer frischen Packung Cracker herum. Sie erinnerte sich nur vage an die verrückten Stunden mit Qhuinn – aber es war eine schwere Prüfung gewesen.

Doch das Wunder, das nun in ihrem Schoß heranwuchs, war alle Mühen wert.

Dennoch konnte sie nicht behaupten, jemals wieder ihre fruchtbare Phase durchleben zu wollen. Zumindest nicht ohne Medikamente.

»Nun, dann wünsche ich dir, dass deine Triebigkeit bald einsetzt.« Layla biss in einen Cracker und ließ ihn auf der Zunge zergehen. »Und ich kann gar nicht glauben, dass ich das sage.«

»Ist es wirklich so schlimm ... ich meine, ich hatte nicht viel Gelegenheit, mit Wellsie vor ihrem Tod darüber zu reden, und Bella hat nie etwas über ihre Triebigkeit gesagt.« Beth blickte auf ihren Ring hinab, als bestaunte sie die Art, wie sich das Licht in den Facetten spiegelte. »Und Autumn kenne ich nicht gut genug – sie ist sehr nett, aber nach allem, was sie und Tohr gerade durchgemacht haben, kann ich einfach nicht damit ankommen.«

»Meine Erinnerung ist sehr verschwommen«, gestand Layla.

»Ist vielleicht auch besser so, oder?«

Layla wand sich. »Ich wünschte, ich könnte dir etwas anderes sagen – aber ja, ich glaube, es ist das Beste.«

»Aber es muss es wert sein.«

»Ganz ohne Zweifel – das Gleiche habe ich gerade auch gedacht.« Layla lächelte. »Du weißt, was man über schwangere Vampirinnen sagt, oder?«

»Was denn?«

»Wenn du dich viel in ihrer Nähe aufhältst, kann das deine eigene Triebigkeit auslösen.«

»Ach ja, wirklich?« Die Königin grinste. »Dann schickt dich vielleicht der Himmel.«

»Na ja, ich bin mir nicht sicher, ob es stimmt. Auf der Anderen Seite sind wir immer fruchtbar. Die Hormonschwankungen gibt es nur hier auf der Erde – aber von diesem Effekt habe ich in der Bibliothek gelesen.«

»Dann sollten wir unser eigenes Experiment starten, was meinst du?« Damit streckte sie Layla die Hand entgegen. »Außerdem bin ich gerne hier. Du bist ein Quell der Inspiration.«

Mit zweifelndem Blick schlug Layla ein. »Inspira… oh, nein. Das sehe ich überhaupt nicht so.«

»Denk doch mal nach, was du alles durchgemacht hast.«

»Aber das mit der Schwangerschaft hat sich von selbst gelöst …«

»Nicht nur das. Du bist die Überlebende eines Kults.« Als Layla sie verständnislos ansah, fragte die Königin: »Hast du noch nie davon gehört?«

»Ich kenne das Wort. Aber ich bin mir nicht sicher, ob es auf mich zutrifft.«

Die Königin sah zur Seite, als wollte sie keinen Unmut

stiften. »Hey, ich könnte mich irren, und du weißt es sicher besser als ich – außerdem bist du jetzt glücklich, und das allein zählt.«

Layla blickte auf den Fernseher. Soweit sie wusste, war ein Kult nichts Gutes, und *Überlebende* nannte man gewöhnlich Leute, die etwas Schreckliches durchlitten hatten.

Das Heiligtum war so freundlich und lau wie ein Frühlingstag auf Erden gewesen, und die Vampirinnen an diesem heiligen Ort waren ruhige, friedliche Geschöpfe, die ihren wichtigen Pflichten für die Mutter der Spezies nachgingen.

Kein Zwang. Keine Zwietracht.

Aus irgendeinem Grund kamen ihr Paynes Worte in den Sinn.

Die Tyrannei meiner Mutter macht uns zu Schwestern, wir beide sind Opfer ihrer Vorstellung vom großen Weltgefüge. Sie hat uns auf unterschiedliche Weise eingekerkert, dich als Auserwählte, mich als leibliche Tochter.

»Es tut mir leid«, sagte die Königin und berührte Layla am Arm. »Ich wollte dich nicht verärgern. Ich weiß ehrlich nicht, was ich da rede.«

Layla kam wieder zur Besinnung. »Oh, bitte, mach dir keine Sorgen.« Sie umfasste die Hand der Königin. »Ich bin kein bisschen verärgert. Aber lass uns von angenehmen Dingen reden – deinem *Hellren* zum Beispiel. Er wartet sicher genauso ungeduldig wie du, dass deine Zeit kommt.«

Beth lachte verhalten. »Er sieht die Sache etwas anders.«

»Aber sehnt er sich nicht genauso nach einem Erben?«

»Ich denke, er wird mir einen schenken. Aber nur, weil ich mir so sehr ein Kind wünsche.«

»Oh.«

»›Oh‹ ist der richtige Ausdruck.« Beth drückte Laylas Hand. »Er macht sich einfach zu viele Sorgen. Ich bin stark und gesund und zu allem bereit. Wenn ich jetzt nur noch meinen Körper überreden könnte – hoffentlich nimmt er sich an dir ein Beispiel.«

Layla lächelte und rieb sich den noch flachen Bauch. »Hast du das gehört, mein Kleines? Du musst deiner Königin helfen. Die Königsfamilie braucht ein Kind, das ist wichtig.«

»Aber es geht mir nicht um den Thron«, unterbrach Beth. »Nicht von meiner Seite aus. Ich will einfach nur Mama sein, und ich will ein Kind von meinem Mann. So einfach ist das.«

Layla verstummte. Sie war so froh, dass sie Qhuinn an ihrer Seite hatte – aber es wäre wundervoll gewesen, einen richtigen Gefährten zu haben. Einen, der tagsüber neben ihr lag und sie beschützte, der sie liebte und in die Arme schloss und ihr sagte, dass sie etwas bedeutete, nicht aufgrund des Wunders, das ihr Körper vollbrachte, sondern weil sie sein Herz erfüllte.

Das Bild von Xcors harschem Gesicht blitzte vor ihrem geistigen Auge auf.

Kopfschüttelnd verjagte sie es und verbat sich jeden Gedanken an ihn. Sie durfte sich nicht aufregen oder verkrampfen, denn der Stress übertrug sich vermutlich auf das Kind in ihrem Schoß. Außerdem hatte sie schon großen Segen empfangen, und wenn sie das Kind nun austrug und die Geburt überlebte?

Dann war ihr ein echtes Wunder zuteil geworden.

»Ich bin mir sicher, mit dem König wird es sich fügen«, sagte sie. »Das Schicksal teilt uns zu, was wir brauchen.«

»Das hoffe ich, Schwester, das hoffe ich sehr.«

Sola bog auf die Zufahrt zu diesem Glasbau am Fluss und parkte ihren Audi direkt vor der verdammten Hintertür.

Sie stieg aus, stellte sich breitbeinig in den Schnee, umfasste den Griff ihrer Waffe in ihrem Parka und knallte die Wagentür mit der Hüfte zu. Dann stapfte sie auf den Hintereingang zu und sah dabei mit festem Blick in Richtung Dachtraufe.

Da oben musste es Überwachungskameras geben.

Sie sparte sich die Mühe zu klingeln. Er würde schon merken, dass sie da war. Und wenn er nicht zu Hause war, würde sie ihm eben eine Nachricht hinterlassen.

Vielleicht einen ausgelösten Alarm? Ein offenes Fenster, einen offenen Schrank?

Oder vielleicht würde auch etwas daraus fehlen …

Die Tür ging auf, und da stand er, leibhaftig – er sah genauso aus wie in der letzten Nacht, und doch, wie immer, irgendwie größer, gefährlicher und noch verführerischer als in ihrer Erinnerung.

»Ist das nicht ein wenig zu offensichtlich für Ihre Verhältnisse?«, fragte er gedehnt.

Er trug einen schwarzen Anzug, ein Designerstück, maßgeschneidert, so perfekt, wie saß.

»Ich bin hier, um etwas klarzustellen«, erklärte sie.

»Und allem Anschein nach wollen Sie über die Bedingungen bestimmen.« Als wäre das so abwegig. »Sonst noch etwas? Haben Sie vielleicht einen Happen zu essen mitgebracht? Ich habe Hunger.«

»Lassen Sie mich nun rein, oder sollen wir die Sache hier draußen besprechen?«

»Halten Sie zufällig eine Waffe in der Hand?«

»Selbstverständlich.«

»Wenn das so ist, treten Sie ein.«

Er ging voraus, und sie verdrehte die Augen. Warum dieser Mann sie hereinbat, obwohl sie ihn jederzeit erschießen konnte, war ihr ein Rätsel …

Sola kam in eine moderne Küche und erstarrte. Dort standen zwei Männer, Schulter an Schulter, sie glichen einander bis aufs Haar. Außerdem waren sie genauso groß wie der Mann, dem ihr Besuch galt, und sahen genauso gefährlich aus – außerdem hielten sie Pistolen in den Händen.

Das mussten die beiden sein, die sie schon unter der Brücke mit ihm zusammen gesehen hatte.

Als die Tür sich schloss, feuerten ihre Adrenalindrüsen einen Warnschuss ab, doch diese Reaktion behielt sie für sich.

Der geheimnisvolle Hausbesitzer strich lächelnd an ihr vorbei. »Das sind meine Mitarbeiter.«

»Ich möchte mit Ihnen alleine sprechen.«

Der Mann lehnte sich an einen Küchentresen aus Granit, steckte sich eine Zigarre zwischen die Zähne und zündete sie an. Dann ließ er sein goldenes Feuerzeug zuschnappen, stieß ein blaues Rauchwölkchen aus und musterte Sola. »Gentlemen, wenn ihr uns einen Moment lang entschuldigt?«

Die zwei munteren Gesellen wirkten nicht gerade erfreut über den Platzverweis. Aber wahrscheinlich konnte man ihnen auch Gewinnerlose aushändigen, und sie würden einem dennoch die Hand abbeißen. Nur aus Prinzip.

Trotzdem entfernten sie sich und bewegten sich dabei auf höchst beklemmende Art völlig synchron.

»Wo haben Sie die denn aufgetrieben?«, fragte Sola trocken. »Im Internet?«

»Es ist erstaunlich, was man bei E-Bay alles findet.«

Doch dann hatte sie genug vom Scherzen: »Ich möchte, dass Sie aufhören, mir zu folgen.«

Der Mann zog an seiner Zigarre, und das dicke Ende glühte hellorange auf. »Tatsächlich?«

»Sie haben keinen Grund dazu. Ich komme nicht mehr auf Ihr Grundstück – in welcher Funktion auch immer.«

»Tatsächlich?«

»Sie haben mein Wort.«

Nichts hasste Sola mehr, als sich eine Niederlage einzugestehen – und die Beobachtung dieses Grundstücks und seiner Bewohner einzustellen, fühlte sich wie eine an. Doch seit der Begegnung von letzter Nacht – auch noch während eines Dates mit einem unschuldigen Außenstehenden – war ihr klar, dass die Sache aus dem Ruder lief. Sie war durchaus in der Lage, Katz und Maus zu spielen, schließlich war es Teil ihres Berufs, doch bei diesem Mann gab es nichts zu gewinnen, keine Bezahlung am Ende, auch nicht die Absicht, ihn auszurauben.

Und der Spieleinsatz stieg in schwindelerregende Höhen.

Erst recht, wenn sie sich jemals wieder küssen sollten – denn sie bezweifelte, dass sie es unterbinden würde. Und es wäre unsäglich bescheuert, mit jemandem wie ihm zu schlafen.

»Ihr Wort?«, wiederholte er. »Wie viel ist es wert?«

»Mehr habe ich nicht zu bieten.«

Seine Augen, diese Laserstrahler, schwenkten auf ihren Mund. »Da bin ich mir nicht so sicher.«

Sein Akzent und diese herrlich tiefe Stimme verwandelten die Silben in eine Liebkosung – die sie förmlich auf der Haut spüren konnte.

Eben deshalb war sie hier. »Sie haben keinen Grund mehr, mir zu folgen. Mit sofortiger Wirkung.«

»Vielleicht gefällt mir aber, was ich sehe.« Als sein Blick an ihr hinabwanderte, durchzuckte es sie ein zweites Mal. Doch diesmal nicht auf die nervöse Art. »Ja, das tut es. Sagen Sie mir eines: Hatten Sie gestern einen schönen

Abend? War das Essen nach Ihrem Geschmack? Die Begleitung ... nach Ihrem Geschmack?«

»Ich beende diese Sache hier und jetzt. Sie sehen mich nie wieder.«

Nachdem alles gesagt war, wandte sie sich zum Gehen.

»Glauben Sie ernsthaft, dass es so zwischen uns endet?«

In seinem wohlklingenden Bass lag eine unheilvolle Drohung.

Sola blickte über die Schulter. »Sie haben mich gebeten, nicht mehr auf dieses Grundstück zu kommen oder Sie zu beschatten – das werde ich nicht.«

»Und ich frage Sie noch einmal, glauben Sie *ernsthaft*, dass es so endet?«

»Sie haben bekommen, was Sie wollten.«

»Nicht einmal annähernd«, knurrte er.

Einen Moment lang erwachte der Funke zum Leben, der bei ihrem drängenden Kuss durch das Autofenster übergesprungen war und sie elektrisiert hatte.

»Es ist zu spät für einen Rückzug.« Er paffte an seiner Zigarre. »Sie hatten die Chance ... und haben sie verstreichen lassen.«

Sie blickte ihm ins Gesicht. »Ganz ehrlich: Das ist Blödsinn. Ich habe keine Angst vor Ihnen oder sonst irgendwem. Greifen Sie mich doch an. Aber ich warne Sie, ich werde Ihnen wehtun, um mich zu verteidigen ...«

Ein unerwartetes Geräusch hing zitternd in der Luft.

Ein Schnurren? Sollte dieser Mann tatsächlich schnurren ...

Er trat einen Schritt auf sie zu. Dann noch einen. Und wie ein Gentleman hielt er seine Zigarre zur Seite, um sie vor Brandflecken oder Rauch zu schützen.

»Sagen Sie mir Ihren Namen«, bat er. Oder besser gesagt, er befahl es.

»Ich kann mir kaum vorstellen, dass Sie ihn nicht bereits kennen.«

»Ich kenne ihn nicht.« Er klang fast beleidigt, als wäre das Ausspionieren von Informationen unter seiner Würde. »Sagen Sie mir Ihren Namen, und ich lasse Sie jetzt gehen.«

Himmel … seine Augen … sie waren wie Mondlicht und Schatten miteinander verwoben, eine unbeschreibliche Farbe irgendwo zwischen Silber, Violett und Hellblau.

»Nachdem sich unsere Pfade nicht mehr kreuzen werden, ist er nicht von Bedeutung …«

»Nur, damit Sie es wissen … Sie werden sich mir hingeben …«

»Entschuldigung …«

»Aber Sie werden erst darum betteln.«

Sola sprang ihn fast an, ihre Wut fegte jegliche Vernunft beiseite. »Nur über meine Leiche.«

»Tut mir leid, nicht mein Geschmack.« Er senkte das Kinn und sah sie unter halbgeöffneten Lidern an. »Ich bevorzuge Sie heiß … und feucht.«

»Vergessen Sie es.« Sie wirbelte herum und ging zur Tür. »Wir sind fertig miteinander.«

Als sie in den angrenzenden Raum trat, blieb ihr Blick an etwas hängen, das auf einer Bank an der rückwärtigen Wand lag.

Sie riss den Kopf herum und wäre um ein Haar gestolpert. Es war ein Messer, ein sehr langes Messer, fast schon ein Schwert.

Und die Klinge war mit leuchtend rotem Blut verschmiert.

»Wollen Sie vielleicht doch noch bleiben?«, ertönte seine dunkle Stimme direkt hinter ihr.

»Nein.« Sie stakste zur Tür und riss sie auf. »Bin schon weg.«

Dann schlug sie die Tür hinter sich zu und wäre am liebsten zum Auto gerannt. Mühsam unterdrückte sie die aufkeimende Panik, obwohl sie davon ausging, dass er ihr nachlaufen würde.

Doch er blieb im Haus, wo er sich hinter der Scheibe der Tür abzeichnete. Seelenruhig sah er zu, wie sie einstieg, den Motor anließ und den Gang einlegte.

Ihr Herz raste, als sie rückwärts in die Auffahrt stieß … Umso mehr, als ihr ein entsetzlicher Gedanke kam.

Hastig kramte sie ihr Handy aus der Handtasche, suchte einen Kontakt heraus und rief an. Dann presste sie sich das Handy ans Ohr, obwohl sie eine Freisprechanlage hatte – und es in New York State verboten war, am Steuer zu telefonieren.

Tut.

Tut.

Tut …

»Hallo! Ich hatte gehofft, du würdest dich melden.«

Sola sank in den Fahrersitz zurück und ließ den Kopf gegen die Nackenstütze fallen. »Hallo, Mark.«

Was für eine Erleichterung, seine Stimme zu hören.

»Geht es dir gut?«, fragte ihr Trainer.

Sie dachte an die blutige Klinge. »Ja. Danke. Kommst du gerade von der Arbeit?«

Und während sich eine kleine Unterhaltung entspann, brauste sie mit Bleifuß davon, und die Landschaft flog an ihr vorüber: weißer Schnee. Schmutzige, gesalzene Straße. Skeletthafte Bäume. Ein kleines, altmodisches Jagdhäuschen, in dem ein Licht brannte. Der Fluss zur Linken, gesäumt von einem breiten, kahlen Streifen.

Jedes Mal, wenn sie blinzelte, sah sie seinen Umriss in

der Scheibe der Tür. Mit seinem Blick. Mit seinem Plan. Mit seiner Gier ...

Auf sie.

Und verflixt noch mal, ihr Körper verzehrte sich danach, sich von ihm einfangen zu lassen.

19

Qhuinn materialisierte sich und leuchtete mit seiner Taschenlampe auf die letzte Hütte. Diesmal wartete er nicht auf die anderen, sondern stapfte los, direkt auf die Tür zu, die noch intakt war und fest verschlossen.

Der erste Hinweis darauf, dass etwas nicht stimmte, war das Gefühl, als er die klobige Klinke umgriff: Ein leichter elektrischer Schlag fuhr in seine Hand und kribbelte in seinem Arm.

Er riss die Hand zurück und schüttelte sie, während in seinem Kopf die Alarmglocken schrillten.

»Was ist los?«, fragte Rhage und trat auf die schmale Veranda.

Qhuinn sah sich um. Auch Blay und John waren angekommen. »Ich weiß nicht.«

Rhage langte nach der Tür – und zeigte die gleiche Reaktion wie Qhuinn. »Was ist das?«

»Komisch, oder?«, murmelte Qhuinn, trat einen Schritt zurück und leuchtete die Hütte von außen ab. Die Fenster rechts und links der Eingangstür waren mit Brettern vernagelt, genauso die an der Flanke, als er um die Ecke leuchtete.

»Ach, scheiß drauf!«, knurrte Rhage, nahm drei Schritte Anlauf und rammte seine Schulter gegen die Tür wie einen Rammbock.

Die Holztür zersplitterte ...

Gleißendes Licht erhellte den Wald, als wäre eine Bombe explodiert, und Rhage vollführte einen filmreifen Flug rückwärts durch die Luft.

Während Blay und John Rhage zu Hilfe eilten, nahm Qhuinn all seinen Mut zusammen und sprang mit einem gewaltigen Satz durch die Tür. Er erwartete einen Keulenschlag von ein paar hundert Volt, wurde aber nur von Luft empfangen, und sein Schwung war derart heftig, dass er den Kopf einziehen und sich abrollen musste, um nicht auf dem Gesicht zu landen.

Sogleich sprang er auf und nahm eine geduckte Haltung ein, in der einen Hand die Pistole, in der anderen die Taschenlampe.

Irgendetwas verbreitete einen üblen Gestank.

»Ich bin hinter dir«, sagte Blay, der mit einer zweiten Taschenlampe erschien. Die Luft in der Hütte war merkwürdig warm, wie von einer Heizung – aber das war nicht möglich. Es gab keinen Strom und keinen Gastank. Und es war auch schon länger keiner mehr hier gewesen: die dicke Staubschicht auf den Dielen war unberührt, und feine Spinnweben hingen von der Decke.

»Was ist das?«, fragte Blay.

Qhuinn schwenkte den Strahl der Lampe herum und runzelte die Stirn. An der hinteren Wand stand eine Reihe von Ölfässern, dicht an dicht, als würden sie sich ängstlich aneinanderdrängen.

Qhuinn ging darauf zu und inspizierte sie. Wieder erschienen Falten auf seiner Stirn, als er sie aus der Nähe betrachtete. Keines der Fässer hatte einen Deckel, und das Licht fiel auf eine ölige Flüssigkeit.

»Scheiße ... was ist das?«

Qhuinn beugte sich über das erste Fass und sog die Luft ein. Beißender *Lesser*-Gestank erfüllte seine Nase. Da der Strahl seiner Lampe von der öligen Suppe absorbiert wurde, konnte das nur eines sein, und damit konnte man bestimmt keinen Ofen oder Generator betreiben.

Es war das Blut von Omega.

»Ich bin hinter dir«, sagte Rhage, als er hereinkam.

Ein leises Pfeifen verriet, dass auch John bei ihm war.

»Ist es das, wonach es aussieht?«, murmelte Blay, der neben Qhuinn erschien.

Qhuinn klemmte sich die Taschenlampe zwischen die Zähne und streckte die Hand aus. Als er die widerliche Brühe berührte, bewegte sich etwas in dem Fass ...

»Scheiße!«, schrie Qhuinn und machte einen Satz zurück.

Während die Taschenlampe zu Boden kullerte, erforschte Blay mit dem Strahl der seinen, was sich da bewegt hatte.

Ein Arm.

In dem Fass war etwas.

»Heilige Scheiße«, hauchte Blay.

Hinter ihnen bellte Rhage soeben: »V? Wir brauchen Verstärkung hier draußen. Sofort.«

Qhuinn hob seine Lampe auf und richtete sie auf die ölige Flüssigkeit. Fasziniert sah er zu, wie der Unterarm erneut in Zeitlupe unter der Oberfläche vorbeistrich, sodass die Außenseite des Arms und der Handrücken zum Vorschein kamen ...

Etwas Glitzerndes stach Qhuinn ins Auge. Er leuchtete aus einem anderen Winkel und beugte sich weiter über das Fass.

Die Hand sah übel zugerichtet aus, die Knöchel waren deformiert, Finger fehlten teilweise oder ganz, als hätte man sie durch einen Fleischwolf gedreht ...

Wieder schimmerte etwas durch den Morast von Omegas Blut.

Es war ... ein Ring?

»Warte, warte Qhuinn – geh nicht so nah ran ...«

Qhuinn ignorierte den Kommentar und beugte sich noch weiter vor. Und weiter ...

Noch weiter ...

Erst konnte er nicht glauben, was er da sah. Das konnte doch unmöglich ein Siegelring mit Familienwappen sein.

Aber was sonst? Er steckte am Zeigefinger, dem einzigen Finger, den man nicht abgehackt hatte. Und er war aus Gold ... selbst durch das schwarze Öl war der gelbliche Glanz unverkennbar. Das Siegel war breit und zeigte ...

»Qhuinn«, blaffte Rhage. »Halt dich verdammt noch mal fern ...«

Wieder bewegte sich der Arm, und die blasse Hand streifte die Oberfläche der Flüssigkeit, erschien wie ein Geist aus einem Grab, reckte sich in die Luft ...

Omegas Blut floss vom Siegel ab, und Qhuinn erkannte ...

»Qhuinn, ich meine es ernst ...«

Plötzlich war die Hütte von Lärm erfüllt.

Und Qhuinn wäre nie auf die Idee gekommen, dass der Schrei aus seinem Mund kommen könnte.

Zuerst dachte Blay, irgendetwas aus dem Fass hätte Qhuinn gepackt und wollte ihn zu sich hinabziehen –

und dass der Freund deshalb schrie. Ohne nachzudenken packte er Qhuinn um die Hüften und riss ihn zurück.

Was aus dem Fass zum Vorschein kam, würde Blay noch jahrelang in seinen Albträumen verfolgen … jahrzehntelang.

Denn dieses Ungetüm aus dem Fass hatte sich nicht an Qhuinn festgekrallt, es war andersherum. Und als er Qhuinn von diesem Fass wegzerrte, kam ein Vampir zum Vorschein, während das Blut von Omega aus dem Fass schwappte und auf die kalten Dielenbretter klatschte, Blays Springerstiefel und die lederne Hose bespritzte und Qhuinn vollkommen durchnässte.

Qhuinn mühte sich, um nicht abzurutschen, Pistole und Taschenlampe waren längst vergessen, während er immer wieder umgreifen und nachfassen musste …

Um jemanden zu befreien, der …

Das Ölfass kippte um, und der Vampir lag ausgestreckt zu ihren Füßen.

Niemand rührte sich. Sie waren versteinert wie die Figuren auf einem Tableau.

Blay erkannte sofort, wer es war.

Er konnte es nicht glauben.

Ein Toter war zu den Lebenden zurückgekehrt.

Qhuinn ging in die Hocke und berührte ihn an der Schulter. Und dann sagte er gebrochen den Namen seines Bruders: »Luchas?«

Die Reaktion kam sofort. Die Hände des Bruders vollzogen langsame Kreise, die zertrümmerten Beine zuckten, der nackte Körper versuchte, sich zu bewegen. Er war übersät mit Prellungen, Schürfungen und Schnittwunden, die im harten Licht der Taschenlampe leuchteten, als das Blut von Omega von der blassen Haut abfloss.

Verflucht, was hatten sie ihm angetan? Ein Auge war

zugeschwollen, und seine Lippen hingen schief, wie nach einem Fausthieb. Er verzog den Mund, und seine Zähne schienen in Ordnung, aber das war offensichtlich die einzige Gnade, die ihm zuteil geworden war.

»Luchas?«, sagte Qhuinn noch einmal. »Kannst du mit mir reden?«

Rhage war erneut am Handy. »V? Wir haben hier ein ernsthaftes Problem. Wann könnt ihr kommen? Wie bitte? Nein, zu spät – ich brauche euch jetzt … nein, dich. Und Payne.« Hollywood sah über die Schulter und formte mit den Lippen: *»Wisst ihr, wer es ist?«*

Blay musste sich räuspern und sagte stockend: »Es ist … sein Bruder.«

Rhage blinzelte. Schüttelte den Kopf. Beugte sich zu ihm hinunter. »Entschuldige, was hast du …«

»Sein Bruder«, wiederholte Blay, diesmal laut und deutlich.

»Heilige Scheiße …«, flüsterte Rhage. Und dann war er wieder am Handy. »Jetzt, V. Auf der Stelle.«

»Luchas, kannst du mich hören?«, fragte Qhuinn.

Einen Sekunde später platzte V in die Hütte. Er war mit *Lesser*-Blut besudelt und blutete rot aus einer Schnittwunde im Gesicht. Außerdem schnaufte er wie ein Güterzug und hielt einen triefenden schwarzen Dolch in der Hand.

Als er sah, worum sich die Gruppe versammelt hatte, blieb er stehen. »Was ist das?«

Rhage fuhr sich mit der Handkante über die Kehle, um zu signalisieren, dass er sich jeden weiteren Kommentar sparen sollte. Dann packte er V am Arm und zog ihn außer Hörweite. Als sie zurückkamen, zeigte Vs Gesicht keine Regung.

»Lass mich mal sehen«, sagte er.

Qhuinn redete weiter auf seinen Bruder ein, in einem

stetigen Fluss aus Worten, die nicht viel Sinn ergaben. Nach allgemeinem Kenntnisstand war Luchas bei den Plünderungen ums Leben gekommen, zusammen mit Qhuinns Vater, Mutter und Schwester. In einer solchen Situation hätte vermutlich selbst Shakespeare sinnlos vor sich hin gebrabbelt.

Es ... war einfach unmöglich, dachte Blay. Sie hatten vier Leichen in dem Haus gefunden – und eine davon war die von Luchas gewesen.

Blay musste es wissen. Denn er war es gewesen, der damals in das Haus gegangen und sie identifiziert hatte.

Er legte Qhuinn die Hand auf die Schulter. »Hey.«

Qhuinn verstummte. Dann sah er Blay in die Augen. »Er antwortet nicht.«

»Kannst du V mal schnell nachsehen lassen? Wir brauchen eine medizinische Einschätzung.« Und vermutlich einiges mehr, um diesem Rätsel auf den Grund zu gehen. »Komm, wir machen Platz.«

Qhuinn richtete sich auf und trat ein paar Schritte zurück, aber nicht weit, und er ließ seinen Bruder keine Sekunde aus den Augen. »Haben sie ihn umgedreht?« Er verschränkte die Arme und krümmte sich nach vorne. »Meinst du, sie haben ihn umgedreht?«

Blay schüttelte den Kopf und wünschte, er könnte lügen. »Ich weiß es nicht.«

20

Qhuinn starrte auf die Dielenbretter. Eine Reihe unzusammenhängender Gedanken durchzuckte seinen Kopf, während die Gewissheit um den Tod seiner Familie mit den jüngsten Ereignissen kollidierte.

Und immer wieder dachte er an jene Nacht, in der er nach Hause gekommen war und seine Familie um den Esstisch saß ... und sein Bruder diesen Ring bekam, der jetzt an seiner verkrüppelten Hand steckte.

Dabei hätte man meinen sollen, der Anblick dieses gemarterten Kerls wäre genug, um ihn zu beschäftigen.

»Wie sieht es aus, V?«, fragte er. »Was ist mit ihm?«

»Er lebt.« V nahm einen schwarzen Dolch und wischte ihn an seiner Hose sauber. »Mein Sohn? Kannst du mich anschauen, mein Sohn?«

Luchas' Blick klebte an Qhuinn, die hübschen, gleichmäßig grauen Augen waren blutunterlaufen und angstvoll geweitet, und seine Lippen bewegten sich, ohne einen Laut hervorzubringen.

»Mein Sohn, ich muss dir jetzt einen Schnitt versetzen, okay?«

Qhuinn wusste genau, was V vorhatte. »Tu es.«

Sein Herz hämmerte in seiner Brust, als V den schwarzen Dolch ansetzte und über die Außenseite von Luchas' Arm zog. Luchas zuckte nicht einmal, aber nach der Tortur, die hinter ihm lag, schlug diese Verletzung wohl kaum zu Buche.

Bitte sei rot, bitte sei rot, bitte sei …

Rotes Blut quoll aus dem Schnitt und bildete einen leuchtenden Kontrast zu dem schwarzen Öl, das an dem Körper klebte.

Alles atmete erleichtert auf.

»Okay, mein Sohn, das ist gut, das ist gut …«

Sie hatten ihn nicht umgedreht.

V stand auf und nickte Qhuinn zu. Qhuinn folgte ihm, doch er zog Blay am Arm mit sich. Das schien ihm die natürlichste Sache der Welt. Es war eine ernste Angelegenheit, und er wusste, dass er nicht aufnahmefähig war – niemanden hätte er lieber an seiner Seite gehabt als Blay.

»Ich habe keine Blutdruckmanschette und kein Stethoskop bei mir, aber so viel kann ich sagen: Sein Puls ist schwach und unregelmäßig, und er steht höchstwahrscheinlich unter Schock. Ich weiß nicht, wie lange er da drinnen war oder was sie mit ihm angestellt haben, aber sein Zustand ist äußerst bedenklich. Leider ist Payne nicht im Dienst.« Vs Augen glühten. »Ihr beide wisst, warum.«

Offensichtlich hatte er mit seiner Schwester gesprochen.

»Sie kann ihre Magie also nicht wirken lassen«, fuhr der Bruder fort, »und wir sind meilenweit von jeder Hilfe entfernt.«

»Das heißt?«, fragte Qhuinn tonlos.

V sah ihm in die Augen. »Er wird die nächsten zwei Stunden nicht überle…«

»V!«, rief Rhage. »Komm her!«

Luchas krümmte sich auf dem Boden, rollte die Hände ein, presste die Knie zusammen, bäumte sich auf.

Qhuinn war mit einem Satz bei ihm und fiel neben ihm auf die Knie. »Bleib bei mir, Luchas. Komm schon, kämpf dagegen an …«

Die grauen Augen suchten Qhuinns Blick, und ihr gequälter Ausdruck war so niederschmetternd, dass Qhuinn gar nicht mitbekam, wie V den Handschuh von seiner strahlenden Hand zog.

»Qhuinn!«, rief V, als spräche er ihn nicht zum ersten Mal an.

»Was?«, fragte Qhuinn, ohne den Blick von Luchas abzuwenden.

»Das hier könnte ihn umbringen, aber vielleicht setzt es sein Herz wieder in Gang. Die Chance ist gering – aber eine andere hat er nicht.«

In dem kurzen Moment, bevor er antwortete, wünschte Qhuinn plötzlich nichts sehnlicher, als dass sein Bruder irgendwie durchkam. Er kannte Luchas kaum und hatte ihn jahrelang gehasst – und dann hatte ihn sein Bruder auch noch zusammengeschlagen, als Teil der Ehrengarde –, aber vor seinem Tod war Qhuinn nicht bewusst gewesen, wie heimatlos man auf Erden war, wenn kein Verwandter mehr darauf herumspazierte.

Diese Leere war Ansporn gewesen, mit Layla ein Kind zu zeugen. Und die Fühler nach Blay auszustrecken.

Ob geliebt oder gehasst, bluts- oder seelenverwandt, man brauchte Familie wie Luft zum Atmen.

»Tu es«, sagte er erneut.

»Warte«, sagte Blay, zog seinen Gürtel aus den Schlaufen und reichte ihn Qhuinn. »Zum Draufbeißen.«

Noch ein Grund mehr, den Kerl zu lieben. Obwohl es keines weiteren bedurfte.

Qhuinn legte den Gürtel durch den offenen Mund seines Bruders, straffte ihn und nickte V zu. »Bleib bei mir, Luchas. Komm schon, bleib bei …«

Aus dem Augenwinkel sah er, wie sich das gleißende Licht der Brust seines Bruders näherte …

Luchas bäumte sich auf und verfiel in wilde Zuckungen, während er zu strahlen begann, von der Brust aus bis in die Arme und Beine und bis zum Kopf. Dann stieß er einen animalischen Laut aus, ein kehliges Stöhnen, das Qhuinn durch Mark und Bein ging.

Als V seine Leuchthand von ihm losriss und in die Höhe hielt, fiel Luchas wie ein nasser Sack zu Boden.

Er blinzelte, als würde ihm ein steifer Wind ins Gesicht wehen.

»Mach noch mal«, rief Qhuinn. Als V nicht reagierte, fauchte er: »Noch einmal!«

»Das ist vollkommener Irrsinn«, murmelte Rhage.

V sah Luchas prüfend an. Dann führte er seine tödliche Hand erneut auf ihn zu. »Ein letztes Mal – mehr gibt's nicht«, sagte er zu Luchas.

»Ganz genau«, meinte Rhage. »Du sollst ihn nämlich nicht grillen.«

Das zweite Mal war genauso schlimm – der geschundene Leib verfiel in Verrenkungen, und wieder stieß Luchas diesen schrecklichen Laut aus, bevor er zurück auf den Boden sackte.

Aber er tat einen Atemzug. Einen langen, kräftigen Atemzug, der seinen Brustkorb weitete.

Qhuinn war nach Beten zumute, und vermutlich tat er

das auch, während er in einem ewigen Singsang wiederholte: »Komm schon, komm schon …«

Die geschundene Hand mit dem Ring hob sich und langte nach Qhuinns Shirt. Sie war kraftlos, doch Qhuinn beugte sich zu Luchas hinunter.

»Was?«, sagte er. »Sprich ganz langsam.«

Die Hand glitt über seine Jacke.

»Sprich mit mir.«

Die Hand verharrte auf einem seiner Dolche. »Töte … mich …«

Qhuinns Augen weiteten sich.

Luchas' Stimme war nicht wiederzuerkennen, ein heiseres Flüstern. »Töte … mich … mein … Bruder …«

21

»Wie geht es dir«, fragte Blay.

Qhuinn stand auf der Veranda vor der Hütte und atmete ein. Ein Hauch von Zigarettenrauch hing in der Luft. Blay hatte sich schon wieder eine angesteckt, und sosehr Qhuinn diese Angewohnheit hasste, er konnte es ihm nicht verübeln. Mann, hätte er etwas für den Mist übrig gehabt, würde er jetzt auch Kette rauchen.

Er schielte zu Blay hinüber. Der Kerl sah ihn geduldig an, als wäre er im Zweifelsfall bereit, bis zum Ende der Nacht auf eine Antwort zu warten.

Qhuinn sah auf die Uhr. Eins.

Wie lang konnte es dauern, bis der Rest der Bruderschaft hier war? Und würde ihr Bergungsplan funktionieren …

»Ich fühle mich, als würde ich den Verstand verlieren«, antwortete er.

»Geht mir genauso.« Blay blies den Rauch in die entgegengesetzte Richtung. »Ich fasse es nicht, dass er …«

Qhuinn starrte auf die Bäume. »Ich habe dich nie nach dieser Nacht gefragt.«

»Nein. Und ich mache dir keinen Vorwurf daraus.«

Rhage, V und John waren bei Luchas in der Hütte. Alle hatten ihre Jacken ausgezogen und um den Vampir gewickelt, um ihn notdürftig zu wärmen.

Qhuinn trug nur noch Muscleshirt und seine Waffen, aber er spürte die Kälte nicht.

Er räusperte sich. »Hast du ihn gesehen?«

Blay war nach der Plünderung in das Haus von Qhuinns Eltern gegangen. Qhuinn hatte es einfach nicht über sich gebracht, die Leichen zu identifizieren.

»Ja, habe ich.«

»War er da tot?«

»Ich dachte schon. Er war … ja, er sah nicht so aus, als bestünde irgendeine Chance, dass er noch lebte.«

»Weißt du, ich habe das Haus nie verkauft.«

»Das habe ich gehört.«

Als Enterbter hätte er theoretisch kein Anrecht auf den Familienbesitz gehabt. Doch bei den Plünderungen waren so viele Vampire ums Leben gekommen, dass niemand Anspruch auf das Grundstück erhob, und so war es, gemäß Altem Recht, an den König zurückgefallen – der es Qhuinn prompt als »freien Grundbesitz« übereignet hatte.

Was immer das hieß.

»Ich wusste nicht, was ich denken sollte, als ich von ihrem Tod erfuhr.« Qhuinn sah zum Himmel auf. Es waren weitere Schneefälle angekündigt, deshalb gab es keine Sterne. »Sie haben mich gehasst. Ich schätze, ich habe sie auch gehasst. Und dann waren sie weg.«

Neben ihm wurde Blay sehr still.

Qhuinn wusste, warum. Plötzlich war er verlegen und vergrub die Hände in den Taschen. Ja, er hasste es, über

Gefühle und solchen Scheiß zu reden, aber jetzt konnte er den inneren Tumult einfach nicht mehr für sich behalten. Nicht hier draußen. Unter vier Augen. Mit Blay.

Er räusperte sich und fuhr fort. »Ich muss gestehen, in erster Linie war ich erleichtert. Ich kann nicht beschreiben, wie es war, in diesem Haus aufzuwachsen. Alle betrachteten mich als wandelnden Fluch.« Er schüttelte den Kopf. »Ich bin ihnen so weit wie möglich aus dem Weg gegangen, hab den Dienstbotenaufgang benutzt, hab mich im hinteren Teil des Hauses gehalten. Aber dann haben die *Doggen* angedroht, zu kündigen. Das war das Beste nach meiner Transition: dass ich mich aus dem Fenster in meinem Zimmer dematerialisieren konnte. Auf diese Weise musste sich niemand mit mir abgeben.«

Blay fluchte leise, aber Qhuinn war noch nicht fertig. »Und weißt du, was das Schlimmste war? Die Zuneigung zu sehen, mit der mein Vater meinen Bruder ansah. Es wäre etwas anderes gewesen, hätte dieses Arschloch uns einfach alle gehasst – aber so war es nicht. Und das führte mir vor Augen, wie sehr ich Außenseiter war.« Qhuinn sah Blay von der Seite an. Scharrte mit den Füßen. »Warum schaust du mich so an?«

»Entschuldige. Ja, tut mir leid. Du … du hast nur nie über sie geredet. Nicht ein einziges Mal.«

Qhuinn runzelte die Stirn und blickte erneut in den Himmel, stellte sich die blinkenden Sterne vor, obwohl er sie nicht sah. »Ich wollte. Mit dir, meine ich. Nicht mit anderen.«

»Und warum hast du es dann nicht getan?« Es klang, als hätte Blay sich diese Frage schon öfter gestellt.

Schweigen machte sich breit, als Qhuinn Erinnerungen ausgrub, die er weit von sich geschoben hatte. Er sah sich. Sah seine Familie. Sah … Blay. »Ich war wahnsinnig gern bei dir. Ich kann dir gar nicht sagen, wie viel es mir bedeutet hat – ich weiß noch, wie du mich das erste Mal zu dir nach Hause eingeladen hast. Ich dachte, deine Eltern würden mich rausschmeißen. Es hätte mich nicht überrascht. Zu Hause wollte keiner mit mir zu tun haben, warum sollte es wildfremden Leuten also anders gehen. Aber deine Mom …« Qhuinn räusperte sich erneut. »Deine Mom hat mich an euren Tisch gesetzt und gab mir zu essen.«

»Es war ihr so peinlich, dass dir schlecht davon geworden ist. Nach dem Essen bist du ins Bad gerannt und hast dich eine Stunde lang übergeben.«

»Ich habe mich nicht übergeben.«

Blay sah ihn verdattert an. »Aber du hast gesagt …«

»Ich habe geweint.«

Als Blay ihn fassungslos anstarrte, zuckte Qhuinn die Schultern. »Komm schon, was hätte ich sagen sollen? Dass ich unter dem Waschbecken gesessen und geflennt habe? Ich hab Wasser laufen lassen und ab und zu auf die Klospülung gedrückt.«

»Das wusste ich nicht.«

»Solltest du ja auch nicht.« Qhuinn sah ihn an. »Das solltest du nie erfahren. Ich wollte nicht, dass du weißt, wie schlimm es bei mir zu Hause war. Ich wolle nicht bemitleidet werden. Ich wollte nicht, dass du oder deine Eltern das Gefühl habt, dass ihr mich aufnehmen müsst. Ich wollte, dass du mein Freund bist – und das warst du. Das warst du immer.«

Blay sah zur Seite. Dann rieb er sich das Gesicht.

»Ohne euch hätte ich das nicht durchgestanden«, hörte Qhuinn sich sagen. »Ich habe für die Nacht gelebt, weil ich da zu euch kommen konnte. Ihr wart das Einzige, was mich aufrechterhalten hat. Du warst das Einzige, um genau zu sein. Das warst … du.«

Blay sah ihn an, und Qhuinn kam es vor, als würde sein Freund nach Worten suchen. Bei allem, was heilig war, wäre Saxton nicht gewesen, hätte Qhuinn das L-Wort gesagt, hier und jetzt, obwohl es ein blöder Anlass war.

»Aber du kannst mit mir reden«, sagte Blay schließlich. »Weißt du?«

Qhuinn stampfte ein paarmal auf, straffte die Schultern und streckte den Rücken. »Sei vorsichtig. Ich komme vielleicht darauf zurück.«

»Das wäre hilfreich.« Als Qhuinn ihn neugierig musterte, schüttelte Blay den Kopf. »Ich rede wirres Zeug.«

Blödsinn, dachte Qhuinn …

Ohne Warnung kam V aus der Hütte und steckte sich eine selbst gedrehte Zigarette an. Qhuinn verstummte und war sich nicht ganz sicher, ob er froh über diese Unterbrechung war.

Vishous stieß Rauch in die Nachtluft und sagte: »Ich muss mich vergewissern, ob du dir über die Konsequenzen im Klaren bist.«

Qhuinn nickte. »Ich weiß schon, was du sagen wirst.«

V sah ihm in die Augen. »Aber sprechen wir es trotzdem einmal offen aus, in Ordnung? Ich spüre keinen Anteil von Omega in ihm, aber sollte sich das ändern oder ich etwas übersehen haben, muss ich handeln.«

Töte mich, mein Bruder. Töte mich.

»Du tust, was du tun musst.«

»Er kann nicht ins Haupthaus.«

»Einverstanden.«

V streckte ihm die ungefährliche Hand entgegen. »Schwöre es.«

Es fühlte sich merkwürdig an, die Hand des Bruders zu ergreifen und sein Wort durch diesen Handschlag zu besiegeln – denn das taten Angehörige in solchen Situationen, und er hatte noch nie jemandem angehört: Selbst vor dem Ausschluss aus der Familie wäre er der Letzte gewesen, der für einen Blutsverwandten gebürgt hätte.

Doch die Zeiten hatten sich geändert.

»Noch etwas.« V aschte ab. »Deinem Bruder steht eine lange, harte Zeit der Genesung bevor. Und ich rede nicht nur von den körperlichen Verletzungen. Stell dich darauf ein.«

Was, als hätten sie davor irgendeine Form von Beziehung gehabt? Er teilte vielleicht einen Teil seiner DNA mit diesem Kerl, aber abgesehen davon war Luchas ein Fremder. »Ich weiß.«

»Okay. In Ordnung.«

Aus der Ferne drang ein hohes Sirren an ihre Ohren.

»Endlich«, presste Qhuinn hervor und ging zurück in die Hütte.

Sein Bruder lag neben dem umgefallenen Fass in der Ecke und war nicht mehr als ein Haufen Jacken, die seinen geschundenen Leib als provisorische Decken wärmten.

Qhuinn nickte John Matthew und Rhage zu und kniete sich neben seinen Bruder. Er kam sich vor wie im Traum.

»Luchas? Hör zu, sie bringen dich jetzt auf einem Schlitten hier raus. Du kommst zur Behandlung in unsere Klinik. Luchas? Kannst du mich hören?«

Blay verfolgte von der Veranda aus, wie die zwei Schneemobile auf die Hütte zupreschten und ihre Scheinwerfer dabei immer größer wurden. Als sie ihr Ziel erreichten, wurde aus dem hohen Sirren der Motoren ein gleichmäßiges Schnurren. Cool: Sie zogen einen abgedeckten Schlitten hinter sich her, wie er sie von den Olympischen Spielen im Fernsehen her kannte, wenn ein Skifahrer durch die Absperrung bretterte und geborgen werden musste.

Perfekt.

Manny und Butch stiegen ab und joggten auf ihn zu.

Blay machte den Weg frei für den Arzt. »Sie sind da drinnen.«

»Luchas? Hörst du mich?«, drang Qhuinns Stimme aus der Hütte.

Er spähte durch die Tür und sah, wie Manny sich über Luchas beugte. Mann, was für eine abgefahrene Nacht. Und er hatte geglaubt, die Flugschau vor zwei Tagen wäre dramatisch gewesen …

Das warst immer du.

Er sah zum Wald hinüber und rieb sich erneut das Gesicht, als würde es helfen. Am liebsten hätte er sich die nächste Zigarette angesteckt, aber je länger die Sache sich hinzog, desto nervöser wurde er. Das Letzte, was sie jetzt noch brauchten, war eine Schwadron von *Lessern,* bevor sie Luchas in Sicherheit gebracht hatten.

Also lieber eine Vierziger als eine Kippe in der Flosse.

Das warst immer du.

»Alles klar bei dir?«, erkundigte Butch sich.

Da dies die Nacht der ehrlichen Geständnisse zu sein schien, schüttelte er den Kopf. »Nein, überhaupt nicht.«

Der Ex-Cop klopfte ihm auf die Schulter. »Du hast ihn gekannt, oder?«

»Ja, das dachte ich.« Aber Moment, die Frage bezog sich auf Luchas. »Ich meine, ja, das habe ich.«

»Muss echt krass sein, das Ganze.«

Blay sah über die Schulter nach Qhuinn, der neben seinem Bruder kauerte. Im Licht der Taschenlampen wirkte sein Gesicht so alt, dass Blay sich fragte, ob er es wirklich einmal so vollkommen entspannt gesehen hatte, nach diesem einen Mal im Salon im ersten Stock – oder ob er sich das nur eingebildet hatte.

Du warst das Einzige, um genau zu sein.

»Es ist hart«, murmelte er.

Und auch merkwürdig.

Die erste Zeit nach seiner Transition hatte Blay nach einem Anzeichen Ausschau gehalten, ob sein Freund seine Gefühle erwiderte, nach einem Hinweis darauf, ob Qhuinn etwas von ihm wollte. Doch er hatte keine entdecken können – nichts als unverbrüchliche Treue, Freundschaft und zähen Kampfgeist. Während all der Affären mit anderen, dem Training und schließlich den Nächten draußen im Einsatz … war immer eine Wand zwischen ihnen gewesen, die er nicht durchdringen konnte.

Aber in diesem kurzen Moment da eben auf der Veranda hatte zum ersten Mal etwas durchgeschimmert, das er sich noch mehr gewünscht hatte als den Sex.

Scheiße, einen trügerischen Moment lang hatte er sich tatsächlich gefragt, ob nicht doch ein »so« dabeigewesen war, als Layla sich vor seinem Zimmer verplappert hatte.

»Sie bringen ihn raus.« Butch zog Blay am Arm von der Tür weg. »Komm, wir machen Platz.«

Luchas war jetzt ordentlich eingepackt, in eine silberne Rettungsdecke von Kopf bis Fuß, sodass nur noch ein kleiner Teil seines Gesichts rausschaute. Sie hatten ihn auf eine Falttrage gehoben, die Qhuinn und V trugen, während Manny nebenherging, als rechnete er jede Sekunde damit, Luchas wiederbeleben zu müssen.

Dann betteten sie ihn auf den Schlitten und gurteten ihn fest.

»Ich fahre ihn«, erklärte Qhuinn, stieg auf das Schneemobil und startete den Motor.

»Schön langsam und gleichmäßig«, warnte Manny. »Er hat kaum einen heilen Knochen im Leib.«

Qhuinn wandte sich an Blay: »Fährst du mit mir?«

Es war unnötig, das zu beantworten. Blay stieg hinter ihm auf.

Typisch Qhuinn: Er wartete nicht auf die anderen, sondern trat einfach aufs Gas und zischte ab. Aber immerhin hielt er sich an die Weisung vom Onkel Doktor: Er wendete in einem großen Kreis und blieb auf den Spuren, die die Schneemobile auf dem Hinweg gezogen hatten. Und er fuhr zügig, aber nicht so schnell, dass Luchas durchgeschüttelt wurde.

Blay trug in jeder Hand eine Waffe.

Während Manny und Butch neben ihnen auf dem zweiten Schneemobil erschienen, dematerialisierten die anderen Brüder und John Matthew sich in regelmäßigen Abständen neben ihnen her und erschienen seitlich der parallelen Spuren.

Es dauerte eine Ewigkeit.

Blay dachte buchstäblich, es würde nie ein Ende nehmen. Es kam ihm vor, als wären das hohe Sirren der Motoren und der dunkle verschwommene Wald mit den weißen Lichtungen seine letzten Eindrücke von dieser Welt.

Die ganze Fahrt über betete er.

Als der große, eckige Flugzeughangar endlich in Sicht kam, parkte das schönste Ding daneben, das Blay je gesehen hatte.

Der Escalade von V und Butch.

Von dort aus lief alles wie geschmiert: Qhuinn hielt neben dem SUV, Luchas wurde auf die Rückbank umgebettet, die Schneemobile kamen zurück auf den Anhänger, der am Wagen befestigt war, Qhuinn ging um das Fahrzeug herum zur Beifahrerseite.

»Ich will, dass Blay fährt«, sagte er und stieg ein.

Eine Sekunde lang herrschte Schweigen. Dann nickte Butch und warf Blay den Schlüssel zu. »Manny und ich sitzen hinten.«

Blay klemmte sich hinters Steuer, stellte den Sitz ein und ließ den Motor an. Dann wandte er sich an Qhuinn.

»Schnall dich an.«

Qhuinn zog den Gurt über die Brust und ließ die Schnalle einrasten. Dann drehte er sich um und widmete sich seinem Bruder.

Ein Gefühl tiefster Entschlossenheit ergriff Besitz von Blay. Er straffte die Schultern und umfasste das Lenkrad. Es war ihm egal, was er ummähen, niederpflügen oder mit einem Abdruck des Kühlergrills versehen musste: Er würde Qhuinn und seinen Bruder zum Trainingszentrum und in die Klinik bringen.

Dann trat er aufs Gas und blickte nicht zurück.

22

Stirnrunzelnd musterte Trez die Rechenmaschine, in die er gerade Beträge eingab. Er langte nach dem Papierstreifen, der seitlich über den Tisch hing, und versuchte, die Zahlenreihen zu erkennen.

Er blinzelte.

Rieb sich die Augen. Öffnete sie wieder.

Nichts zu machen. Der schimmernde Kreis im oberen, rechten Viertel seines Sichtfelds war noch immer da, und es war keine Spiegelung.

»Scheiße ... nein.«

Er schob die Belege beiseite, die er addiert hatte, sah auf die Uhr und vergrub das Gesicht in Händen. Doch auch als er die Augen zupresste, blieb die Aura erhalten, ein Muster aus verzahnten geometrischen Gebilden, die in allen Regenbogenfarben schillerten.

Ihm blieben noch ungefähr fünfundzwanzig Minuten, ehe in seinem Kopf die Hölle losbrechen würde – und er würde nicht in der Lage sein, sich zu dematerialisieren.

Er tastete nach dem Bürotelefon und drückte auf die Gegensprechanlage. Zwei Sekunden später tönte Xhexs Stimme aus dem Lautsprecher, blechener als sonst. Auch die Geräuschempfindlichkeit hatte also bereits eingesetzt.

»Hey, was gibt's?«, fragte sie.

»Bei mir bahnt sich eine Migräne an. Ich muss gehen.«

»Oh, Mann, so etwas Blödes. Hattest du nicht erst letzte Woche einen Anfall?«

Egal. Darum ging es nicht. »Kannst du übernehmen?«

»Soll ich dich heimfahren?«

Ja. »Nein. Das schaffe ich.« Er sammelte Geldbörse, Handy und Schlüsselbund ein. »Ruft mich an, wenn ihr was braucht, okay?«

»In Ordnung.«

Trez atmete tief durch, während er die Verbindung unterbrach und aufstand. Er hatte keine Beschwerden – momentan. Und das Gute war, dass er keine fünfzehn Minuten von seiner Wohnung entfernt war – selbst, wenn alle Ampeln auf Rot standen. Womit ihm zehn Minuten blieben, um sich Joggingklamotten anzuziehen, Mülleimer und Handtuch neben dem Bett bereitzustellen und sich auf den totalen Kollaps der Verdauung vorzubereiten.

Und in sechs bis sieben Stunden würde es ihm schon wieder besser gehen.

Leider war die Zeit dazwischen ein Albtraum.

Auf dem Weg zur Tür schlüpfte er in seine Jacke und wappnete sich schon einmal gegen die laute Musik draußen.

Er trat in den Flur und stieß gegen die Wand von iAms massiver Brust.

»Gib mir den Schlüssel«, waren die einzigen Worte seines Bruders.

»Du musst mich nicht …«

»Habe ich nach deiner Meinung gefragt?«

»Diese verdammte Xhex …«

»… steht gleich hinter deinem Bruder«, meldete sich seine Security-Chefin. »Und ich weiß, dass das als Kompliment gemeint war.«

»Aber mir fehlt nichts«, protestierte Trez und neigte den Kopf, damit er Xhex sehen konnte.

»Wie viele Minuten bleiben dir, bis der Schmerz einsetzt?« Xhex lächelte und zeigte dabei ihre Fänge. »Willst du diese Zeit wirklich mit einem Streit mit mir verschwenden?«

Und so stahl Trez sich aus seinem Club. Sobald die kalte Luft in seine Nase drang, zog sein Magen sich zusammen – als wollte er schon jetzt Ernst machen.

Er schob sich auf den Beifahrersitz seines BMW, schloss die Augen und ließ den Kopf zurücksinken. Die schimmernde Aura wurde größer, teilte sich und fächerte sich allmählich zum Rand seines Sichtfelds hin aus.

Während der Heimfahrt war er froh, dass iAm ein schweigsamer Typ war.

Obwohl er natürlich trotzdem wusste, was er dachte.

Zu viel Stress. Zu viele Migräneanfälle.

Wahrscheinlich war auch Nähren überfällig – aber das musste noch eine Weile warten.

Sein Bruder fuhr zügig, und Trez vertrieb sich die Zeit damit, sich vorzustellen, wo sie waren, an welcher Kreuzung sie gerade hielten oder welche Abzweigung sie nahmen, wo das Commodore lag, das sich höher und höher in den Himmel erhob, je näher sie ihm kamen.

Ein plötzliches Absenken des Kühlers verriet ihm, dass sie in die Parkgarage einfuhren – und dass er mit seinen Berechnungen hinterherhinkte: Er hatte gedacht, sie seien noch Blocks entfernt.

Dann ging es links und immer wieder links, während sie sich drei Stockwerke in die Tiefe schraubten und auf einem der beiden ihnen zugeteilten Plätze parkten.

Als sie in den Aufzug stiegen und iAm den siebzehnten Stock wählte, war die Aura über den Rand seines Blickfelds hinweggewandert und verschwunden, als wäre sie nie dagewesen.

Die Ruhe vor dem Sturm.

»Danke fürs Heimfahren«, sagte er aufrichtig. Er hasste es, auf andere angewiesen zu sein, aber es war gar nicht so einfach, keinen Unfall zu bauen, wenn hinter den Augäpfeln ein Neonschild blinkte.

»Ich hielt es für das Beste.«

»Ja.«

Die Brüder hatten nicht mehr über die Sache mit Ans-Lai geredet, obwohl der Besuch des Hohepriesters noch immer zwischen ihnen stand – aber immerhin schien iAm seinen Ärger so weit überwunden zu haben, dass er Trez heimfahren konnte.

Der erste Hinweis auf das Einsetzen der Kopfschmerzen kam, als das leise »Pling«, mit dem der Aufzug sein Ziel erreichte, wie ein Pistolenschuss in seinen Schädel fuhr.

Stöhnend wartete Trez, bis die Türen aufglitten. »Das wird unschön.«

»Hattest du nicht erst letzte Woche einen Anfall?«

Wer würde ihn das wohl noch alles fragen?

iAm sperrte die Tür zur Wohnung auf, wo Trez sich sofort entkleidete. Einen Meter hinter der Tür flog seine Jacke, dann kam der schwarze Kaschmirpulli im Flur, schließlich knöpfte er sein Seidenhemd auf und trat in sein Schlaf...

Er erstarrte. Und komischerweise konnte er an nichts anderes denken als an die Szene in *Die Glücksritter* – wo

Eddie Murphy in sein Zimmer in dem vornehmen Haus kommt und eine halbnackte Frau sich in seinem Bett aufsetzt und ihn begrüßt.

Mit dem Unterschied, dass seine Stalkerin – die unbelehrbare Klette mit dem Rausschmeißer-Freund – blond war und keine Leggins aus den frühen Achtzigern trug. Vielmehr hatte sie sich ganz entblättert.

Eine Pistole erschien über seiner Schulter, direkt auf die Besucherin gerichtet und mit Schalldämpfer versehen.

iAm hätte sie problemlos töten können.

»Ich dachte, du würdest dich freuen«, schmollte Babygirl und musterte abwechselnd Trez und die Pistolenmündung seines Bruders.

Dabei warf sie sich in Pose, indem sie einen Arm hob und an ihrem Haar rummachte – aber sollte sie auf ein verführerisches Wogen ihrer Brüste spekuliert haben, hatte sie sich geschnitten: ihre steinharten Implantate blieben unbeweglich wie in Beton verankert.

»Wie bist du hier reingekommen?«, blaffte Trez.

»Freust du dich denn gar nicht, mich zu sehen?« Als weder eine Antwort kam noch die Pistole weichen wollte, zog sie eine Schnute. »Ich hatte eben einen guten Draht zum Wachmann. Was denn? Ach, kommt schon … okay, ich habe ihm einen geblasen.«

Wie stilvoll.

Dieser bescheuerte Wichser von Rent-a-Cop war seinen Job definitiv los.

Trez bückte sich nach dem Kleiderhäufchen am Fußende des Betts. »Zieh dich an und verschwinde.«

Mann, er war müde.

»Ach, komm schon«, quengelte sie, als ihr ihre Sachen um die Ohren flatterten. »Ich wollte dich nach der Arbeit überraschen. Ich dachte, es würde dich freuen.«

»Tut es aber nicht. Raus hier …« Sie öffnete den Mund, als wollte sie ihm eine Szene machen, doch er schüttelte nur den Kopf. »Untersteh dich. Ich bin nicht in der Stimmung, und meinem Bruder ist es vollkommen egal, ob du hier auf eigenen Füßen herausspazierst oder in einem Plastiksack getragen wirst. Zieh dich an. Verschwinde!«

Die Frau ließ den Blick erneut zwischen ihnen hin und her wandern. »Letzte Nacht warst du so lieb zu mir …«

Trez winselte, als der Schmerz überhandnahm und seine rechte Schädelhälfte zu pulsieren begann. »Süße, lass mich ehrlich sein: Ich weiß nicht mal deinen Namen. Wir haben zweimal gevögelt …«

»Dreimal …«

»Ist mir scheißegal wie oft. Aber heute Nacht ziehst du den Schlussstrich. Wenn du noch einmal in meine Nähe kommst oder in meine Wohnung eindringst, dann werde ich …« Als Schatten fielen ihm viele blutige Maßnahmen ein, aber er zwang sich, in menschlichen Begriffen zu denken, damit sie ihn verstand. »… die Polizei einschalten. Und das wäre dumm für dich, weil du nämlich drogenabhängig bist und nebenbei dealst. Wenn die bei dir aufkreuzen und dein Auto und deine Wohnung durchsuchen, finden sie mehr als nur eine Haschpfeife. Dann kriegen sie dich und diesen Schwachkopf, mit dem du schläfst, wegen Drogenbesitz und Dealerei dran, und du wirst verknackt.«

Babygirl blinzelte nur.

»Treib mich nicht zum Äußersten«, sagte Trez erschöpft. »Das würde dir nicht gut bekommen.«

Man konnte vieles von ihr sagen, aber mit dem richtigen Ansporn war sie echt auf Zack. In null Komma nichts hatte sie ihren Plastikvorbau in eine »Bluse« geklemmt, die zwei Nummern zu klein war, sie hängte sich eine billige Handtasche über die Schulter und lief zur Tür, die turmhohen Stilettos baumelten an den Riemchen.

Trez sagte kein Wort mehr. Er folgte ihr nur zur Tür, öffnete sie ... und schlug sie ihr vor der Nase zu, als sie sich noch einmal nach ihm umdrehte, um etwas zu sagen.

Er sperrte von Hand ab.

iAm steckte seine Waffe weg. »Wir müssen umziehen. Diese Wohnung ist nicht mehr sicher.«

Sein Bruder hatte recht. Sie hatten zwar nie ein großes Geheimnis daraus gemacht, wo sie wohnten, aber bei ihrem Einzug ins Commodore waren sie davon ausgegangen, dass kein Wachmann so blöd sein würde, ohne Erlaubnis einer Frau Zutritt zur Wohnung eines Eigentümers zu verschaffen.

Wenn das einmal vorkam, konnte es wieder passieren ...

Mit einem Schlag verstärkte sich der Schmerz, als hätte jemand den Lautstärkeregler für das Höllenkonzert in seinem Schädel aufgedreht.

»Ich geh dann mal 'ne Runde kotzen«, murmelte Trez und wankte von dannen. »Wir packen unseren Kram, sobald die Migräne vorbei ist ...«

Er hatte keinen Schimmer, was iAm antwortete oder ob er überhaupt etwas sagte.

Scheiße.

23

Qhuinn stand vor dem Untersuchungszimmer im Trainingszentrum, die Hände in den Taschen seiner ledernen Hose. Seine Kiefer mahlten, und seine Brauen waren so tief in die Stirn gezogen, dass sie einander fast berührten.

Warten. Immer nur warten …

In der Medizin war es nicht anders als bei den Einsätzen, dachte er: Lange Zeit passierte gar nichts, und dann ging es plötzlich um Leben oder Tod.

Zum Verrücktwerden.

Er sah zur Tür. »Was meinst du, wie lange es noch dauert?«

Ihm gegenüber schlug Blay die langen Beine übereinander und positionierte sie dann wieder nebeneinander. Vor einer halben Stunde hatte er sich auf dem Boden niedergelassen, aber das war auch schon sein einziges Zugeständnis an das Wurmloch außerhalb der Zeit gewesen, in das es sie hineingesogen hatte.

»Es muss langsam zum Ende kommen«, antwortete er.

»Ja, ein Körper hat nur soundso viele Teile, nicht wahr.«

Nach einer Weile sah Qhuinn seinen Freund richtig an. Blay hatte dunkle Ringe unter den Augen, und seine Wangen waren eingefallen. Außerdem wirkte er blasser als sonst, sein Gesicht war fahl.

Qhuinn durchquerte den Flur, lehnte sich an die Wand und ließ sich daran hinabgleiten, bis er neben Blay auf dem Boden saß.

Mit einem leichten Lächeln blickte Blay auf, bevor er wieder seine Schuhspitzen fixierte.

Wie aus weiter Ferne sah Qhuinn dabei zu, wie er die Hand ausstreckte und seinen Freund an der Wange berührte. Als Blay zusammenzuckte und ihn ansah, bemerkte Qhuinn überrascht, wie viel mehr er tun wollte – aber nicht in sexueller Hinsicht. Er wollte Blay an sich ziehen und seinen Kopf in seinen Schoß betten. Er wollte seine starken Schultern streicheln und mit den Fingern durch das kurze rote Haar fahren. Er wollte einen Vorbeigehenden bitten, eine Decke zu bringen, damit er seinen starken Freund, der so geschwächt schien, einwickeln und wärmen konnte.

Qhuinn musste den Blick gewaltsam von Blay losreißen und ließ den Kopf hängen.

Scheiße, er fühlte sich so verdammt ... gefangen. Obwohl keine Ketten an ihm hingen. Er blickte an sich hinab. Handgelenke, Fußknöchel, alles frei. Nichts hielt ihn zurück.

Er schloss die Augen und ließ den Kopf an die Wand sinken. In Gedanken berührte er Blay – und auch diesmal hatte es nichts Sexuelles. Nur, um das Leben unter seiner Haut zu spüren, das Spiel der Muskeln, den Widerstand der Knochen.

»Ich glaube, du solltest dich an Selena wenden«, meinte er.

Blay stieß die Luft aus, als wäre ihm schwer ums Herz. »Ja. Ich weiß.«

»Wir könnten zusammen gehen«, hörte Qhuinn sich sagen.

Er öffnete die Augen gerade noch rechtzeitig, um zu sehen, wie Blay den Kopf herumriss.

»Du könntest es natürlich auch alleine machen.« Qhuinn ließ seine Knöchel krachen. »Was dir lieber ist.«

Scheiße. Im Hinblick auf Saxton ging das vielleicht zu weit. Schließlich war Nähren beinahe noch intimer als Sex …

»Ja«, sagte Blay leise. »Das mache ich.«

Qhuinns Herz schlug schneller. Und es lag auch dieses Mal nicht daran, dass er auf eine Gelegenheit spekulierte, sich an Blay vergreifen zu können. Er wollte nur …

»Anteil nehmen« war vermutlich der richtige Ausdruck.

Nein, Moment. Es ging weiter. Er wollte für Blay sorgen.

»Weißt du, ich glaube nicht, dass ich mich je bei dir bedankt habe«, murmelte Qhuinn. Als Blay ihn mit seinen himmelblauen Augen ansah, wollte er sich abwenden – der Blickkontakt war fast zu viel für ihn. Doch dann dachte er an seinen Bruder in diesem Operationssaal – und daran, wie einem plötzlich die Zeit geraubt werden konnte.

Mann, er hatte so viel für sich behalten, aus den unterschiedlichsten Gründen – und jeder für sich war gültig. Aber war das nicht furchtbar arrogant? Mit seiner Verschlossenheit setzte er voraus, dass er alle Zeit der Welt hatte und er diese Dinge irgendwann einmal ansprechen konnte, wenn es ihm gerade passte. Dass der Ansprechpartner, an den er dachte, immer da sein würde. Dass er selbst immer da wäre.

»Wofür?«, fragte Blay.

»Dafür, dass du uns heimgefahren hast. Mich und Luchas.« Qhuinn holte tief Luft und ließ sie langsam wieder entweichen. »Und weil du hier die ganze Nacht mit mir ausharrst. Weil du zu Payne gegangen bist und sie um Hilfe gebeten hast. Weil du mir im Einsatz den Rücken gedeckt hast und während des Trainings. Und für all das Bier und die Videospiele. Die Chips und die M&Ms. Die Klamotten, die ich mir geliehen habe. Die Matratze bei dir auf dem Boden, wenn ich bei dir geschlafen habe. Danke, dass ich deine Mom umarmen und mit deinem Dad reden durfte. Danke ... für die zehntausend Gefälligkeiten.«

Und dann dachte er plötzlich wieder an die Nacht, als er heimkam und sah, wie sein Vater seinem Bruder den Siegelring schenkte.

»Danke, dass du in jener Nacht damals angerufen hast«, sagte er mürrisch.

Blays Brauen schossen nach oben. »In welcher Nacht?«

Qhuinn räusperte sich. »Nach Luchas' Transition, als mein Vater ihm ... diesen Ring überreicht hat.« Er schüttelte den Kopf. »Ich bin in mein Zimmer gegangen und wollte etwas ... na ja, wirklich Dummes tun. Du hast angerufen. Bist vorbeigekommen. Erinnerst du dich?«

»Ja.«

»Es war nicht das einzige Mal, dass du so etwas getan hast.«

Als Blay den Blick abwandte, wusste Qhuinn genau, wo seine Gedanken waren. Ja, jene Nacht war nicht die einzige Gelegenheit gewesen, bei der er beinahe über die Klinge gesprungen wäre.

»Ich habe gesagt, dass es mir leidtut«, meinte Qhuinn. »Aber ich glaube, ich habe mich nie bedankt. Deshalb ... tja, danke.«

Bevor er wusste, was er tat, streckte er Blay die Hand entgegen. Es erschien ihm richtig, diesen Moment mit einem feierlichen Handschlag zu besiegeln, hier und jetzt, vor dem OP seines misshandelten Bruders.

»Vielen … Dank.«

Unglaublich.

Nachdem er gefühlt ein ganzes Leben mit Qhuinn verbracht hatte, hätte Blay nicht mehr damit gerechnet, dass ihn noch irgendetwas überraschen könnte. Dass dieser Kerl noch etwas bringen konnte, was ihn sprachlos machte.

Irrtum.

Verflucht … bei all den Aussprachen, die er sich ausgemalt hatte, wenn Qhuinn sich in fiktiven Gesprächen geöffnet hatte oder irgendwie »das Richtige« sagte, war es nie um Dankbarkeit gegangen. Aber genau das hatte er hören müssen, obwohl es ihm nicht bewusst gewesen war.

Und diese dargebotene Hand brach ihm nun vollends das Herz.

Besonders in Anbetracht der Tatsache, dass Qhuinns Bruder hinter der Tür ihnen gegenüber mit dem Tode rang.

Blay schlug nicht ein.

Er umfasste Qhuinns Gesicht, zog ihn an sich und küsste ihn.

Es sollte nur ein kurzer, flüchtiger Kuss werden – als würden sie den Handschlag mit den Lippen vollführen. Doch als er sich lösen wollte, hielt Qhuinn ihn fest. Ihre Lippen trafen sich erneut … und noch einmal … und dann mit geneigten Köpfen, sodass ihre Nasen sich nicht länger im Weg waren.

»Gern geschehen«, sagte Blay rau. Dann lächelte er

kurz. »Obwohl ich nicht behaupten kann, dass es immer ein Vergnügen war.«

Qhuinn lachte. »Ja, ich kann mir vorstellen, dass es teilweise alles andere als lustig war.« Qhuinn wurde ernst. »Warum hast du trotzdem zu mir gehalten?«

Blay öffnete den Mund, und die Wahrheit lag ihm auf der Zunge ...

»Oh! Scheiße. Entschuldigt, Jungs, ich wollte nicht stören.«

Qhuinn zuckte so heftig zurück, dass er sich dabei Blays Händen entriss. Dann sprang er auf die Füße und ging auf V zu, der aus dem OP gekommen war. »Kein Problem, da war nichts.«

Und obwohl man V ansah, dass er es besser wusste, blickte Qhuinn ihm fest in die Augen, so, als sollte er es nur wagen, etwas anderes zu behaupten.

Während die beiden sich schweigend gegenüberstanden, rappelte Blay sich schwerfällig auf und wurde von einem leichten Schwindel befallen, der nicht daher rührte, dass er sich nähren musste.

Kein Problem, da war nichts.

Das hatte er eindeutig anders empfunden. Aber Qhuinn war einmal mehr jeder Nähe entflohen, hatte sich weggeduckt, zurückgezogen. Abgekapselt.

Zugegeben, das hier war ein schlechter Zeitpunkt. Ein schlechter Ort. Und V war der Letzte, vor dem man sich gefühlsduselig geben wollte.

Trotzdem rief es ihm in Erinnerung, dass in Extremsituationen selbst die härtesten Kerle weich wurden – aber nur vorübergehend. Trauer, Schock, Sorge ... all das machte Leute verletzlich und konnte sie zu untypischer Offenheit verleiten, weil ihre persönlichen Schutzmechanismen nicht funktionierten. Doch dieses außergewöhnliche Verhalten war nicht Zeichen eines grundlegenden Wandels. Kein Beleg für eine religiöse Bekehrung, die von einem Tag auf den anderen alles dauerhaft veränderte.

Die Sache mit seinem Bruder hatte Qhuinn aus der Bahn geworfen. Und sämtliche Geständnisse oder tiefempfundenen Gefühle aus seinem Munde waren daher ein Produkt von Stress.

Nichts weiter.

Hier ging es nicht um »so« lieben. Nicht im wahren Leben. Nicht auf Dauer. Und das durfte er niemals vergessen.

»… werden die Knochen eingerenkt?«, erkundigte sich Qhuinn.

Blay wandte seine Aufmerksamkeit wieder dem Gespräch zu, während V sich eine selbst gedrehte Zigarette ansteckte und den Rauch von ihnen wegblies. »Erst müssen wir ihn stabilisieren. Selena wird ihn noch einmal nähren, und dann öffnen wir seinen Bauch, um nach dem Ursprung der Blutung zu suchen. Je nachdem, wie es ihm danach geht, können wir uns um die Knochen kümmern.«

»Wissen wir schon, was mit ihm passiert ist?«

»Im Moment fällt ihm das Sprechen noch schwer.«

»Ja. Okay.«

»Deshalb brauchen wir dein Einverständnis. Er ist nicht in der Lage, Risiken und Nutzen abzuschätzen.«

Qhuinn fuhr sich durchs Haar. »Ja. Selbstverständlich. Tut, was nötig ist.«

V stieß erneut eine Rauchwolke aus. Der Duft von türkischem Tabak erfüllte die Luft und erinnerte Blay daran, wie viele Stunden, Minuten und Sekunden es her war, dass er selbst eine geraucht hatte.

»Da drinnen sind Jane, Manny, Ehlena und ich. Wir

kümmern uns um ihn, okay?« Er klopfte Qhuinn auf die Schulter. »Er wird durchkommen. Oder wir vier sterben bei unseren Bemühungen.«

Qhuinn murmelte seinen Dank.

Dann fiel Vs Blick auf Blay. Und wieder auf Qhuinn. Er räusperte sich.

Ja, man hörte regelrecht, wie die Zahnräder in seinem Kopf ineinandergriffen. Super.

»Also, bleibt einfach hier draußen. Ich sage Bescheid, sobald es etwas Neues gibt. Okay?«

Er zog die Brauen hoch, sodass sich die Tätowierungen an seiner Schläfe verzogen, und drückte die gerade mal angerauchte Selbstgedrehte an der Stiefelsohle aus. »Bis bald«, sagte er und verschwand im OP.

Als der Bruder weg war, wanderte Qhuinn umher, den Blick auf den Betonboden geheftet, die Hände an den schmalen Hüften. Die Waffen, die er noch immer nicht abgelegt hatte, fingen das Neonlicht ein und glänzten.

»Ich geh eine rauchen«, sagte Blay. »Bin gleich zurück.«

»Du kannst hier rauchen«, meinte Qhuinn. »Durch diese Tür kommt nichts durch.«

»Ich brauche etwas frische Luft. Aber ich bin nicht lange weg.«

»Okay.«

Schnellen Schrittes ging Blay auf die Tür zur Tiefgarage zu, die am hinteren Ende des Flurs lag. Er drückte sie auf, quetschte sich hindurch und atmete tief ein.

Frische Luft, guter Witz. Die Luft war trocken und roch nach Erde und Zement.

Aber wenigstens war sie kühler.

Scheiße.

Er hatte die Zigaretten in der verdammten Jacke vergessen. Auf dem Boden. Vor dem OP.

Fluchend stapfte er umher und hätte am liebsten gegen irgendetwas geschlagen – aber dann hätte er auch noch gebrochene Knöchel in der Hand erklären müssen.

Und was V gerade mitbekommen hatte, reichte schon vollkommen aus.

Er schob die Hände in die Taschen seiner ledernen Hose und stutzte, als er rechts auf etwas Hartes stieß.

Saxtons Feuerzeug. Das Geburtstagsgeschenk.

Er holte es heraus, drehte es wieder und wieder in der Hand und dachte daran, was Qhuinn da gerade im Flur gesagt hatte.

Es hatte eine Zeit gegeben, da hätte er diese Worte in Gold gefasst und an einem Ehrenplatz in seinem Herzen verwahrt, um diese Kostbarkeit sein Leben lang zu hüten.

Über viele Jahre hätten die Momente vor der Hütte und im Flur gereicht, um allen Groll aus der Welt zu schaffen, die Mühsal, den Schmerz, all das hätten die Geständnisse fortgewischt, und Blay hätte sich Qhuinn wie eine Jungfrau darbieten können.

Ein neuer Start.

Alles wäre vergeben gewesen, mehr noch, vergessen.

Doch so war es nicht mehr.

Mann, er war vermutlich zu jung für diese reife Einsicht, aber das Leben richtete sich nun einmal nicht nach Kalendertagen, sondern nach Erfahrungen. Und wie er hier alleine in der Tiefgarage stand, war er im Geiste ein Greis: Vorbei die Zeit des Optimismus und der hoffnungsfrohen Naivität, mit der die Jugend dem Leben entgegenblickte.

Die Jugend, die noch glaubte, dass Wunder nicht unmöglich waren ... sondern eben nur ungewöhnlich.

Zum Glück war V im richtigen Moment erschienen.

Sonst wären ihm vielleicht noch die drei kleinen Worte entschlüpft – und hätten ihn zu einem Schicksal verdammt, das er nicht einmal erahnen konnte.

Schlechter Zeitpunkt. Schlechter Ort.

Für dergleichen.

Für immer.

24

iAm behielt seine Pistole bei sich, während er in der Wohnung auf und ab lief – obwohl es äußerst unwahrscheinlich war, dass sich eine zweite liebestolle Nackte in ihr trautes Heim verirrte.

Mist, er sehnte sich nach rotem Rauch. Nur ein bisschen, um die Nerven zu beruhigen.

Denn im Moment war ihm danach, irgendjemandem wehzutun.

Nur gut, dass kein Opfer zur Hand war, an dem sich seine Aggression entladen konnte: sein Bruder wurde bereits von der Migräne gemartert, und diese arme, verbrauchte Tante, die sie hier rausgeschmissen hatten, war ohnehin schon bestraft. Der Wachmann wäre ein geeigneter Kandidat gewesen – aber der Wichser hatte seit einer Stunde Dienstschluss, und iAm würde Trez hier nicht hilflos zurücklassen, nur um seine Rachgier an einem minderbemittelten …

Ein leises Rauschen drang durch die Wasserrohre.

Die Toilettenspülung in Trez' Badezimmer. Schon wieder.

Und dann ein gedämpftes Fluchen und das Quietschen des Bettgestells, als Trez sich zurück auf sein Lager legte.

Der Ärmste.

iAm trat an das Panoramafenster und blickte auf den Fluss und den Teil von Caldwell am gegenüberliegenden Ufer. Er stemmte die Hände in die Hüften und ging in Gedanken die Möglichkeiten durch, wohin sie ziehen konnten. Es war eine kurze Liste. Verdammt, einer der größten Vorzüge des Commodore war die vermeintliche Sicherheit gewesen. Sie hatten sich nicht einmal die Mühe gemacht, die Alarmanlage einzuschalten.

Ein Fehler.

Sie brauchten eine sichere Bleibe. Geschützt. Uneinnehmbar.

Besonders wenn sein Bruder fortfuhr, in der Gegend rumzuvögeln, und AnsLai weitere »diplomatische« Kurzbesuche bei ihnen einplante.

iAm setzte seine Wanderung fort. Es ließ sich nicht leugnen, dass sich der Zustand seines Bruders verschlechterte. Das mit dem Sex ging schon seit Jahren so – und lange hatte iAm das einfach einem gesunden männlichen Geschlechtstrieb zugeschrieben.

Etwas, das er an sich selbst manchmal vermisste.

Andererseits hatte sein Bruder genug Frauen für sie beide gevögelt.

Doch in den letzten Monaten hatte diese Sexbesessenheit immer mehr die Züge einer Sucht angenommen – und das war vor dem Besuch des Hohepriesters gewesen. Wenn sich die Sache mit AnsLai zuspitzte und die s'Hisbe den Druck auf seinen Bruder erhöhte, würde er noch weiter ins Extrem gehen.

Scheiße, es kam ihm vor, als stünde er an einem Bahn-übergang, und von einer Seite näherte sich ein Auto, von der anderen ein Güterzug. Ein schrecklicher Unfall stand bevor, und er konnte nichts dagegen tun. Ihm blieb nur, tatenlos zuzusehen. Beziehungsweise schreiend am Stra-ßenrand zu stehen.

Wo konnten sie wohnen ...

Plötzlich runzelte er die Stirn. Sein Blick wanderte nach oben, über das Fenster hinweg, an der Zierborte vorbei, hinauf zur Decke.

Nach kurzer Überlegung griff er nach seinem Handy und tätigte einen Anruf.

Danach ging er zu seinem Bruder, öffnete die Tür ei-nen Spaltbreit und sagte in die undurchdringliche Dun-kelheit: »Ich muss kurz weg. Bin gleich zurück.«

Trez' Stöhnen konnte alles bedeuten, von »in Ord-nung« über »o Gott, nicht so laut« bis hin zu »viel Spaß, ich bleib hier und reiher noch ein bisschen«.

Eiligen Schrittes verließ iAm die Wohnung und stieg in den Aufzug, wo er auf »P« wie »Penthouse« drückte.

Als die Tür aufglitt, boten sich ihm zwei Möglichkeiten: auf der einen Seite ging es zur Wohnung von Bruder Vis-hous, auf der anderen zu seinem alten Freund.

Diese Seite wählte iAm und klingelte bei Rehvenge.

Die Tür ging auf, und der *Symphath* sah aus wie immer: Iro, violette Augen, Nerz. Bedrohlich. Ein wenig verschla-gen.

»Hey, Mann, wie geht's dir«, sagte Rehv. Sie umarm-ten sich und klopften einander auf die Schultern. »Komm rein.«

iAm war zum ersten Mal seit einem guten Jahr in seiner Privatwohnung, aber es hatte sich wenig verändert. Aus irgendeinem Grund war das eine Erleichterung.

Der Reverend ließ sich auf einem Ledersofa nieder, lehnte den Gehstock gegen das Polster und schlug die Beine übereinander. »Womit kann ich dienen?«

Während iAm noch nach einem geeigneten Einstieg suchte, stieß Rehv einen leisen Fluch aus. »Mann, ich wusste ja, dass es kein Höflichkeitsbesuch ist – aber so aufgewühlt habe ich dich selten gesehen.«

Tja, einem Sündenfresser blieb eben nichts verborgen.

Dennoch fiel es iAm schwer, die Angelegenheit in Worte zu fassen. »Ich bin mir nicht sicher, ob du mitbekommen hast, was bei Trez abgeht.«

Rehv kräuselte die Stirn, und seine dunklen Brauen senkten sich über die stechend violetten Augen. »Ich dachte, das Iron Mask liefe gut. Gibt's Probleme? Ich hab jede Menge Cash, wenn ihr was braucht ...«

»Das Geschäft läuft super. Wir nehmen mehr ein, als wir ausgeben können. Das Problem sind die außergeschäftlichen Aktivitäten meines Bruders.«

»Er hängt aber nicht an der Nadel, oder?«, fragte Rehv besorgt.

»Frauen.«

Rehv lachte und winkte ab. »Ach, wenn das alles ist ...«

»Die Sache nimmt überhand – und eine von ihnen ist heute auf magische Weise in seinem Bett erschienen. Sie hat uns in der Wohnung erwartet, als wir nach Hause kamen.«

Rehv runzelte erneut die Stirn. »In eurem Apartment? Aber wie ist sie da reingekommen?«

»Sie hat's dem Wachmann besorgt.« iAm wanderte in dem modern eingerichteten Apartment umher und registrierte am Rande, dass die Aussicht von hier oben tatsächlich besser war. »Trez fickt schon seit Jahren wahllos in der Gegend rum, aber in letzter Zeit ist er immer leichtsinniger geworden – er löscht keine Erinnerungen mehr, belässt es nicht bei einem Mal, kümmert sich nicht um die Folgen.«

»Aber was ist denn nur los mit ihm?«

iAm wandte sich nach dem Mischling um, der für ihn fast wie Familie war. Genau genommen traute er diesem Typen mehr als neunundneunzig Prozent seiner Blutsverwandten.

»Trez ist gebunden.«

Langes Schweigen. »Wie bitte?«

iAm nickte. »Er ist gebunden.«

Rehv erhob sich von der Couch. »Seit wann das denn?«

»Seit seiner Geburt.«

»Ach so.« Rehv stieß einen leisen Pfiff aus. »Dann ist es so ein s'Hisbe-Ding.«

»Er ist der ersten Tochter der Königin versprochen.«

Rehv schwieg eine Weile. Dann schüttelte er den Kopf. »Das macht ihn zum zukünftigen König, oder sehe ich das falsch?«

»Das stimmt. Und obwohl wir eine matriarchalische Gesellschaft sind, ist das nicht unbedeutend.«

»Jetzt sieh uns an«, murmelte Rehv. »Trez und Wrath und ich. Die unheiligen drei Könige.«

»Na ja, bei der s'Hisbe ist es natürlich anders. Bei uns hat die Königin das Sagen.«

»Und was treibt er dann noch immer hier draußen? Mit all uns Unkennbaren?«

»Er will nichts mit der s'Hisbe zu tun haben.«

»Hat er denn eine Wahl?«

»Nein.« iAm schielte zur Hausbar. »Was dagegen, wenn ich mir einen Drink genehmige?«

»Machst du Witze? An deiner Stelle würde ich mir die Hucke vollsaufen.«

iAm inspizierte das Sortiment. Schließlich entschied er sich für eine Karaffe mit einer kleinen Banderole, auf der *Bourbon* stand. Er nippte an einem Kristallglas und genoss das Brennen auf der Zunge. »Lecker.«

»Parker's Heritage Collection, Small Batch. Vom Feinsten.«

»Ich dachte, du trinkst kaum.«

»Das ist keine Entschuldigung, seinen Gästen minderwertigen Fusel zu servieren.«

»Verstehe.«

»Also, wie sieht dein Plan aus?«

iAm legte den Kopf in den Nacken, goss sich das Glas in den Mund und schluckte vernehmlich. »Wir brauchen eine sichere Bleibe. Und zwar nicht nur wegen dieser Frau. Wir hatten letzte Woche Besuch vom Hohepriester – da wir in der Außenwelt leben, heißt das, sie machen allmählich Ernst zu Hause. Sie suchen ihn – und wenn sie ihn finden, tötet er am Ende einen Vertreter der s'Hisbe. Dann haben wir ein echtes Problem.«

»Glaubst du, er würde so weit gehen?«

»Ja, das glaube ich.« iAm schenkte sich nach. »Er geht nicht zurück, und ich brauche Zeit, um mir eine Strategie zurechtzulegen, bevor es zur Katastrophe kommt.«

»Wollt ihr in mein Haus im Norden ziehen?«

iAm stürzte seinen zweiten Bourbon hinunter. »Nein.« Er senkte den Blick. »Ich möchte bei der Bruderschaft einziehen.«

Während Rehv ein paar Verwünschungen murmelte, schenkte iAm sich ein drittes Glas ein. »Das ist der sicherste Ort für uns.«

Xcor war durchnässt von *Lesser*blut und Schweiß, als er zu ihrer neuen Bleibe zurückkehrte. Seine Männer kämpften in der Innenstadt weiter, aber er hatte sich abseilen müssen, um Schutz zu suchen.

Verdammte Schnittwunde am Arm.

Das Haus, das Throe für sie gefunden hatte, lag in einer einfachen Gegend mit einfachen Häusern mit Doppelgaragen und Schaukeln im Garten. Ein Vorzug war, dass es am Ende einer Sackgasse lag, gesäumt von einem leeren Baugrundstück auf der einen und einer Zweigstelle der Abwasserwirtschaft von Caldwell auf der anderen Seite.

Angemietet für drei Monate mit Kaufoption.

Er materialisierte sich durch die Fenster mit den schweren Vorhängen ins Wohnzimmer und warf dem L-förmigen Sofa einen verächtlichen Blick zu. Die Polster erinnerten an Speckfalten, die Farbe an Rindsgulasch.

Obwohl er die Heizung zu schätzen wusste, verstimmte es ihn, dass dieses Haus »möbliert« war. Doch mit dieser Ansicht schien er allein zu sein: in den letzten Tagen hatte er mehrfach beobachtet, wie sich der eine oder andere seiner Soldaten auf diesem schrecklichen Monstrum rekelte, den Kopf zurückgelegt, die Beine behaglich ausgestreckt.

Was kam als Nächstes? Häkeldecken?

Er blickte die schmale Treppe empor und vermisste die düster unheilvolle Atmosphäre der Burg, die sie im Alten Land besaßen. Er sehnte sich nach den dicken Steinmauern, die sie umgeben hatten, trauerte der Unbezwingbarkeit nach, die Gräben und Schutzwall garantierten.

Und er vermisste den Spaß, den sie gehabt hatten, wenn sie die Dorfbevölkerung mit Spuk vergrault hatten.

Gute Zeiten, wie man in der Neuen Welt sagte.

Im ersten Stock vermied er jeden Blick in die Kinderzimmer. Das erste war so Pink, dass es in den Augen wehtat, das zweite beleidigte mit Meerschaumgrün die Sinne. Und das elterliche Schlafzimmer war keinen Deut besser: geblümte Tapeten an den Wänden, Vorhänge, Bett, Sessel in der Ecke – alles geblümt.

Zumindest hinterließen seine Springerstiefel auf dem Weg zum Bad tiefe Abdrücke auf dem flauschigen Teppich, sodass sie wie Wunden wirkten.

Gütiger Himmel, er wusste nicht einmal, wie man die Farbgebung im Badezimmer nennen sollte.

Himbeere?

Am liebsten hätte er die Lampen über dem Waschbecken gar nicht erst eingeschaltet, doch die Vorhänge mit den Rosen schluckten den Schein der Straßenbeleuchtung von unten, und für sein Vorhaben brauchte er Licht …

Hilfe.

Er hatte die gerüschten Lampenschirme vergessen.

Wahrhaftig, in jeder anderen Umgebung bedeutete Rotlicht etwas Erotisches. Doch nicht an diesem Ort des Spießertums. Hier waren es zwei leuchtende Kaubonbons, die an der Wand klebten.

Das Östrogen schnürte Xcor die Kehle zu.

Entschieden riss er die Schirme von den Lampen und stopfte sie unters Waschbecken. Jetzt blendete das Licht ihn in den Augen, aber alles war besser als der unerträgliche Kitsch.

Als Erstes nahm er die Sense vom Rücken und legte sie auf die Ablage zwischen den beiden Waschbecken. Als Nächstes schnallte er den Halfter ab, dann zog er den Mantel aus und entledigte sich seiner Dolche und Schusswaffen. Das Hemd, das er darunter trug, war fleckig von dem langen Nächten im Kampfeinsatz, aber es wurde regelmäßig gewaschen – und würde auch weiter verwendet werden. Kleidung war schließlich nichts als das Fell, das dem Vampir bei der Geburt fehlte.

Sie diente nicht der Zierde – zumindest nicht bei ihm.

Xcor wandte sich dem Spiegel zu und kommentierte seinen Anblick mit einem verdrossenen Murren.

Der letzte *Lesser* war verteufelt gut im Umgang mit dem Messer gewesen, vermutlich durch ein Leben auf der Straße. Sie hatten sich einen erfrischenden Kampf geliefert. Selbstverständlich hatte Xcor gesiegt, aber es war ein berauschendes Gefühl gewesen, einen würdigen Gegner vor sich zu haben.

Leider brachte er ein Souvenir von diesem Kampf mit nach Hause: Die Scharte zog sich über seinen Bizeps bis seitlich über die Schulter. Ziemlich hässlich. Doch Xcor hatte schon Schlimmeres erlebt.

Und deshalb wusste er, wie man sich selbst behandelte. Auf der Ablage über dem Waschbecken standen diverse Utensilien, die er und seine Krieger von Zeit zu Zeit benötigten: eine Flasche Wundbenzin, ein Einwegfeuerzeug, mehrere Nähnadeln, eine Spule mit schwarzer Angelschnur.

Xcor zog eine Grimasse, als er sein Hemd abstreifte und der zerfetzte kurze Ärmel über die Wunde glitt und sie aufklaffen ließ. Er biss die Zähne zusammen und erstarrte, während der Schmerz den Punkt erreichte, an dem sich sein Magen wie eine Faust zusammenballte.

Dann atmete er tief durch und wartete, bis der Schmerz wieder abebbte und er nach dem Wundbenzin greifen konnte. Er schraubte die weiße Kappe ab, beugte sich über das Waschbecken, hielt die Luft an und …

Der Laut, den er zwischen zusammengebissenen Zähnen hervorstieß, war halb Knurren, halb Stöhnen. Und als ihm die Sicht verschwamm, schloss er die Augen und lehnte sich mit der Hüfte gegen den Waschbecken-rand.

Er sog scharf die Luft ein, und das Wundbenzin brannte in seiner Nase, doch er konnte die Flasche noch nicht wieder verschließen: Seine Feinmotorik war fürs Erste dahin.

Um den Kopf frei zu bekommen, unternahm er einen Spaziergang ins Schlafzimmer und gönnte seinem Körper eine Verschnaufpause. Doch der Schmerz hing an seinem Arm wie ein Pitbull, der versuchte, ihn bei lebendigem Leib zu verspeisen. Xcor fluchte ausgiebig.

Schließlich landete er im Erdgeschoss. Auf der Suche nach Schnaps.

Normalerweise trank er nicht, doch jetzt inspizierte er die Stofftasche mit den Flaschen, die Zypher aus dem Lagerhaus mitgebracht hatte. Der Soldat genehmigte sich gern mal ein Schlückchen, und obwohl Xcor nichts davon hielt, hatte er längst gelernt, dass man im Umgang mit aggressiven, rastlosen Kriegern gewisse Zugeständnisse machen musste.

In einer Nacht wie dieser war er froh darüber.

Whiskey? Gin? Wodka?

Was spielte das für eine Rolle.

Wahllos schraubte er eine Flasche auf und legte den Kopf in den Nacken. Dann öffnete er den Mund und goss sich das Zeug hinein, obwohl seine Kehle brannte, als stünde sie in Flammen.

Auf dem Weg zurück in den ersten Stock trank Xcor weiter, und noch mehr, während er ein wenig umherwanderte und auf das Einsetzen der Wirkung wartete.

Und noch mehr.

Er wusste nicht genau, wie lange es dauerte, aber irgendwann war er zurück im hell erleuchteten Bad und fädelte einen halben Meter schwarze Angelschnur durch das Öhr einer dünnen Nadel. Dann blickte er in den breiten, rechteckigen Spiegel über dem Waschbecken und war froh, dass ihn der *Lesser* am linken Arm erwischt hatte. Auf diese Weise konnte er sich selbst behandeln. Als Rechtshänder hätte er für die andere Seite Hilfe gebraucht.

Der Alkohol war eine enorme Erleichterung. Er zuckte kaum, als er die eigene Haut durchstach und mithilfe der Zähne einen ordentlichen Knoten zuzog.

Was war Alkohol nur für eine bemerkenswerte Substanz, dachte er, während er eine Reihe von Stichen setzte. Taubheit hatte von ihm Besitz ergriffen, und er fühlte sich wie in einem warmen Bad. Sein Körper entspannte sich, der Schmerz war zwar noch da, aber sehr gedämpft.

Langsam. Präzise. Gleichmäßig.

An der Schulter zurrte er den letzten Knoten fest, dann zog er den Faden aus der Nadel, legte alles an seinen angestammten Platz zurück und drehte die Dusche auf.

Er streifte die Springerstiefel ab, stieg aus der ledernen Hose und stellte sich unter den Wasserstrahl.

Diesmal war es ein Seufzer der Erleichterung: Als das warme Wasser seine wunde Schulter umspülte, den steifen Nacken, die verspannten Oberschenkel, war das Wohlbefinden fast so groß wie zuvor der Schmerz.

Und ausnahmsweise gab er sich diesem Gefühl hin. Vermutlich, weil er betrunken war.

Er lehnte sich an die Kacheln, und das Wasser spritzte ihm ins Gesicht, jedoch auf sanfte Art, wie Regen, ehe es an ihm hinabrann, über die Brust, den festen Bauch, über die Hüften und sein Geschlecht …

Völlig unvermittelt sah er vor seinem geistigen Auge, wie seine Auserwählte sich über ihn beugte. Ihre Augen schimmerten grün im Mondlicht, der Baum wölbte sich schützend über sie.

Sie nährte ihn, ihr schlanker, blasser Arm ruhte an seinem Mund, während er in rhythmischen Zügen daran sog.

Inmitten seiner vom Alkohol erzeugten Benommenheit überkam ihn plötzlich sexuelles Verlangen und breitete sich in seinem Becken aus wie eine sich öffnende Hand.

Er wurde hart.

Dann schlug er die Augen auf – nicht dass ihm bewusst gewesen wäre, dass er sie geschlossen hatte – und blickte an sich hinab. Das grelle Licht über dem Waschbecken wurde durch den Duschvorhang gedämpft, aber es reichte, um zu sehen.

Wie Xcor sich wünschte, es wäre dunkel gewesen ... denn es bereitete ihm keine Freude, die Erektion zu sehen, die so tumb und stolz von seinen Hüften aufragte.

Er verstand einfach nicht, was seine Lenden sich erhofften: Wenn selbst Dirnen einen Aufpreis verlangten, um seine Bedürfnisse zu befriedigen, würde diese bezaubernde Auserwählte wohl kaum etwas anderes tun, als schreiend das Weite zu suchen ...

Mit einem Mal deprimierte ihn das unendlich, erst recht, als das Pulsieren zwischen seinen Beinen sich verstärkte. Sein Körper war ein trauriges Instrument, so lächerlich in seinem Sehnen – er wollte einfach nicht einsehen, dass ihn keine begehrte.

Schon gar nicht jene, die *er* begehrte.

Xcor drehte sich um, legte den Kopf in den Nacken und schob die Hände durch das Haar. Zeit, die Gedanken weit von sich zu weisen und sich zu waschen. Die Seife aus der Schale an der Wand verrichtete in Windeseile ihren Dienst auf Haut und Haar ...

Er war noch immer steif, als es Zeit war, aus der Dusche zu steigen.

Aber die kalte Luft würde dem Spuk schon ein Ende bereiten.

Xcor stellte sich auf den himbeerroten Duschvorleger und trocknete sich ab.

Immer noch steif.

Sein Blick fiel auf die Kampfkleidung, und er merkte, wie wenig Lust er hatte, sie wieder anzulegen. Rau. Kratzig. Verdreckt.

Vielleicht übte dieses feminine Umfeld einen schädlichen Einfluss auf ihn aus.

Schließlich landete Xcor im Ehebett, auf dem Rücken. Steif.

Ein kurzer Blick auf den Nachttischwecker teilte ihm mit, dass nicht viel Zeit blieb, bis seine Krieger heimkehren würden.

Es musste also schnell gehen.

Er ließ die Hand unter die Laken und über seinen Körper gleiten, dann umfasste er …

Xcor presste die Augen zu und stöhnte. Sein Torso wand sich in der Hitze und Begierde, die von seinem Unterleib ausstrahlte. Er drückte den Kopf seitlich ins Kissen und begann, auf und ab zu pumpen.

Wundervoll. Besonders ganz oben, wo die stumpfe Spitze nach Aufmerksamkeit schrie, die sie mit jeder Aufwärtsbewegung bekam. Schneller. Fester.

Und die ganze Zeit über stand ihm das Bild seiner Auserwählten vor Augen.

Ihre Vision erregte ihn mehr als seine fliegende Hand an der Hüfte. Und als das Lustgefühl sich steigerte, verstand er zum ersten Mal, warum seine Soldaten sich so oft diesem Vergnügen hingaben. So gut. So unfassbar gut …

O ja, schön war seine Angebetete. So schön, dass ihn nicht einmal das Auf und Ab seiner Hand von ihrem Gesicht ablenken konnte. Vielmehr trat sie in allen Einzelheiten hervor, schmerzlich klar. Das helle Haar, die roten Lippen, der zierliche Hals – bis hinab zu ihrem schlanken, eleganten Leib, den ihre blütenweiße Robe zugleich verhüllte und hervorhob.

Wie mochte es sein, von einem solchen Geschöpf begehrt zu werden? In ihr aufgenommen zu werden als ein Mann von Wert ...

In diesem Moment traf ihn die Erinnerung an ihre Schwangerschaft wie ein Hammerschlag. Aber wenigstens war es zu spät. Noch während sein Herz versteinerte und seine Brust sich schmerzvoll zusammenzog, weil sie sich für einen anderen geöffnet hatte, vollendete sein Körper seinen Höhenflug, unaufhaltsam wie ...

Der Orgasmus fegte ihn um und entlockte ihm einen Schrei – den glücklicherweise das Kissen schluckte, denn in diesem Moment hörte er unten das Donnern von Springerstiefeln, einen Klang, den er überall erkannt hätte: seine ersten Soldaten waren eingetroffen.

Der Orgasmus hinterließ einen schalen Nachgeschmack. Er hatte sich auf die verletzte Schulter gedreht, er hatte Hand und Bauch besudelt, ebenso die Laken. Die schöne Vision in seinem Geiste war erloschen, und alles, was blieb, war die harte Wirklichkeit.

Der Schmerz in seiner Brust war wie eine frische Wunde.

Aber zumindest würde keiner davon erfahren.

Schließlich war er in erster Linie Soldat.

25

»Selbstverständlich kannst du ihn besuchen. Er ist erschöpft, aber bei Bewusstsein.«

Als Doc Jane ihn anlächelte, zog Qhuinn seine Hose hoch und stopfte das ärmellose Shirt hinein. Doch damit genug. Seine Haare würde er nicht glatt streichen, auch wenn es ihn noch so sehr in den Fingern juckte.

»Und er wird sich erholen?«

Die Ärztin nickte und nahm den Mundschutz ab, der um ihren Hals baumelte. »Wir mussten ihm die Milz entnehmen, damit war die innere Blutung gestillt. Außerdem haben wir ihn gründlich untersucht. Soweit wir es beurteilen können, war er in diesem Ölfass in einer Art Stasis. Durch das Blut von Omega wurde er konserviert, trotz seiner Verletzungen. Hätte man ihn herausgeholt, wäre er bestimmt gestorben.«

Der Fluch bewirkt ein Wunder, dachte Qhuinn.

»Und er ist nicht kontaminiert?«

Jane zuckte die Schultern. »Sein Blut ist rot, und niemand kann etwas von Omega bei ihm erspüren – er war von dem Zeug umgeben, aber nicht durchdrungen.«

»Okay. In Ordnung.« Qhuinn schielte zur Tür. »Gut.«

Zeit, da reinzugehen, dachte er. Auf geht's ...

Seine Augen suchten Blay. Während der vierstündigen Operation hatte sein Freund mehrere Rauchpausen in der Tiefgarage eingelegt. Aber er war jedes Mal zurückgekehrt.

Mann, er sah verbissen aus.

Seit V aus dem OP geplatzt war und sie unterbrochen hatte ... tja.

Was für ein Timing.

»Ich gehe jetzt rein«, meinte er.

Aber erst als Blay nickte, öffnete er die Tür.

Als Erstes empfing ihn der antiseptische Geruch, den er mit Verletzungen aus Kämpfen assoziierte, dann das leise Piepsen von der Transportliege in der Mitte des Raums aus und das Klappern von Ehlena, die Daten in den Computer eingab.

»Ich lass euch beide allein«, sagte sie freundlich und stand auf.

»Danke«, antwortete er leise.

Als die Tür sich hinter ihr schloss, stopfte Qhuinn sein Hemd noch einmal in die Hose, obwohl es gar nicht nötig war. »Luchas?«

Während er auf eine Antwort wartete, sah er sich um. Die Überreste der Operation, die blutigen Mullkompressen, die benutzten Instrumente, die Plastikschläuche, alles war fort – nur der reglose Körper unter den weißen Laken und eine vollgestopfte rote Mülltüte, auf der das Symbol für biologische Gefahrenstoffe abgebildet war, zeugten von den vergangenen Stunden.

»Luchas?«

Qhuinn trat ans Bett und blickte nach unten. Mann, er hatte normalerweise keine Kreislaufprobleme, aber als er das ausgemergelte Gesicht seines Bruders sah, drehte sich plötzlich alles, und ein leichter Schwindel ließ ihn erkennen, wie groß er war – und wie tief er zu fallen hatte.

Luchas' Lider öffneten sich zitternd.

Grau. Luchas' Augen waren beide grau gewesen, und sie waren es noch immer.

Qhuinn langte hinter sich und zog einen kleinen Drehstuhl heran. Als er sich setzte, wusste er nicht, wohin mit seinen Armen, seinen Händen ... seiner Stimme.

Er hatte nicht erwartet, jemals wieder ein Familienmitglied zu sehen. Und das war schon vor den Plünderungen so gewesen, als man ihn rausgeschmissen hatte.

»Wie geht es dir?« Was für eine bescheuerte Frage.

»Er hat mich ...«

Qhuinn beugte sich zu seinem Bruder hinab, aber seine schwache, heisere Stimme war verdammt leise. »Was?«

»Er hat mich ... am Leben gehalten ...«

»Wer?«

»... deinetwegen.«

»Von wem redest du?« Schwer vorstellbar, dass Omega einen Rachefeldzug gegen ...

»Lash ...«

Beim Klang dieses Namens kräuselte sich seine Oberlippe und entblößte seine Fänge. Dieser verdammte Cousin – der in Wirklichkeit gar nicht mit ihnen verwandt gewesen war, sondern der Sohn von Omega. Schon als Kind war Lash ein vorlauter Angeber gewesen. Als Prätrans hatte er John Matthew während des Trainingsprogramms das Leben zur Hölle gemacht. Und nach der Transition?

Da hatte ihn sein Vater wieder zu sich gerufen, mit verheerender Wirkung. Denn Lash steckte hinter den Plünderungen. Jahrhundertelang hatte die Gesellschaft der *Lesser* mühsam die Wohnstätten der Vampire ausspionieren müssen, doch dann kam plötzlich dieser Wichser und wusste ganz genau, wo er seine Jäger hinschicken musste – und weil ihn eine Adelsfamilie adoptiert hatte, dezimierte er die Oberschicht.

Aber anscheinend waren Papi und sein Goldschatz in einen Zwist geraten.

Scheiße – die Vorstellung, dass Lash seinen Bruder gefoltert hatte, erweckte in Qhuinn den Wunsch, ihn gleich noch einmal umzubringen.

Als Luchas stöhnte und einen tiefen Atemzug tat, hob Qhuinn die Hand, um ihm … die Schulter zu tätscheln oder etwas Vergleichbares. Aber er hielt sich zurück. »Hör zu, du musst nicht reden.«

Luchas sah ihn mit blutunterlaufenen Augen an. »Er hat mich am Leben gehalten … wegen dem … was ich dir angetan habe …«

Tränen quollen aus den grauen Augen und kullerten auf die Transportliege, die Reue seines Bruders vermischte sich mit dem körperlichen Schmerz und der Benommenheit wegen der Narkose.

Denn anders konnte Qhuinn sich diese Tränen nicht erklären. So hatte man sie nicht erzogen. Etikette ging über Gefühle.

Immer.

»Die Ehrengarde …« Jetzt weinte Luchas richtig. »Qhuinn … es tut mir so leid … so leid …«

Wir sollen ihn nicht töten!

Qhuinn blinzelte und erinnerte sich an die Prügel, die er am Straßenrand bezogen hatte, an die schwarz vermummten Gestalten, die ihn umzingelt und auf ihn eingedroschen hatten, während er versuchte, Kopf und Weichteile zu schützen. Und dann ging es hoch bis an die Pforte zum Schleier, wo er seine Tochter traf.

Es war merkwürdig, wie der Kreis sich schloss. Und wie manche Tragödie tatsächlich zu etwas Gutem führte.

Jetzt berührte Qhuinn seinen Bruder doch und legte ihm die Dolchhand auf die Schulter. »Ganz ruhig, ist schon gut. Keine Sorge, es ist okay …«

Er war sich nicht sicher, ob das stimmte, aber was hätte er sagen sollen, wo dieser Kerl jetzt zusammenbrach?

»Er wollte … mich umdrehen …« Luchas holte tief Luft. »Er hat mich … zurückgeholt. Ich erwachte … im Wald – seine Männer schlugen mich … quälten mich … steckten mich in das … Blut. Ich wartete darauf, dass sie zurückkamen – doch sie kamen nie.«

»Du bist in Sicherheit.« Etwas anderes fiel Qhuinn nicht ein. »Mach dir keine Sorgen – hier kann dir niemand etwas anhaben.«

»Wo … bin ich …«

»Im Trainingszentrum der Bruderschaft.«

Luchas' Augen weiteten sich. »Ist das wahr?«

»Ja.«

»Tatsächlich …« Der Ausdruck des Bruders veränderte sich, und die einstmals gefälligen Züge verzerrten sich noch mehr. »Was ist mit *Mahmen*. Papa. Solange?«

Qhuinn schüttelte nur den Kopf.

Daraufhin gewann die schwache Stimme plötzlich an Kraft. »Bist du dir sicher, dass sie tot sind? Bist du dir wirklich sicher?«

Als wollte er nicht, dass sie ein ähnliches Schicksal erlitten wie er.

»Ja, wir sind uns sicher.«

Luchas seufzte und schloss die Augen.

Scheiße, Qhuinn fühlte sich ein bisschen mies, weil er

gelogen hatte, denn auch wenn die Apparate am Bett seines Bruders einen stabilen Zustand signalisierten, konnte man nicht sicher sein. Und wenn er nicht durchkam, sollte er nicht mit dem Gedanken ins Grab gehen, dass nach aktuellem Erkenntnisstand niemand sicher sagen konnte, wie viele andere die *Lesser* sich geholt hatten – oder wann.

In der Stille betrachtete Qhuinn die Hand seines Bruders. Der Siegelring steckte noch am Finger – vielleicht, weil der Knöchel darüber so angeschwollen war, dass man ihn hätte abschneiden müssen.

Das in Gold geprägte Wappen trug die heiligen Symbole, mit denen sich nur die Gründerfamilien auszeichnen durften. Und ja, wow, es war total geistesgestört – und völlig unangebracht –, ihm das verdammte Ding zu neiden. Nach allem, was geschehen war, hätte man doch meinen sollen, dass Qhuinn abgestoßen sein müsste.

Doch vielleicht war es nur ein Reflex, ein Nachhall aus den Jahren, in denen er gegen jede Vernunft gehofft hatte, doch noch einen eigenen zu bekommen.

»Qhuinn?«

»Ja?«

»Es tut mir leid …«

Qhuinn schüttelte den Kopf, obwohl Luchas die Augen geschlossen hatte. »Mach dir keine Sorgen. Du bist in Sicherheit. Du bist zurück. Alles wird gut.«

Die Brust seines Bruders hob und senkte sich, als wäre er erleichtert, doch Qhuinn rieb sich das Gesicht. Die Sache war ihm unheimlich. Sowohl der Zustand seines Bruders – als auch seine Rückkehr.

Dabei wollte er nicht, dass Luchas tot war. Gefoltert wurde. Sich in einem Zustand ewiger Erstarrung befand.

Aber er hatte nun einmal einen Schlussstrich unter die ganze Angelegenheit mit seiner Familie gezogen. Und seine Erinnerungen in eine Schublade ganz hinten in seinem Bewusstsein gestopft, die er nie wieder öffnen wollte.

Doch was blieb ihm übrig?

Das Leben hatte ein Faible für angeschnittene Bälle.

Nur trafen ihn die Dinger irgendwie immer in die Eier.

Ein leiser Pfiff ließ Blay aufschrecken. »Hallo, John.«

John Matthew hob grüßend die Hand. *Wie steht's?*

Als Blay die Achseln zuckte, kam ihm in den Sinn, dass er vermutlich mal wieder aufstehen sollte. Sein Hintern war schon völlig taub, Zeit also für eine seiner Runden.

Grunzend rappelte er sich auf und streckte den Rücken durch. »Ich schätze mal, ganz okay. Luchas war einigermaßen bei Bewusstsein nach der Operation, deshalb ist Qhuinn jetzt drinnen.«

Oh. Wow.

Während Blay seine Kreise zog, lehnte John sich an die Wand. Er trug Joggingklamotten, und sein Haar war noch nass – außerdem hatte er eine Bisswunde am Hals.

Blay wandte sich ab. Öffnete den Mund, um etwas zu sagen. Aber dann fehlte ihm einfach die Kraft für eine Unterhaltung.

Aus dem Augenwinkel sah er John gebärden: *Und wie geht es Saxton?*

»Äh, gut. Es geht ihm gut. Er hat ein paar Tage Urlaub genommen.«

Er hat wirklich viel gearbeitet.

»Ja, das hat er.« Er hoffte, damit wäre das Thema erledigt, obwohl es sich merkwürdig anfühlte, John etwas vorzumachen. Neben Qhuinn war John sein engster Freund – obwohl auch sie im letzten Jahr auseinandergedriftet waren. »Aber er kommt bald zurück.«

Er muss dir fehlen. John blickte zur Seite, als wollte er Blay nicht zu nahetreten.

War ja auch logisch. Blay hatte alle Gespräche zu seiner Beziehung abgeblockt und immer wieder das Thema gewechselt.

»Ja.«

Und wie hält Qhuinn sich? Ich wollte nicht stören, aber …

Blay musste erneut die Achseln zucken. »Er ist jetzt schon eine Weile da drin. Ich werte das als gutes Zeichen.«

Und Luchas kommt durch?

»Das wird sich zeigen, aber zumindest haben sie ihn wieder zusammengeflickt.« Blay holte seine Dunhills raus, steckte sich eine an, stieß langsam den Rauch aus. Als ein verlegenes Schweigen sich breitmachte, sagte er: »Hör zu, es tut mir leid, wenn ich mich seltsam verhalte.«

Die Wahrheit war, dass ihn die Bisswunde daran erinnerte, was ihm noch bevorstand, und darauf hätte er gern verzichtet.

Qhuinns Worte hallten in seinem Kopf nach: *Wir könnten zusammen gehen.*

Worauf hatte er sich da nur eingelassen?

Du bist gestresst, gebärdete John mit Blick auf die Tür. *Wir sind alle gestresst. Alles ist … stressig.*

Verdutzt bemerkte Blay, dass auch John in einer merkwürdigen Stimmung zu sein schien. »Hey, ist alles okay bei dir?«

Nach einem Moment gebärdete John: *Mir ist was Seltsames passiert. Wrath hat mich zu sich gerufen und mir mitgeteilt, dass Qhuinn nicht mehr mein* Ahstrux nohtrum *ist. Ich meine, das ist in Ordnung – im Grunde macht es vieles leichter. Aber Qhuinn hat nie etwas zu mir gesagt, und ich weiß nicht, ob ich es jetzt ansprechen soll. Außerdem wusste ich gar nicht, dass es möglich ist. Es hieß doch, »Bis dass der Tod euch scheidet«, weißt du. Hat er einfach gekündigt? Ist es wegen Layla? Ich dachte, sie wollten sich nicht vereinigen.*

Blay stieß fluchend Rauch aus, der sich über seinem Kopf kräuselte. »Ich habe keine Ahnung.«

Scheiße, dass sie sich vereinigen könnten, hätte ihm eigentlich in den Sinn kommen sollen – vielleicht war Qhuinn ja deshalb so hektisch aufgesprungen, als V erschienen war.

Ob Qhuinn und Layla sich jetzt wohl vereinigen würden, wo es dem Kind gut ging ...

Die Tür schwang auf, und Qhuinn kam heraus. Er sah aus, als wäre er mit dem Kopf gegen eine Wand gelaufen. »Oh, John, hallo, was gibt's?«

Während die beiden sich auf die Schultern klopften, schweifte Qhuinns Blick zu Blay, doch der redete mit John.

Kurz darauf verschwand John, und Blay war wieder mit Qhuinn allein.

»Alles okay bei dir?«, erkundigte Qhuinn sich.

Das war anscheinend die Frage der Stunde.

»Das wollte ich dich gerade fragen.« Blay tat es V gleich und drückte seine Kippe an der Stiefelsohle aus.

Bevor Qhuinn antworten konnte, kam Selena aus dem Büro, als hätte man sie vom Haupthaus hierherbeordert. Mit anmutigen, aber entschiedenen Schritten näherte sie sich, und ihre traditionelle weiße Robe wogte um ihre Beine.

»Seid gegrüßt, Sires«, sagte sie. »Dr. Jane meinte, ich würde gebraucht?«

Gefrustet stieß Blay die Luft aus. Das war nun wirklich das Letzte, was er ...

»Ja, wir beide«, antwortete Qhuinn.

Blay schloss die Augen, als es ihn wie ein Stromschlag durchfuhr. Die Aussicht darauf, Qhuinn beim Nähren zu beobachten, wirkte wie eine Droge in seiner Blutbahn. Sie entspannte ihn und drohte zugleich, ihn hart werden zu lassen. Aber wirklich, das war nicht …

»Gehen wir doch ein paar Zimmer weiter«, schlug Qhuinn vor.

Gut, das war besser als ein Schlafzimmer. Oder? Irgendwie professioneller, nicht wahr?

Und er musste sich nähren – genauso wie Qhuinn, nach all dem Stress.

Blay ließ den Zigarettenstummel in einen Mülleimer fallen und schloss sich an, während Qhuinn vorausging. Doch auf dem Weg hatte er keine Augen für den Gang der Auserwählten. Nein, nicht im Geringsten. Seine Blicke klebten an Qhuinn, glitten hinab von diesen Schultern zu seinen Hüften … zu diesem Hintern …

Okay, Schluss damit. Auf der Stelle.

Er musste sich nur kurz zusammenreißen, sich nähren und sich dann entschuldigen und abhauen.

Vielleicht würde dieser Plan ja ausnahmsweise funktionieren.

Rein durch die Tür. Unterhaltung. Höfliches Lächeln, obwohl er nicht wusste, was man ihn gefragt oder er darauf geantwortet hatte.

Aha, eines der Krankenzimmer, bemerkte er. Sehr gut – eine klinische Umgebung. Trink einfach, und dann nichts wie weg. Eine biologische Befriedigung musste nicht unbedingt zur nächsten überleiten …

»Wie bitte?«, fragte die Auserwählte und sah ihn fragend an.

Super. Er hatte laut gedacht, wusste aber nicht, von welchem Punkt an.

»Tut mir leid«, meinte er höflich. »Ich bin einfach sehr hungrig.«

»Möchtet Ihr zuerst?«, fragte Selena.

»Ja, er will«, antwortete Qhuinn und lehnte sich an die Tür.

Super, dachte Blay, damit wäre ja dann alles geklärt: Wenn Qhuinn an der Reihe war, würde er verschwinden.

Er trat nach vorne und fragte sich, wie sie es am besten machen sollten, aber Selena löste dieses Problem, indem sie einen Stuhl heranzog und sich neben das Krankenbett setzte. In Ordnung. Blay hüpfte auf die Matratze, wobei sich das Kissen verschob, das auf dem leicht angewinkelten Kopfende lag, und die Federn quietschten. Dann schaltete sich sein Kopf aus, was eine große Erleichterung war. Als Selena den Arm ausstreckte und den weißen Ärmel hochschob, verdrängte sein Hunger alles andere aus seinem Bewusstsein, seine Fänge verlängerten sich, und sein Atem wurde schwer.

»Bitte nehmt, wie es Euch gefällt«, sagte sie gemessen.

»Ich danke für die Gabe, Auserwählte«, antwortete er leise.

Dann beugte er sich nach vorne und schlug die Fänge tief in ihren Arm, jedoch so sanft, wie er nur konnte – und schon beim ersten Schluck bemerkte er, dass er viel zu lange pausiert hatte. Sein Magen brüllte hungrig auf und ließ ihn alle Höflichkeit vergessen, purer Instinkt wischte alles andere fort. Er sog fest an ihrem Arm und trank schnell und schneller, während die Kraft in seinen Bauch strömte und sich von dort aus ausbreitete, zu seinem …

Sein Blick fiel auf Qhuinn.

Vage war er sich bewusst, dass bald wieder einer seiner genialen Pläne über Bord gehen, zerplatzen, sich in Luft auflösen würde. Genau genommen war diese Aktion eine Schnapsidee – wenn er nicht noch einmal mit Qhuinn vögeln wollte: Logisches Denken war schon schwer genug, wenn die Gefühle im Widerstreit standen. Aber im Sinnesrausch des Nährens, heiß und angetörnt, war es komplett unmöglich.

Erst recht, als er sah, wie Qhuinns Schwanz sich hinter der Knopfleiste seiner Lederhose aufstellte.

Scheiße.

Scheiße.

Mann, eines Tages würde er stark genug sein, die Finger von ihm zu lassen. Ehrlich.

Ach, VERDAMMT.

26

Qhuinn sah dem Spektakel zu und leckte sich die Lippen.

In dem schmalen Raum, der vor ihm lag, hatte Blay sich auf dem Krankenbett ausgestreckt und beugte sich in vorteilhafter Haltung über das zarte Handgelenk der Auserwählten, um von ihrer Ader zu trinken. Dabei hielt er sich Selenas Arm mit seinen kundigen, starken Händen an den Mund, ganz vorsichtig – als bliebe er selbst im Rausch des Nährens ein Gentleman.

Während er trank, beugte er den Oberkörper noch weiter nach vorne, sein Brustkorb dehnte sich mit jedem Atemzug und zog sich wieder zusammen, und der Kopf nickte leicht bei jedem Schluck.

Qhuinn musste sich gewaltsam zurückhalten. Er wollte zu Blay auf die Matratze, wollte ihn auf den Bauch drehen, um ihn von hinten zu nehmen. Er wollte an Blays Kehle sein, während der von der Auserwählten trank. Er wollte den Kerl zwölf, besser noch fünfzehn Stunden am Stück durchficken, wenn sie beide fertig waren.

Nach dem ganzen Drama mit Luchas war diese kurze, intensive Erholungspause von Schock und Schmerz eine absolute Wohltat, auch wenn er sich deshalb schuldig fühlte. Aber es tat einfach so gut, sich auf etwas Derartiges zu konzentrieren – sein müder Geist und erschöpfter Körper lechzten nach Erfrischung, um sich danach gestärkt der Realität zu stellen.

Himmel, sein Bruder …

Er schüttelte den Kopf und gönnte seinem Hirn eine erotische Auszeit: Seit Blays Hand dezent zwischen seine Beine gewandert war, um dort etwas zurechtzurücken, war verdammt offensichtlich, dass er einen Ständer hatte.

Als hätte ihn dieser köstliche Duft nicht längst verraten.

Allmählich wusste Qhuinn nicht mehr, wie er sich noch zurückhalten sollte, da hob Blay den Kopf mit einem zufriedenen Schnauben und leckte die Bisswunden an Selenas Arm.

Wisst ihr was, dachte Qhuinn, s*cheiß auf das Nähren.* Alles, was er brauchte, war Blay …

»Und Ihr, Sire?«, erkundigte die Auserwählte sich.

Ach, Mist. Es war vermutlich klüger.

Außerdem befand Blay sich eindeutig im Dämmerzustand nach dem Nähren. Seine Bewegungen waren behäbig, die Augen glasig – eine gute Gelegenheit, die Qhuinn zu nutzen wusste. Er schob sich zwischen den Krieger und die Auserwählte auf das Bett, sodass sein Hintern sich an der harten Wölbung von Blays Schwanz rieb.

Während Blay aufstöhnte, nahm Qhuinn Selenas anderen Arm und beugte sich über ihr Handgelenk. Er hielt es mit einer Hand und rupfte sich mit der anderen das Shirt aus der Hose – dann nahm er Blays Hand und schob sie sich vorne in den Schritt.

Qhuinn unterdrückte das Stöhnen, indem er einen tiefen Schluck aus der Ader der Auserwählten nahm, aber Blays Fauchen war deutlich zu hören.

Vielleicht hielt es die Auserwählte für …

Qhuinns Augen rollten zurück, als Blay an ihm auf und ab strich, und er drohte, auf der Stelle zu kommen – was er eigentlich nicht vor Selena tun wollte.

Aber, oh, fuck, das war …

Er griff nach unten und setzte dem Treiben ein Ende.

Also drückte Blay nur kräftig seine Eier.

Qhuinn kam mit dem nächsten Schluck zum Höhepunkt und ergoss sich, bevor er zur Ablenkung an etwas Langweiliges und Unattraktives denken konnte, der Genuss so überwältigend, dass er in sich zusammensackte.

Blays Glucksen war höllisch erotisch.

Sollte er lachen. Die Rache würde kommen, schwor Qhuinn sich.

Und zwar gleich. Qhuinn konnte nicht warten und löste sich von Selenas Arm, bevor er seinen Hunger gestillt hatte – denn sein Appetit auf etwas völlig anderes drängte alles Übrige beiseite, und es war höchste Zeit, die Auserwählte zu verabschieden.

Sein Autopilot übernahm es, Selena höflich, aber zügig zur Tür zu geleiten – Qhuinn hatte keine Ahnung, was er sagte –, aber zumindest lächelte die Auserwählte und sah zufrieden aus, also konnte es nicht völlig daneben gewesen sein.

Sehr bewusst nahm er jedoch wahr, wie er die Tür verschloss.

Als er sich umdrehte, lag Blay ausgestreckt auf dem Bett und befriedigte sich selbst, mit Streichbewegungen zwischen den Beinen. Seine Fänge waren noch lang vom

Nähren, und seine Augen glühten unter schweren Lidern, und heilige Scheiße, er war heiß …

Hastig zog Qhuinn seine Springerstiefel aus. Die lederne Hose. Das Shirt.

Blay kam, bevor Qhuinn sich dem Bett zuwenden konnte, er bäumte sich auf und seufzte, während sein Kopf sich in das dünne Kissen drückte und seine Hüften zuckten.

Als wäre ein nackter Qhuinn bereits mehr, als er verkraftete.

Das beste Kompliment aller Zeiten.

Qhuinn stürzte sich auf das Bett und landete mit einem Satz auf Blay, fand seinen samtenen Mund und machte sich über ihn her. Kleidung wurde gewaltsam entfernt – die Knöpfe von Blays Hose platzten ab und landeten wie Münzen auf dem Linoleum, sein Shirt wurde zerrissen. Und dann trennte sie nichts mehr, und Haut traf auf Haut.

Als sie sich aneinander rieben, wusste Qhuinn plötzlich genau, was er wollte. Und er verzehrte sich zu sehr danach und war zu hungrig, um freundlich darum zu bitten – oder überhaupt etwas zu sagen.

Er konnte sich nur von Blays Lippen lösen, sich auf den Bauch rollen … und hinter sich greifen, um Blay auf sich zu ziehen, während er ein Bein anwinkelte.

Und siehe da, von dort an übernahm sein Freund. Und wusste ganz genau, was zu tun war.

Qhuinn wurde mit groben Händen in Position gebracht – ehe er sichs versah, war er auf den Knien, das Gesicht in die Matratze gedrückt, und sein Atem schoss stoßweise aus seinem Mund. Es war so fremd, jemand anderem das Ruder zu überlassen – er fühlte sich ausgeliefert, obwohl er sich danach verzehrte …

»Oh, *fuck!*«, bellte er, als Blay ihn nahm. Die Mischung aus Schmerz und höchstem Genuss, Spreizung und Aufnahme bescherte ihm einen Orgasmus, der seinen ganzen Körper erfasste und ihn Sternchen sehen ließ.

Und dann begann Blay, ihn zu bearbeiten.

Qhuinn stützte sich mit den Armen ab und stemmte sich dagegen, während seine Jungfräulichkeit nach allen Regeln der Kunst eingestampft wurde.

O Mann, es war ein herrlicher Rausch, und es wurde immer besser. Als Blays Arm sich um seine Brust schob und ihn festhielt, veränderte sich der Winkel, die Stöße drangen tiefer und wurden immer schneller, das Bett begann zu wanken und stieß gegen die Wand, das schwere Atmen in seinem Ohr wurde immer rauer … der Gipfel war das heißeste Brennen, das er je gespürt hatte, und kurz bevor sie beide den Höhepunkt erreichten, zog sein ganzer Leib sich zusammen. Er presste die Oberschenkel aneinander und neigte das Becken, um zu empfangen, und seine starken Arme stützten ihr beider Gewicht …

Als Blay kam, waren seine Stöße so hart, dass Qhuinns Kopf gegen die Wand schlug – nicht, dass er es bemerkt oder es ihn gekümmert hätte. Und dann begann dieser Schwanz wie wild in ihm zu zucken …

Qhuinn hatte zum ersten Mal in seinem Leben das Gefühl, jemandem wirklich und wahrhaftig zu gehören.

Es war … nicht weniger als ein Wunder.

Natürlich dauerte es eine Weile, bis Blay sich gesättigt hatte. Doch überraschenderweise hatte Qhuinn absolut kein Problem damit.

Als sie irgendwann eine Pause einlegten, die länger als eine Minute dauerte, löste Qhuinn die Spannung in seinen Armen, ließ sich auf die Matratze sinken und drehte sich auf die Seite. Blay war anscheinend auch erschöpft, er folgte seinem Beispiel und streckte sich hinter ihm aus.

Doch Blays Arm blieb, wo er war.

Und diese Umarmung war es, die jetzt zählte, trotz der ganzen Erfahrung. Durch diesen Arm, der schwer und entspannt auf ihm ruhte, waren sie nicht nur zwei Kerle, die miteinander geschlafen hatten und zufällig nebeneinander lagen ... sondern Liebhaber.

Qhuinn hatte noch nie einen richtigen Liebhaber gehabt – was nicht daran lag, dass er gerade zum ersten Mal in seinem Leben den Passivpart übernommen hatte. Qhuinn hatte oft Sex gehabt. Aber es hatte niemanden gegeben, in dessen Arm er danach gern gelegen wäre. Niemanden, dessen Umarmung er erwidern wollte.

Ja ... Blay war sein erster echter Liebhaber.

Und obwohl dieser Ehrenplatz bei Blay bereits vergeben war, schien es stimmig, dass Blay seiner war. Den Ersten konnte einem niemand nehmen – Qhuinn durfte sich glücklich schätzen. Er hatte Gerüchte gehört, dass es oftmals entweder sehr schmerzhaft war – für Frauen – oder ein derart wildes Gerangel, dass man kaum etwas mitbekam.

An sein erstes Mal würde er sich sein Leben lang erinnern.

Hinter ihm atmete Blay tief, Wärme strahlte von ihm aus, ihre Körper waren noch immer miteinander verbunden.

Qhuinn wollte diesen ruhigen Moment zu seinem Vorteil nutzen: Ganz langsam – als würde Blay es vielleicht nicht merken, wenn er sich nicht zu schnell bewegte – legte er seinen Arm auf den von Blay ... und die Hand auf seine.

Er schloss die Augen und betete, dass es okay war. Dass sie nur für eine kurze Weile so liegen bleiben konnten.

Scheiße, diese urplötzliche Angst war pure Folter, und das brachte ihn auf die Natur des Mutes.

Wie wenig er doch davon hatte, wenn es um Blay ging.

Völlig zusammenhangslos fiel ihm ein, wie er Blay erklärt hatte, dass er sich in einer Langzeitbeziehung mit einer Frau sah. Dass er Blay aus diesem Grunde abweisen musste. Zu diesem Zeitpunkt hatte das gestimmt – doch er hatte seine Überzeugung niemals sonderlich gründlich geprüft.

Er war ein Feigling gewesen, war es nicht so?

»Mann, ich fühle mich wie durchgewalkt«, flüsterte er.

»Was?«, kam die schläfrige Antwort.

»Ich fühle mich …« Ausgeliefert.

Denn wenn Blay sich jetzt von ihm abwandte, würde er in tausend Stücke zerbrechen, die man nie mehr richtig zusammensetzen könnte.

Blay schniefte und bewegte den Arm, doch er zog Qhuinn an sich, statt ihn fortzuschieben. »Ist dir kalt? Du zitterst.«

»Wärmst du mich?«

Hinter ihm raschelte es, und eine Decke wurde über sie beide gebreitet. Dann gingen die Lichter aus.

Als Blay einen tiefen Atemzug tat und sich fürs Erste eingerichtet zu haben schien, schloss Qhuinn die Augen … und wagte es, seine Finger zwischen denen seines besten Freundes hindurchzustecken, sodass ihre Hände verschränkt waren.

»Alles okay?«, nuschelte Blay. So, als wäre in seinem Hirn nur noch die Notbeleuchtung an – aber er sorgte sich.

»Ja. Nur kalt.«

Qhuinn blickte in die Dunkelheit. Das einzige Licht war der Streifen unter der Tür zum Gang.

Während Blay wegdämmerte und sein Atem immer langsamer und gleichmäßiger wurde, starrte Qhuinn vor sich hin, obwohl er nichts sah.

Mut.

Er hatte gedacht, er hätte jede Menge davon – dass er durch die Art, wie er aufgewachsen war, härter und stärker als alle war. Dass er es dadurch bewies, wie er seinen Job anpackte, in brennende Häuser rannte oder auf den Pilotensitz eines alten Flugzeugs sprang. Dass er durch sein auf sich selbst gestelltes Leben stark war. Sicher.

Doch die wahre Mutprobe stand ihm noch bevor.

Nach viel zu langen Jahren hatte er Blay endlich gesagt, dass es ihm leidtat. Und nach viel zu vielen Schicksalsschlägen hatte er ihm endlich gedankt.

Aber den großen Schritt zu wagen und ihm zu gestehen, dass er ihn liebte? Obwohl Blay einen Freund hatte?

Das war die wirkliche Nagelprobe.

Und verdammt, er würde es tun.

Nicht, um das Paar zu trennen – nein, darum ging es nicht. Und auch nicht, um Blay eine Last aufzuerlegen.

In diesem Fall würde er sich mit einem Gelöbnis revanchieren. Ohne Erwartungen oder Vorbehalte. Es war der Sprung ohne Fallschirm, der Schritt ins Ungewisse, der Sturz ohne Sicherheitsnetz.

Blay hatte das nicht nur einmal getan, sondern mehrere Male – und natürlich hätte Qhuinn die Zeit gern zurückgedreht zu diesen Momenten und seinem früheren Ich eine gescheuert, damit es zur Vernunft kam und erkannte, was ihm für eine Chance geboten wurde.

Doch so lief es leider nicht.

Es war an der Zeit, dass er die Stärke zurückzahlte … und den Schmerz ertrug, wenn er aller Wahrscheinlichkeit nach abgewiesen wurde, wenngleich viel freundlicher, als er es seinerzeit getan hatte.

Er zwang sich, die Lider zu schließen, und hob Blays Knöchel an die Lippen, um sie mit einem Kuss zu streifen. Dann ergab er sich dem Schlaf, ließ sich in die Bewusstlosigkeit sinken, in der Gewissheit, wenigstens für ein paar Stunden sicher in den Armen seiner großen Liebe zu liegen.

27

Als sich am nächsten Abend die Nacht herabsenkte, saß Assail nackt an seinem Schreibtisch und blickte gebannt auf den Computer. Der Monitor war unterteilt in die vier Abschnitte Nord, Süd, Ost und West, und von Zeit zu Zeit schwenkte er Kameras und zoomte Details heran. Oder er wechselte zu einer anderen Kamera am Haus. Oder wieder zurück zu denen, die er bereits überprüft hatte.

Er hatte sich schon vor Stunden geduscht und rasiert und wusste, dass er sich eigentlich anziehen und zum Aufbruch bereit machen sollte. Der *Lesser* mit dem unersättlichen Drogenhunger rasselte mit dem Säbel und behauptete, man habe ihn um eine Kokainlieferung betrogen. Doch diese Übergabe hatten die Zwillinge ganz nach den Wünschen des Jägers ausgeführt – und gefilmt.

Eine kleine Vorsichtsmaßnahme, die Assail veranlasst hatte.

Er wusste also nicht, was los war, aber er würde es erfahren: Er hatte die Aufzeichnungen vor ungefähr einer

Stunde an das Handy des *Lessers* geschickt und wartete nun auf Antwort.

Vielleicht mussten sie sich ein zweites Mal persönlich treffen.

Doch sein verstimmter Kunde war nicht das Einzige, das ihn belastete. Die monatliche Abrechnung mit Benloise nahte mal wieder – und das bedeutete einen komplizierten Geldmitteltransfer, bei dem alle gereizt waren, inklusive Assail: Seine wöchentlichen Anzahlungen deckten gerade mal ein Viertel seiner tatsächlichen Einkäufe, und zum Monatsende musste er die Differenz begleichen.

Das war ein Haufen Asche. Und wenn so viel Geld im Spiel war, kamen die Leute manchmal auf dumme Gedanken.

Außerdem wollte er dieses Mal die Zwillinge dabei haben und erwartete nicht, dass Benloise über diese Neuerung glücklich sein würde. Doch es war an der Zeit, seine beiden Partner weiter mit einzubeziehen – und es war die größte Zahlung, die er je getätigt hatte.

Ein Rekord, der sicher bald gebrochen werden würde, wenn er und dieser *Lesser* weiterhin zusammen Geschäfte machten.

Assail fuhr mit der Maus herum. Klickte einen der Bildausschnitte an. Schwenkte die Überwachungskamera herum und suchte das Gehölz hinter dem Haus ab.

Nichts regte sich. Keine Schatten huschten umher. Nicht einmal die Zweige der Kiefern bewegten sich in der windstillen Luft.

Keine Spuren von Skiern. Keine Gestalt, die hinter einem Baum hervorspähte.

Sie konnte ihn natürlich auch von einem anderen Punkt aus beobachten, dachte er. Vom anderen Flussufer aus. Von der anderen Straßenseite. Vom Ende der Auffahrt.

Geistesabwesend griff er nach dem Flakon mit Puder, den er neben dem Keyboard aufbewahrte. Er hatte am späten Nachmittag geschnupft, als er im schwindenden Tageslicht auf Nachtsicht für seine Kameras umschalten musste. Seitdem hatte er noch zweimal geschnupft, nur um sich wachzuhalten.

Mittlerweile hatte er seit zwei Tagen nicht mehr geschlafen. Oder waren es drei?

Als er mit dem Silberlöffelchen am Boden des Flakons entlangfuhr und kleine Kreise zog, hörte er nur das Schaben von Metall auf Glas.

Er sah hinein.

Augenscheinlich hatte er alles aufgebraucht.

Völlig genervt von einfach allem warf Assail den Flakon von sich und lehnte sich zurück. Seine Gedanken drehten sich im Kreis, und der Drang, von einem Bild zum nächsten und wieder zum nächsten zu springen, verdrängte allmählich alles andere. Vage registrierte er, dass sein Kopf auf ungesunde Weise summte.

Doch er kam nicht raus. War in eine Sackgasse geraten.

Wo war seine schöne Einbrecherin?

Ihre Worte waren doch nicht etwa ernst gemeint gewesen?

Assail rieb sich die Augen. Er hasste es, wie sich seine Gedanken überschlugen, ohne dabei irgendetwas Sinnvolles zu produzieren.

Er konnte einfach nicht fassen, dass sie sich von ihm fernhalten wollte.

Als sein Handy klingelte, hob er es viel zu schnell auf, viel zu nervös. Und als er sah, wer es war, musste er sich ernsthaft am Riemen reißen.

»Haben Sie die Aufzeichnungen erhalten?«, blaffte er statt einer Begrüßung.

Die Stimme seines größten Kunden klang nicht erfreut. »Wer sagt mir denn, von wann sie stammen?«

»Sie müssen doch wissen, was Ihre Männer zu dem Zeitpunkt trugen.«

»Aber wo ist meine Ware?«

»Das kann ich Ihnen nicht sagen. Meine Verantwortung endet mit der Übergabe an Ihre Leute. Was danach passiert, geht mich nichts an.«

»Sollte ich je herausfinden, dass Sie mich verarschen, töte ich Sie.«

Assail seufzte gelangweilt. »Guter Mann, das wäre Zeitverschwendung. Wie sollten Sie dann an Ihren Stoff kommen? Und darf ich in diesem Zusammenhang noch einmal daran erinnern, dass für mich kein Anreiz besteht, Sie oder Ihre Organisation übers Ohr zu hauen? Mich interessiert der Gewinn, den Sie erzielen, ich werde also mein Äußerstes tun, damit mir weiter Geld zufließt. Es ist ein Geschäft.«

Ein langes Schweigen folgte, aber Assail kannte seinen Partner mittlerweile gut genug und wusste, dass der Jäger am anderen Ende nicht verunsichert oder ratlos war.

»Ich brauche eine neue Lieferung«, brummte er schließlich.

»Und ich beliefere Sie gern.«

»Sie müssen mir Kredit gewähren.« Jetzt runzelte Assail die Stirn – aber der *Lesser* fuhr fort, bevor er etwas einwenden konnte. »Sie schießen mir die nächste Bestellung vor, und ich sorge dafür, dass Sie Ihr Geld bekommen.«

»Auf diese Weise mache ich keine Geschäfte.«

»Ich sage Ihnen jetzt, was ich über Sie weiß: Sie sind eine kleine Organisation, die ein großes Gebiet kontrolliert. Sie brauchen Verteiler – denn die alten haben Sie getötet. Ohne mich und meine Männer sind Sie bedauerlicherweise am Arsch, wenn Sie mir den Ausdruck verzeihen. Sie sind nicht ansatzweise in der Lage, ganz Caldwell zu beliefern – und Ihre Ware ist wertlos, solange Sie nicht in die Hände der Konsumenten gerät.« Als Assail nicht sofort antwortete, lachte der *Lesser* leise. »Oder dachten Sie etwa, Sie wären ein Unbekannter, mein Freund?«

Assail umklammerte sein Handy.

»Ich denke also, Sie haben recht«, schloss der Jäger. »Wir beide sind Freunde. Ich brauche mich nicht mit dem Großhändler herumzuschlagen, wer immer es ist. Besonders nicht in meiner derzeitigen … Erscheinungsform.«

Ja, allein der Gestank wäre für Benloise Grund genug, ihn vor die Tür zu setzen, dachte Assail.

»Ich brauche Sie. Sie brauchen mich. Und deshalb werden Sie die Ware liefern und mir achtundvierzig Stunden geben, um zu bezahlen. Sie haben vollkommen recht: Ohne den anderen läuft nichts, Bruder.«

Assail bleckte die Fänge, und sein Spiegelbild in der Scheibe des Monitors sah wahrlich zum Fürchten aus.

Dennoch sagte er ganz gelassen: »Wo soll die Übergabe stattfinden?«

Als der *Lesser* erneut lachte, als fände er Spaß an dieser Sache, konzentrierte Assail sich auf die Fratze, die ihm entgegenlachte. Es wäre unklug von dem Jäger, raffgierig zu werden oder sich zu viele Freiheiten herauszunehmen.

Denn es gab da eine Regel in der Geschäftswelt, die immer galt: Niemand war unersetzlich.

Als Trez erwachte, hatte er das Gefühl, auf einer Wolke zu schweben – und eine Sekunde lang fragte er sich, ob es so war. Sein Körper schien völlig gewichtslos, sodass er nicht einmal sagen konnte, ob er auf dem Bauch oder dem Rücken lag.

Ein merkwürdiges Geräusch drang durch seine Benommenheit.

Ssst.

Er hob den Kopf. Schlagartig stellte sich die Orientierung ein: Das rote Leuchten seines Digitalweckers sagte ihm, dass er quer und bäuchlings auf dem Bett lag.

Und wieder dieses Geräusch.

Was war das? Metall auf Metall?

Er spürte die Bewegungen von iAm am Ende des Flurs, denn die Gegenwart seines Bruders war ihm so vertraut wie die eigene. Sollte also sonst noch jemand in der Wohnung sein oder irgendeine Bedrohung bestehen, würde iAm sich der Sache annehmen.

Trez rappelte sich auf, stieg aus dem Bett und … halleluja, das Zimmer drehte sich im Kreis. Allerdings hatte er auch rein gar nichts im Magen. Und womöglich hatte er zudem Leber, Nieren und Lunge während seines Migräneanfalls von sich gegeben. Zum Glück war der Schmerz verklungen, und die Benommenheit war gar nicht übel. Ein bisschen wie betrunken sein, nur dass der Kater vorher kam.

Er wankte ins Bad und war schlau genug, das Licht ausgeschaltet zu lassen. Dafür war es noch ein bisschen früh.

Die Dusche tat so gut, dass er am liebsten geheult hätte. Rasieren sparte er sich fürs Erste – dafür wäre später Zeit, wenn er wieder etwas im Magen hatte. Der Morgenmantel fühlte sich gut an – angenehm warm, vor allem, als er den Kragen hochschlug und den Hals bedeckte.

Das Barfußlaufen nervte etwas, umso mehr, als er aus seinem Zimmer auf die Marmorfliesen im Flur trat, aber er musste herausfinden, was dieses Geräusch …

An der offenen Tür zum Zimmer seines Bruders blieb Trez stehen. iAm stand halb im Schrank und holte Hemden auf Bügeln heraus. Als er die nächste Ladung auf der Messingstange zusammenschob, gab es wieder dieses Geräusch. *Sssst.*

Natürlich wirkte sein Bruder nicht überrascht, dass Trez erschienen war. Er warf die Ladung einfach aufs Bett.

Scheiße.

»Du machst dich vom Acker?«, murmelte Trez, und seine eigene Stimme hallte in seinem Kopf wider.

»Ja.«

Scheiße. »Hör zu, iAm, ich wollte nicht …«

»Deine Sachen packe ich auch ein.«

Trez blinzelte.

»Ach so?« Zumindest ließ ihn sein Bruder nicht im Stich. Oder wollte er sich die Befriedigung verschaffen, Trez' Sachen vom Balkon zu werfen?

»Ich habe eine sichere Unterkunft für uns aufgetan.«

»In Caldwell?«

»Ja.«

Musste man ihm jedes Wort aus der Nase ziehen? »Willst du mir nicht sagen, wo?«

»Das würde ich, wenn ich es könnte.«

Trez ließ sich stöhnend an den Türstock zurücksinken und rieb sich die Augen. »Du hast eine neue Bleibe für uns – und weißt nicht, wo sie ist?«

»Du hast es erfasst.«

Okay, vielleicht war es doch keine Migräne gewesen, sondern ein Schlaganfall. »Tut mir leid, ich kapiere nicht ganz …«

»Uns bleiben« – iAm sah auf die Uhr – »drei Stunden, um zu packen. Nur Kleidung und persönliche Gegenstände.«

»Möbliert also«, folgerte Trez nüchtern.

»Ganz genau.«

Trez vertrödelte etwas Zeit damit, seinem Bruder beim supereffizienten Packen zuzusehen. Hemden wurden von Bügeln gestreift, ordentlich gefaltet und in schwarzen Louis-Vuitton-Epi-Taschen verstaut. Mit den Hosen verfuhr er genauso. Feuerwaffen und Messer kamen in ein Set aus Stahlkoffern.

Bei dieser Geschwindigkeit würde sein Bruder in einer halben Stunde fertig sein.

»Du musst mir sagen, wo es hingeht.«

iAm sah ihn an. »Wir ziehen zur Bruderschaft.«

Trez' Hirn leerte sich wie der Spülkasten einer Toilette, und der Nebel lüftete sich mit einem Schlag. »Entschuldige, was?«

»Wir ziehen zu ihnen.«

Trez' Augen traten hervor. »Ich bin … Moment, ich hab dich offenbar nicht richtig verstanden.«

»Doch, das hast du.«

»Wer hat uns das erlaubt?«

»Wrath, Sohn des Wrath.«

»Ach du Scheiße! Wie hast du das denn hingekriegt?«

iAm zuckte die Schultern, als hätte er lediglich ein Zimmer in einem Motel reserviert. »Ich habe mit Rehvenge gesprochen.«

»Ich wusste nicht, dass er einen derartigen Einfluss hat.«

»Hat er auch nicht. Aber er war bei Wrath – dem unsere Unterstützung beim Ratstreffen gefallen hat. Der König hält uns wohl für eine gute Ergänzung an der Heimatfront.«

»Er befürchtet einen Überfall«, sagte Trez leise.

»Vielleicht. Vielleicht auch nicht. Aber ich weiß, dass uns dort niemand findet.«

Trez stieß die Luft aus. Das steckte also hinter dem Ganzen: Sein Bruder wollte so wenig wie er, dass ihn die s'Hisbe zurückzerrte.

»Du bist der Größte«, sagte er.

iAm zuckte erneut die Schultern, wie es seine Art war. »Kannst du dann mit dem Packen anfangen, oder soll ich die erste Fuhre übernehmen?«

»Nein, ich bin wieder fit.« Er klopfte an den Türstock und wandte sich langsam ab. »Ich schulde dir was, Bruderherz.«

»Trez?«

Er blickte über die Schulter. »Ja?«

Die Augen seines Bruders waren finster. »Damit bist du nicht vom Haken. Du kannst nicht ewig vor der Königin weglaufen. Ich habe uns nur etwas Zeit erkauft.«

Trez sah auf seine nackten Füße – und fragte sich, wie weit er damit rennen konnte.

Ziemlich weit, dachte er.

Sein Bruder war die einzige Verbindung, die er noch nicht gekappt hatte, das Einzige, das er nicht zurücklassen wollte, wenn er vor einem Leben als Sexsklave im goldenen Käfig floh.

Wie so oft, wenn iAm mal wieder alles geregelt hatte, fragte sich Trez, ob er ohne seinen Bruder womöglich gar nicht leben konnte.

Vielleicht musste er sich letztlich seinem Schicksal fügen.

Scheißkönigin. Und ihre verdammte Tochter.

Die Tradition war völliger Humbug. Er hatte die junge Prinzessin nie gesehen. Niemand hatte das. So war es der Brauch – die Thronfolgerin war so heilig wie ihre Mutter, denn sie würde die s'Hisbe in Zukunft anführen. Und wie eine kostbare Rose durfte sie niemand zu Gesicht bekommen, bevor sie ordentlich vereinigt war.

Reinheit und der ganze Scheiß.

Bla, bla, bla.

Aber war sie erst einmal vermählt, durfte sie sich frei in der Gesellschaft bewegen und ein selbstbestimmtes Leben führen – innerhalb der s'Hisbe. Der arme Tropf, der sich mit ihr vereinigt hatte, nahm ihren Platz in den Palastmauern ein und stand ihr fortan zu Diensten, rund um die Uhr – wenn er nicht gerade ihrer Mutter zu Füßen lag, um ihr zu huldigen.

Ja, was für eine Party.

Und sie glaubten, es wäre ihm eine Ehre, sich diesem Joch zu beugen?

Also wirklich.

In den letzten zehn Jahren hatte er versucht, seinen Körper in ein Wrack zu verwandeln, indem er all diese Menschenfrauen gevögelt hatte. Leider waren all diese lästigen Krankheiten des Homo sapiens offensichtlich nicht auf ihn übertragbar, auch wenn er es sich so gewünscht hätte. Aber er hatte so viel ungeschützten Sex mit der anderen Spezies gehabt, wie es nur ging, und war noch immer kerngesund.

Ein Jammer.

»Trez?« iAm richtete sich auf. »Trez? Sag etwas. Bist du überhaupt da?«

Trez sah seinen Bruder an und prägte sich sein Gesicht ein, die stolzen, intelligenten Züge und die tiefgründigen, durchdringenden Augen.

»Klar bin ich da«, murmelte er. »Siehst du?«

Er breitete die Arme aus und drehte sich einmal um sich selbst auf nackten Füßen, im Morgenmantel, in seinem verstrahlten Zustand nach dem Migräneanfall.

»Was geht bloß in deinem Kopf vor?«, wollte iAm wissen.

»Nichts. Ich bin begeistert von deiner Aktion. Ich gehe

jetzt packen und mach mich fertig. Schicken sie einen Wagen oder etwas in der Art?«

iAm sah ihn misstrauisch an, aber er antwortete. »Ja. Einen Butler namens Fred. Oder war es Foster?«

»Ich werde bereit sein.«

Trez ging in sein Zimmer, und die letzten Überbleibsel seiner Kopfschmerzen schwanden, als er den Blick auf die Zukunft richtete ... und sich ernsthaft Sorgen machte.

Aber dieser Umzug war gut. iAm hatte recht: Er hatte sich in den letzten Jahren etwas vorgemacht, denn er wusste, dass die Prinzessin älter wurde, die Zeit verstrich und der Tag seiner Bestimmung näher rückte.

Es gab Dinge, die man aufschieben konnte. Das hier gehörte nicht dazu.

Scheiße, vielleicht musste er türmen. Selbst, wenn es ihm das Herz brach.

Und bei Rehv und Wrath hätte iAm die nötige Unterstützung, wenn Trez sich aus dem Staub machte.

Doch nach all dem Mist war sein Bruder vielleicht sogar froh, ihn loszuwerden.

28

Ungefähr fünfzehn Stunden nach dem Verlust seiner Jungfräulichkeit nahm Qhuinns Leben eine erneute überraschende Wendung. Später würde er es unter dem Motto »aller guten Dinge sind drei« abtun, doch als es passierte, wollte er einfach nur überleben ...

Irgendwann tagsüber waren er und Blay erwacht und jeder seiner Wege gegangen.

Qhuinn hätte Blay zwar gern ins Haupthaus begleitet, aber er musste noch einmal bei Luchas vorbeischauen, und Blay hatte es eilig gehabt, in sein Zimmer zu kommen und zu duschen. In gewisser Weise war das gar nicht so schlecht gewesen, denn so hatte Qhuinn auch noch Gelegenheit gehabt, nach Layla zu sehen.

Sowohl bei seinem Bruder als auch bei der Auserwählten war alles ruhig: Beide schliefen in ihren Betten. Luchas hatte wieder etwas Farbe bekommen, und bei einem Blick in Laylas Zimmer spürte Qhuinn zum ersten Mal die Schwangerschaft. Die Hormonwelle brandete ihm entgegen, sobald er die Tür aufmachte, und er blieb erst einmal stehen, so stark war sie.

All das war sehr schön gewesen.

Weniger schön dagegen war es, an Blays Tür vorbeizugehen, denn er wäre zu gern zu ihm hineingeschlüpft – um weiterzuschlafen.

Stattdessen endete er allein in seinem Zimmer.

Im Bett. Im Dunklen. Wo er mehrere REM-Phasen durchlebte in den zwei Stunden, die ihm bis zum Ersten Mahl blieben.

Als also seine Tür aufflog und eine Reihe schwarzgewandeter Riesen mit Kapuzen hereindrängte, kollidierten Vergangenheit und Gegenwart und verschmolzen miteinander – die Ehrengarde stieg aus dem Grab seiner Erinnerung und suchte ihn nun im Haus der Bruderschaft heim.

Obgleich er nicht sicher war, ob er träumte oder wachte, war er vor allen Dingen erleichtert, dass Blay nicht bei ihm war. Der Kerl hatte ihn schon einmal tot am Straßenrand gefunden. Das wollte wirklich keiner ein weiteres Mal erleben.

Sein zweiter Gedanke war, dass er es seinen Gegnern nicht leicht machen würde.

Mit einem Schlachtruf sprang Qhuinn nackt aus dem Bett und warf sich mit solcher Wucht auf die Angreifer, dass er tatsächlich die ersten beiden umpflügte. Dann drehte er sich um die eigene Achse und trat und boxte nach allem, was sich ihm in den Weg stellte. Das verschaffte ihm kurz Befriedigung, als seine Opfer fluchend zur Seite sprangen …

Doch dann schloss sich etwas von hinten um seine Brust und riss ihn mit solcher Gewalt von den Füßen, dass seine Beine einen Bogen durch die Luft beschrieben und …

Hallooooo, Wand.

Der Aufprall führte ihm die Sinnlosigkeit seines Widerstands vor Augen: Gesicht, Oberkörper und Hüften schlugen so fest gegen die Wand, dass er ohne Zweifel einen dreidimensionalen Abdruck im Putz hinterließ, ganz wie im Cartoon.

Augenblicklich stemmte er die Hände gegen die Wand, um sich nach hinten abzudrücken …

Der Griff um seinen Nacken war hart wie Stahl. Fleisch und Knochen gaben keinen Millimeter nach, selbst dann nicht, als er sich mit aller Macht dagegenstemmte und sich weigerte, sich zu unterwerfen …

»Beruhige dich, Schwachkopf. *Beruhige* dich, bevor ich dir wehtun muss.«

Warum er Vishous' Stimme hörte, war ihm ein Rätsel.

Dann bemerkte er aus den Augenwinkeln, dass sich ein Ring um ihn geformt hatte, ein Kreis aus Robenträgern, eng wie die Umklammerung um seinen Hals.

Aber sie griffen nicht an.

»Entspann dich«, sagte V in sein Ohr. »Komm, wir atmen zusammen – ganz ruhig. Niemand will dir wehtun.«

Das gute Zureden half: Die coole, ruhige Stimme dämpfte das panische Schrillen in seinem Kopf und bändigte seinen Kampf-oder-Flucht-Reflex.

Daraufhin begann Qhuinn zu zittern, während seine Muskeln das Adrenalin verarbeiteten. »Vishous?«

»Ganz genau, ich bin's, Kumpel. Und schön weiteratmen.«

»Wer … noch?«

»Rhage.«

»Butch.«

»Phury.«

»Zsadist.«

»Tohr.«

Die tiefen, gesetzten Stimmen passten alle zu den Namen und halfen ihm, in einer Gegenwart Fuß zu fassen, die nichts mit Ehrengarden zu tun hatte.

Dann erklang die letzte Stimme und half ihm endgültig aus dem mentalen Sumpf zurück in die Realität. »Wrath.«

Qhuinn wollte den Kopf zu seinem König herumreißen, doch er konnte ihn nicht bewegen.

»Ich lass jetzt los, okay?«, sagte V. »Aber du benimmst dich.«

»Ja.«

»Bei drei. Eins, zwei, drei …«

Vishous sprang zurück und landete in Kampfstellung: die Arme erhoben, die Fäuste geballt, fester Stand. Und obwohl sein Gesicht von der Kapuze verdeckt war, konnte Qhuinn sich seinen Ausdruck vorstellen: Es gab keinen Zweifel, wenn Qhuinn sich rührte, würde er ein zweites Mal Bekanntschaft mit der Wand machen – und das eine Mal reichte ihm vollkommen.

Er fühlte sich, als wäre er um zehn Zentimeter flacher.

Mit einem Fluch drehte Qhuinn sich langsam um, die Hände sichtbar für die Bruderschaft gehoben. »Werft ihr mich jetzt raus?«

Er hatte keine Ahnung, was er schon wieder angestellt hatte, aber nachdem er so viele Leute gegen sich aufgebracht hatte, teils absichtlich, teils aus Versehen, konnte es alles sein.

»Nein, du Idiot«, sagte V und lachte.

Qhuinn stand vor der Reihe vermummter, feierlicher Gestalten und suchte nach den Gesichtern, stellte Kontakt her, rief sich ins Gedächtnis, dass er Seite an Seite mit ihnen gekämpft hatte, dass sie ihm immer den Rücken gedeckt hatten, dass sie zusammengearbeitet hatten.

Was sollte das also …

Die dritte Gestalt von links hob den Arm und zeigte mit langem Zeigefinger auf Qhuinns Brust.

Sofort wurde Qhuinn zurückversetzt in die Nacht der Bruchlandung. Als der Irrflug vorbei war, Zsadist wohlbehalten bei seiner *Shellan* war und er auf das Haus zuging … hatte dieser Kerl auf ihn gezeigt so wie jetzt.

In der Alten Sprache sagte Wrath: *»Wir werden dir nun eine Frage stellen. Wir fragen nur einmal. Deine Antwort gilt für alle Zeit, für dich und deine Blutlinie, von diesem Moment an bis in alle Ewigkeit. Bist du bereit für diese Frage?«*

Qhuinns Herz begann zu rasen, und sein Blick irrte umher. Er konnte nicht glauben, dass sie …

Nur … wie war das möglich? Aufgrund seiner Herkunft und seines Makels gab es keinen legalen Weg für ihn …

Wie aus dem Nichts tauchte das Bild von Saxton in der Bibliothek vor seinem geistigen Auge auf, wo er Nacht für Nacht über Dokumenten gebrütet hatte.

Heilige … Scheiße.

So viele Fragen: Warum er? Warum jetzt? Was war mit John Matthew, dessen Brust auf mysteriöse Weise bereits das Erkennungszeichen der Bruderschaft trug?

In seinem Kopf überschlugen sich die Gedanken. Er wusste, dass er antworten musste, aber Scheiße, er konnte nicht …

Mit plötzlicher Klarheit dachte er an seine Tochter, hatte er das Bild vor Augen, das er an der Tür zum Schleier gesehen hatte.

Qhuinn blickte in die Runde der vermummten Gestalten. Welch Ironie, dachte er. Vor nun bald zwei Jahren hatte man ihm eine schwarz verhüllte Ehrengarde geschickt, um ihm klipp und klar zu sagen, dass ihn seine Familie nicht mehr wollte. Und jetzt standen hier diese Kerle und wollten ihn in einen anderen Schoß aufnehmen – der mindestens so stark war wie der einer Familie.

»Scheiße, ja«, sagte er. »Fragt mich.«

Der erste Hinweis darauf, dass etwas Großes im Gange war, war der, als Schritte an Blays Zimmer vorbeigingen: Er stand gerade vor dem Spiegel und rasierte sich, als sie sich über den Gang mit den Statuen näherten, schwere Schritte, viele Schritte.

Die Bruderschaft, daran bestand kein Zweifel.

Dann, als er sich über das Waschbecken beugte, um die überschüssige Rasiercreme abzuwaschen, fiel nebenan etwas Schweres zu Boden – oder wurde gegen eine Wand geschleudert. Es klang ganz nach dem Zimmer von Qhuinn.

Hektisch drehte Blay den Hahn zu, wickelte sich ein Handtuch um die Hüfte und joggte aus dem Zimmer in Richtung …

Schlitternd kam Blay zum Stehen. Qhuinns Zimmer war dunkel, aber das Licht aus dem Flur fiel hinein … auf einen Kreis schwarzer Roben, die seinen Freund umringten. Während man ihn mit dem Gesicht gegen die Wand drückte.

Blays erster Gedanke war, dass eine zweite Ehrengarde gekommen war – obwohl er ganz genau wusste, dass es die Bruderschaft war, die unter diesen schwarzen Kapuzen steckte. Etwas anderes war nicht möglich, oder?

Vishous' Stimme löste dieses Rätsel, als er langsam und gleichmäßig auf Qhuinn einredete.

Dann wurde der Freund befreit. Er war kreidebleich und zitterte, als er sich umdrehte und nackt in diesem Kreis vermummter Gestalten stand.

Wraths Stimme durchschnitt die Stille, und sein tiefer

Bariton erfüllte die Dunkelheit. *Wir werden dir nun eine Frage stellen. Wir fragen nur einmal. Deine Antwort gilt für alle Zeit, für dich und deine Blutlinie, von diesem Moment an bis in alle Ewigkeit. Bist du bereit für diese Frage?*

Blay schlug sich die Hand vor den Mund, der ungläubig offen stand. Das hieß doch nicht etwa ... oder doch? Sie wollten ihn in die Bruderschaft der BLACK DAGGER aufnehmen?

Augenblicklich fügte er die Teile des Puzzles in seinem Kopf zusammen – Saxton und der geheime Auftrag, Qhuinns heroische Taten, John, der plötzlich ohne *Ahstrux nohtrum* dastand.

Wrath musste das Alte Recht geändert haben.

Heilige *Scheiße.*

»Scheiße, ja, fragt mich.«

Lächelnd wandte Blay sich ab und verschwand in seinem Zimmer. Qhuinn war unverbesserlich in seiner Direktheit.

Er schloss die Tür, lehnte sich von innen dagegen und wartete. Ein paar Augenblicke später kamen die schweren Schritte erneut an seiner Tür vorbei, diesmal in die andere Richtung, und verschwanden ... um Geschichte zu schreiben.

In der langen Tradition der Bruderschaft war niemand je aufgenommen worden, der nicht Sohn eines Bruders oder einer Auserwählten war. Qhuinn war zwar theoretisch von Adel, denn auch nach dem Ausschluss aus der Familie und trotz seines »Makels« blieb seine Herkunft bestehen. Doch ihm fehlte das Erbgut – sowie der Kriegername –, durch das die anderen sich auszeichneten.

Dennoch würde er, wenn er die Initiation überlebte, als Gleicher unter Gleichen ins Haus zurückkehren, nicht als Ausgeschlossener.

Es war gut, dass Luchas noch am Leben war, um es mitzubekommen. Das würde von Bedeutung sein.

Blay zog sich an. Als er auf sein Handy blickte, sah er die Sammel-SMS von Tohr, in der es hieß, dass heute keiner in den Einsatz ging – und dass sie zwei neue Hausgenossen bekamen: die zwei Schatten zogen bei ihnen ein.

Cool. Nach den jüngsten Unruhen in der *Glymera* und dem Attentat auf Wrath war es gut, diese zwei Killer unter ihrem Dach zu haben. Zusammen mit Lassiter stand dem König auf diese Weise ein Trio mit Spezialfähigkeiten zur Verfügung.

Und mit etwas Glück blieben Trez und iAm dauerhaft bei ihnen.

Blay ging aus seinem Zimmer und joggte die Treppe runter. Er war nicht überrascht, dass die *Doggen* emsig umhereilten und ein Festmahl auftrugen.

Wie lange würde es dauern?, fragte er sich.

O Mann, er wünschte, er hätte etwas zu tun, um sich die Zeit zu vertreiben.

Er schlenderte ins Billardzimmer, denn er war schlau genug, Fritz keine Hilfe anzubieten. Also nahm er einen Queue zur Hand und baute die Kugeln auf. Als er Kreide auf die Spitze auftrug, klingelte es an der Tür zur Vorhalle.

»Ich geh schon!«, rief er, nahm sein Queue mit und blickte auf den Monitor an der Tür.

Saxton stand auf der Schwelle und sah erholt und gesund aus.

Blay machte auf. »Willkommen zu Hause.«

Einen Moment lang wirkte Saxton verblüfft, doch er erholte sich schnell und lächelte. »Hallo.«

Blay war sich nicht sicher, ob sie sich umarmen sollten oder nicht. Oder sollten sie sich die Hände schütteln?

»Wir müssen dieser Befangenheit ein Ende setzen«, erklärte Saxton. »Komm her.«

»Ich weiß, du hast recht.«

Nach einer kurzen Umarmung schnappte Blay sich die Gucci-Taschen, und sie gingen zusammen die große Freitreppe hoch, Seite an Seite.

»Und, wie war dein Urlaub?«, erkundigte Blay sich.

»Wundervoll. Ich war bei meiner Tante – der einen, die noch mit mir redet. Sie wohnt in Florida.«

»Eine gefährliche Gegend für Vampire. Nicht sehr viele Keller.«

»Ja, aber sie wohnt in einem Schloss aus Stein.« Saxton nickte in Richtung Eingangshalle. »Ein bisschen wie hier. Die Abende waren lau, das Meer war wundervoll, und das Nachtleben …«

Als Saxton abrupt verstummte, sah Blay ihn an. »Ist schon in Ordnung, weißt du. Ich bin froh, dass du dich amüsiert hast. Ehrlich.«

Saxton sah ihn fest an, dann murmelte er: »Du warst auch beschäftigt, nicht wahr?«

Oh, diese verdammte Hellhäutigkeit. Bei ihm sah man jedes Erröten – und im Moment standen seine Wangen in Flammen.

Als sie vor Wraths Arbeitszimmer nach links abbogen und den Flur mit den Statuen hinuntergingen, lachte Saxton leise. »Ich freue mich für dich – und ich werde keine Fragen stellen.«

Aber er wusste, wer es war, dachte Blay. »Ja. So.«

»Wie wäre es, wenn du mir den neuesten Tratsch erzählst?«, schlug Saxton vor, als sie sein Zimmer erreichten. »Ich habe das Gefühl, eine Ewigkeit weg gewesen zu sein.«

»Tja, dann … halt dich fest.«

Luchas. Trez und iAm. Qhuinn und die Aufnahme.

Als Blay mit seinen Ausführungen fertig war, saß Saxton mit offenem Mund auf dem Bett.

»Aber von Qhuinn hast du gewusst, nicht wahr?«, sagte Blay, als er schließlich zu Ende erzählt hatte.

»Ja, das habe ich.« Saxton rückte seine Fliege zurecht, obwohl der enge Knoten absolut perfekt saß. »Und obwohl ich natürlich nicht so viel über seine Qualitäten im Einsatz weiß wie du, ist mir doch so viel zu Ohren gekommen, dass mir diese Ehre absolut gebührend scheint. Soweit ich verstehe, hat er einen entscheidenden Beitrag dazu geleistet, dass Wrath nach dem Attentat in Sicherheit gebracht werden konnte?«

»Er hat Mut, das stimmt.«

Neben ein paar anderen Eigenschaften.

Als Blay in den Flur schielte und an die vermummten Gestalten dachte, die seinen Freund umringt hatten, konnte er nur eines denken: Was zum Donner würden sie mit ihm anstellen?

29

Qhuinn hatte keine Ahnung, wo er war.

Ehe sie aus seinem Zimmer gegangen waren, hatten sie ihm eine schwarze Robe ausgehändigt und ihn angewiesen, die Kapuze ins Gesicht zu ziehen, die Augen auf den Boden zu richten und die Hände hinter dem Rücken zu verschränken. Er durfte nicht unaufgefordert sprechen, und man machte ihm klar, dass sein Verhalten in seiner Beurteilung eine Rolle spielen würde.

Er durfte sich nicht als Arschloch oder Feigling erweisen.

Das würde er hinkriegen.

Der nächste Halt nach der großen Freitreppe war der Escalade von V gewesen, das hatte er am Geruch nach türkischem Tabak und am Motorengeräusch erkannt. Es folgte eine kurze, langsame Fahrt. Dann stiegen sie aus, und kalte Luft strömte unter seine Kapuze und den Saum.

Barfuß lief er über eisige gefrorene Erde und dann

über glatten, harten Untergrund, auf dem kein Schnee lag. Die Akustik verriet ihm, dass sie einen Gang durchquerten, oder vielleicht eine … Höhle? Es dauerte nicht lange, dann wurde er durch einen Ruck zum Stehen gezwungen, und er hörte, wie sich eine Art Tor öffnete. Danach ging es bergab, und ein wenig später wurde er zum zweiten Mal unsanft angehalten. Wieder klang es, als würde sich ein Tor öffnen.

Jetzt lief er über glatten Marmor. Er war warm. Außerdem umgab ihn ein weiches Licht – Kerzenschein.

Himmel, sein Herz schlug ihm bis zum Hals.

Ein paar Meter weiter musste er erneut stehen bleiben, woraufhin er um sich herum das Rascheln von Stoff hörte. Die Brüder legten ihre Roben ab.

Er wollte aufblicken, sehen, was sie vorhatten, herausfinden, was los war, aber er tat es nicht. Wie befohlen hielt er den Kopf gesenkt und die Augen auf dem …

Eine Hand landete schwer auf seinem Nacken, und Wraths Stimme dröhnte in der Alten Sprache: *»Du bist nicht würdig, hier einzutreten, so, wie du jetzt hier stehst. Nicke mit dem Kopf!«*

Qhuinn nickte.

»Sag, dass du nicht würdig bist.«

In der Alten Sprache antwortete er: *»Ich bin nicht würdig.«*

Um ihn herum stießen die Brüder einen lauten Protestschrei in der Alten Sprache aus, der ihn mit Dankbarkeit erfüllte.

»Obgleich du unwürdig bist«, fuhr der König fort, *»ist dein Begehr, diese Würde heute Nacht zu erlangen.«*

Qhuinn nickte.

»Sag, du begehrst, diese Würde zu erlangen.«

»Ich begehre, diese Würde zu erlangen.«

Diesmal war der laute Ruf der Brüder eine Zustimmung und Bekräftigung.

Wrath fuhr fort: *»Es gibt nur einen Weg, die Würde zu erlangen, und das ist der einzig richtige Weg. Fleisch von unserem Fleisch. Nicke.«*

Qhuinn nickte.

»Sag, du willst Fleisch von unserem Fleisch werden.«

»Ich will Fleisch von eurem Fleisch werden.«

Sobald seine Stimme verhallt war, hob Gesang an. Die tiefen Stimmen der Brüder vermengten sich, bis sie einen perfekten Akkord bildeten. Qhuinn fiel nicht mit ein, denn man hatte ihn nicht dazu aufgefordert – aber als einer der Brüder vor ihn trat und ein anderer hinter ihn und alle begannen, sich einzureihen und von Seite zu Seite zu wiegen, folgte sein Körper ihren Bewegungen.

Sie wiegten sich gemeinsam und wurden zu einer Einheit, ihre kräftigen Schultern bewegten sich vor und zurück zum Rhythmus des Gesangs, ihre Hüften schaukelten – und die Reihe bewegte sich vorwärts.

Qhuinn begann zu singen. Er wollte es nicht, es geschah einfach. Seine Lippen teilten sich, seine Lunge füllte sich, und dann fiel er mit den anderen ein …

Mit dem ersten Ton begann er zu weinen.

Zum Glück hatte er die Kapuze.

Sein ganzes Leben lang hatte er dazugehören wollen. Akzeptiert werden. Teil einer Einheit sein, die er respektierte. Er hatte es sich mit solcher Inbrunst gewünscht, dass ihn die totale Ablehnung beinahe umgebracht hätte – und allein durch sein Aufbegehren gegen Autorität, Sitte und Norm hatte er überlebt.

Ihm war nicht einmal aufgefallen, dass er irgendwann die Hoffnung aufgegeben hatte, diese Gemeinschaft jemals zu finden.

Und doch war er jetzt hier, irgendwo unter der Erde, umgeben von Kerlen, die ... ihn auserwählt hatten. Die Bruderschaft, die angesehensten Kämpfer der Spezies, die mächtigsten Soldaten, die Besten der Besten ... sie hatten ihn *auserwählt*.

Das war ihm nicht durch Geburt zugefallen.

Er hatte als Fluch gegolten, doch jetzt und hier wurde er angenommen. Mit einem Mal fühlte er sich auf eine Weise vollständig, wie er es nie gekannt hatte ...

Da änderte sich die Akustik, und ihr gemeinsamer Gesang hallte wider, als hätten sie eine Höhle von enormen Ausmaßen betreten.

Eine Hand legte sich auf seine Schulter und brachte ihn zum Stehen.

Dann endete der Gesang und das Wiegen, und die letzten Klänge verhallten.

Jemand nahm ihn am Arm und zog ihn mit sich. »Stufen«, warnte Z.

Qhuinn stieg ungefähr sechs davon hinauf, dann ging es geradeaus. Als er angehalten wurde, stieß er mit Brust und Zehen an etwas, das sich wie eine Marmorwand anfühlte, aus dem gleichen Stein wie der Boden.

Zsadist verschwand und ließ ihn stehen, wo er war.

Sein Herz klopfte.

Die Stimme des Königs dröhnte wie Donnerhall. *»Wer ist dafür, diesen Mann aufzunehmen?«*

»Ich«, antwortete Z.

»Ich«, sagte auch Tohr.

»Ich.«

»Ich.«

»Ich.«

»Ich.«

Qhuinn musste mehrfach blinzeln, als einer nach dem

anderen, jeder Einzelne der Brüder, die Stimme erhob. Alle wollten ihn in ihren Reihen haben.

Und dann kam der Letzte.

Die Stimme des Königs hallte laut und klar: »*Ich.*«

Scheiße, er musste noch mehr blinzeln.

Dann fuhr Wrath fort, im gemessenen Tonfall eines Königs und mit der kraftvollen Stimme des Kriegers: »*Bezeugt durch die versammelte Bruderschaft der Black Dagger und gemäß dem Vorschlag von Zsadist und Phury, Söhne, des Black-Dagger-Kriegers Ahgony, Tohrment, Sohn des Black-Dagger-Kriegers Hharm, Butch O'Neal, Blutsverwandter meiner selbst, Rhage, Sohn des Black-Dagger-Kriegers Tohrture, Vishous, Sohn des Black-Dagger-Kriegers bekannt als der Bloodletter, und meiner selbst, Wrath, Sohn des Wrath, ernennen wir Qhuinn, den Vaterlosen, zum gebührenden Anwärter für die Bruderschaft der Black Dagger. Da es in meiner Macht und in meinem Ermessen liegt, da es dem Schutz der Spezies dient und fürderhin der rechtliche Weg geebnet wurde, so es recht und billig sei, erkläre ich sämtliche Abstammungsgebote für nichtig. Wir können beginnen. Dreht ihn um. Enthüllt ihn.*«

Bevor jemand zu ihm kam, straffte Qhuinn die Schultern und strich unauffällig mit den Fingern unter den Augen entlang – sodass er wieder ganz der Mann war, als man ihn herumdrehte und ihm die Robe abnahm ...

Qhuinn blieb die Spucke weg. Er stand auf einem Podest und blickte in eine Höhle, die mit hundert schwarzen Kerzen erleuchtet war, eine Symphonie aus weichem, goldenem Licht, das über die grob behauenen Wände flackerte und sich im glänzenden Boden spiegelte.

Doch sein Staunen galt etwas anderem: Direkt vor ihm, zwischen ihm und der riesigen, erleuchteten Wölbung, erhob sich ein Altar.

In dessen Mitte ein großer Schädel stand.

Er war uralt, dieser Schädel, nicht weiß, wie das Gebein des kürzlich Verschiedenen, sondern nachgedunkelt und fleckig, überzogen mit der Patina des Alten, Heiligen und Verehrten.

Der erste Bruder. Anders konnte es nicht sein.

Als seine Augen abschweiften, erfüllte ihn Ehrfurcht: Vor dem Podest reihten sich die lebenden Träger dieser alten Tradition und blickten zu ihm auf. Die Brüder standen Schulter an Schulter und formten einen mächtigen Wall aus Fleisch und Muskeln mit ihren starken, nackten Kriegerleibern, über die das Kerzenlicht flackerte.

Tohr nahm Wrath beim Arm und führte den König die Stufen hinauf, die Qhuinn soeben selbst erklommen hatte.

»Dreh dich mit dem Rücken zur Wand und halte dich an den Griffen fest«, befahl Wrath, als er zum Altar geführt wurde.

Qhuinn gehorchte, ohne zu zögern. Mit Schulterblättern und Hintern traf er auf die Steinwand, während seine Hände über zwei kräftige Pflöcke streiften.

Als der König den Arm hob, wurde Qhuinn schlagartig bewusst, wie die Brüder zu ihrer sternförmigen Narbe auf der Brust gekommen waren: Wraths Hand steckte in einem augenscheinlich sehr alten Silberhandschuh mit Dornen an den Knöcheln – und in der Faust hielt er einen schwarzen Dolch.

Ohne jedes Brimborium lenkte Tohr den Arm von Wrath über den Schädel. »Mein König.«

Wrath hob den Dolch, und das Licht ließ die rituellen Tätowierungen schimmern, die seine Herkunft beschrieben – ehe es dann auf die rasiermesserscharfe Klinge traf, als er sich das Handgelenk aufschlitzte.

Rotes Blut quoll aus dem Schnitt und fiel in den Silberbecher, der in die Decke des Schädels eingelassen war. *»Mein Fleisch«*, verkündete der König.

Nach einem kurzen Moment verschloss Wrath die Wunde mit einem Lecken der Zunge. Dann wurde der riesenhafte Kerl mit der hüftlangen schwarzen Mähne, dem spitzen Haaransatz und der Panoramasonnenbrille zu Qhuinn geführt.

Selbst ohne sehen zu können, schien Wrath genau zu wissen, wann sie einander gegenüberstanden, wie groß Qhuinn war, wo sein Gesicht sich befand …

Denn nun packte er Qhuinn am Kinn. Dann drückte er seinen Kopf mit brutaler Gewalt gegen die Wand und zur Seite und legte seinen Hals frei.

Jetzt erkannte Qhuinn, wofür diese verdammten Griffe gut waren.

Das grausame Lächeln von Wrath legte enorme Fänge frei, wie Qhuinn sie noch nie zuvor gesehen hatte. *»Dein Fleisch.«*

Blitzschnell biss der König zu und schlug die Fänge mit roher Gewalt in Qhuinns Ader. Dann sog er kraftvoll einige Züge in seine Kehle und schluckte. Schließlich zog er seine Hauer aus dem Fleisch, fuhr sich mit der Zunge über die Lippen und lächelte wie ein Kriegsherr.

Dann war es an der Zeit.

Man musste Qhuinn nicht lange erklären, dass er sich nun wirklich wappnen musste. Er umklammerte die Griffe, spannte Schultern und Beine an, machte sich bereit für den Schlag.

»Unser Fleisch«, knurrte Wrath.

Der König nahm sich nicht zurück. Mit derselben unfehlbaren Treffsicherheit ballte er den altehrwürdigen Handschuh zur Faust und rammte sie Qhuinn in die Brust. Die dornigen Knöchel trafen ihn mit solcher

Wucht, dass seine Lippen im Luftzug bebten, der aus seiner Lunge gepresst wurde. Einen Moment lang konnte er nichts erkennen, doch als seine Sicht sich wieder klärte, sah er Wrath in aller Deutlichkeit vor sich.

In seinem Gesicht spiegelte sich Respekt – und keine Spur von Überraschung, so als hätte Wrath erwartet, dass Qhuinn es wie ein Mann nehmen würde.

Doch es ging weiter. Tohr kam als Nächstes dran, er nahm Handschuh und Dolch entgegen, wiederholte die gleichen Worte, schlitzte sich den Unterarm auf, ließ sein Blut in den Schädel rinnen, schlug die Zähne in Qhuinns Hals und rammte ihm die Faust in die Brust mit der Gewalt eines Lasters. Und dann war Rhage an der Reihe. Anschließend Vishous. Butch. Phury. Zsadist.

Am Ende blutete Qhuinn aus unzähligen Wunden an Hals und Brust und war in Schweiß gebadet, und der einzige Grund, warum er nicht auf dem Boden lag, waren diese beiden Griffe, an denen er sich mit letzter Kraft festklammerte.

Doch es war ihm egal, was sie noch mit ihm anstellten. Er würde auf den Füßen bleiben, komme, was da wolle. Er hatte keine Ahnung von der Geschichte der Bruderschaft, aber er wäre jede Wette eingegangen, dass noch keiner der Brüder bei seiner Initiation wie ein Sack Kartoffeln zu Boden gegangen war. Er hatte ja nichts dagegen, in mancher Hinsicht der Erste zu sein, aber nicht der Erste, der sich als Schlappschwanz erwies.

Außerdem hatte er sich bisher wohl ganz gut geschlagen, denn die anderen Brüder standen herum und grinsten von einem Ohr bis zum anderen, als wären sie zufrieden mit ihm – was ihn in seiner Entschlossenheit nur bestärkte.

Mit einem Nicken, als hätte er einen Befehl erhalten,

führte Tohr den König zurück zum Altar und reichte ihm den Schädel. Wrath hob das gesammelte Blut in die Höhe und sprach: »*Er war der Erste. Heil dem Krieger, der die Bruderschaft begründete.*«

Ein Kriegsschrei entrang sich den Kehlen der Brüder und hallte donnernd in der Höhle wider. Dann trat Wrath auf Qhuinn zu. »Trink, auf dass du einer von uns werdest.«

Alles klar.

Erfüllt von neuer Kraft packte er den Schädel und blickte tief in seine Augenhöhlen, während er den Silberbecher an die Lippen hob. Dann öffnete er den Mund und goss sich das Blut in die Kehle, nahm die Brüder in sich auf, absorbierte ihre Kraft … wurde einer von ihnen.

Um ihn herum hob zustimmendes Knurren an.

Als er ausgetrunken hatte, stellte er den Schädel zurück in Wraths Hände und wischte sich den Mund ab.

Der König lachte aus tiefer Brust. »Du hältst dich besser noch einmal an den Griffen fest, mein Sohn …«

Und das war das Letzte, was er für eine Weile hörte.

Wie ein Blitzschlag aus heiterem Himmel bohrte sich völlig unvermittelt ein Energiestoß in seinen Kopf und überschwemmte all seine Sinne. Er sprang zurück, langte nach den Griffen und klammerte sich gerade noch rechtzeitig daran fest, bevor sein Körper in Zuckungen verfiel …

Er hatte wirklich vor, bei Bewusstsein zu bleiben.

Aber … sorry. Der Mahlstrom war zu mächtig.

Während es ihn schüttelte und sein Herz flatterte und in seinem Kopf die Böller pfiffen, gingen – *Rumms!* – die Lichter aus.

30

»Sola, warum du mir nicht sagen, wenn Besuch kommt?«

Sola blieb wie angewurzelt stehen und stellte ihren Rucksack auf der Arbeitsfläche in der Küche ab. Sie wollte sich nicht zu ihrer Großmutter umdrehen, solange ihr noch die Überraschung ins Gesicht geschrieben stand.

Endlich vollführte sie eine Drehung auf einem Stiefel.

Ihre Großmutter saß an dem kleinen Küchentisch, und ihr rosa-blauer Hausmantel harmonierte mit den Lockenwicklern in ihrem Haar und den geblümten Vorhängen hinter ihr. Mit ihren achtzig Jahren hatte sie das anmutig gefältelte Gesicht einer Frau, die dreizehn Präsidenten, einen Weltkrieg und zahllose persönliche Kämpfe überdauert hatte. Doch ihre Augen brannten mit der Kraft einer Unsterblichen.

»Wer hat hier geklingelt, *vovó*?«, fragte sie.

»Dieser Mann mit« – ihre Großmutter hob die knöchrige Hand und beschrieb einen Kreis über ihrem Kopf – »dunklem Haar.«

Scheiße. »Wann war das?«

»Er war sehr nett.«

»Hat er seinen Namen gesagt?«

»Dann du hast ihn nicht erwartet.«

Sola atmete tief durch und betete, dass ihre sachliche Miene nicht entgleiste, während sie innerlich kochte. Zur Hölle, nach all den Jahren mit ihrer Großmutter sollte sie eigentlich wissen, dass sie zwar viele Fragen stellte, aber nur selten welche beantwortete.

»Nein, ich habe niemanden erwartet.« Und bei dem Gedanken, dass hier jemand auf der Schwelle erschienen war, wanderte ihre Hand zu ihrer Tasche. Darin lag eine Neuner mit Lasersicht und Schalldämpfer – und das war gut so. »Wie sah er aus?«

»Sehr groß. Dunkles Haar. Tiefliegende Augen.«

»Welche Farbe?« Ihre Großmutter sah zwar nicht besonders gut, aber daran würde sie sich sicher erinnern. »War er …«

»Wie wir. Er sich unterhalten Spanisch mit mir.«

Vielleicht war dieser Mann mit der erotischen Ausstrahlung zweisprachig – oder dreisprachig, wenn man seinen merkwürdigen Akzent bedachte.

»Hat er seinen Namen gesagt?« Nicht, dass ihr das weiterhelfen würde. Schließlich wusste sie selber nicht, wie sich der Mann, den sie verfolgt hatte, nannte.

»Er sagte, du ihn kennen und er dich schon noch treffen.«

Sola blickte auf die Digitalanzeige der Mikrowelle. Bald zweiundzwanzig Uhr. »Wie lang ist das her?«

»Nicht lang.« Die Augen ihrer Großmutter wurden schmal. »Bist du mit ihm zusammen, Marisol? Warum du mir nicht sagen?«

An diesem Punkt kippte das Gespräch ins Portugiesi-

sche, und sie überboten sich gegenseitig in einem Stak-
kato aus Da-ist-niemand und Warum-kannst-du-nicht-
endlich-heiraten. Sie hatten dieses Streitgespräch so oft
geführt, dass sie eigentlich nur ihre gut einstudierten
Texte in diesem überstrapazierten Stück aufsagten.

»Nun, mir hat er gefallen«, erklärte ihre Großmutter,
stand vom Tisch auf und schlug mit den Handflächen
auf die Platte. Als der Serviettenhalter in die Luft hüpfte,
wollte Sola fluchen. »Und ich finde, du ihn solltest zum
Essen einladen.«

*Das würde ich, Großmutter, aber ich kenne ihn nicht – und
würdest du es immer noch wollen, wenn du wüsstest, dass er ein
Krimineller ist? Und ein Playboy?*

»Er Katholik?«, fragte ihre Großmutter im Gehen.

*Er ist Drogenhändler – sollte er religiös sein, muss er einen un-
erschütterlichen Glauben an die Vergebung haben.*

»Er sieht wie guter Kerl aus«, sagte ihre *vovó* über die
Schulter. »Katholischer guter Kerl.« Und damit war die
Sache erledigt – fürs Erste.

Während sie in ihren Slippern Richtung Treppe schlurfte, bekreuzigte sie sich sicher mehrfach. Sola konnte es
sich lebhaft vorstellen.

Sie ließ den Kopf hängen und schloss die Augen. Irgendwie konnte sie sich nicht vorstellen, dass dieser Mann
freundlich und fürsorglich auftrat, nur weil eine verhut-
zelte Brasilianerin die verdammte Tür geöffnet hatte. Ka-
tholisch, dass sie nicht lachte.

»Verdammt.«

Aber welches Recht hatte sie, ihn zu verurteilen?
Schließlich war sie selbst eine Kriminelle. Und das seit
Jahren. Dass sie für sich und ihre Großmutter zu sorgen
hatte, rechtfertigte nicht all die Einbrüche.

Für wen sorgte wohl dieser geheimnisvolle Mann?, fragte

sie sich, als der Hund von nebenan anfing zu bellen. Für diese Zwillinge? Die hatten einen *extrem* eigenständigen Eindruck gemacht. Hatte er Kinder? Eine Frau?

Aus irgendeinem Grund jagte ihr dieser Gedanke einen Schauer über den Rücken.

Sie verschränkte die Arme vor der Brust und starrte auf den Boden, von dem man essen hätte können, weil ihre Großmutter ihn täglich wischte.

Er hatte kein Recht, hierherzukommen, dachte sie.

Andererseits war sie auch uneingeladen bei ihm gewesen …

Sola runzelte die Stirn und sah auf. Das Fenster mit dem halbhohen rosa Rüschenvorhang war pechschwarz, weil sie die Außenbeleuchtung noch nicht eingeschaltet hatte. Aber sie wusste, dass da draußen jemand stand.

Und sie wusste auch, wer es war.

Mit stockendem Atem und klopfendem Herzen legte sie aus irgendeinem Grund die Hand auf den Hals.

Wende dich ab, sagte sie sich. *Lauf weg.*

Aber … sie tat es nicht.

Assail hatte nicht zum Haus seiner Einbrecherin kommen wollen. Aber der Sender klemmte noch immer an ihrem Audi, und als er gemeldet hatte, dass sie zu dieser Adresse zurückgekehrt war, musste er sich einfach hierhermaterialisieren.

Doch er wollte nicht gesehen werden, und so wählte er den Garten. Welch günstiger Zufall: Als seine Einbrecherin in die Küche kam, hatte er beste Sicht auf sie – und auf den Menschen, der dieses Haus mit ihr teilte.

Es war eine bezaubernde ältere Dame, mit einem trotz ihres Alters hübschen Gesicht. Sie trug Lockenwickler im Haar und einen Hausmantel in Frühlingsfarben.

Doch sie wirkte verstimmt, wie sie so am Tisch saß und ihr Gegenüber anfunkelte, in dem Assail ihre Enkelin vermutete.

Zwischen den beiden entbrannte ein schneller Wortwechsel, und Assail verzog den Mund zu einem Lächeln. Man sah viel Zuneigung zwischen den beiden – und viel Verärgerung. Und war es nicht immer so mit älteren Verwandten, ob man nun Mensch war oder Vampir?

Oh, wie es ihn besänftigte, dass sie nicht mit einem Mann zusammenlebte.

Es sei denn, dieser Kerl, mit dem sie sich in der Kneipe getroffen hatte, wohnte auch in diesem kleinen Haus.

Als er in der Dunkelheit leise knurrte, fing der Hund nebenan zu bellen an und warnte seine menschlichen Besitzer vor dem, was sie nicht bemerkten.

Einen Moment später stand seine Einbrecherin allein in der Küche und trug einen Ausdruck von Resignation und Frust im Gesicht.

Und wie sie dort stand und den Kopf schüttelte, die Arme verschränkt, sagte er sich, dass er gehen sollte. Stattdessen tat er genau das Falsche: Er sandte seine Gedanken durch das Glas und ließ seiner Begierde freien Lauf.

Die Einbrecherin reagierte sofort: Sie drückte sich von der Arbeitsfläche ab, an der sie gelehnt hatte, und sah ihm durch die Scheibe in die Augen.

»Komm zu mir«, sagte er in die Kälte.

Und sie kam.

Die Hintertür quietschte, als sie sie mit der Hüfte aufstieß und die untere Ecke auf der Terrasse im Schnee eine Fläche von der Form eines Tortenstücks freischob.

Ihr Duft war reines Ambrosia für ihn. Und wie er auf sie zuging, erwachte das Raubtier in ihm.

Assail blieb erst stehen, als ihn nur noch Zentimeter von

ihr trennten. Aus der Nähe, Brust an Brust, war sie so viel kleiner als er, und doch war ihre Wirkung auf ihn enorm: Seine Hände wurden zu Fäusten, seine Oberschenkel spannten sich an, und sein Blut erhitzte sich.

»Ich dachte nicht, dass ich Sie wiedersehen würde«, flüsterte sie.

Sein Schwanz wurde noch härter, allein vom Klang ihrer Stimme. »Wie es scheint, haben wir noch unerledigte Geschäfte.«

Und dabei ging es nicht um Geld, Drogen oder Beschattung.

»Ich meinte es ernst.« Sie strich sich das Haar zurück, als fiele ihr das Stillstehen schwer. »Ich werde Ihnen nicht mehr hinterherspionieren. Ich verspreche es.«

»Durchaus, Sie haben mir Ihr Wort gegeben. Doch wie es scheint, vermisse ich es, Ihren Blick auf mir zu spüren.« Ein leises Zischen entfuhr ihrem Mund. »Und ein paar andere Dinge.«

Sie blickte zur Seite. Sah ihn wieder an. »Das ist keine gute Idee.«

»Warum? Wegen diesem Menschen, mit dem Sie neulich essen waren?«

Seine Einbrecherin runzelte die Stirn – vielleicht, weil er so merkwürdig »Mensch« gesagt hatte. »Nein, nicht seinetwegen.«

»Dann lebt er also nicht hier.«

»Nein, nur ich und meine Großmutter.«

»Das gefällt mir.«

»Warum interessiert Sie das überhaupt?«

»Das frage ich mich selbst täglich«, murmelte er. »Doch erklären Sie mir, was spricht gegen unser Treffen, wenn es nicht an diesem Mann liegt?«

Seine Einbrecherin schob erneut ihr Haar zurück über

die Schulter und schüttelte den Kopf. »Sie sind ... gefährlich.«

»Das sagt die Frau, die selten unbewaffnet ist.«

Sie hob das Kinn. »Glauben Sie etwa, ich hätte das blutige Messer in Ihrem Flur nicht gesehen?«

»Ach, das.« Er winkte ab. »Ich musste nur etwas regeln.«

»Ich dachte, Sie hätten ihn umgebracht.«

»Wen?«

»Mark – meinen Freund.«

»Freund«, hörte er sich knurren. »Das ist er also.«

»Und wen haben Sie umgebracht?«

Assail wollte sich eine Zigarre anstecken, aber sie hielt ihn zurück. »Meine Großmutter riecht es.«

Er blickte zu dem geschlossenen Fenster im ersten Stock auf. »Wie?«

»Bitte lassen Sie es bleiben. Nicht hier.«

Assail neigte den Kopf und nahm es hin – obwohl er noch nie für jemanden auf etwas verzichtet hatte.

»Wen haben Sie getötet?«

Es war eine sachliche Frage ohne jeden Anflug von Hysterie, wie man es von einer Frau erwarten mochte. »Das muss Sie nicht kümmern.«

»Dann ist es besser, wenn ich nichts davon weiß, hm?«

Da er einer anderen Spezies angehörte als sie, konnte man das wohl sagen.

»Niemand, den Sie je getroffen hätten. Aber ich kann Ihnen versichern, dass ich meine Gründe hatte. Er hat mich betrogen.«

»Dann hatte er es verdient.« Das war keine Frage, vielmehr schien sie ihm zuzustimmen.

Ihm gefiel, wie sie es aufnahm. »Ja, das hat er.«

Sie schwiegen eine Weile, dann musste er einfach fragen: »Wie heißen Sie?«

Sie lachte. »Sie meinen, das wissen Sie nicht?«

»Woher sollte ich?«

»Guter Punkt – ich sage es Ihnen, wenn Sie mir erklären, was Sie zu meiner *vovó* gesagt haben.« Sie schlang die Arme um sich, als wäre ihr kalt. »Sie haben ihr gefallen.«

»Wem gefalle ich?«

»Meiner Großmutter.«

»Aber woher sollte sie mich kennen?«

Die Einbrecherin runzelte die Stirn. »Von vorhin, als Sie geklingelt haben. Sie hält Sie für einen anständigen Kerl und will Sie bei Gelegenheit zum Abendessen einladen.« Erneut sah sie ihn mit ihren unglaublich dunklen Augen an. »Nicht, dass ich das befürworten … Was denn? Aua!«

Assail zwang sich, seinen Griff zu lockern. Er hatte gar nicht bemerkt, dass er sie am Arm gepackt hatte. »Ich habe nicht bei Ihnen geklingelt. Und ich habe noch nie mit Ihrer Großmutter gesprochen.«

Seine Einbrecherin öffnete den Mund. Klappte ihn wieder zu. Öffnete ihn erneut. »Sie waren heute nicht schon einmal da?«

»Nein.«

»Aber wer fragt dann nach mir?«

Ein übermächtiger Beschützerinstinkt ergriff Besitz von Assail. Seine Fänge fuhren aus, und seine Oberlippe kräuselte sich nach oben. Doch dann sammelte er sich und verbarg die Anzeichen seiner Gefühle rasch wieder.

Er nickte zur Küche. »Wir gehen rein. Jetzt. Und Sie erzählen mir mehr.«

»Ich brauche Ihre Hilfe nicht.«

Assail sah sie von oben herab an. »Sie bekommen sie trotzdem.«

31

Trez war es nicht gewöhnt, herumchauffiert zu werden. Er saß lieber selbst am Steuer. Hatte die Kontrolle. Entschied, wann er links oder rechts fuhr. Doch diese Form der Selbstbestimmung stand heute Abend nicht zur Debatte.

Im Moment saß er im Fond eines gebäudegroßen Mercedes, gesteuert von Fritz, wie er in Wirklichkeit hieß, der wie ein Henker raste – was man gar nicht erwartete von einem Butler, der aussah, als wäre er siebentausend Jahre alt.

Gut, da Trez noch etwas angeschlagen war von diesem letzten Migräneanfall, war es vermutlich okay, ausnahmsweise einmal Fahrgast zu sein. Aber wenn er und iAm bei der Bruderschaft einzogen, mussten sie irgendwann erfahren, wo dieses verdammte Anwesen …

Aber was war das?

Plötzlich lag eine Veränderung in der Atmosphäre, etwas, das Trez nur am Rande seines Bewusstseins wahrnahm und nicht greifen konnte – eine undefinierbare Bedrohung. Und siehe da, vor dem Fenster verschwamm die mondbeschienene Landschaft, und seine Sicht verzerrte sich.

Trez sah sich im Wageninneren um. Alles in Ordnung: die Struktur des schwarzen Leders, die Maserung der Walnussverschalung, die Trennscheibe, alles, wie es sein sollte. Es lag also nicht an seinen Augen.

Erneut richtete er den Blick aus dem Fenster. Das da draußen waren keine Nebelfetzen. Auch kein Schneeregen. Nein, diese Sichtbehinderung hatte nichts mit der Witterung zu tun – es war, als würde sich Furcht aus der Luft heraus kristallisieren und als unheilvoller Dunst auf die Landschaft senken.

Cooler Schutzschild, dachte er anerkennend.

Dabei hatte er geglaubt, er und sein Bruder wären die Einzigen, die diese Art von Tricks beherrschten.

»Wir sind bald da«, sagte er.

»Was ist das für ein Zeug?«, murmelte iAm und blickte aus dem Fenster.

»Ich weiß es nicht. Aber das müssen wir uns unbedingt auch besorgen.«

Auf einmal ging es bergauf, was bei ihrem mörderischen Tempo dem ersten Teilstück einer Achterbahn gleichkam. Doch sie erreichten keinen Gipfel und rauschten danach im freien Fall bergab: Stattdessen tauchte wie aus dem Nichts ein gewaltiges Steinhaus vor ihnen auf, so plötzlich, dass Trez sich am Handgriff festklammerte und auf den Aufprall wartete.

Doch der Bleifußbutler war bestens mit Gelände und Bremsweg seines Gefährts vertraut. Mit der Routine eines Stuntfahrers riss er das Steuer herum und stieg in die Eisen, sodass sie zwischen zwei anderen Autos zum Stehen kamen – einem GTO, bei dem Trez glänzende Augen bekam, und einem Hummer, der mehr an ein abstraktes Kunstwerk als an ein Transportmittel erinnerte.

»Vermutlich sein Übungswagen«, bemerkte Trez trocken.

Die Türen entriegelten sich, und die Brüder stiegen gleichzeitig aus.

Mann, was für eine Hütte, dachte Trez, und legte den Kopf in den Nacken, um an dem Gebäude aufzublicken. Neben diesem Ungetüm aus Stein wirkte er so groß wie ein Daumen.

Der eines Zweijährigen.

Dunkles Steingemäuer, zwei mächtige Flügel, drei Stockwerke, Wasserspeier, die vom Dachgesims in die Nacht hinaus starrten – dieser Bau sah wirklich exakt so aus, wie man sich die Behausung des Königs der Vampire vorstellen würde: schaurig, düster und bedrohlich.

Die perfekte Halloweenkulisse, nur dass hier alles echt war. Die Bewohner dieses Gemäuers bissen wirklich zu, und das nicht nur, wenn man sie darum bat.

»Cool«, sagte Trez und fühlte sich sofort wie zu Hause.

»Warum gehen die Herrschaften nicht rein?«, meinte der *Doggen* gut gelaunt. »Ich kümmre mich um das Gepäck.«

»Nein«, winkte Trez ab und ging zum Kofferraum. »Wir haben so viel Scheißzeug … äh, Gerümpel.«

Kraftausdrücke gingen einem nicht leicht über die Lippen in Anwesenheit eines befrackten Butlers.

iAm nickte. »Ja, wir erledigen das selbst.«

Der Diener sah sie abwechselnd an, ohne sein Lächeln abzulegen. »Aber nicht doch, Sires, Ihr müsst Euch den Feierlichkeiten anschließen. Wir erledigen diese profanen Dinge für Euch.«

»O nein, wir können …«

»Es geht ja auch ganz schnell …«

Fritz schien verwirrt, dann etwas panisch. »Aber bitte, meine Herren, nehmt an den Festlichkeiten teil. Ich kümmere mich um das Gepäck, das gehört zu meinen Aufgaben in diesem Haus.«

Seine Besorgnis war vollkommen überzogen, doch offensichtlich konnten sie nichts sagen, ohne ihn noch mehr zu erregen. Er sah wirklich aus, als könnte er einen Herzinfarkt bekommen, wenn sie ihr Gepäck selbst ins Haus schleiften.

Andere Länder, andere Sitten, dachte Trez. »Gut, in Ordnung. Vielen Dank.«

»Ja, sehr freundlich.«

Augenblicklich war das gewinnende Lächeln zurück. »Wundervoll, die Herrschaften.«

Und als der *Doggen* ihnen den Weg zum Eingang wies, als ob sich der Zweck des großen, kathedralenartigen Portals nicht von selbst erschließen würde, zuckte Trez die Schultern und stieg die Stufen empor.

»Meinst du, wir dürfen uns den Hintern selbst abwischen?«, flüsterte er.

»Nur, wenn er nicht mitkriegt, dass wir aufs Klo gehen.«

Trez lachte bellend und sah seinen Bruder an. »Das war ein Witz, iAm. Oder? Ich glaube schon.«

Er knuffte seinen Bruder mit dem Ellbogen und bekam ein Knurren zur Antwort, dann langte er nach der schweren Türklinke. Leicht verwundert stellte er fest, dass die Tür gar nicht verschlossen war. Doch wenn man von diesem … was immer … umgeben war, brauchte man wohl keine Sicherheitsschlösser. Die Tür öffnete sich, ohne zu quietschen, was keine Überraschung war. Dieses Anwesen sah wirklich sehr gepflegt aus, alles war säuberlich gefegt, gekiest und gestreut.

Für diesen Butler war eine Wollmaus vermutlich schon ein ernsthafter Notfall.

Trez trat über die Schwelle und stand in einem kleinen, hohen Vorraum mit Bodenmosaik vor einer Sicherheitskontrolle mit Überwachungskamera. Also hielt er sein Gesicht vor die Linse.

Augenblicklich öffnete sich die innere Tür, die schwerer als eine Tresortür zu sein schien.

»Hallo!«, begrüßte ihn eine Vampirin. »Da seid ihr ja!«

Doch Trez nahm Ehlena kaum wahr, als er sah, was sich hinter ihr auftat. »Hallo ... wie geht's dir ...«

Er hörte ihre Antwort nicht.

Oh, wow ... was für eine Farbenpracht.

Trez war sich nicht bewusst, dass er weiterlief, aber das tat er ... hinein in das unglaublichste architektonische Wunderwerk, das er je gesehen hatte. Große Säulen aus Malachit und Marmor erhoben sich zu einer Decke, die höher als der Himmel schien. Überall schillerten Kristallglaslüster und goldene Wandleuchter. Eine leuchtend rote Treppe von den Ausmaßen eines Stadtparks erhob sich von einem Bodenmosaik, auf dem ein ... blühender Apfelbaum dargestellt war.

So unwirtlich es von außen wirkte, so prunkvoll war das Innere des Gebäudes.

»Das ist ja der reinste Palast«, flüsterte iAm ehrfürchtig. »Hallo, Ehlena.«

Nur am Rande registrierte Trez, wie sein Bruder die *Shellan* von Rehvenge umarmte. Es waren auch noch andere Leute da, größtenteils Frauen, aber er sah auch Blay und einen blonden Kerl, außerdem John Matthew und natürlich Rehv, der auf seinen Stock gestützt auf sie zukam.

»Die Party findet nicht für euch beide statt, aber ihr könnt so tun, als ob.«

iAm und Rehv umarmten sich, doch auch dem schenkte Trez keine Beachtung.

Um genau zu sein, war auch der fröhliche Farbreigen komplett aus seinem Bewusstsein verschwunden.

Denn in einem Durchgang, der in ein Esszimmer zu führen schien, stand die Auserwählte, die er im Sommerhaus von Rehv gesehen hatte, und redete mit einer anderen, ebenfalls weiß gewandeten Vampirin.

Trez bekam einen Tunnelblick und sah bald nichts anderes mehr als diese Auserwählte, von der er keine Sekunde mehr abließ.

Schau mich an, schickte er seine Gedanken in ihre Richtung. *Schau mich an.*

Und genau in diesem Moment ließ sie den Blick zu ihm schweifen, als hätte sie seinen Befehl intuitiv empfangen.

Trez wurde auf der Stelle hart. Er wollte zu ihr gehen, sie hochheben, sie an einen abgeschiedenen Ort tragen.

Wo er sie kennzeichnen konnte.

iAms Kommentar war das Letzte, was er jetzt brauchte: »Sie ist immer noch nicht für dich bestimmt, Bruderherz.«

Verdammt, dachte Trez, als seine Auserwählte sich wieder ihrer Gesprächspartnerin zuwandte.

Er musste sie haben, und wenn es ihn umbrachte.

Doch was, wenn es wirklich dazu kam? Sein Leben war im Moment ohnehin kein Spaß.

Als Qhuinn erwachte, lag er auf dem Altar. Der Schädel stand direkt neben seinem Kopf, als würde der erste Bruder auf ihn aufpassen, während er sich von seiner Trunkenheit erholte. Er blinzelte, bis seine Sicht wieder klar war, und erkannte, dass er auf eine Wand voller Namen blickte: Jeder Zentimeter der mächtigen Marmorplatte, an der er gelehnt hatte, war mit eingravierten Namen in der Alten Sprache bedeckt.

Ausgenommen der zwei Stellen mit den Griffen.

Als er sich aufsetzte und die Beine vom Altar schwang, krachte es laut in seinem Rücken, und sein Kopf geriet ins Schwimmen. Er rieb sich das Gesicht, sprang herunter und ging ein paar Schritte ... bis er die Gravuren berühren konnte.

»Du stehst ganz am Ende«, sagte Zsadist hinter ihm.

Qhuinn fuhr herum. Die Bruderschaft stand wieder unten vor dem Podest, und alle grinsten wie die Idioten.

Der breite Bostoner Akzent von Butch drang zu ihm hoch. »Es ist echt der Hammer, den eigenen Namen da oben zu sehen. Musst mal gucken!«

Qhuinn wandte sich wieder der Wand zu. Und tatsächlich, als er ans rechte Ende ging, entdeckte er den Namen des Bullen ... und dann seinen eigenen.

Seine Beine wurden ganz wacklig, und er ging in die Knie. Dann blickte er an der Wand mit ihren säuberlichen Zeilen entlang, bis die ferneren Namen zu einem einzigen zusammenhängenden Muster auf dem Marmor verschwammen. Genau wie die Bruderschaft. Keine Individuen. Die Gruppe war das Entscheidende.

Und er war nun ein Teil davon.

Verdammt, er hatte es geschafft.

Qhuinn machte sich bereit für seine persönliche Erfahrung des Wandels – irgendetwas Großes wie eine tönende Glocke in seiner Brust, die »Du gehörst dazu« schlug, oder vielleicht ein schwindelerregendes Glücksgefühl ... oder, Scheiße, einen kraftvollen »Du bist der Coolste«-Chor in seinem Kopf.

Doch nichts passierte. Er war froh, ja. Stolz, und wie.

Er war bereit, da rauszugehen und wie ein Berserker zu kämpfen.

Aber als er aufstand, bemerkte er, dass ein Teil von ihm alles abwesend und stumm über sich ergehen ließ. Gut, er hatte aufreibende Tage hinter sich – das Schicksal hatte sein Leben in den Küchenhäcksler geworfen und zu Salsa verarbeitet.

Und vielleicht lag es daran, dass er noch nie gut mit Gefühlen hatte umgehen können? Das würde sich wohl niemals ändern.

Immerhin rannte er nicht davon.

Als er von dem Podest herabstieg, klopften ihm die Brüder so oft auf den Rücken und knufften ihn in die Brust, dass er zu wissen glaubte, wie sich ein Footballspieler nach dem Training fühlte.

Und dann dämmerte es ihm endlich ... er würde heim zu Blay gehen.

Heilige Jungfrau Maria, um es in den Worten des Cops zu sagen, er konnte kaum erwarten, ihn zu sehen. Sich vielleicht mit ihm abzusetzen, um ihm von der Initiation zu erzählen, obwohl er das vermutlich nicht durfte. Vielleicht konnten sie sich nach der Party in sein Zimmer verdrücken und ein wenig ... Spaß haben.

Okay, jetzt war er aufgeregt.

Rhage warf ihm seine schwarze Robe zu. »Willkommen im Irrenhaus, du armer Trottel. Jetzt wirst du uns nie mehr los.«

Qhuinn runzelte die Stirn und dachte an John. »Aber wie kann ich dann noch *Ahstrux nohtrum* sein?«

»Bist du nicht mehr«, meinte V und zog sich ebenfalls die Robe über. »Du bist frei.«

»Dann wusste John Bescheid?«

»Nicht, dass dir diese Beförderung bevorstand, nein.

Aber ihm wurde mitgeteilt, dass du nicht mehr sein persönlicher Soldat sein könntest.« Als Qhuinn die Tätowierung unter seinem Auge berührte, nickte V. »Ja, die werden wir ändern – aber es ist eine ehrenvolle Entlassung, nicht durch Tod oder weil du in Ungnade gefallen wärst.«

Oh, cool. Besser als eine Kündigung, die einem mit dem Messer an die Brust geheftet wurde.

Als sie die Höhle der Reihe nach wieder verließen, warf Qhuinn einen letzten Blick zurück. Es war wirklich merkwürdig. Ja, mit seiner Aufnahme wurde heute Geschichte geschrieben, aber es fühlte sich gleichzeitig an wie die natürliche Folge all dieser Nächte, die er Seite an Seite mit den Brüdern gekämpft hatte. Daran gemessen erschien dieses außergewöhnliche Ereignis … unausweichlich.

Sie kehrten auf dem gleichen Weg zurück, den sie gekommen waren, und Qhuinn lief durch einen Gang, der vom Boden bis zur sehr hohen Decke von Regalen gesäumt war.

»Gütiger Himmel«, hauchte er, als er all die *Lesser*-Kanopen sah.

Alle blieben stehen.

»Die Pötte?«, fragte Wrath.

»Ja«, sagte Tohr und gluckste. »Unser Junge scheint beeindruckt.«

»Das sollte er auch sein«, murmelte Rhage und zog den Gürtel an seiner Robe fest. »Wir sind einfach top.«

Kollektives Stöhnen an diesem Punkt. Verdrehte Augen.

»Zumindest hat er diesmal das ›Supi-dupi‹ in der Mottenkiste gelassen«, murmelte jemand.

»Das ist Lassiter«, kam eine Antwort.

»Mann, dieser Trottel muss aufhören, diese beknackten Kinderserien zu glotzen.«

»Und ein paar andere Sendungen gleich dazu.«

»Leute«, unterbrach Rhage sie. »Können wir noch einen Moment lang Ruhe bewahren?«

Zustimmendes Knurren beendete das Gezänk, und der kehlige Klang hallte vom Andenken ihrer toten Feinde wider.

»Stell dir nur vor«, sagte Tohr und legte Qhuinn einen Arm um die Schulter, »jetzt kannst selbst du welche hier aufstellen.«

»Cool«, murmelte Qhuinn und betrachtete die verschiedenen Gefäße. »Cool.«

Sie verließen diesen Abschnitt der Höhle durch ein Tor, das zwar alt aussah, aber jedem Schneidbrenner für ein paar Stunden standhalten würde. Dann kamen sie an eine zweite Barriere, die verteufelt nach einer Felswand aussah und die sie zur Seite schoben – ehe sie aus einem niedrigen Erdschacht ins Freie traten und sich wieder beim Escalade befanden. Die Rückfahrt durch den Wald dauerte eine Weile, und sobald die Lichter des Hauses in Sicht kamen, wurde Qhuinn zappelig und tastete nach dem Türgriff.

Der SUV war kaum langsamer geworden, als er schon die Tür aufriss und raussprang. Gelächter brach unter den Brüdern aus, die etwas geordneter ausstiegen und ihm folgten, während er bereits die Stufen hochsprang. Er riss die große Eingangstür auf, durchquerte die Vorhalle und schob sein Gesicht vor die Kamera.

Hinter sich hörte er die Stimmen der Brüder …

Seiner Brüder, um genau zu sein.

Sie drängten sich um ihn und blödelten herum, bis Fritz die Tür zur Eingangshalle öffnete.

Qhuinn rempelte den Butler beinahe um, als er in die Eingangshalle drängte. Viele lächelnde Gesichter begegneten ihm, *Shellans* der Brüder, die Königin, überall *Doggen* ... iAm und Trez, Rehv und Ehlena ...

Doch Qhuinn suchte nach einem bestimmten Rotschopf. Er suchte im Esszimmer, dann im Billardzimmer. Wo war ...

Qhuinn blieb stehen.

Auf der Couch hinter dem Pooltisch saßen Saxton und Blay. Sie saßen Seite an Seite, hielten Gläser mit Gin Tonic in den Händen und schienen tief in ein Gespräch versunken.

Plötzlich lachte Blay, legte den Kopf in den Nacken ...

Und sein Blick fiel auf Qhuinn.

Sofort verhärtete sich sein Gesicht.

»Gratulation!«

Laylas Stimme brachte Qhuinn völlig aus dem Konzept, und er drehte sich blind nach ihr um. In seinem Kopf herrschte Chaos, obwohl es das nicht sollte: Er hatte die ganze Zeit über gewusst, dass Saxton irgendwann zurückkommen würde.

»Ich freue mich so für dich!« Als Layla ihn umarmte, legte er reflexartig die Arme um sie.

»Danke.« Er löste sich von ihr und rieb sich den Kopf. »So, äh, wie fühlst du dich?«

»Mir ist übel, aber ich bin so glücklich!«

Qhuinn sank innerlich in sich zusammen und versuchte, Freude ob der Schwangerschaft zu finden. »Ich bin so froh. Ich bin wirklich ... froh.«

32

Sola knallte gegen den Herd, als sie den Mann in ihr Haus brachte. Und während sie ihren Kurs korrigierte, rempelte sie auch noch den Stuhl, auf dem ihre Großmutter gesessen hatte – aber zumindest konnte sie das übertünchen, indem sie ihn heranzog und sich setzte.

»Sie haben mir Ihren Namen aber auch noch nicht gesagt«, murmelte sie, obwohl ein Name das Letzte war, das sie im Moment beschäftigte.

Der Mann nahm ihr gegenüber an dem kleinen Tisch Platz. Im Kontrast zu seiner teuren Kleidung und seiner mächtigen Statur wirkte alles um ihn herum windig, das Laminat, das sie trennte, die Stühle, die Küche.

Das ganze Haus.

Er streckte ihr die Hand über die Tischplatte entgegen. Mit dieser tiefen, himmlisch akzentuierten Stimme sagte er: »Ich bin Assail.«

»Assail?« Vorsichtig griff sie nach seiner Hand. »Ein merkwürdiger Name …«

Als sie sich berührten, fuhr ein Blitz in ihren Arm und traf sie mitten ins Herz, sodass es schneller schlug und sie errötete.

»Gefällt er Ihnen nicht?«, flüsterte er, als wüsste er genau um ihre Reaktion.

Dabei redete er doch von seinem Namen, oder? Ja, das war es. »Er ist … ungewöhnlich.«

»Sagen Sie mir Ihren«, befahl er, ohne sie dabei loszulassen. »Bitte.«

Während er wartete und ihre Hand hielt, während sie gemeinsam atmeten, erkannte sie, dass es Dinge gab, die intimer waren als Sex.

»Marisol. Aber die Leute nennen mich Sola.«

Er schnurrte. *Schnurrte.* »Für mich sind Sie Marisol.«

Und wie das passte. Mit seinem Akzent verwandelte er den Namen, bei dem man sie ihr Leben lang gerufen hatte, in ein Gedicht.

Sola zog ihre Hand zurück und legte sie in ihren Schoß. Aber ihre Augen blieben weiterhin auf ihn geheftet: Sein Ausdruck war arrogant, doch sie hatte den Eindruck, dass es ihm nicht bewusst war und nichts mit ihr zu tun hatte. Sein Haar war unglaublich kräftig und zweifellos mit irgendetwas gestylt – kein menschliches Haar würde so eine perfekte Welle über der Stirn bilden. Und sein Rasierwasser? Unglaublich. Was es auch war, sie wurde ganz high von dem Duft.

Einem intelligenten Mann wie ihm, der so gut aussah und so gebaut war wie er, lag ganz bestimmt die Welt zu Füßen.

»Also, erzählen Sie mir von Ihrem Besuch«, forderte er sie auf.

Er senkte das Kinn und sah sie unter halb geschlossenen Lidern hervor an.

Es überraschte wirklich nicht, dass er jemanden umgebracht hatte.

Sie zuckte die Schultern. »Keine Ahnung. Meine Großmutter hat nur gesagt, dass er dunkelhaarig war und tiefliegende Augen hatte ...« Irritiert stellte sie fest, dass seine Augen wie immer die Farbe von Mondlicht hatten – diese Farbe schien in der Natur einfach nicht möglich, und sie fragte sich, ob er Kontaktlinsen trug. »Sie ... äh, sie hat keinen Namen erwähnt, aber er war wohl sehr höflich. Sonst hätte ich etwas zu hören bekommen. Und er hat Spanisch mit ihr gesprochen.«

»Wer könnte nach Ihnen suchen?«

Sola schüttelte den Kopf. »Ich weiß es nicht. Ich erzähle niemandem von diesem Haus – nie. Die meisten Leute kennen nicht einmal meinen richtigen Namen. Deshalb dachte ich auch gleich an Sie. Niemand außer Ihnen war jemals hier.«

»Gibt es jemanden in Ihrer Vergangenheit?«

Sie stieß die Luft aus und sah sich in der Küche um, dann zog sie die Servietten aus dem Halter und steckte sie ordentlich wieder hinein. »Ich weiß nicht ...«

Durch ihren Beruf schaffte sie sich jede Menge Feinde.

»Haben Sie eine Alarmanlage?«, erkundigte er sich.

»Ja.«

»Sie sollten davon ausgehen, dass er gefährlich ist, bis Sie etwas Gegenteiliges wissen.«

»Ich stimme zu.« Als der Mann – Assail – in seinen Mantel griff, schüttelte sie den Kopf. »Keine Zigarren. Ich sagte Ihnen ...«

Demonstrativ zog er einen goldenen Füllfederhalter aus der Tasche und hielt ihn hoch. Dann nahm er eine der Servietten, an denen sie gerade herumgefummelt hatte, und schrieb eine siebenstellige Telefonnummer darauf.

»Wenn er noch einmal aufkreuzt, rufen Sie an.« Er schob ihr das Papiertuch zu, behielt aber den Zeigefinger darauf. »Und ich werde mich der Sache annehmen.«

Sola stand zu schnell auf, sodass der Stuhl quietschte. Augenblicklich erstarrte sie und sah zur Decke. Doch es blieb still, und sie ermahnte sich, cool zu bleiben.

Leise lief sie zum Herd. Kam zurück. Machte einen Abstecher zur Hintertür. Kehrte wieder zurück. »Hören Sie, ich brauche Ihre Hilfe nicht. Ich danke Ihnen ...«

Sie drehte sich um und wollte noch einmal die Route zum Herd einschlagen, als er plötzlich direkt vor ihr stand. Erschrocken zuckte sie zusammen – sie hatte gar nicht gehört, wie er sich erhoben hatte ...

Und sein Stuhl stand noch genau wie vorher.

Nicht wie ihrer, den sie beim Aufstehen zur Seite geschoben hatte.

»Was ...« Sie verstummte, und in ihrem Kopf überschlugen sich die Gedanken. Aber sie würde ihn ganz bestimmt nicht fragen, *was* er war ...

Als er die Hand an ihre Wange legte, wusste sie, dass es ihr schwerfallen würde, ihm irgendetwas auszuschlagen.

»Sie rufen an«, befahl er. »Und ich komme zu Ihnen.«

Er sprach so langsam, dass die Worte sich beinahe verformten, und seine Stimme war tief ... so unglaublich tief.

Ihr Stolz verlangte, dass sie protestierte, aber ihr Mund weigerte sich, zu sprechen. »In Ordnung«, sagte sie schließlich.

Seine Lippen verzogen sich zu einem Lächeln. Himmel, seine Zähne waren wirklich scharf und länger, als sie es in Erinnerung hatte.

»Marisol«, schnurrte er. »Was für ein schöner Name.«

Er beugte sich zu ihr herab und schob ihr Kinn mit sanftem Druck nach oben. Oh, nein, bitte nicht, sie durfte das nicht zulassen. Nicht in diesem Haus. Nicht bei einem Mann wie ihm …

Verdammt. Mit einem Seufzer ergab sie sich, schloss die Augen und hob ihm die Lippen entgegen …

»Sola! Sola, was machst du da unten?«

Sie erstarrten – und Sola war sofort wieder dreizehn.

»Nichts!«, rief sie.

»Wer ist bei dir?«

»Niemand – das ist nur der Fernseher!«

Drei … zwei …eins. »Das nicht klingt wie Fernsehen!«

»Gehen Sie«, flüsterte sie und presste die Hand gegen seine breite Brust. »Sie müssen gehen.«

Assail senkte die Lider. »Ich glaube, ich möchte Ihre Großmutter gern kennenlernen.«

»Das wollen Sie nicht.«

»Doch …«

»Sola! Ich komme runter!«

»Gehen Sie«, zischte sie. »*Bitte.*«

Assail fuhr mit dem Daumen über ihre Unterlippe und beugte sich zu ihrem Ohr. »Ich habe vor, an dem Punkt weiterzumachen, wo wir unterbrochen wurden«, flüsterte er. »Nur, damit Sie das wissen.«

Er wandte sich ab und ging mit unerträglicher Gemächlichkeit zur Tür. Selbst als die leichten Tritte der Slipper ihrer Großmutter sich auf der Treppe näherten, nahm er sich noch die Zeit, einen Blick über die Schulter zu werfen, während er die Tür öffnete.

Seine glühenden Augen verschlangen sie. »Wir sehen uns wieder.«

Und dann war er weg, dem Himmel sei Dank.

Eine Sekunde, nachdem sich die Fliegengittertür mit einem Klicken geschlossen hatte, kam ihre Großmutter um die Ecke gebogen. »Was ist los?«, fragte sie.

Sola schielte zum Fenster hinter dem Tisch und vergewisserte sich, dass draußen immer noch kein Licht brannte. Alles war dunkel. Gut.

»Siehst du?«, sagte sie und deutete auf die leere Küche. »Niemand da.«

»Der Fernseher läuft nicht.«

Warum? Warum hatte ihre Großmutter nicht den Anstand, ein wenig tatterig zu werden wie ihre Altersgenossinnen?

»Ich habe ihn ausgemacht, weil er dich gestört hat.«

»So, so.« Misstrauische Augen suchten die Küche ab …

Scheiße. Vor der Hintertür lag schmelzender Schnee, den sie hereingetragen hatten.

»Komm«, sagte Sola und lenkte ihre Großmutter im Kreis herum. »Genug Aufregung für heute. Gehen wir schlafen.«

»Ich behalte dich im Auge, Sola.«

»Ich weiß, *vovó*.«

Während sie zusammen die Treppe hochstiegen, grübelte ein Teil von ihr darüber nach, wer sie besuchen hatte wollen und warum. Aber der Rest von ihr stand immer noch unten in der Küche und war kurz davor, diesen Mann zu küssen.

Vermutlich war es besser, dass sie unterbrochen wurden.

Denn sie hatte das untrügliche Gefühl, dass ihr Beschützer … selbst ein Raubtier war.

Der Anruf, auf den Xcor gewartet hatte, kam zu einem äußerst günstigen Zeitpunkt. Er hatte gerade einen einsamen *Lesser* unter den Brücken der Innenstadt gejagt und erlegt und säuberte nun seine geliebte Sense. Das schwarze Blut löste sich problemlos von der Klinge, als er es mit einem Ledertuch abwischte.

Erst verstaute er seine getreue Gefährtin auf dem Rücken, dann holte er sein Handy heraus. Während er den Anruf annahm, warf er einen Blick in Richtung seiner Soldaten, die sich zusammenrotteten und von den nächtlichen Kämpfen in der Kälte redeten.

»Spreche ich mit Xcor, Sohn des Bloodletter?«

Xcor biss die Zähne zusammen, sparte sich jedoch die Mühe, den Fehler zu korrigieren. Der Name des Bloodletter war seinem Ruf zuträglich. »Ja. Wer ist da?«

Es entstand eine längere Pause. »Ich weiß nicht, ob ich mit Ihnen sprechen soll.«

Der aristokratische Tonfall verriet ihm, mit wem er es zu tun hatte. »Du bist der Vertraute von Elan.«

Wieder folgte eine lange Pause – was Xcors Geduld empfindlich auf die Probe stellte. Doch auch das behielt er für sich.

»Ja. Der bin ich. Haben Sie es schon gehört?«

»Was?«

Wieder Schweigen. Dieser Anruf würde dauern. Xcor pfiff seinen Soldaten zu und bedeutete ihnen, sich auf ihren Wolkenkratzer zu begeben, ein paar Blocks östlich.

Im nächsten Moment stand er auf dem Dach an seinem bevorzugten Platz. Hier oben blies der Wind viel stärker und machte eine Unterhaltung unmöglich, daher trat er in den Windschatten einiger Belüftungsschächte.

»Was habe ich gehört?«, drängte er.

»Elan ist tot.«

Xcor lächelte und bleckte die Fänge. »Tatsächlich.«

»Sie scheinen nicht überrascht.«

»Das bin ich nicht.« Xcor verdrehte die Augen. »Obwohl es mich natürlich erschüttert.«

Und das war gar nicht mal gelogen: Es war wie der Verlust einer nützlichen Schusswaffe. Oder besser gesagt eines Schraubenziehers. Aber diese Dinge ließen sich ersetzen.

»Wissen Sie, wer es war?«, wollte der Anrufer wissen.

»Du selbst scheinst es zu wissen, habe ich recht?«

»Natürlich die Bruderschaft.«

Noch eine Fehlannahme, die Xcor nicht berichtigte. »Erwartest du, dass ich seinen Tod *räche?*«

»Darum geht es mir nicht.« Der gestelzte Tonfall ließ vermuten, dass der Mann ein ähnliches Schicksal fürchtete. »Seine Familie soll die Entschädigung einfordern.«

»Ganz, wie es ihr zusteht.« Als sein Gesprächspartner schwieg, wusste Xcor, worauf er wartete. »Ich kann dir zweierlei zusichern: Diskretion und Schutz. Ich nehme an, du warst im Herbst bei der Versammlung in Elans Haus. Meine Haltung gegenüber dem König hat sich nicht geändert, und aus deinem Anruf schließe ich, dass du mit meinen Ansichten sympathisierst. Liege ich richtig?«

»Ich suche weder politische noch gesellschaftliche Macht.«

Humbug. »Natürlich nicht.«

»Ich mache mir … Sorgen um die Zukunft unserer Spezies – in diesem Punkt stimmten Elan und ich überein. Doch seine Taktik habe ich nie unterstützt. Ein Attentat birgt zu viele Risiken, und letztlich wird man damit nicht das Gewünschte erreichen.«

Au contraire, dachte Xcor. Eine Kugel im Kopf schaffte so manches Problem aus der Welt …

»Das Gesetz ist der Weg, um den König zu stürzen.«

Xcor runzelte die Stirn. »Ich kann nicht ganz folgen.«

»Mit Verlaub, das Gesetz ist mächtiger als das Schwert. Um eine menschliche Redewendung abzuwandeln.«

»Deine feinsinnigen Andeutungen sind bei mir verschwendet. Drücke dich deutlich aus, wenn es recht ist.«

»Die Macht von Wrath fußt auf den Alten Gesetzen. Sie ermöglichen es ihm, allein über unser Leben und unsere Gesellschaft zu bestimmen, sie lassen ihm freie Hand, nach Gutdünken zu regieren, ohne je zur Rechenschaft gezogen zu werden.«

Richtig – deshalb wollte Xcor diesen Job ja so gern übernehmen. »Fahr fort.«

»Es gibt keine Einschränkungen für sein Handeln oder seinen Kurs – er kann sogar das Alte Recht abändern, wenn es ihm beliebt, und unsere Traditionen in den Grundfesten erschüttern.«

»All dies ist mir bewusst.« Xcor sah auf die Uhr. Wenn er nicht noch zwei Stunden an dieser verdammten Strippe hing, blieb noch jede Menge Zeit für den Kampf. »Vielleicht sollten wir uns morgen Abend persönlich treffen ...«

»Es gibt nur einen Vorbehalt.«

Xcor zog die Stirn kraus. »Vorbehalt?«

»Er muss in der Lage sein, einen Erben hervorzubringen, und zwar einen, ich zitiere: ›vollblütigen Erben‹.«

»Und warum sollte das ein Problem für ihn sein? Er ist vereinigt und wird bestimmt bald ...«

»Seine *Shellan* ist ein Halbblut.«

Diesmal verfiel Xcor in Schweigen – und Elans Rechtsanwalt nutzte dieses aus: »Wollen wir offen sein. Die Spezies ist nicht frei von Menschenblut. Es gab immer wieder Verbindungen mit Menschen. Man könnte also argumentieren, dass niemand wirklich ›vollblütig‹ ist. Es liegt jedoch ein entscheidender Unterschied darin, ob sich ein Zivilist in den menschlichen Genpool verirrt, oder ob der König mit einer Mischlingsfrau einen Erben zeugt – der nach seinem Tod den Thron besteigt.«

Throe beugte sich um die Ecke des Lüftungsschachts. »Alles gut?«, formte er mit den Lippen.

Xcor deckte das Handy ab. »Geh mit den anderen in die Straßen runter. Ich stoße gleich zu euch.«

»Wie du wünschst«, sagte Throe mit einer knappen Verbeugung.

Während sein Krieger sich zurückzog, redete der Aristokrat am anderen Ende der Leitung weiter. »Wie Ihnen sicher bewusst ist, regiert Unzufriedenheit in der herrschenden Klasse. Und meiner Meinung nach kann das Aufbringen dieses Themas Wrath weit wirkungsvoller vom Thron verjagen als jeder Angriff auf sein Leben. Besonders nach dieser Machtdemonstration bei der jüngsten Ratszusammenkunft. Viele waren von seiner körperlichen Präsenz und seinem bedrohlichen Auftreten derart eingeschüchtert, dass sie sich fügen wollten.«

In Xcors Kopf begann es zu arbeiten. »Und was schwebt dir vor, werter Gentleman? Möchtest du seine Nachfolge antreten?«

»Nein«, drang es energisch aus dem Handy. »Ich bin Rechtsanwalt, daher geht mir nichts über die Logik. In einer Zeit der Unruhen und Kriege kann nur ein Soldat die Spezies anführen – so sollte es auch sein. Elans Ambitionen waren Wahnsinn, und Sie haben sich das zum Vorteil gemacht. Ich weiß es, weil ich Sie im Herbst in seinem Haus gesehen habe – Sie haben ihn für Ihre Zwecke eingesetzt, obgleich er glaubte, es wäre andersherum. Ich will einen Wandel, ja. Und ich bin bereit, ihn herbeizuführen. Aber ich gebe mich keinen Illusionen bezüglich meiner Eignung zum Herrscher hin und möchte nicht enden wie Elan.«

Unwillkürlich wandte Xcor sich in Richtung des Berggipfels in der Ferne. »Kein König wurde je auf diese Weise entthront.«

»Es wurde noch nie ein König entthront.«

Gutes Argument.

Als er den Blick nach Nordosten lenkte, auf diese Unschärfe in der Landschaft, dachte er an den König und seine Königin ... und die schwangere Auserwählte.

Früher hätte er den blutigeren Weg eingeschlagen, um sich die Genugtuung zu verschaffen, einem sterbenden Wrath den Thron zu entreißen. Doch dieser Krieg der Worte war ... sicherer. Für sie.

Denn er wollte nicht brandschatzen, wo sie aß, wo sie schlief ... wo man sie in ihrem Zustand medizinisch behandelte.

Er schloss die Augen und schüttelte den Kopf über sich selbst. Die Mächtigen waren tief gefallen ... und doch würden sie sich erheben, das schwor er.

»Wie sollen wir vorgehen?«, fragte er rau.

»Wir verhalten uns fürs Erste still. Ich muss Präzedenzfälle sammeln und mir ansehen, wie der Begriff ›vollblütig‹ definiert wurde. Glücklicherweise gibt es eine lange Tradition der Diskriminierung von Menschen, die in der Vergangenheit noch stärker ausgeprägt war – als noch der Vater von Wrath an der Macht war und das Recht interpretierte. Darin liegt der Schlüssel. Je gewichtiger der Präzedenzfall, desto besser die Aussichten.«

Welch ein Hohn. Die Rechtsauslegung des Vaters würde den Sohn zu Fall bringen.

»Unser Problem ist der König. Er muss am Leben bleiben – und darf die Schwachstelle in seiner Legitimation nicht erkennen und beheben, bevor wir uns aufgestellt haben.«

»Du mailst meinem Vertrauten die entsprechenden Passagen, und dann setzen wir uns zusammen.«

»Das wird ein paar Tage in Anspruch nehmen.«

»Verstanden. Aber ich erwarte deinen Anruf.«

Als sie Namen austauschten und Xcor die E-Mail-Adresse von Throe weitergab, hellte seine Stimmung sich auf. Wenn dieser Kerl recht behielt, würde die Herrschaft von Wrath ohne weiteres Blutvergießen enden. Und dann konnte Xcor über die Zukunft der Spezies bestimmen: Soweit er wusste, hatte Wrath keine Familie, wenn er also beseitigt war, gab es niemanden, der Anspruch auf den Thron erheben konnte. Obwohl das natürlich nicht hieß, dass keiner aus dem Gebüsch gekrochen kam.

Doch mit Emporkömmlingen würde er zurechtkommen. Und mit Unterstützung des Rates würde er bestimmt ein populärer Anführer werden – vorausgesetzt, es tanzte niemand aus der Reihe.

Denn Wrath war nicht der Einzige, der die Gesetze ändern konnte.

»Verschwende keine Zeit«, sagte Xcor. »Du hast eine Woche. Nicht länger.«

Die Antwort war äußerst zufriedenstellend: »Ich begebe mich sogleich an die Arbeit.«

Wenn das kein schöner Abschluss für das Telefonat war.

33

Der Tunnel, der das Haupthaus mit dem Trainingszentrum verband, war kalt, schummrig und ruhig.

Qhuinn war allein auf dem Weg und froh darüber. Wenn man sich beschissen fühlte, gab es nichts Schlimmeres, als von fröhlichen Leuten umgeben zu sein.

Er kam an die Tür, die durch die Rückwand des Büroschranks führte, gab die Kombination ein und wartete, bis die Schlösser aufschnappten. Dann ging es vorbei an Bürokram und Stiften, raus durch eine zweite Tür und um einen Schreibtisch herum. Als Nächstes passierte er den Kraftraum, doch ihm war nicht nach Training zumute. Nach dem Initiationsritus tat ihm alles weh – besonders die Arme, mit denen er sich an den Griffen festgehalten hatte.

Mann, seine Hände waren noch immer taub, und als er die Finger krümmte, ahnte er zum ersten Mal in seinem Leben, wie eine Arthritis sich anfühlen musste.

Er ging weiter bis zum Klinikbereich. Als er sich die

Kleidung glattstrich, fiel ihm auf, dass er noch immer in der Robe steckte.

Doch er würde nicht zurückgehen, um sich umzuziehen, so viel stand fest.

Er klopfte an den Aufwachraum und rief: »Luchas? Bist du wach?«

»Komm rein«, antwortete sein Bruder heiser.

Qhuinn musste sich innerlich wappnen, bevor er eintrat. Und er war froh, dass er es getan hatte.

Luchas lag auf dem Bett, den Kopf auf Kissen gebettet, und er sah immer noch aus, als stünde er an der Schwelle zum Tod. Das Gesicht, das Qhuinn intelligent und jung in Erinnerung hatte, war von Falten durchzogen und düster. Der Körper war unerträglich dünn. Und diese Hände ...

Gütiger Himmel, die Hände.

Da wollte er sich über schmerzende Hände beschweren?

Er räusperte sich. »Hi.«

»Hallo.«

»Tja, also. Wie ist es dir ergangen?«

Echt super Frage. Dem Kerl standen wochenlange Bettruhe und dann Monate der Physiotherapie – und er konnte sich glücklich schätzen, wenn er jemals wieder einen Stift würde halten können.

Luchas winselte, als er versuchte, die Achseln zu zucken. »Ich bin überrascht, dass du gekommen bist.«

»Nun, du bist mein ...« Qhuinn verstummte. Denn faktisch war Luchas kein Verwandter mehr von ihm. »Ich meine ... ja.«

Luchas schloss die Augen. »Ich war immer dein Bruder und werde es immer bleiben. Kein Schriftstück kann das ändern.«

Qhuinns Augen wanderten zu der verstümmelten rechten Hand und dem Siegelring. »Ich glaube, Vater würde dir da widersprechen.«

»Vater ist tot. Seine Meinung zählt nicht mehr.«

Qhuinn blinzelte.

Als er schwieg, öffnete Luchas die Augen. »Du scheinst überrascht.«

»Nichts für ungut, aber so etwas hätte ich nie aus deinem Mund erwartet.«

Luchas deutete auf seinen geschundenen Körper. »Ich habe mich geändert.«

Qhuinn zog sich einen Stuhl heran, setzte sich und rieb sich das Gesicht. Er war hierhergekommen, weil ein Besuch beim totgeglaubten, entfremdeten Bruder der einzig annähernd annehmbare Grund war, eine Party zu verlassen, die zu seinen Ehren geschmissen wurde.

Aber die Nacht damit zu verbringen, Blay und Saxton zusammen zu beobachten, war einfach nicht drin.

Doch jetzt, da er hier war, hatte er nicht das Gefühl, zu irgendeinem Gespräch in der Lage zu sein.

»Was ist aus dem Haus geworden?«, fragte Luchas.

»Äh … nichts. Ich meine, nach … allem, was passiert ist, erhob niemand Besitzanspruch, und ich hatte kein Recht darauf. Also fiel es an Wrath zurück und er hat es mir überschrieben – aber hör zu, es ist deins. Ich war seit meinem Rausschmiss nicht mehr drin.«

»Ich will es nicht.«

Okay, noch eine Überraschung. In seiner Jugend hatte sein Bruder permanent davon geredet, was er alles erreichen wollte, wenn er älter war: die Schule, die gesellschaftliche Anerkennung, in die Fußstapfen ihres Vaters treten.

Dass er jetzt Nein sagte, war, als würde jemand den Thron ablehnen – unvorstellbar.

»Wurdest du je gefoltert?«, murmelte Luchas.

Seine Kindheit kam ihm in den Sinn. Dann die Ehrengarde. Aber er würde seinem Bruder jetzt ganz bestimmt keinen reinwürgen. »Man hat mich hier und da rau angefasst.«

»Das kann ich mir vorstellen. Und wie war es danach?«

»Wie meinst du das?«

»Wie hast du dich wieder an die Normalität gewöhnt?«

Qhuinn krümmte seine schmerzenden Hände und betrachtete die Finger, die alle vollkommen intakt und funktionsfähig waren, trotz der Schmerzen. Sein Bruder würde nie mehr in der Lage sein, bis zehn zu zählen: Heilung war das eine, Regeneration etwas ganz anderes.

»Es gibt keine Normalität mehr«, hörte er sich sagen. »Man macht nur irgendwie weiter, weil ... es das Einzige ist, was einem bleibt. Am schwersten ist es, mit anderen Leuten zusammen zu sein – es ist, als ob sie auf einer anderen Wellenlänge wären, aber nur du allein weißt es. Sie reden über ihr Leben und ihre Probleme, und sie entgleiten dir. Es ist eine völlig andere Sprache, und man muss sich ins Gedächtnis rufen, dass man ihnen nur in ihrer Muttersprache antworten kann. Es ist wirklich schwer, sich mitzuteilen.«

»Ja, genau so ist es«, sagte Luchas langsam »Genau so.«

Qhuinn rieb sich erneut das Gesicht. »Ich hätte nie gedacht, dass ich einmal etwas mit dir gemeinsam haben würde.«

Aber so war es nun. Als Luchas ihn ansah, trafen diese vollkommen gleichen Augen auf seine verschiedenfarbigen, und die Verbindung war da: Sie waren beide durch die Hölle gegangen, und diese Erfahrung verband sie stärker als die DNA, die sie teilten.

Es war so merkwürdig.

Offensichtlich war heute die Nacht, in der er überall Familie fand.

Nur nicht dort, wo er sie sich wünschte.

Oft überwog das Schweigen, und nur das regelmäßige Piepen der Apparate unterbrach die Stille. Trotzdem blieb Qhuinn noch eine ganze Weile. Er und sein Bruder redeten nicht viel, und das war okay. Anders hätte er es nicht gewollt. Er war nicht bereit, sich seinem Bruder zu öffnen und von Layla zu erzählen oder von dem Kind, und vermutlich war es ohnehin bezeichnend, dass Luchas nicht fragte, ob er vereinigt war. Und von Blay würde er ganz bestimmt nicht anfangen.

Dennoch tat es gut, bei seinem Bruder zu sitzen. Es hatte etwas Besonderes auf sich mit den Leuten, mit denen man aufgewachsen war, die man kannte, solange man denken konnte. Selbst wenn man auf eine kaputte, traurige Vergangenheit zurückblickte, war man in späteren Jahren froh, dass sich diese Idioten auch noch auf dem Planeten tummelten.

Es ließ das Leben weniger zerbrechlich erscheinen, als es in Wirklichkeit war – und manchmal war diese Illusion das Einzige, was einem über die Nacht half.

»Ich gehe besser, damit du dich ausruhen kannst«, meinte Qhuinn und rieb sich die Knie, um seine eingeschlafenen Beine aufzuwecken.

Luchas drehte den Kopf auf dem Krankenhauskissen. »Ungewöhnliche Aufmachung für dich, nicht wahr?«

Qhuinn sah an sich herab auf die schwarze Robe. »Ach, dieses alte Ding? Das habe ich mir einfach schnell übergeworfen.«

»Sieht mir recht zeremoniell aus.«

»Brauchst du irgendetwas?« Qhuinn stand auf. »Essen?«

»Ich habe alles. Aber danke.«

»Nun, du gibst mir Bescheid, okay?«

»Du bist ein anständiger Kerl, Qhuinn, weißt du das?«

Qhuinns Herz blieb kurz stehen und setzte dann im Schweinsgalopp wieder ein. Das war der Satz, mit dem ihr Vater echte Gentlemen beschrieben hatte ... die Note »Eins mit Stern«, das größte Kompliment, gleichzusetzen mit einer Schraubstockumarmung und einem Highfive unter normalen Leuten.

»Danke, Mann«, sagte er rau. »Du auch.«

»Wie kannst du das sagen?« Luchas räusperte sich. »Wie im Namen der Jungfrau der Schrift kannst du das sagen?«

Qhuinn stieß die Luft aus. »Willst du wissen, wie ich es sehe? Nun, das kannst du haben. Du warst der Segen. Ich war der Fluch – du warst am oberen, ich am unteren Ende der Beliebtheitsskala in unserem Haus. Aber keiner von uns hatte eine Wahl. Du warst nicht freier, als ich es war. Du konntest dir deine Zukunft nicht aussuchen – sie stand schon bei deiner Geburt fest. Und in gewisser Weise haben mich meine Augen gerettet, weil Vater sich ihretwegen nicht um mich kümmerte. Natürlich hat er mich fertiggemacht, aber zumindest konnte ich selbst entscheiden, was ich tue und mit meinem Leben anfange. Diese Chance hattest du nie. Du warst eine mathematische Gleichung und musstest aufgehen, alles war vom Moment deiner Zeugung an für dich vorherbestimmt.«

Luchas schloss erneut die Lider und erzitterte. »Ich gehe es wieder und wieder in Gedanken durch. All die Jahre in diesem Haus, von meiner ersten Erinnerung ... bis zum letzten Eindruck dieser letzten Nacht, als ...« Er hustete leicht, als würde seine Brust schmerzen oder vielleicht sein Herz aus dem Rhythmus geraten. »Ich habe ihn gehasst. Wusstest du das?«

»Nein. Aber ich kann nicht behaupten, dass es mich überrascht.«

»Ich will nicht zurück in dieses Haus.«

»Dann musst du auch nicht. Aber wenn du gehst ... komm ich mit.«

Luchas sah ihn an. »Ernsthaft?«

Qhuinn nickte. Obwohl er es nicht eilig hatte, durch diese Zimmer zu laufen und auf die Geister der Vergangenheit zu treffen, würde er gehen, wenn Luchas ging.

Zwei Überlebende, zurück an dem Ort, der sie geprägt hatte.

»Ja. Im Ernst.«

Luchas lächelte. Es war ein verhaltenes Lächeln, nichts im Vergleich zu seinem früheren Strahlen, doch das war okay. Qhuinn gefiel es viel besser. Es war ehrlich. Fragil, aber ehrlich.

»Wir sehen uns bald«, sagte Qhuinn.

»Das wäre ... sehr schön.«

Qhuinn wandte sich ab, drückte die Tür auf und ...

... Blay saß draußen im Gang auf dem Boden und rauchte eine Zigarette, während er auf ihn wartete.

Als Qhuinn herauskam, stand Blay auf und drückte seine Dunhill an dem halbvollen Glas in seiner Hand aus. Er war sich nicht sicher, in welcher Verfassung er den Kämpfer erwartet hatte, aber ganz bestimmt nicht so: vollkommen verkrampft und niedergeschlagen, trotz der immensen Ehre, die ihm zuteilgeworden war. Andererseits war es bestimmt kein Spaß, am Bett seines Bruders zu sitzen.

Und Blay war nicht dumm: Saxton war heimgekehrt.

»Dachte ich mir doch, dass ich dich hier finde«, sagte er, als Qhuinn ihn nicht einmal mit einem »Hallo« würdigte.

Genau genommen hüpften Qhuinns blau-grüne Augen von einem Punkt zum anderen, nur richteten sie sich nicht auf ihn.

»Und, äh, wie geht es deinem Bruder?«, fragte er zaghaft.

»Er lebt.«

Mehr konnte man im Moment wohl nicht erwarten.

Und offensichtlich gedachte Qhuinn auch nicht, mehr zu sagen. Vielleicht hätte er nicht hier runterkommen sollen. »Ich, äh, wollte dir gratulieren.«

»Danke.«

Okay, Qhuinn sah ihn immer noch nicht an. Stattdessen war sein Blick auf das Büro gerichtet, als wäre er in Gedanken schon dort und würde durch den verdammten Schrank mit den Papiervorräten ...

Als Qhuinn die Knöchel krachen ließ, klang es so laut wie ein Gewehrschuss. Dann öffnete und schloss er die Hände, als würden sie schmerzen.

»Tja, ein historisches Ereignis.« Blay wollte sich eine neue Zigarette aus der Schachtel nehmen, ließ es aber bleiben. »Eine echte Neuerung.«

»Neuerungen gab es in letzter Zeit genug«, sagte Qhuinn gereizt.

»Was soll das heißen?«

»Nichts. Es spielt keine Rolle.«

Mist, dachte Blay, er hätte nicht kommen sollen. »Kannst du mich anschauen? Ich meine, würde es dich verdammt noch mal umbringen, mich anzusehen?«

Die verschiedenfarbigen Augen schossen herum. »Oh, ich habe dich sehr gut gesehen. Schätze, dein Macker ist wieder da. Wirst du ihm erzählen, dass du mich gefickt hast, während er weg war? Oder bleibt das dein kleines schmutziges Geheimnis? Genau, pst, sag's ja nicht meinem Cousin.«

Blay biss die Zähne zusammen. »Du scheinheiliges Arschloch.«

»Entschuldige, aber *ich* habe keinen festen Freund …«

»Du willst also allen Ernstes behaupten, vollkommen offen zu uns zu stehen? Wie zum Beispiel neulich, als Vishous da zur Tür rauskam?« Er deutete energisch auf den Aufwachraum. »Da bist du nicht aufgesprungen wie von der Tarantel gestochen? Du willst mir erzählen, du würdest dich damit brüsten, einen Kerl zu vögeln?«

Qhuinn schien einen Moment lang fassungslos. »Du glaubst, das war der Grund? Und nicht, lass mal überlegen, weil ich dich nicht in Verlegenheit bringen wollte, weil du deinen Freund *betrügst?*«

Mittlerweile standen sie sich nach vorne gebeugt gegenüber, und ihre Stimmen hallten durch den Flur.

»Ach, *Blödsinn!*« Blay schlug mit der Hand in die Luft. »Das ist völliger Blödsinn! Siehst du, das war schon *immer* dein Problem. Du wolltest nie zu deiner sexuellen Orientierung stehen …«

»Sexuelle Orientierung? Du denkst also, ich wäre schwul?«

»Du vögelst Kerle! Was glaubst du denn, was das bedeutet?«

»Das bist *du* – *du* vögelst Kerle. Du magst keine Frauen und Vampirinnen …«

»Du konntest *nie* akzeptieren, wer du bist«, bellte Blay, »weil du Angst davor hast, was die Leute denken! Der große Rebell, Mr Piercing, verkorkst durch seine verfickte Familie! In Wahrheit bist du ein Feigling und warst es schon immer!«

Qhuinn kochte jetzt regelrecht und sah aus, als würde er Blay gleich eine reinhauen. Verdammt, Blay wünschte sich sogar, er würde zuschlagen, damit er zurückschlagen konnte.

»Lass uns eines klarstellen«, blaffte Qhuinn. »Versuch nicht, deinen Scheiß auf mich abzuwälzen. Und das beinhaltet auch meinen Cousin und die Tatsache, dass du ihn betrogen hast.«

Blay warf die Hände in die Luft und lief umher, um nicht aus der Haut zu fahren. »Ich ertrage es nicht länger. Ich kaue das nicht noch einmal mit dir durch. Mir kommt es vor, als hätte ich mich mein ganzes Leben lang mit deinen Problemen herumgeschlagen …«

»Wenn ich schwul bin, warum warst du dann der einzige Kerl, mit dem ich je etwas hatte?«

Blay blieb wie vom Donner gerührt stehen und konnte Qhuinn nur anstarren, während Bilder von all diesen Männern in den Toiletten vor seinem geistigen Auge vorüberzogen. Grundgütiger, er erinnerte sich an jeden Einzelnen von ihnen, obwohl Qhuinn das sicher nicht tat. An ihre Gesichter. Ihre Körper. Ihre Orgasmen.

Und alle hatten sie bekommen, wonach er sich gesehnt hatte, und was ihm verwehrt geblieben war.

»Wie kannst du es wagen«, flüsterte Blay. »Wie kannst du es verdammt noch mal wagen. Oder glaubst du, ich war nicht dabei? Ich musste länger zusehen, als mir lieb war. Und ganz ehrlich: So interessant war es nicht – genauso wenig wie du.«

Als Qhuinn erblasste, begann Blay den Kopf zu schütteln. »Ich hab's so satt. Ich will nichts mehr damit zu tun haben – dass du dich selbst nicht annehmen kannst, wird alles zerstören, was von deinem Leben noch übrig ist, aber das ist dein Problem, nicht meines.«

Qhuinn fluchte lang und ausgiebig. »Ich hätte nicht gedacht, dass ich das jemals sagen würde … aber du kennst mich nicht.«

»Ich kenne dich nicht? Ich glaube, der Fall liegt anders, Arschloch. *Du* kennst dich nicht.«

Nach diesen Worten erwartete Blay, dass Qhuinn in die Luft gehen würde. Irgendeine gigantische theatralische Reaktion.

Doch nichts passierte.

Qhuinn drückte lediglich die Schultern durch, hob das Kinn auf Normalhöhe und sprach vollkommen beherrscht. »Ich habe jetzt ein Jahr lang versucht, herauszufinden, wer ich bin, mir und anderen nichts mehr vorzumachen, vernünftig zu werden …«

»Dann hast du dreihundertfünfundsechzig Nächte verschwendet. Aber auch das ist dein Problem.«

Und mit einem fiesen Fluch wandte Blay sich ab und ging – er blickte nicht zurück. Dafür gab es keinen Anlass. Es war niemand hier, den er sehen wollte.

Mann, wenn der Inbegriff von Wahnsinn darin bestand, immer wieder das Gleiche zu tun und sich ein neues Ergebnis davon zu erhoffen, dann hatte er schon vor Jahren den Verstand verloren. Wenn ihm seine geistige Gesundheit lieb war, sein emotionales Wohlbefinden und sein bares Leben, dann musste er dem Ganzen ein Ende setz…

Qhuinn riss ihn am Arm herum und kam ganz nah mit seinem wütenden Gesicht an ihn heran. »Lauf jetzt nicht einfach weg.«

Blay fühlte, wie ihn eine Welle der Erschöpfung erfasste. »Warum? Hast du noch irgendetwas zu sagen? Irgendeine Selbsterkenntnis, die das Puzzle richtig zusammenfügen soll? Irgendein großes Geständnis, das alles ins Lot bringt und eine heile Welt erschafft? Tut mir leid, aber dazu fehlt dir das Vokabular und mir die Naivität.«

»Ich will, dass du eines nicht vergisst«, knurrte Qhuinn. »Ich habe mich bemüht, dass es zwischen uns läuft. Ich habe uns eine Chance gegeben.«

Blays Mund klappte auf. »Du hast uns eine Chance gegeben? Willst du mich *verarschen*? Du glaubst, mich zu vögeln, um deinem Cousin eins auszuwischen, käme einer Beziehung gleich? Hältst du ein paarmal heimliches Rumgeficke für eine Liebesaffäre?«

»Mehr war mir leider nicht vergönnt.« Die verschiedenfarbigen Augen bohrten sich in sein Gesicht. »Ich sage nicht, dass es die große Romantik war, aber ich bin auf dich zugekommen, weil ich mit dir zusammen sein wollte, egal auf welche Weise.«

»Toll, Gratulation. Und jetzt, da wir beide Gelegenheit hatten, die Ware zu prüfen, kann ich mit Sicherheit sagen, dass wir zwei nicht füreinander geschaffen sind.« Als Qhuinn anfing, herzhaft zu fluchen, fuhr Blay sich durchs Haar und hätte es sich am liebsten ausgerissen. »Hör zu, wenn es dir hilft, am Tag zu schlafen – und ich kann mir wahrlich nicht vorstellen, dass es dich länger als eine Nacht beschäftigen wird –, dann rede dir ein, dass du alles getan hast und es einfach nicht funktioniert hat. Ich persönlich bevorzuge die Realität. Das zwischen uns war nichts anderes als das, was du mit all deinen Zufallsbegegnungen hattest. Sex – einfach nur Sex. Und jetzt sind wir fertig.«

Qhuinns Augen brannten. »In diesem Punkt verkennst du mich.«

»Dann machst du dir etwas vor und verschließt die Augen vor der Wahrheit.«

»Leute können sich ändern. So bin ich nicht mehr, und ganz bestimmt nicht in Bezug auf dich.«

Himmel ... was für eine traurige Erleichterung, bei diesen Worten nichts zu fühlen. »Weißt du ... es gab eine Zeit, da wäre ich dir zu Füßen gefallen, um so etwas von dir zu hören«, murmelte er. »Aber jetzt ... jetzt sehe ich nur, wie du aufspringst, sobald jemand aus dieser Tür da kommt und uns zusammen sieht. Du sagst, das war wegen Saxton und mir? Fein. Aber ich bin mir sicher ... hundertprozentig sicher ... wenn du deine Meinung hinterfragst, wirst du feststellen, dass es viel mehr mit dir zu tun hatte als mit deinem Cousin. Du hast dich so viele Jahre lang gehasst – ich glaube nicht, dass du jemals jemanden wirklich lieben kannst oder ein Gefühl dafür entwickelst, wer du bist. Ich hoffe, dass du es irgendwann schaffst, aber an dieser Entdeckerreise werde ich nicht teilnehmen – das verspreche ich dir.«

Qhuinn schüttelte den Kopf und zog die Stirn so tief in Falten, dass sich eine Kluft zwischen den Brauen bildete. »Du glaubst, du hast mich vollkommen durchschaut.«

»Das ist nicht sonderlich schwer.«

»Nur, dass du es weißt: Ich habe dich geliebt.«

»Für drei Tage, Qhuinn. Drei Tage. In denen du so viel Scheiße um die Ohren hattest, dass *Krieg und Frieden* daneben verblasst. Das ist keine Liebe. Das ist guter Sex als Ablenkung in einer schwierigen Zeit.«

»Ich bin nicht schwul.«

»Schön. Dann eben bi. Offen für anderes. In deiner experimentellen Phase. Was auch immer. Ist mir egal. Wirklich. Ich weiß, wer ich bin, und auf diese Weise regle ich mein Leben. Du gehst die Sache anders an – viel Glück damit. Scheint ja *prächtig* zu funktionieren.«

Und damit ging er.

Nur dieses Mal ... ließ Qhuinn ihn ziehen.

34

Inzwischen war eine Woche vergangen, in der das Leben wieder seinen gewohnten Gang aufgenommen hatte, dachte Qhuinn, als er in die schwarze Lederhose schlüpfte, sich ein ärmelloses Shirt über den Kopf zog und Waffen und Lederjacke nahm.

Mann, er konnte nicht fassen, dass man ihn erst vor sieben Nächten in die Bruderschaft aufgenommen hatte.

Es erschien ihm wie eine Ewigkeit.

Er trat aus seinem Zimmer, lief den Flur mit den Statuen hinunter, vorbei an Wraths Arbeitszimmer, und klopfte bei Layla.

»Herein!«

»Hallo«, sagte er und trat ein. »Wie geht es dir?«

»Danke, bestens.« Layla erhob sich aus einem Berg von Kissen und strich sich über den Bauch.

»Oder besser gesagt: *Uns.* Doc Jane war gerade hier. Die Blutwerte sind perfekt, und ich bleibe bei Ginger Ale und Crackern, also geht es mir gut.«

»Solltest du nicht auch ein paar Proteine zu dir nehmen?« Scheiße, er wollte nicht, dass es nach Bevormundung klang. »Nicht, dass ich dir vorschreiben will, was du zu essen hast.«

»Ach nein, schon okay. Fritz hat Hähnchenbrust für mich gedünstet, und ich habe sie bei mir behalten, also werde ich das von nun an täglich versuchen. Solange das Essen nach nicht viel schmeckt, geht es.«

»Brauchst du irgendwas?«

Laylas Augen wurden schmal. »Wenn du mich so fragst: ja.«

»Sprich, und es ist dein.«

»Rede mit mir.«

Qhuinn sah sie überrascht an. »Und über was?«

»Dich.« Sie fluchte entnervt und warf ihre Illustrierte von sich. »Was ist los? Du schleppst dich durch die Gegend, du redest mit niemandem. Alle machen sich Sorgen.«

Alle. Fantastisch. Warum konnte er nicht allein leben?

»Mir geht es gut ...«

»Dir geht es gut. Aha. So, so.«

Qhuinn hob kapitulierend die Hände. »Hey, was soll ich sagen? Ich stehe auf, ich gehe zur Arbeit, ich komme heim – dir geht es gut und dem Kleinen auch. Luchas erholt sich langsam. Ich bin in der Bruderschaft. Das Leben ist toll.«

»Und warum siehst du dann so geknickt aus?«

Er musste den Blick abwenden. »Das bin ich nicht. Hör zu, ich muss etwas essen, bevor ich ...«

»WillstdudasKindnochimmer?«

Layla sprach so schnell, dass sein Hirn eine Weile brauchte, um ihre Worte zu dechiffrieren. Aber dann ...

»Was?«

Als sie die Finger knetete, wie sie es immer tat, wenn sie nervös war, kam er ans Bett und setzte sich neben sie. Er legte seine Jacke und die mit Waffen bestückten Halfter zur Seite und hielt ihre rastlosen Hände fest.

»Ich freue mich wie *wahnsinnig* auf unser Kind.« Um genau zu sein, war das Baby in ihrem Bauch das Einzige, das ihn zurzeit bei der Stange hielt. »Ich liebe sie oder ihn schon jetzt.«

Ganz genau. Denn Kinder waren das Einzige, woran man sein Herz sicher hängen konnte, wenn man ihn fragte.

»Das musst du mir glauben«, sagte er eindringlich. »Wirklich.«

»Okay. In Ordnung, ich glaube dir.« Layla streckte die Hand aus und strich ihm seitlich übers Gesicht, sodass er zusammenzuckte. »Aber was bedrückt dich dann, mein lieber Freund? Was ist passiert?«

»Einfach nur das Leben.« Er lächelte sie an. »Keine große Sache. Aber lass dich von meinen Launen nicht verunsichern, glaube mir, ich freue mich auf unser Kind.«

Erleichtert schloss sie die Augen. »Dafür bin ich dankbar. Und für das, was Payne getan hat.«

»Und Blaylock«, murmelte er. »Ihn darfst du nicht vergessen.«

Was für eine verdammte Ironie. Der Kerl hatte ihm das Herz durchbohrt und ihm zugleich ein neues geschenkt.

»Wie bitte?«, sagte sie.

»Blaylock ist zu Payne gegangen. Es war seine Idee.«

»Ist das wahr?«, flüsterte Layla. »Das hat er getan?«

»Ja. Blaylock ist ein feiner Kerl. Ein echter Gentleman.«

»Warum nennst du ihn so?«

»Weil er so heißt, oder nicht?« Qhuinn tätschelte Laylas

Arm, stand auf und nahm seine Ausrüstung. »Ich muss weiter. Wie immer habe ich mein Handy dabei, und du rufst an, wenn du irgendetwas brauchst.«

Die Auserwählte sah ihn verwundert an. »Aber Beth hat gesagt, du wärst heute nicht im Einsatz.«

Großartig. Dann war er also wirklich Gesprächsthema. »Ich muss los.« Da Layla aussah, als wollte sie gleich etwas einwenden, beugte er sich hinab und drückte ihr einen keuschen Kuss auf die Stirn, in der Hoffnung, sie damit zufriedenzustellen. »Mach dir um mich keine Sorgen, okay?«

Er ging, bevor sie zum nächsten Angriff ansetzen konnte. Draußen im Flur schloss er die Tür und …

… erstarrte. »Tohr. Äh, was gibt's?«

Der Bruder lehnte an der Tür zu Wraths Arbeitszimmer, als hätte er auf ihn gewartet. »Ich dachte, wir beide hätten gestern über den Dienstplan geredet.«

»Das haben wir.«

»Und was willst du dann mit den Waffen?«

Qhuinn verdrehte die Augen. »Sieh mal, ich bleibe nicht im Haus, bis der Morgen dämmert und mich für eine Gesamtzeit von vierundzwanzig Stunden einsperrt. Ist nicht.«

»Niemand sagt, dass du im Haus bleiben musst. Aber das sage ich dir von Bruder zu Bruder: Du bist heute *nicht* mit uns im Einsatz.«

»Ach, komm schon …«

»Schau dir einen verdammten Film an, wenn du willst. Fahr zum Drogeriemarkt, aber lass diesmal nicht die Schlüssel stecken. Geh in ein Einkaufszentrum mit langen Öffnungszeiten und gib dem Weihnachtsmann deine Wunschliste, mir egal. Aber du wirst *nicht* kämpfen – und ehe du widersprichst: Diese Regel gilt für uns alle. Du bildest keine Ausnahme. Und du bist nicht der Einzige, der heute nicht im Einsatz ist. Verstanden?«

Qhuinn murrte vor sich hin, aber als Tohr ihm die offene Hand hinstreckte, klatschte er sie ab und nickte.

Tohr ging und joggte die große Freitreppe hinunter, und Qhuinn hätte am liebsten ausgiebig geflucht: eine ganze Nacht für sich. Super.

Es ging doch nichts über einen Abend mit einem Depressiven.

Scheiße, vielleicht sollte er hoch ins Kino gehen, sich ein paar Hormonpflaster draufklatschen, *Meine Lieder – meine Träume* einlegen und sich die Fußnägel lackieren.

Oder *Magnolien aus Stahl … Bittersüße Kokosnüsse.*

Oder hieß es *Schokolade?*

Oder er setzte sich einfach eine Kugel in den Kopf.

Der Effekt wäre der gleiche.

Das sichere Haus von Blays Eltern lag auf dem Land, umgeben von sanften, schneebedeckten Hügeln, die sich bis zum Waldrand erstreckten. Es war aus cremefarbenen Flusssteinen gebaut, nicht riesig, aber sehr einladend, mit niedrigen Deckenbalken und vielen Kaminen, die bei dem kalten Wetter immer brannten, und einer Küche mit allen Raffinessen, die das einzig Moderne in dem ganzen Haus war.

Und in der seine Mutter absolute Köstlichkeiten zubereitete.

Als er mit seinem Vater aus dem Arbeitszimmer kam, sah seine Mutter von dem Achtflammenherd auf. Ihre Augen waren groß und besorgt, während sie unter ständigem Rühren Käse in einem kupfernen Wasserbad schmolz.

Weil er keine große Sache aus dieser sehr großen Sache

machen wollte, die da gerade stattgefunden hatte, zeigte er ihr unauffällig den hochgereckten Daumen und ließ sich an dem rustikalen Eichentisch im Erker nieder.

Seine Mutter schlug die Hand über den Mund und schloss die Augen, hörte jedoch nicht auf zu rühren, als ihre Gefühle sie überwältigten.

»Na, na«, sagte sein Vater und ging zu seiner *Shellan.* »Wer wird denn …«

Er drehte sie zu sich und schlang die Arme um sie. Während sie weiterrührte.

»Es ist okay.« Er küsste sie auf den Scheitel. »Hey, es ist in Ordnung.«

Er sah Blay an, der wiederholt blinzeln musste, als ihre Blicke sich trafen. Dann musste er seine tränenden Augen bedecken.

»Leute! Gütige Jungfrau der Schrift!« Jetzt schniefte selbst sein Vater. »Mein wundervoller, kerngesunder, aufgeweckter Sohn ist schwul – das ist doch kein Grund zur Trauer!«

Jemand fing an zu lachen. Blay fiel ein.

»Niemand ist gestorben.« Sein Vater drückte das Kinn seiner Mutter nach oben und lächelte ihr ins Gesicht. »Habe ich recht?«

»Ich bin so froh, dass es raus ist und wir uns einig sind«, sagte seine Mutter.

Blays Vater schüttelte den Kopf, als wäre jede andere Reaktion undenkbar. »Wir sind eine starke Familie – weißt du das denn nicht, meine Geliebte? Aber vor allem gibt es auch gar kein Problem. Das ist keine Tragödie.«

Himmel, seine Eltern waren die Besten.

»Komm her«, sein Vater winkte ihn heran. »Blay, komm zu uns.«

Blay stand auf und trat zu seinen Eltern. Als sie ihre

Arme um ihn schlangen, atmete er tief ein und wurde wieder zu dem Kind, das er vor einer Ewigkeit gewesen war: Das Aftershave seines Vaters roch noch genauso, und das Shampoo seiner Mutter erinnerte ihn an eine Sommernacht, und der Geruch von Lasagne im Ofen ließ ihm das Wasser im Mund zusammenlaufen.

Genau wie immer.

Die Zeit war wirklich relativ, dachte er. Obwohl er größer und kräftiger geworden war und sich so viel ereignet hatte, war die Einheit aus diesen beiden Leuten sein Fundament, sein Fels in der Brandung, sein niemals perfektes, aber stets verlässliches Bezugsmaß. Und hier im Schutz ihrer vertrauten, liebevollen Umarmung fiel alle Spannung von ihm ab.

Es war schwer gewesen, es seinem Vater zu sagen, die Worte zu finden, die »Sicherheit« aufzugeben und das Risiko einzugehen, seine Meinung von dem Mann revidieren zu müssen, der ihn aufgezogen hatte und geliebt wie kein anderer. Hätte ihn sein Vater nicht unterstützt, wäre ihm das Wertesystem der *Glymera* wichtiger gewesen als die Ehrlichkeit seines Sohnes, dann wäre Blay gezwungen gewesen, eine geliebte Person in einem anderen Licht zu sehen.

Doch das war nicht passiert. Und jetzt fühlte er sich, als wäre er von einem Hausdach gesprungen ... und auf einer gigantischen Packung Toastbrot gelandet, sicher und weich: Die bisher größte Prüfung für seine Familie war nicht nur bestanden, sondern zu einem Triumph geworden.

Sie lösten sich aus der Umarmung, und sein Vater legte die Hand auf Blays Gesicht. »Du wirst immer mein Sohn sein. Und ich werde *immer* stolz sein, dich meinen Sohn zu nennen.«

Als er den Arm sinken ließ, blitzte der goldene Siegelring an seiner Hand auf. Das Motiv, das in das kostbare Metall geprägt war, entsprach exakt dem auf Blays Ring – und als er die vertrauten Linien betrachtete, erkannte er, wie falsch die *Glymera* lag. Die Wappen sollten Symbole des Zusammenhalts sein, so, wie sie ihn jetzt fühlten und wie er die einzelnen Familienmitglieder stärkte. Zeichen der Hingabe zwischen Mutter und Vater, Vater und Sohn, Mutter und Kind.

Aber wie so oft verkannte die Aristokratie das Wesentliche und sah nur den Wert des Golds und der Gravuren statt der Personen. Die *Glymera* interessierte sich für den Schein, nicht für das Sein: Solange der äußere Anstrich stimmte, durfte das darunter tot oder verdorben sein, es war ihnen egal.

Doch was Blay betraf, war die Zusammengehörigkeit das Wichtigste.

»Ich glaube, die Lasagne ist fertig«, sagte seine Mutter und küsste sie beide. »Warum deckt ihr zwei nicht den Tisch?«

Nett und normal. Herrlich.

Als Blay und sein Vater durch die Küche liefen, um den Tisch mit Silberbesteck, Tellern und Stoffservietten in Rot- und Grüntönen zu decken, fühlte Blay sich fast ein wenig high. Es war wirklich absolut berauschend, wenn man die Karten auf den Tisch legte und dabei herausfand, dass sich alle Hoffnungen erfüllten, wenn man bekam, was man schon hatte.

Und doch befiel ihn, als er sich kurz darauf setzte, wieder diese altbekannte Leere, als wäre er kurz in ein warmes Haus getreten, müsste aber nun zurück in die Kälte.

»Blay?«

Blay vertrieb diesen Gedanken und nahm den vollbeladenen Teller entgegen, den ihm seine Mutter reichte. »Hm, das sieht fantastisch aus.«

»Die beste Lasagne der Welt«, erklärte sein Vater, faltete seine Serviette auf und schob seine Brille hoch. »Für mich bitte ein Randstück.«

»Als ob ich nicht wüsste, dass du es knusprig magst.« Blay lächelte seine Eltern an, als seine Mutter mit einem Pfannenheber eines der Eckstücke aus der Form löste. »Zwei?«

»Ja, bitte.« Die Augen seines Vaters klebten auf der Auflaufform. »Danke, das ist perfekt.«

Eine Weile lang hörte man nichts außer höflichem Kauen.

»Dann erzähl mal, was gibt es Neues bei euch?«, fragte seine Mutter nach einem Schluck Wasser. »Ist irgendetwas Aufregendes passiert?«

Blay stieß die Luft aus. »Qhuinn wurde in die Bruderschaft aufgenommen.«

Seine Eltern sperrten die Münder auf.

»Was für eine Ehre«, hauchte sein Vater.

»Aber er hat es verdient, nicht wahr?« Blays Mutter schüttelte den Kopf, und das Licht fing sich in ihrem roten Haar. »Du hast immer gesagt, dass er ein guter Kämpfer ist. Und ich weiß, er hatte es sehr schwer – wie ich dir neulich sagte, hat mir dieser Junge gleich bei unserem ersten Treffen das Herz gebrochen.«

Damit sind wir schon zu zweit, dachte Blay. »Außerdem bekommt er ein Kind.«

Okay, diesmal ließ sein Vater die Gabel fallen und verschluckte sich.

Seine Mutter klopfte ihm auf den Rücken. »Mit wem?«

»Einer Auserwählten.«

Absolute Stille. Bis seine Mutter flüsterte: »Nun, das ist eine Menge.«

Tja, lustig, wenn man bedachte, dass er vom eigentlichen Drama noch gar nicht erzählt hatte.

Himmel, dieser Streit da unten im Trainingszentrum. Blay war ihn wieder und wieder in Gedanken durchgegangen, jedes Wort, das sie sich gegenseitig an den Kopf geworfen hatten, jede Anschuldigung, jedes Leugnen. Er hatte viele hässliche Dinge gesagt, die ihm leidtaten, aber im Kern blieb er bei seiner Meinung.

Nur an der Darbietung hätte man noch arbeiten können. Das bereute er wirklich.

Doch er hatte keine Möglichkeit, sich zu entschuldigen. Qhuinn war so gut wie verschwunden. Er kam nicht mehr zu den gemeinsamen Mahlzeiten, und wenn er trainierte, dann jedenfalls nicht tagsüber im Kraftraum. Vielleicht tröstete er sich ja oben bei Layla. Wer wusste das schon.

Als Blay sich eine zweite Portion auf den Teller lud, dachte er daran, wie viel ihm diese Zeit bei seinen Eltern bedeutete und wie wichtig es ihm war, dass sie ihn annahmen – doch fühlte er sich gleich noch mehr wie ein Arschloch.

Verdammt, er war wirklich ganz schön ausgeflippt, als ihm nach dem jahrelangen Gezerre schließlich der Kragen geplatzt war.

Und es gab kein Zurück, dachte er.

Aber in Wahrheit hatte es das nie gegeben.

35

»Hallo?«

Sola stellte einen Fuß auf die unterste Stufe, lehnte sich an das Geländer und wartete auf Antwort von ihrer Großmutter im ersten Stock. »Bist du noch wach? Ich bin wieder zu Hause.«

Sie warf einen Blick auf die Uhr. Zweiundzwanzig Uhr.

Was für eine Woche. Sie hatte einen Schnüfflerjob für einen großen Scheidungsanwalt in Manhattan angenommen – der seine eigene Frau im Verdacht hatte, ihn zu betrügen. Und das tat sie, sogar mit zwei verschiedenen Männern.

Es hatte sie Nacht um Nacht gekostet, all das herauszufinden, und als sie fertig war, waren sechs Tage vergangen.

Doch die Abwechslung hatte ihr gutgetan. Und ihre Großmutter, mit der sie jeden Tag telefonierte, hatte von keinen weiteren Besuchen berichtet.

»Schläfst du?«, rief sie nach oben, obwohl das eine dumme Frage war. Wäre sie wach gewesen, hätte sie längst geantwortet.

Als sie von der Treppe zurücktrat und in die Küche ging, wanderte ihr Blick sofort zum Fenster über dem Tisch. Assail war ihr die ganze Zeit über nicht aus dem Kopf gegangen – und sie wusste, dass sie diesen Job in Manhattan in erster Linie angenommen hatte, um etwas Abstand von ihm zu gewinnen, und nicht um Geldnöte zu beheben oder ihren Nebenerwerb als Schnüfflerin auszubauen.

Nach all den Jahren, die sie für sich und ihre Großmutter gesorgt hatte, verursachte ihr der Kontrollverlust in seiner Nähe Unbehagen: Sie hatte niemanden außer sich selbst. Sie war nicht auf dem College gewesen, sie hatte keine Eltern, die sie unterstützten. Wenn sie nicht arbeitete, kam kein Geld rein. Und sie war verantwortlich für eine Achtzigjährige mit Arzneikosten und eingeschränkter Mobilität.

Wenn man jung war und aus einer normalen Familie kam, konnte man es sich leisten, den Kopf zu verlieren und sich einer verrückten Romanze hinzugeben, weil man ein Sicherheitsnetz hatte.

In ihrem Fall war Sola das Sicherheitsnetz.

Und sie betete, dass nach einer Woche ohne Kontakt …

Der Schlag kam von hinten und traf sie mit solcher Wucht am Hinterkopf, dass ihre Knie einknickten und sie zusammenbrach. Als sie auf dem Linoleum auftraf, hatte sie gute Sicht auf die Schuhe des Kerls, der sie niedergeschlagen hatte: Halbschuhe, aber nichts Außergewöhnliches.

»Heb sie auf!«, befahl ein Mann in gedämpftem Tonfall.

»Ich muss sie erst absuchen.«

Sola schloss die Augen und blieb reglos liegen, als raue Hände über ihren Körper glitten und sie abtasteten, ihr Parka raschelte leise, der Bund ihrer Hose schnalzte gegen ihre Hüfte. Die Pistole wurde ihr abgenommen, zusammen mit dem iPhone und dem Messer ...

»Sola?«

Die Männer erstarrten, und Sola kämpfte gegen den Impuls an, die Ablenkung zu ihren Gunsten zu nutzen. Denn das größte Problem war ihre Großmutter. Am besten wäre es, diese Männer aus dem Haus zu locken, ehe sie der alten Frau etwas antaten. Um die zwei Kerle konnte Sola sich später kümmern, egal, wo man sie hinbrachte. Aber wenn ihre *vovó* in die Sache hineingeriet?

Dann starb vielleicht jemand, der ihr am Herzen lag.

»Schaffen wir sie raus«, flüsterte der Linke.

Als man sie hochhob, blieb sie schlaff, öffnete jedoch ein Auge einen Spaltbreit. Ihre Entführer trugen Skimasken mit Aussparungen für Augen und Mund.

»Sola! Was machst du da?«

Kommt schon, ihr Penner, dachte sie, als die Männer mit ihren Armen und Beinen kämpften. *Macht schneller ...*

Erst rempelten sie Sola gegen die Wand, dann stießen sie fast eine Lampe um. Hörbar fluchend schleiften sie Sola durch das Wohnzimmer.

Gerade als Sola zum Leben erwachen wollte, um ihnen verdammt noch mal nach draußen zu helfen, schafften sie es zur Eingangstür.

»Sola? Ich komme runter ...«

Gebete rasten durch ihren Kopf, die alten, vertrauten Worte, die sie schon ihr Leben lang kannte. Doch diesmal war es kein bloßes Herunterleiern – ihre Großmutter musste ausnahmsweise einmal langsam sein. Sie durfte die Treppe nicht herunterkommen, bevor diese Männer aus dem Haus waren.

Bitte, lieber Gott …

Die bitterkalte Luft, die auf sie einströmte, war ein gutes Zeichen. Genauso wie die plötzliche Geschwindigkeit, die die Kerle auf dem Weg zu ihrem Auto aufnahmen. Außerdem warfen die Männer sie in den Kofferraum, ohne ihre Hände oder Füße zu fesseln. Sie schlugen einfach den Deckel zu und preschten los, dass die Reifen durchdrehten, ehe sie Halt auf dem eisigen Untergrund fanden und sie vorwärtskamen.

Sola konnte nichts sehen, doch sie spürte jede Abzweigung. Links, rechts. Während sie herumrollte, tastete sie ihre Umgebung nach irgendeiner brauchbaren Waffe ab. Nichts zu finden.

Und es war kalt. Was ihre Reaktionsgeschwindigkeit und Kraft beeinträchtigen würde, wenn sie länger unterwegs waren. Zum Glück hatte sie ihren Parka noch nicht ausgezogen.

Sie biss die Zähne zusammen und erinnerte sich daran, dass sie schon in schlimmeren Situationen gesteckt hatte.

Wirklich.

Scheiße.

»Ich verspreche, ich fahre ihn nicht kaputt.«

Layla stand in der Küche. Während sie auf eine Antwort von Fritz wartete, zog sie den Wollmantel enger um sich, den Qhuinn ihr Anfang des Monats mitgebracht hatte. »Und ich bleibe auch nicht lange weg.«

»Dann fahre ich Euch, Ma'am.« Die Miene des alten *Doggen* hellte sich auf, und seine buschigen weißen Brauen hoben sich voll Optimismus. »Ich fahre Euch, wohin auch immer Ihr wünscht …«

»Danke, Fritz, aber ich möchte nur ein bisschen durch die Gegend fahren. Ich habe kein Ziel.«

In Wahrheit fiel Layla die Decke auf den Kopf, nachdem sie so lange nicht rausgedurft hatte. Doch da ihre letzten Blutwerte so gut gewesen waren, hatte sie entschieden, das Haus zu verlassen. Sich zu dematerialisieren stand nicht zur Debatte, aber Qhuinn hatte ihr das Autofahren beigebracht – und die Vorstellung, in einem warmen Wagen zu sitzen und einfach ohne ein bestimmtes Ziel unterwegs zu sein ... frei zu sein und allein ... erschien ihr absolut himmlisch.

»Vielleicht sollte ich per Telefon ...«

Sie unterbrach ihn: »Die Schlüssel. Danke.«

Sie streckte die Hand aus und blickte dem Butler fest in die Augen, um ihrer Forderung möglichst höflich Nachdruck zu verleihen. Schon witzig, vor der Schwangerschaft hätte sie klein beigegeben und sich dem Unbehagen des *Doggen* gebeugt. Doch das war vorbei. Sie gewöhnte sich immer mehr daran, sich durchzusetzen, für sich, für ihr Kind und für den Vater ihres Kindes.

Durch die Hölle zu gehen und um ein Haar zu verlieren, was sie sich am meisten wünschte, hatte sie auf eine Weise verändert, die sie noch immer nicht ganz erfasst hatte.

»Den Schlüssel«, wiederholte sie.

»Aber selbstverständlich. Sofort.« Fritz huschte zur Schreibnische an der rückwärtigen Wand der Küche. »Hier ist er.«

Als er ihn ihr mit einem verkrampften Lächeln entgegenstreckte, legte sie ihm die Hand auf die Schulter, obgleich sie ihn dadurch vermutlich noch mehr in Bedrängnis brachte – und so war es tatsächlich. »Mach dir keine Sorgen. Ich fahre nicht weit.«

»Habt Ihr Euer Handy dabei?«

»Ja, natürlich.« Sie holte es aus der Bauchtasche ihres Fleecepullis. »Siehst du?«

Sie winkte zum Abschied und ging durch den Speisesaal, wo sie der Belegschaft zunickte, die schon für das Letzte Mahl deckte. Auf ihrem Weg durch die Eingangshalle fiel ihr auf, dass sie immer schneller wurde, je mehr sie sich der Vorhalle näherte.

Und dann war sie draußen.

Sie stand auf der Treppe vor dem Haus und sog die herrlich frostige Luft in tiefen Zügen ein. Als sie zu den Sternen aufblickte, spürte sie plötzlich neue Energie.

Obwohl sie die Stufen am liebsten hinuntergesprungen wäre, stieg sie langsam hinab und lief ebenso vorsichtig über den Hof. Als sie am Brunnen vorbeikam, drückte sie auf den Schlüssel, und die Lichter der riesigen schwarzen Limousine zwinkerten ihr zu.

Gütige Jungfrau der Schrift, hoffentlich baute sie keinen Unfall.

Sie setzte sich hinter das Steuer und musste den Sitz zurückschieben, denn offensichtlich war der Butler zuletzt damit gefahren. Dann legte sie den Schlüsselanhänger in den Getränkehalter, drückte auf den Startknopf und wartete einen Moment.

Sie zögerte erst recht, als der Motor aufheulte und dann zu schnurren begann.

Sollte sie das wirklich tun? Was, wenn …

Sie schob die Zweifel von sich, legte den Gang ein und vergewisserte sich auf dem Display am Armaturenbrett, dass nichts hinter ihr war.

»Es passiert schon nichts«, redete sie sich zu.

Schließlich löste sie die Bremse, und der Wagen rollte sanft rückwärts, was gut war. Leider schlug er andersherum ein als beabsichtigt, und sie musste das Steuer in die Gegenrichtung reißen.

»Verflixt.«

Sie manövrierte eine Weile hin und her, bremste ab und fuhr an, bis der runde Stern auf der Motorhaube schließlich auf die Straße ausgerichtet war, die den Berg hinunterführte.

Ein letzter Blick zum Haus, dann fuhr sie im Schneckentempo los, den Hügel hinunter, wobei sie sich ganz rechts hielt, wie man es ihr beigebracht hatte. Die Landschaft um sie herum war dank des *Mhis* verschwommen, und sie freute sich schon darauf, es hinter sich zu lassen. Sie sehnte sich nach klarer Sicht.

An der Hauptstraße bog sie nach links ab und koordinierte das Drehen des Steuers und die Beschleunigung auf eine Weise, dass es einigermaßen geordnet aussah. Und dann ging es zu ihrer Überraschung plötzlich ganz leicht: Der Mercedes, denn so hieß dieses Fahrzeug, wenn sie sich recht entsann, glitt so gleichmäßig und sicher dahin, dass man fast den Eindruck hatte, in einem Sessel zu sitzen und einen Film der vorbeiziehenden Landschaft zu sehen.

Natürlich fuhr sie auch nur mit acht Stundenkilometern.

Der Tacho ging bis zweihundertfünfzig.

Diese Menschen mit ihrem Geschwindigkeitswahn! Doch wenn einem keine andere Art der Fortbewegung zur Verfügung stand, konnte man die Eile wiederum nachvollziehen.

Mit jedem Kilometer gewann sie an Zuversicht. Sie orientierte sich an der Karte des Navigationsgerätes und hielt sich fern der Stadt und der Highways und auch der Vororte. Ländliche Gegend war gut – hier gab es viel Platz, um anzuhalten, und kaum Verkehr, obwohl von Zeit zu Zeit ein Fahrzeug aus der Nacht erschien und die Scheinwerfer aufleuchten ließ, wenn es links überholte.

Es dauerte eine Weile, bis ihr klar wurde, auf welchen Punkt sie zusteuerte. Und als sie es bemerkte, ermahnte sie sich zur Umkehr.

Doch sie tat es nicht.

Eigentlich war es merkwürdig, dass sie wusste, wohin sie sich bewegte: Ihre Erinnerung hätte seit dem Herbst verblasst sein müssen, all die Tage, die seitdem verstrichen waren, aber mehr noch die Ereignisse hätten ihr Ziel verwischen sollen. Doch dem war nicht so. Selbst die Erschwernis, dass sie im Auto saß und sich an Straßen halten musste, trübte nicht, was sie vor ihrem geistigen Auge sah … und was sie leitete.

Die gesuchte Wiese lag viele Meilen vom Anwesen der Bruderschaft entfernt.

Sie hielt am Straßenrand und blickte die sanfte Anhöhe hinauf. Der große Ahorn stand noch an seinem Platz, doch er hatte das Laub abgeworfen, das einst ein farbenfrohes Dach gebildet hatte.

Von einem Wimpernschlag zum nächsten sah sie den gefallenen Soldaten vor sich, den man am Fuß des Baums auf die Erde gelegt hatte, glasklar in jeder Einzelheit, von den kräftigen Gliedmaßen bis hin zu den dunkelblauen Augen und der Art, wie er sie abweisen wollte.

Sie ließ den Kopf auf das Lenkrad sinken. Schlug ihn dagegen. Ein zweites Mal.

Es war nicht nur unklug, Galanterie in dieser Abweisung zu vermuten, sondern schlichtweg gefährlich.

Außerdem verstieß es gegen all ihre Grundsätze, mit einem Verräter zu sympathisieren.

Und doch … während sie allein in diesem Wagen saß

und ihren geheimsten Gedanken ausgeliefert war, erkannte sie, dass ihr Herz noch immer an einem Vampir hing, den sie mit Fug und Recht leidenschaftlich hassen sollte.

Was für eine traurige Angelegenheit.

36

Um halb elf in derselben Nacht zog Trez das große Los.

Man hatte ihm und seinem Bruder zwei Zimmer im zweiten Stock gegeben, die nach vorne rausgingen, direkt gegenüber der zugangsbeschränkten Suite, in der das Königspaar wohnte. Die Zimmer waren supergemütlich, mit eigenen Bädern und großen, weichen Betten. Außerdem tummelten sich hier so viele Antiquitäten und königliches Beiwerk, dass jedes Museum vor Neid erblasst wäre.

Aber das Beste an diesen Zimmern war das Dach, unter dem sie sich befanden.

Und nicht nur, weil sie hier ein ganzer Steinbruch von Schiefer vor Niederschlägen schützte.

Er beugte sich zum Spiegel über dem Waschbecken und überprüfte sein schwarzes Seidenhemd. Strich sich über die Wangen, um sicherzustellen, dass er sich gründlich genug rasiert hatte. Zog die schwarzen Slacks hoch.

Einigermaßen zufriedengestellt nahm er sein Anziehritual wieder auf. Als Nächstes kam der Halfter. Schwarz, damit man ihn nicht sah. Und die zwei Vierziger, die er unter den Armen verbarg, waren gut versteckt.

Normalerweise trug er Lederjacke, aber in der letzten Woche hatte er den zweireihigen Wollmantel ausgegraben, den iAm ihm vor Jahren geschenkt hatte. Er streifte ihn über, zog die Ärmel glatt und hob und senkte die Schultern, bis die schwarzen Falten richtig fielen.

Dann trat er einen Schritt zurück und begutachtete das Resultat. Keine Spur von den Waffen. Nichts an seinem schicken Aufzug wies darauf hin, dass er seinen Lebensunterhalt mit Schnaps und Prostitution bestritt.

Er blickte sich in die Augen und wünschte, er hätte einen anderen Beruf gewählt. Irgendetwas Stilvolles wie ... politischer Analyst, Universitätsprofessor oder ... Kernphysiker.

Natürlich war das alles Menschenkram, der ihn einen Scheißdreck kümmerte. Aber es war ganz bestimmt besser als sein wirkliches Betätigungsfeld.

Er blickte auf seine Piaget-Armbanduhr – nicht die Uhr, die er normalerweise trug – und sah, dass er nicht mehr warten konnte. Also ging er in das blutrote Zimmer mit den schweren Samtvorhängen und den mit Damast bespannten Wänden, in dem ein Buchara-Teppich seine Schritte schluckte.

Ja, in Anbetracht seines jüngsten ... Faibles ... gefiel ihm diese neue Umgebung, dieser Kleidungsstil, diese Geisteshaltung.

Natürlich wäre die Illusion dahin, sobald er seinen Club erreichte, aber hier war der Ort, wo die Selbstdarstellung zählte.

Oder ... vielleicht zählen würde.

Ach, verdammt, er hoffte wirklich, dass sie das irgendwann tat.

Die Auserwählte aus Rehvs Sommerhaus, die er bei seiner Ankunft in diesem Anwesen wiedergesehen hatte, war seitdem nicht mehr hier gewesen. Eigentlich war dieser ganze Quatsch mit der Kleidung und der Erscheinung also für die Katz gewesen.

Doch er war optimistisch. Durch eine Reihe von behutsam gelenkten Gesprächen mit diversen Hausbewohnern hatte er in Erfahrung gebracht, dass die Auserwählte Layla bisher alle Blutbedürfnisse gestillt hatte, jedoch aufgrund ihrer Schwangerschaft nicht mehr dazu in der Lage war.

Was für ein gesegnetes Ereignis, in der Tat.

Weshalb die Auserwählte Selena ...

Selena. Was für ein toller Name ...

Jedenfalls war nun die Auserwählte Selena für diese Dinge zuständig, und das hieß, dass sie früher oder später auftauchen würde. Vishous, Rhage, Blay, Qhuinn und Saxton mussten sich regelmäßig nähren, und nach den Kämpfen der vergangenen Nächte brauchten die Jungs sicher bald eine Ader.

Was bedeutete, dass sie kommen *musste*.

Nur ... verdammt. Leider konnte er nicht sagen, dass ihm der Anlass für ihr Kommen gefiel. Die Vorstellung, dass sich jemand anderes an ihrem Handgelenk vergriff, erweckte den Killer in ihm.

Alles in allem war seine Obsession ziemlich traurig, besonders die Auswirkungen: In der letzten Woche hatte er sich jede Nacht nach dem Ersten Mahl im Erdgeschoss herumgedrückt und abgewartet, hatte sich unbeteiligt gegeben und mit diesem unsäglichen Lassiter geredet – der im Übrigen kein schlechter Kerl war, wenn man ihn erst mal näher kennenlernte. Tatsächlich war der Engel ein wahrer Quell an Informationen über das Haus und so begeistert von den bescheuertsten Fernsehserien, dass er gar nicht zu merken schien, wie viele Fragen sich um das Thema weibliche Vampire drehten. Den Primal. Ob die nicht gebundenen Vampire irgendwelche Techtelmechtel hatten.

Er pausierte kurz vor seinem Computer und schaltete die Howard-Stern-Show aus, dann ging er aus dem Zimmer, vorbei an der Panzerwand, die zur Seite glitt, wann immer Wrath oder Beth aus ihren Räumen kamen oder sich zurückzogen. Er trat auf die teppichbespannten Stufen und kam bei dem Gang mit den Statuen heraus.

Oder bei den Knackarsch-Nackedeis, wie er sie in Gedanken nannte.

Er wandte sich nach rechts, eilte vorbei am königlichen Arbeitszimmer und über die große Freitreppe hinunter in diese unglaubliche Eingangshalle. Auf dem Weg nach unten stresste ihn, dass er schon wieder knapp dran war und es eilig war. Aber die Arbeit rief und …

Er war auf halber Höhe, als seine Angebetete aus dem Billardzimmer kam und in Richtung Bibliothek schritt.

»Selena«, rief Trez und beugte sich über das Geländer.

Als er nach unten sah, hob sie den Kopf und begegnete seinem Blick.

Klopf. Klopf. Klopf.

Sein Herz hämmerte wie eine Pauke, und seine Hände fuhren automatisch an den Mantel, um sicherzustellen, dass er nicht auseinanderklaffte. Schließlich war sie eine Frau von Wert, und er wollte sie nicht mit seinen Waffen verschrecken.

Oh, Mann, war sie schön.

Mit dem dunklen Haar, das sie im Nacken eingedreht und hochgesteckt hatte, und der durchscheinenden Robe, die ihren Körper verhüllte, war sie viel zu kostbar und zart, um in die Nähe von Gewalt zu kommen.

Oder einem Kerl wie ihm.

»Hallo«, sagte sie mit einem beiläufigen Lächeln.

Diese Stimme. Gütiger Himmel, diese Stimme …

Trez raste die Treppe hinunter wie ein Geistesgestörter. »Wie geht es dir?«, fragte er, als er praktisch schlitternd vor ihr zum Stehen kam.

Sie verneigte sich leicht. »Sehr gut.«

»Das ist gut. Das ist wirklich gut. Also …« Scheiße. »Kommst du oft hierher?«

Er hätte sich am liebsten geohrfeigt. War das hier vielleicht eine Bar, oder was? Scheiße …

»Wenn ich gerufen werde, ja.« Sie neigte den Kopf, und ihre Augen wurden schmal. »Ihr seid anders, nicht wahr?«

Als er auf seine dunklen Hände blickte, wusste er, dass sie nicht von Hauttypen sprach. »Nicht so viel anders.«

Zum Beispiel hatte er Fänge – die zubeißen wollten. Und … andere Dinge. Die sich rein zufällig aufstellten, allein durch ihre Gegenwart.

»Was seid Ihr?« Ihr Blick war aufrichtig und fest, als ergründete sie ihn auf eine Art, die über Sehen, Hören und Riechen hinausging. »Ich kann es nicht … einordnen.«

Sie ist nicht für dich bestimmt.

Die Worte seines Bruders hallten in seinem Kopf wider, doch er schob sie beiseite. »Ich bin ein Freund der Bruderschaft.«

»Und des Königs, sonst wärt Ihr nicht hier.«

»Das ist richtig.«

»Kämpft Ihr mit ihnen zusammen?«

»Wenn sie mich rufen.«

Jetzt strahlte ihm Respekt aus ihren Augen entgegen. »So gehört es sich.« Sie verbeugte sich erneut. »Eure Dienste sind höchst lobenswert.«

Schweigen breitete sich zwischen ihnen aus, und während er sich das Hirn zermarterte, was er sagen könnte, wurde er an das ganze Gevögel erinnert, dem er sich hingegeben hatte. Aufreißen beherrschte er aus dem Effeff. Aber ein Gespräch führen? Das war Neuland für ihn.

Verflucht, er hasste es, in ihrer Gegenwart an solche Dinge zu denken.

»Ist alles in Ordnung?«, erkundigte sich die Auserwählte.

Und dann legte sie ihm die Hand auf den Unterarm – und obwohl sie seine Haut nicht berührte, spürte er den Kontakt am ganzen Körper. Seine Arme und Beine erstarrten, und sein Kopf war plötzlich leer, als wäre er in Trance.

»Du bist … unglaublich schön«, hörte er sich sagen.

Die Brauen der Auserwählten schossen in die Höhe.

»Ich bin nur ehrlich«, murmelte er. »Und ich muss dir gestehen … dass ich die ganze Woche darauf gewartet habe, dich zu sehen.«

Sie zog ihre Hand zurück und zupfte den Ausschnitt ihrer Robe zurecht. »Ich …«

Sie ist nicht für dich bestimmt.

Als er ihre Verlegenheit bemerkte, senkte Trez beschämt die Lider, und er fragte sich, was er sich verdammt noch mal dabei gedacht hatte: Soviel er von den Auserwählten wusste, waren sie die reinsten und tugendhaftesten weiblichen Wesen auf dem Planeten. Und damit das komplette Gegenteil seiner üblichen »Partnerinnen«.

Was hatte er sich von dieser Anmache erhofft? Dass sie ihm um den Hals fallen würde, um ihm die Beine um die Hüften zu schlingen?

»Es tut mir leid«, sagte sie.

»Nein, hör zu, du musst dich nicht entschuldigen.« Er trat einen Schritt zurück, denn obwohl sie groß war, war er noch immer viermal größer, und er wollte auf keinen

Fall, dass sie sich von ihm bedrängt fühlte. »Ich wollte es dir nur sagen.«

»Ich …«

Super. Wenn eine Frau um Worte rang, wusste man, dass man es vermasselt hatte.

»Tut mir leid«, sagte sie erneut.

»Nein, ist schon okay. Alles cool.« Er hob die Hand. »Mach dir keine Gedanken.«

»Es ist nur, dass ich …«

Einen anderen liebe. Bereits vergeben bin. Nichts an dir finde.

»Nein«, unterbrach er sie. So genau wollte er es nicht wissen. Es waren nur Floskeln des Unausweichlichen. »Ist schon gut. Ich verstehe …«

»Selena?«, tönte es von links.

Rhage. Scheiße.

Als sie sich nach ihm umblickte, fiel das Licht aus einem anderen Winkel auf ihre Wangen und ihre Lippen, und natürlich sah sie so ebenfalls fantastisch aus. Er konnte sie ewig anschauen …

Hollywood lehnte sich aus der Tür zur Bibliothek. »Wir wären dann so weit … Oh, hallo, Mann.«

»Hallo«, grüßte Trez zurück. »Wie läuft's so?«

»Gut. Wir müssen nur eine Kleinigkeit erledigen.«

Mistkerl. Wichser. Arsch…

Trez rieb sich das Gesicht. Okay. In Ordnung. In diesem fünf Fantastillionen Quadratmeter großen Haus war kein Platz für diese Art von Aggression, erst recht nicht, wenn es um eine Frau ging, die er erst zweimal gesehen hatte. Die nichts mit ihm zu tun haben wollte. Während sie ihrem Job nachging.

»Ich muss los«, sagte er zu dem Bruder. »Wir sehen uns vor Einbruch der Dämmerung.«

»Okay, Trez.«

Trez nickte Selena zu und ging durch die Eingangshalle, dann durch die Vorhalle, und schließlich dematerialisierte er sich in die Innenstadt – wo er verdammt noch mal hingehörte.

Unglaublich, darauf hatte er jetzt eine Woche lang gewartet. Dabei hätte er sich denken können, wie es laufen würde.

Trez fühlte sich wie der letzte Idiot, als er hinter dem Iron Mask auf dem Parkplatz im Schatten Gestalt annahm. Selbst hier draußen war der stampfende Bass der Musik zu hören, und als er auf die Hintertür zuging, mit dem zerkratzten Lack und der abgegriffenen Klinke, wusste er, dass er seine miese Stimmung in den nächsten sechs bis acht Stunden in den Griff bekommen musste.

Denn wenn Menschen und Alkohol mit Mordlust zusammentrafen, konnte es leicht zu Toten kommen.

Und das konnten er und sein Laden nicht brauchen.

Drinnen ging er auf direktem Weg in sein Büro und legte seine dämliche Verkleidung ab, die Rechtschaffenheit vortäuschen sollte. Er zog den schnieken Mantel aus und das Seidenhemd, sodass nur noch sein schwarzes Feinrippshirt und die feinen Slacks übrig blieben.

Xhex war nicht in ihrem Büro, deshalb winkte er den Damen vom Gewerbe zu, die sich in der Umkleide für ihre Schicht zurechtmachten, und trat hinaus ins Reich der Minderbemittelten.

Der Club hatte bereits eine kritische Anzahl von Besuchern erreicht, die alle dunkle, netzartige Kleidung trugen und kultiviert gelangweilte Mienen aufgesetzt hatten – beides würden viele im Laufe des Abends ablegen, wenn ihre Lebern die von ihnen konsumierten Spirituosen und Drogen aufgeschlüsselt hatten.

»Hi, Daddy«, quatschte ihn jemand an.

Er sah sich um und entdeckte eine kleine, kurvige Person, die zu ihm aufsah. Sie hatte derart viel Schwarz um die Augen aufgetragen, dass es fast wie eine Sonnenbrille wirkte, und trug ein fest zusammengezurrtes Bustier. Alles in allem sah sie aus wie eine lebendig gewordene Anime-Figur.

Gähn.

»Ich bin *bla, bla, bla*. Bist du oft hier?« Sie sog an dem Strohhalm, der aus ihrem Drink ragte. »*Bla, bla, bla* College-Studentin, *bla, bla* Psychologie. *Bla, bla, bla?*«

Aus dem Augenwinkel sah er, wie die Menge sich teilte, als würde sie einem Türsteher aus dem Weg gehen – oder einer Abrissbirne.

Qhuinn.

Er sah so mies gelaunt aus, wie Trez sich fühlte.

Trez nickte ihm zu, und der Krieger nickte zurück, während er weiter auf die Bar zusteuerte.

»Wow, du kennst ihn?«, fragte die kleine College-Studentin. »Wer ist das? *Bla, bla* Dreier *bla, bla?*«

Als sie kicherte, als wäre sie ein ganz schlimmes Luder, schwenkte Trez den Blick zurück und nach unten.

Eigentlich war dieses Vorspeisenhäppchen, das sich ihm hier anbot, wenig appetitanregend.

»*Bla, bla, blablabla.*« Kichern. Hüftschwung. »*Bla?*«

Vage war sich Trez bewusst, dass er nickte, und dann bewegten sie sich auf eine dunkle Ecke zu. Mit jedem Schritt schaltete ein anderer Teil von ihm ab, fuhr herunter, verfiel in den Standby-Modus. Aber er konnte nicht anders. Er war ein Junkie, der hoffte, dass der nächste Schuss so gut wäre wie der erste damals vor langer Zeit – und endlich die Erlösung brächte, die er so verzweifelt ersehnte.

Obwohl er wusste, dass es nicht passieren würde. Nicht in dieser Nacht. Nicht mit ihr.

An keinem Punkt in seinem Leben.

Wahrscheinlich nie.

Aber manchmal musste man einfach etwas tun ... sonst verlor man den Verstand.

»Sag mir, dass du mich liebst«, bat sein Aufriss und drückte sich an ihn. »Bitte, bitte, bitte.«

»Ja«, sagte er wie betäubt. »Klar. Was du willst.«

Egal.

37

Xcor verschränkte die Hände und legte sie auf die glänzende Tischplatte. Neben ihm sprach Throe in gedämpftem Tonfall. Er selbst hatte nichts mehr gesagt, seit sie sich in diesen beiden ochsenblutroten Sesseln niedergelassen hatten.

»Das klingt sehr überzeugend.« Throe blätterte in dem Stapel von Dokumenten, den man ihnen vorgelegt hatte. »Wirklich äußerst überzeugend.«

Xcor betrachtete ihren Gastgeber. Der *Glymera*-Anwalt hatte die Statur eines Pamphlets: Er war so dünn, dass man sich fragte, ob er im Liegen überhaupt eine Erhöhung darstellte. Außerdem redete er wie gedruckt, genauer gesagt wie kleingedruckt, in komplizierten Schachtelsätzen, die er mit Fachausdrücken spickte.

»Wie umfassend ist dieser Abriss?«, erkundigte Throe sich.

Xcors Blick schweifte zu den Bücherregalen. Sie waren vollgestopft mit ledergebundenen Schwarten, und er ver-

mutete, dass ihr Gegenüber jede Einzelne von ihnen gelesen hatte. Möglicherweise sogar zweimal.

Der Anwalt erging sich in einem weiteren wohlartiku-
lierten Erguss: »Ich hätte ihn Ihnen beiden nicht vorgelegt, ohne sicherzustellen, dass alle Anstrengungen unternommen wurden, um ...«

In anderen Worten, ja, dachte Xcor.

»Was mir hier fehlt« – Throe blätterte weiter – »sind
Verweise auf Gegenmeinungen.«

»Das kommt daher, dass ich keine finden konnte. Die
Bezeichnung ›vollblütig‹ taucht nur in zwei Zusammen-
hängen auf. In Bezug auf die Herkunft, also den vollblütigen Nachkommen eines Vaters oder einer Mutter, und in Bezug auf die Zugehörigkeit zur Spezies. Im
Laufe der Zeit kam es zu einer gewissen Verwässerung
des Genpools, einer leichten Verunreinigung durch
Menschen – doch bislang galten Vampire mit entfernten menschlichen Wurzeln als vollblütig, solange sie die
Transition durchlebten. Aber das gilt natürlich nicht für
den direkten Nachfahr aus der Verbindung zwischen
Mensch und Vampir. In diesem Fall handelt es sich um
ein echtes Halbblut. Und diese Individuen werden tra-
ditionell gesondert behandelt. Sie besitzen einen einge-
schränkten Rechtsstatus im Vergleich zu anderen Angehörigen unserer Gesellschaft. Und wenn sich der König
mit einem Halbblut vereinigt, besteht die Gefahr, dass
ein möglicher männlicher Nachkomme keine Transition
durchläuft.«

Throe zog die Stirn kraus, als würde er die Konsequenzen erwägen. »Doch das würden wir erst binnen fünfundzwanzig Jahren erfahren – und das Königspaar könnte
mehrere Kinder zeugen.«

Xcor bemerkte trocken: »Du gehst davon aus, dass wir

in zweieinhalb Jahrzehnten noch auf diesem Planeten weilen. Doch bei diesem Tempo nähern wir uns dem Aussterben.«

»Exakt.« Der Anwalt neigte Xcor den Kopf zu. »Theoretisch könnte ein Viertel Anteil Mensch bewirken, dass die Transition ausbleibt – derartige Fälle sind dokumentiert, und Havers könnte sicher weitere Beispiele liefern. Des Weiteren herrscht unter Angehörigen meiner Generation die Befürchtung, dass ein Nachkomme mit derart enger Verknüpfung zum Menschengeschlecht einen menschlichen Gefährten bevorzugen könnte – und am Ende einen Partner außerhalb unserer Spezies wählt. In diesem Fall hätten wir eine menschliche Königin, und das wäre« – der Vampir schüttelte angewidert den Kopf – »absolut indiskutabel.«

»Also gibt es zwei Kernpunkte«, fasste Xcor zusammen und lehnte sich zurück, sodass der Sessel unter seinem Gewicht knarzte. »Präzedenzfälle und gesellschaftliche Tragweite.«

»Ganz genau.« Der Anwalt neigte erneut den Kopf. »Ich bin überzeugt, dass die sozialen Ängste wirksam eingesetzt werden können, um Grauzonen um den entscheidenden Gesetzesbereich bezüglich des königlichen Nachwuchses aufzufüllen.«

»Das sehe ich auch so«, murmelte Throe und schob die Dokumente zusammen. »Die Frage ist, wie wir vorgehen sollen.«

Als Xcor etwas sagen wollte, wurde sein Gedankenfluss jäh durch eine merkwürdige Vibration unterbrochen, die seinen Körper in eine Stimmgabel verwandelte, die von unsichtbarer Hand geschlagen wurde.

»Möchten Sie vielleicht die Dokumente sichten?«, fragte der Anwalt an ihn gewandt.

Als ob er das könnte, dachte Xcor verstimmt und fragte sich, was dieser gebildete Anwalt wohl davon halten würde, wenn er wüsste, dass der Entscheidungsträger in dieser Angelegenheit ein Analphabet war.

»Du hast mich bereits überzeugt.« Er stand auf, in der Hoffnung, auf diese Weise dieses merkwürdige Gefühl abzuschütteln. »Ich glaube, dass wir die Angehörigen des Rats über die Sachlage informieren sollten.«

»Ich verfüge über die nötigen Beziehungen, um die *Princepse* zusammenzurufen.«

Xcor trat ans Fenster, blickte hinaus und versuchte, das Signal zu ergründen. Ging es von der Bruderschaft aus?

»Tu das«, murmelte er geistesabwesend, während das Summen in seinem Bauch sich verstärkte und eine Dringlichkeit erzeugte, die er schlichtweg nicht ignorieren konnte …

Seine Auserwählte.

Seine Auserwählte hatte den Sitz der Bruderschaft verlassen und war in der Nähe …

»Ich muss los«, erklärte er knapp und ging zur Tür. »Throe, du bringst das hier zu Ende.«

Hinter ihm entstand eine gewisse Unruhe, als Throe und der Anwalt sich unterhielten, während er ging – doch das war ihm egal. Er trat durch die Haustür ins Freie, ließ den Blick über das Weideland schweifen …

Sofort ortete er ihr Signal.

Von einem Herzschlag auf den nächsten war er verschwunden und strebte mit Körper und Geist diesem Wesen entgegen, wie ein sterbender Dieb der Vergebung seiner Sünden.

Im Iron Mask setzte Qhuinn sich auf einen der ledergepolsterten Hocker an der Bar. Die Musik dröhnte, und schon jetzt lag der Geruch von Schweiß und Sex in der heißen Luft und verursachte ihm Platzangst.

Doch vielleicht war es auch nur die Enge in seinem Kopf.

»Lange nicht mehr hier gewesen«, kommentierte eine kurvenreiche Barfrau und legte ihm eine Serviette hin. »Das Übliche?«

»Zwei davon.«

»Kommt sofort.«

Während er auf seinen Herradura wartete, fühlte er, wie sich Blicke menschlicher Clubbesucher auf ihn hefteten.

Sexuelle Orientierung? Du denkst also, ich wäre schwul?

Du vögelst Kerle! Was glaubst du denn, was das bedeutet?

Er schüttelte den Kopf, um sich eine kleine Auszeit zu verschaffen, denn dieser fröhliche Schlagabtausch mit Blay verfolgte ihn nun schon seit ihrem Streit vor einer Woche und war sein ständiger Begleiter. Im Großen und Ganzen hatte seine Verdrängungstaktik gut funktioniert ... doch diese Erfolgsserie schien nun vorbei. Als sein Tequila kam und er das erste Glas exte und das zweite gleich danach, wurde ihm klar, dass er sich nicht länger ablenken konnte. Es gab keinen Aufschub mehr, er musste sich der Innenschau stellen.

Merkwürdigerweise – vielleicht aber gar nicht ganz so merkwürdig – dachte er an seinen Bruder. Er hatte Luchas noch immer nichts von dem Kind erzählt. Alles schien ihm so zerbrechlich: Obwohl die Schwangerschaft normal verlief, kam sie ihm vor wie eine zusätzliche Aufregung, die sein Bruder jetzt nicht brauchte.

Erst recht hatte er nichts von seinem Liebesleben oder Blay erzählt. Denn erstens war sein Bruder Jungfrau – zumindest nach Qhuinns Informationsstand: Zwar war die *Glymera* bei weiblichen Vampiren viel strenger in Bezug auf ihr Verhalten vor der Vereinigung und hätte über mögliche amouröse Abenteuer von Luchas sicher hinweggesehen, solange er keine feste Beziehung einging. Doch seit seiner Transition hatte Luchas sich nur unter Zeugen genährt, also hatte es in der Hinsicht keine Möglichkeit gegeben, und seine Nächte waren straff durchorganisiert mit Unterricht und Studien und gesellschaftlichen Anlässen in Begleitung. Da gab es kaum Gelegenheiten.

Deshalb erschien es Qhuinn irgendwie unangemessen, von all der Scheiße zu erzählen, die er getrieben hatte. Außerdem war es, wie Blay so treffend formuliert hatte, auch gar nicht so interessant.

Qhuinn rieb sich das Gesicht. »Noch mal dasselbe«, rief er.

Augenblicklich machte die Barfrau sich an seine Bestellung, und Qhuinn dachte, verdammt, *er* hatte den Sex mit Blay *wirklich* interessant gefunden. Und auch Blay hatte zu dem Zeitpunkt alles andere als gelangweilt gewirkt …

Egal. Zurück zu Luchas. Bei all den Gesprächen am Krankenbett seines Bruders war das Thema Vampirinnen nie aufgekommen – und Vampire standen ganz bestimmt nicht zur Debatte. Vor den Plünderungen war Luchas so hetero gewesen wie ihr Vater – und das bedeutete Sex ausschließlich mit der Angetrauten, und zwar in der Missionarsstellung, an Geburtstagen und vielleicht einmal im Jahr nach einem Fest.

Männliche und weibliche Vampire und Menschen in verschiedenen Kombinationen, manchmal in der Öffentlichkeit, selten zu Hause im Bett? Damit hatte Luchas nichts am Hut.

Ein dritter und vierter Herradura erschienen vor ihm, und er nickte zum Dank.

Qhuinn ging tief in sich, obwohl er diesen Ausdruck

hasste, genauso wie das, was er bezeichnete, und versuchte zu ergründen, ob da noch ein anderes Motiv hinter seiner Zurückhaltung stand, dem letzten verbleibenden Mitglied seiner Familie von seinem Leben zu erzählen. Scham etwa. Verlegenheit. Zur Hölle, vielleicht wollte er seinem armen, verkrüppelten Bruder einfach nur die Erniedrigung ersparen, dass er am Ende besser dastand ...

Qhuinn wand sich innerlich.

Tja, sieh einer an.

Denn um ehrlich zu sein, war er da ein bisschen empfindlich. Aber eher deshalb, weil er keinen weiteren Grund liefern wollte, dass man ihn schräg ansah ... was sein konservativer, wahrscheinlich jungfräulicher Bruder ganz bestimmt tun würde, wenn er von den Kerlen unter den Menschen und Vampiren erführe ...

Das war es.

Ja. Das war alles.

Ich weiß nicht, wie ich es erklären soll. Ich sehe mich einfach in einer Langzeitbeziehung mit einer Frau. Das hatte er vor einer Weile zu Blay gesagt und auch ganz ehrlich so gemeint ...

Ein unbestimmtes Gefühl ballte sich in seinem Bauch zusammen, verursachte ihm Magengrimmen, rumorte in seinen Eingeweiden.

Er schob es auf den Alkohol.

Die plötzliche Angst, die ihn befiehl, deutete auf etwas anderes hin.

Qhuinn kippte den dritten Tequila, in der Hoffnung, dieses Gefühl zu ertränken. Und den vierten. Und die ganze Zeit über schossen ihm Bilder der Gesichter, Brüste und Geschlechtsteile all der Frauen und Vampirinnen durch den Kopf, die er gevögelt hatte ...

»Nein«, sagte er laut. »N-e-i-n. Nein.«

Oh, verflucht ...

»Nein.«

Als ihn sein Nachbar am Tresen seltsam ansah, verstummte er.

Er wischte sich über das Gesicht und war drauf und dran, eine dritte Runde zu bestellen, ließ es dann aber doch bleiben. Tief in seinem Inneren braute sich etwas zusammen, das verzweifelt an die Oberfläche drängte, sodass das Fundament seiner Psyche erbebte.

Das war schon immer dein Problem. Du wolltest nie zu deiner sexuellen Orientierung stehen …

Scheiße. Wenn er noch mehr Tequila trank, wenn er weiter alles schluckte, wenn er seine Verdrängungstaktik beibehielt, dann würde dieser Kommentar von Blay für immer auf ihn zutreffen. Doch er wollte es nicht wissen. Einfach … nicht … wissen …

Himmel, nicht hier. Nicht jetzt oder sonst irgendwann …

In ihm brodelte es wie ein Geysir kurz vor dem Ausbruch. Nicht mehr lange, und die Erkenntnis würde gewaltsam aus ihm hervorbrechen – und er wusste, wenn er sie einmal zugelassen hatte, konnte er sie nie mehr ignorieren.

Verdammt. Die einzige Person, mit der er jetzt gern geredet hätte, sprach nicht mit ihm.

Schätzungsweise musste er seinen Mann stehen und allein damit zurechtkommen.

Eigentlich hätte es für ihn kein großes Ding sein sollen, ob er … na ja, »du weißt schon« war, wie seine Mutter gesagt hätte. Er stand über der bescheuerten Haltung der *Glymera*, und, Scheiße, in seinem Umfeld war es egal, ob man hetero oder schwul war: Solange man sich im Einsatz bewährte und kein totales Arschloch war, akzeptierte einen die Bruderschaft. Man musste sich doch nur mal

Vs sexuelle Vergangenheit ansehen, verdammt noch mal. Schwarze Kerzen im Einsatz, aber nicht zu Beleutungszwecken? Also wirklich, im Vergleich dazu war es doch harmlos, wenn man einfach nur auf Kerle stand.

Außerdem wohnte er nicht mehr bei seinen Eltern. Mit diesem Teil seines Lebens hatte er abgeschlossen.

Abgeschlossen.

Abgeschlossen!

Doch er konnte es sich vorbeten, so oft er wollte, seine Vergangenheit stand hinter ihm, blickte ihm über die Schulter, beurteilte ihn … und befand, dass er nicht nur makelbehaftet oder minderwertig war, sondern absolut und vollkommen wertlos.

Es war wie ein Phantomschmerz in einem fehlenden Glied: der Wundbrand war fort, der Entzündungsherd ausgemerzt, die Amputation vollzogen … doch die schrecklichen Empfindungen blieben. Es tat noch immer höllisch weh. Lähmte ihn.

All diese Frauen … all diese Vampirinnen … worin bestand das Wesen der Sexualität?, fragte er sich plötzlich. Was galt als anziehend? Denn er war scharf auf sie gewesen, und er hatte sie genommen. Er hatte sie in Clubs und Bars aufgerissen, Scheiße, selbst in dem Laden, wo sie nach John Matthews Transition anständige Kleidung für den Kerl eingekauft hatten.

Er hatte sich diese Frauen ausgesucht, sie aus der Menge herausgepickt, hatte nach irgendeinem Ausschlussverfahren entschieden. Er hatte sich von ihnen mit dem Mund befriedigen lassen und sie geleckt. Er hatte sie von hinten genommen, von der Seite, von vorn. Hatte ihre Brüste begrapscht.

Und all das war aus freien Stücken geschehen.

War es mit den Kerlen denn anders gewesen? Und

selbst wenn, musste er sich überhaupt in eine Schublade stecken lassen?

Außerdem, hätten ihn seine Eltern, die verdammt noch mal *tot* waren und ihn ohnehin gehasst hatten, weniger verachtet, nur weil er sich keiner Definition unterwarf?

Während all diese Fragen auf ihn einstürzten und er sich gezwungenermaßen einer Selbstanalyse unterzog, wie er sie sonst immer mied, stieß er plötzlich auf eine Monstrosität von ganz anderer Dimension.

So wichtig all das war, so bahnbrechend seine Entdeckung, so war sie doch nichts im Vergleich zu einem noch viel größeren Problem.

Wirklich nichts.

Gegen das wahre Desaster, das er jetzt erkannte, war all dieser Mist ein Pappenstiel.

38

Assail hielt nichts von Kraftausdrücken. Sie waren ordinär und überflüssig, wenn man ihn fragte. Dessen ungeachtet hatte er eine beschissene Woche hinter sich.

Unten im Keller, im Tresorraum seines Hauses, waren er und die Zwillinge gerade damit fertig, die Ausbeute der vergangenen Tage zu ordnen: Geldbündel wurden gestapelt, nachdem die Scheine durch die Zählmaschine gelaufen, sortiert und mit Banderolen zusammengefasst worden waren – und die Summe war beeindruckend, selbst für seine Verhältnisse.

Alles in allem waren um die zweihunderttausend Dollar zusammengekommen.

Der Haupt-*Lesser* und sein munterer Trupp von Jägern hatten exzellente Arbeit geleistet.

Man sollte meinen, er wäre glücklich.

Weit gefehlt.

Er war missmutig und gereizt – und der Anlass für seine schlechte Laune machte ihn nur noch unleidlicher.

»Geht zu Benloise«, befahl er den Zwillingen. »Holt euch die nächste Fuhre Kokain und teilt sie dann hier auf.«

Die Zwillinge waren Meister darin, das Zeug mit Zusatzstoffen zu strecken und in Portionstütchen abzupacken, und das war gut so. Die Jäger vertickten dreimal so viel, wie sie früher unter die Leute gebracht hatten.

»Dann liefert ihr aus.« Assail sah auf die Uhr. »Übergabe ist um drei Uhr morgens, das sollte leicht zu schaffen sein.«

Er stand vom Tisch auf, hob die Arme über den Kopf und streckte den Rücken durch. In letzter Zeit wurde er immer steifer, und er wusste auch, woran das lag: durch den Dauerzustand der Halberektion hatten sich Oberschenkel und Nackenmuskulatur verspannt, neben anderen physischen Aspekten ... die sich jeglicher Selbstregulierung verweigerten.

Nachdem er seinen Erektionen jahrelang kaum Beachtung geschenkt hatte, war er nun dazu übergegangen, sich permanent selbst zu befriedigen.

Doch es führte ihm nur noch deutlicher vor Augen, was er nicht bekam.

Seit einer Woche wartete er nun schon darauf, dass sich Marisol bei ihm meldete, dass sein Telefon klingelte, und zwar nicht, weil wieder irgendein Unbekannter bei ihr auf der Matte stand. Diese Frau hatte ihn nicht minder begehrt als er sie, und das musste doch zu einem weiteren Treffen führen. Doch dem war nicht so. Und dass sie die Zurückhaltung an den Tag legte, mit der er so kämpfte, ließ ihn an seiner Selbstdisziplin zweifeln – und an seinem Verstand.

Wahrhaftig, er fürchtete, er könnte vor ihr einknicken.

Er kehrte den Zwillingen den Rücken und ging in die

Küche im Erdgeschoss. Dort überprüfte er zunächst einmal sein Handy, für den Fall, dass sie angerufen oder ihren Audi endlich wieder bewegt hatte, der nun seit sieben Nächten untätig rumstand: Seit seinem Besuch parkte das verdammte Ding vor ihrem Haus, so als wüsste sie am Ende, dass ein Peilsender daran befestigt war.

Auf dem Display sah er einen Anruf in Abwesenheit, aber es war keine Nummer aus seinem Adressbuch.

Außerdem hatte er eine Nachricht auf der Mailbox.

Assail hatte kein Interesse am Gefasel irgendeines Menschen, der sich verwählt hatte, aber da nicht auszuschließen war, dass es sich um einen *Lesser* handelte, der gegen die Abmachungen verstieß, musste er die Nachricht wohl oder übel abhören.

Also wählte er die Mailbox an und ging in Richtung Humidor. Er hatte viel geraucht in der letzten Zeit und vermutlich zu viel gekokst. Was schmerzhaft kontraproduktiv war: Wenn man ohnehin schon gereizt und frustriert war, waren chemische Aufputschmittel wie Öl ins Feuer …

»Hola. Hier ist Großmutter von Sola. Ich möchte sprechen mit … Assail … bitte?« Assail blieb wie angewurzelt mitten im Wohnzimmer stehen. »Können Sie jetzt zurückrufen? Danke …«

Mit ungutem Gefühl unterbrach er die Nachricht und tätigte einen Rückruf.

Es tutete einmal. Zweimal …

»Hola?«

Zu dumm, er wusste ihren Namen nicht. »Hier ist Assail, Madam. Geht es Ihnen gut?«

»Nein, nein – geht nicht gut. Ich sehe Ihre Nummer auf Nachttisch, so ich rufe an. Ein Unglück ist passiert!«

Assail umklammerte sein iPhone. »Erzählen Sie.«

»Sie fort. Sie kommt heim, doch dann sie geht gleich

wieder – ich höre Tür, aber ihr Rucksack, ihre Auto, alles ist hier. Ich schlafe, und ich höre Schritte unten. Ich rufe Sola und keine Antwort – dann ich höre lauten Krach und gehe runter. Die Haustür steht offen, und ich Angst, sie wurde geholt. Ich weiß nicht weiter. Sie immer sagt, wir rufen nicht die Polizei. Ich weiß nicht ...«

»Ganz ruhig. Sie haben das Richtige getan. Ich bin augenblicklich bei Ihnen.«

Assail lief zur Haustür, ohne den Zwillingen noch einmal Bescheid zu sagen. Er wollte einfach nur so schnell er konnte zu diesem kleinen Haus, alles andere war ihm egal.

Eine Sekunde, länger dauerte es nicht, um sich zu dematerialisieren, und als er vor dem Haus Gestalt annahm, dachte er, dass er sich seine Rückkehr hierher ganz anders vorgestellt hatte.

Wie die Großmutter berichtet hatte, parkte der Audi an der Straße vor dem Haus. Am alten Fleck. Doch auffällig war, dass mehrere unregelmäßige Spuren durch den Schnee führten, von der Haustür quer über den Rasen zur Straße.

Man hatte sie entführt, dachte Assail.

Verdammt.

Er joggte die niedrigen Stufen zur Haustür hoch, drückte auf die Klingel und stampfte ein paarmal auf, um den Schnee abzutreten.

Die Vorstellung, dass jemand seine Frau genommen hatte ...

Die Tür wurde von einer sichtlich zerrütteten älteren Dame geöffnet, deren Verwirrung sich noch steigerte, als sie ihn erblickte. »Sie sind ... Assail?«

»Ja. Bitte lassen Sie mich rein, Madam, ich werde Ihnen helfen.«

»Sie nicht Mann von neulich.«

»Nein, Sie haben mich noch nie gesehen, Madam. Bitte, lassen Sie mich rein.«

Marisols Großmutter trat zur Seite und klagte: »Oh, ich weiß nicht, wo sie ist. *Mãe de Deus*, sie ist fort, fort …«

Er sah sich in dem kleinen, aufgeräumten Wohnzimmer um und trat dann in die Küche, um einen Blick auf den Hintereingang zu werfen. Die Tür war unversehrt. Er öffnete sie und spähte nach draußen. Keine Spuren, abgesehen von seinen eigenen, die er vor einer Woche hinterlassen hatte. Er verriegelte die Tür und wandte sich an die Großmutter.

»Sie waren oben?«

»*Sí.* In Bett. Wie gesagt, ich schlafen. Ich höre sie kommen, aber ich noch müde. Dann ich höre … Geräusch wie Sturz. Ich sage, ich komme runter, dann Tür geht auf.«

»Haben Sie ein Auto gesehen?«

»*Sí.* Aber es fuhr schnell weg, und Nummernschild – nicht erkennen.«

»Wie lange ist das her?«

»Ich habe Sie fünfzehn, zwanzig Minuten später angerufen. Ich in ihr Zimmer und geschaut – und finde Serviette mit Ihrer Nummer.«

»Hat jemand angerufen?«

»Niemand.«

Er sah auf die Uhr und stellte dann besorgt fest, wie blass die alte Frau war. »Setzen Sie sich doch, Madam.«

Als er sie zur geblümten Wohnzimmercouch geleitete, holte sie ein zartes Taschentuch heraus und presste es sich auf die Augen. »Sie ist mein Leben.«

Assail versuchte sich zu erinnern, wie die höfliche Anrede unter Menschen lautete.

»Mrs … äh, Mrs …«

»Mrs Carvalho. Mein Mann war Brasilianer. Ich bin Yesenia Carvalho.«

»Mrs Carvalho, ich muss Ihnen ein paar Fragen stellen.«

»Können Sie mir helfen? Meine Enkelin ist …«

»Schauen Sie mir in die Augen.« Als die Frau gehorchte, sagte er leise: »Ich werde alles tun, um sie zurückzuholen. Alles. Verstehen Sie, was ich sage?«

Als er sie fest ansah und dabei keinen Hehl aus seinen Intentionen machte, verschmälerten sich Mrs Carvalhos Augen. Und nach einem Moment beruhigte sie sich und nickte einmal – als würde sie seine Absicht befürworten, obwohl sie möglicherweise die Anwendung von Gewalt mit einschloss. »Was müssen Sie wissen?«

»Fällt Ihnen irgendjemand ein, der ihr wehtun wollen könnte?«

»Sie gutes Mädchen. Sie nachts arbeitet im Büro. Sie für sich bleibt.«

Dann hatte Marisol ihrer Großmutter nichts von ihrer wahren Tätigkeit erzählt. Das war gut. »Hat sie Vermögen?«

»Sie meinen Geld?«

»Ja.«

»Wir sind einfache Leute.« Sie musterte seine maßgeschneiderte Kleidung. »Wir nichts haben außer dieses Haus.«

Irgendwie bezweifelte er das, obwohl er wenig von Marisol wusste: Er hielt es für unwahrscheinlich, dass sie durch ihre Tätigkeit nichts verdient hatte – und ganz bestimmt zahlte sie keine Steuern auf die Sorte Einkommen, die sie von Leuten wie Benloise bezog.

Aber er fürchtete, dass keine Lösegeldforderungen kommen würden.

»Ich weiß nicht, was ich tun soll.«

»Mrs Carvalho, machen Sie sich bitte keine Sorgen.« Er erhob sich. »Ich werde mich umgehend damit befassen.«

Ihre Augen verschmälerten sich erneut und verrieten eine Intelligenz, die ihn an ihre Enkelin erinnerte. »Sie wissen, wer es war, nicht wahr?«

Assail verbeugte sich respektvoll. »Ich bringe sie zurück zu Ihnen.«

Die Frage war, wie viele Widersacher er dabei töten musste – und ob Marisol selbst am Ende noch am Leben wäre.

Allein der Gedanke, dass dieser Frau ein Leid geschehen könnte, entrang seiner Kehle ein Knurren, und seine Fänge verlängerten sich, während er seine zivilisierte Hülle abstreifte wie eine Kobra ihre Haut.

Als Assail das einfache Haus verließ, ahnte er bereits vage, was hinter dieser Sache steckte. Und wenn er sich nicht irrte, war es zwanzig Minuten nach der Entführung vielleicht schon zu spät.

In diesem Fall würde ein gewisser Geschäftspartner ein paar Lektionen in Sachen Schmerz erhalten.

Von Lehrmeister Assail.

39

Layla blieb im Mercedes sitzen. Im Wageninneren war es warm, der Sitz war bequem, und sie fühlte sich sicher, umgeben von all dem Stahl. Vor ihr lag eine bemerkenswerte Landschaft: Die Scheinwerfer leuchteten hell und weit in die Nacht, ehe die Sicht verblasste.

Nach einer Weile schwebten Schneeflocken durch die Lichtstrahlen, und ihre trägen, wirren Bahnen erweckten den Eindruck, als hätten sie es nicht eilig zu landen.

Doch während sie schweigend im Auto saß und ab und an den Motor hochdrehen ließ, so wie Qhuinn es ihr bei kaltem Wetter empfohlen hatte, war es nicht still in ihrem Kopf. Nein, ihr Kopf war alles andere als leer. Obwohl ihr Blick nach vorne gerichtet war, auf den lautlos fallenden Schnee, die Straße, das friedliche Weideland … sah sie diesen Krieger vor sich. Diesen Verräter.

Den Kerl, der ihr ständiger Begleiter zu sein schien, vor allem, wenn sie allein war.

Selbst während sie hier mitten im Nichts in diesem Wagen saß, war seine Gegenwart beinahe greifbar und ihre Erinnerung an ihn so stark, dass sie hätte schwören können, dass er in der Nähe war. Und das Verlangen … gütige Jungfrau der Schrift, dieses Verlangen musste sie vor all den Leuten geheim halten, die sie liebte.

Welch grausames Schicksal, derartige Empfindungen für einen zu hegen, der …

Layla stieß einen lauten Schrei aus und drückte sich in den Sitz.

Erst zweifelte sie, ob das, was sich da im Scheinwerferlicht materialisiert hatte, wirklich real war: Es schien, als stünde Xcor auf der Straße, eine riesenhafte Gestalt in schwarzem Leder, die das Licht der Strahler absorbierte wie ein Schwarzes Loch.

»Nein«, schrie sie. »Nein!«

Sie war sich nicht sicher, mit wem sie da redete oder was sie da so vehement ablehnte. Aber eines stand fest: Als er einen Schritt auf sie zu machte und dann noch einen zweiten, wusste sie, dass der Soldat keine Erfindung ihres Geistes oder ihres schrecklichen Verlangens war, sondern vollkommen real.

Leg den Gang ein, beschwor sie sich. *Leg den Gang ein, und steig aufs Gas.*

Niemand aus Fleisch und Blut, auch wenn er noch so furchteinflößend war, würde einem Aufprall von derartiger Wucht standhalten.

»Nein«, zischte sie, als er noch näher kam.

Sein Gesicht sah genauso aus wie in ihrer Erinnerung: vollkommen symmetrisch, mit hohen Wangenknochen, zusammengekniffenen Augen und einer tiefen Stirnfalte zwischen den geraden Brauen. Seine Oberlippe war nach oben gezogen, als würde er höhnisch grinsen, und seine Bewegungen waren … die eines großen Tiers. Seine Schultern rollten mit kaum verhohlener Kraft, seine mächtigen Oberschenkel zeugten von brutaler Stärke, als er auf sie zulief.

Und doch ... verspürte sie keine Angst.

»Nein«, stöhnte sie.

Einen halben Meter vor dem Kühlergrill blieb er stehen. Sein Ledermantel wurde zur Seite geweht, und seine Waffen funkelten. Die Arme hingen seitlich an ihm herab, aber das änderte sich bald. Langsam hob er die Hand und ...

Er holte etwas hinter seinem Rücken hervor.

Irgendeine Art von Waffe.

Die legte er nun auf das Fahrzeug.

Und dann langte er sich mit Händen, die in schwarzen Lederhandschuhen steckten, vorn an die Brust ... und zog zwei Schusswaffen unter dem Mantel hervor. Außerdem Dolche aus einem Halfter, der kreuzweise über seine Brust verlief. Und eine Kette. Und etwas, das aufblitzte, das sie aber nicht erkannte.

All das legte er auf die Motorhaube.

Dann trat er zurück. Hob die Hände. Und drehte sich einmal langsam um die eigene Achse.

Layla atmete schwerfällig.

Sie war keine Kriegernatur und hatte nie mit Kampf zu tun gehabt, doch sie erfasste instinktiv die Bedeutung des demonstrativen Entwaffnens, und dass er damit eine Verletzbarkeit einging, die ein Krieger nicht leichtfertig in Kauf nahm. Natürlich stellte er weiterhin eine tödliche Gefahr dar – ein Vampir seiner Statur und Kraft konnte problemlos mit bloßen Händen töten.

Dennoch lieferte er sich ihr aus.

Und signalisierte ihr, dass er ihr nichts zuleide tun wollte.

Laylas Hand wanderte zu einer Reihe von Knöpfen und verharrte dort. Ihr Atem ging schwer, als wäre sie gerannt, ihr Herz klopfte, und Schweißperlen bildeten sich auf ihrer Oberlippe ...

Sie entriegelte die Türen.

Die Jungfrau der Schrift steh ihr bei ... doch sie entriegelte die Türen.

Als das Klacken der Schlösser durch das Wageninnere tönte, schloss Xcor einen Moment lang die Augen, und sein verhärmter Ausdruck wurde weich, als hätte er unerwartet ein Geschenk empfangen. Dann kam er um den Wagen herum ...

Kälte strömte herein, als er die Beifahrertür öffnete, und dann quetschte er seinen großen Körper auf den Sitz neben ihr. Die Tür fiel ins Schloss, und sie wandten sich einander zu.

Im Licht der Innenbeleuchtung konnte sie ihn noch besser sehen. Auch er atmete schwer, seine kräftige Brust hob und senkte sich, sein Mund stand leicht offen. Er sah schroff aus, jede Höflichkeit war aus seinem Gesicht geschwunden – oder treffender: wahrscheinlich nie da gewesen. Und doch, obwohl man ihn aufgrund seiner Entstellung hässlich nennen konnte, war er in ihren Augen ... schön.

Und das war eine Sünde.

»Ihr seid es wirklich«, sagte sie wie zu sich selbst.

»Aye.« Seine Stimme klang tief und voll und schmeichelte ihren Ohren. Doch dann brach sie, und er sagte heiser: »Und Ihr erwartet ein Kind.«

»Das tue ich.«

Er schloss erneut die Augen, doch diesmal wirkte es, als hätte ihn ein Schlag getroffen. »Ich habe Euch gesehen.«

»Wann?«

»Bei der Klinik. Vor vielen Nächten. Ich dachte, sie hätten Euch geschlagen.«

»Die Bruderschaft? Aber warum sollten sie so etwas …«

»Meinetwegen.« Er öffnete die Augen und sah so gequält aus, dass sie ihn irgendwie trösten wollte. »Ich hätte Euch nie willentlich in eine solche Lage gebracht. Ihr habt nichts mit dem Krieg zu schaffen. Mein Lieutenant hätte Euch niemals in diese Angelegenheit hineinziehen dürfen.« Seine Stimme wurde immer tiefer. »Ihr seid eine Unschuldige, das erkennt man auf den ersten Blick, selbst ein Ehrloser wie ich.«

Und warum hat er sich dann soeben entwaffnet, wenn er so ehrlos ist?, dachte sie.

»Seid Ihr vereinigt?«, fragte er rau.

»Nein.«

Unvermittelt kräuselte seine Oberlippe sich und entblößte riesenhafte Fänge. »Wenn sich jemand an Euch vergangen …«

»Nein. Nein, nein – es war mein Wunsch. Genauso wie der des Vaters.« Sie strich über ihren Bauch. »Ich wollte ein Kind. Ich wurde triebig und konnte an nichts anderes mehr denken. Ich wollte so sehr *Mahmen* sein, ein eigenes Kind haben.«

Er schloss erneut die schmalen Augen und verdeckte die unregelmäßige Oberlippe mit schwieliger Hand: »Ich wünschte, ich wäre …«

»Was?«

»… ich wäre würdig gewesen, Euch zu geben, was Ihr ersehntet.«

Wieder wurde Layla von dem unheiligen Drang befallen, die Hand nach ihm auszustrecken und ihn zu berühren, um ihn auf irgendeine Art zu trösten. Seine Reaktion war so ungeschliffen und ehrlich, und er schien auf ganz ähnliche Art zu leiden wie sie, wann immer sie an ihn dachte.

»Sagt mir, dass sie Euch gut behandeln, obwohl Ihr mir geholfen habt?«

»Ja«, flüsterte sie. »Sehr gut.«

Er ließ die Hände sinken, und sein Kopf sackte zurück, als würde ihm ein Stein vom Herzen fallen. »Das ist gut. Das ist ... gut. Und Ihr müsst mein Kommen entschuldigen. Ich spürte Euch und konnte nicht anders.«

Als ob er sich zu ihr hingezogen fühlte. Als ob er sie ... wollte.

O gütige Jungfrau der Schrift, dachte sie, als ihr von innen her ganz warm wurde.

Seine Augen suchten den Baum auf dem Hügel. »Denkt Ihr an jene Nacht?«, fragte er leise.

Layla sah auf ihre Hände. »Ja.«

»Und die Erinnerung schmerzt Euch, nicht wahr?«

»Ja.«

»Mich auch. Ihr seid immerzu in meinen Gedanken, jedoch aus einem anderen Grund, wie ich vermute.«

Layla holte tief Luft, und ihr Herz begann erneut zu rasen. »Ich bin mir nicht sicher ... ob er sich so sehr von Eurem unterscheidet.«

Sie nahm wahr, wie er den Kopf herumriss.

»Was habt Ihr gesagt?«, hauchte er.

»Ich glaube ... Ihr habt mich wohl verstanden.«

Augenblicklich baute sich ein elektrisches Spannungsfeld zwischen ihnen auf, und das Wageninnere schrumpfte zusammen, sodass sie einander näher kamen, obwohl sie sich nicht rührten.

»Müsst Ihr denn ihr Feind sein?«, fragte sie.

Es war lange still. »Es ist zu spät. Es wurden Taten vollzogen, die sich weder durch Worte noch Schwüre rückgängig machen lassen.«

»Ich wünschte, es wäre anders.«

»In dieser Nacht, in diesem Moment ... wünsche ich das auch.«

Diesmal riss sie den Kopf herum. »Vielleicht gibt es einen Weg ...«

Er legte ihr sacht eine Fingerspitze auf den Mund und brachte sie zum Schweigen.

Und als sein Blick auf ihre Lippen fiel, entrang sich ihm ein fast unhörbares Knurren ... doch er unterbrach sich, als wollte er sie nicht belasten oder womöglich ängstigen.

»Ihr erscheint mir im Traum«, murmelte er. »Tag für Tag. Euer Duft, Eure Stimme, Eure Augen ... dieser Mund.«

Er strich mit rauem Daumen über ihre Unterlippe.

Layla schloss die Augen und schmiegte sich in seine Hand, denn mehr würde sie nie von ihm bekommen, das war ihr klar. Sie gehörten verfeindeten Lagern an, und obwohl sie keine Einzelheiten kannte, hatte sie im Haus genug gehört und wusste daher, dass er recht hatte.

Er konnte seine Tat nicht rückgängig machen.

Und deshalb würden sie ihn töten.

»Ich kann nicht glauben, dass ich Euch berühren darf.« Seine Stimme klang heiser. »Daran werde ich mich immer erinnern.«

Tränen brannten in ihren Augen. Liebste Jungfrau der Schrift, ihr Leben lang hatte sie auf einen solchen Moment gewartet ...

»Weint nicht.« Sein Daumen wanderte zu ihrer Wange. »Schöne Frau von Wert, so weint doch nicht.«

Hätte ihr jemand gesagt, dass ein grobschlächtiger Kerl wie er zu solchem Mitgefühl imstande war, sie hätte es nicht geglaubt. Doch so war es. In ihrer Gegenwart war er es.

»Ich werde nun gehen«, sagte er ganz unerwartet.

Instinktiv wollte sie ihn zur Vorsicht mahnen … doch damit hätte sie Wrath' Feind Glück gewünscht.

»Liebste Auserwählte, lasst Euch sagen: Solltet Ihr mich jemals brauchen, bin ich für Euch da.«

Er zog etwas aus der Tasche – ein Handy. Er drehte es ihr hin und ließ das Display durch Tastendruck aufleuchten. »Könnt Ihr diese Nummer lesen?«

Layla blinzelte heftig und mühte sich, scharf zu sehen. »Ja, das kann ich.«

»Das ist meine Nummer. Ihr wisst, wie Ihr mich findet. Und sollte Euer Gewissen verlangen, dass Ihr der Bruderschaft davon berichtet, werde ich es verstehen.«

Er kann die Zahlen nicht lesen, schoss es ihr durch den Kopf – und das lag nicht daran, dass er schlechte Augen gehabt hätte.

Was hat er nur für ein Leben geführt, fragte sie sich traurig.

»Lebt wohl, meine schöne Auserwählte«, sagte er, und sein Blick war nicht nur der des Liebenden, sondern der eines *Hellren.*

Und dann war er fort. Ohne ein weiteres Wort stieg er aus, nahm seine Waffen, legte sie an …

… und dematerialisierte sich in die Nacht.

Layla schlug die Hände vors Gesicht, und ihre Schultern begannen zu beben.

In ihr kämpften Verstand und Seele und rissen sie entzwei, auch wenn man es nach außen hin nicht sah.

40

»Herein!«

Blay saß auf seiner Chaiselongue und las *Die Verschwörung der Idioten*, als es klopfte und zu seiner Überraschung Beth in sein Zimmer spazierte.

Als er ihr Gesicht bemerkte, setzte er sich auf und legte das Buch zur Seite. »Hey, was ist passiert?«

»Hast du Layla gesehen?«

»Nein, aber ich bin eben erst von meinen Eltern zurückgekommen.« Er sah auf die Uhr. Nach Mitternacht. »Ist sie denn nicht in ihrem Zimmer?«

Beth schüttelte den Kopf, und ihr dunkles Haar wogte glänzend um ihre Schultern. »Wir waren verabredet, aber ich finde sie nicht. Sie ist nicht in der Klinik und auch nicht in der Küche – und ich habe nach Qhuinn gesucht, unten im Kraftraum und hier oben. Er ist auch weg.«

Vielleicht saßen sie irgendwo ganz romantisch bei einem Nudelgericht zusammen, und ihre Münder trafen sich dank einer dusseligen Linguine.

»Hast du es schon auf ihren Handys probiert?«, erkundigte er sich.

»Qhuinns liegt in seinem Zimmer. Und Layla geht nicht dran, wenn sie es denn bei sich hat.«

Blay erhob sich. Langsam wurde auch er etwas nervös, doch er mahnte sich zur Besonnenheit. Es war kein Notfall. Sie befanden sich in einem großen Gebäude mit jeder Menge Zimmern, und vor allem waren die Verschwundenen beide erwachsen. Sie hatten jedes Recht, sich zu verdrücken, ohne dass gleich Alarm geschlagen wurde.

Zumal sie ein gemeinsames Kind erwarteten ...

In der Ferne erklang ein Staubsauger und brachte ihn auf eine Idee.

»Komm mit«, sagte er zur Königin. »Wenn hier jemand weiß, wo sie ist, dann macht er sich gerade ein paar Zimmer weiter über die Auslegeware her.«

Tatsächlich war Fritz im Salon im ersten Stock zugange. Als sie diesen nun betraten, erwachten bei Blay sofort die Erinnerungen, wie er und Qhuinn auf dem Teppich vor der Couch übereinander hergefallen waren.

Super. Einfach großartig.

»Fritz?«, rief die Königin.

Der *Doggen* unterbrach seine Reinigungstätigkeit und schaltete den Staubsauger aus. »Oh, hallo, Ihre Majestät. Sire.«

Es folgten mehrere Verbeugungen.

»Hör zu, Fritz«, sagte Blay. »Ist Layla dir begegnet?«

Augenblicklich verfinsterte sich das Gesicht des Butlers. »Oh, ja, das ist sie.«

»Und?«, bohrte Blay nach, als Fritz verstummte.

»Sie hat den Wagen genommen. Den Mercedes. Vor ungefähr zwei Stunden.«

Was sollte das denn, fragte Blay sich. Es sei denn …

»Und Qhuinn war bei ihr?«

»Nein, sie war allein.« Der Butler schüttelte den Kopf, und Blays Magen krampfte sich zusammen. »Ich wollte sie fahren, doch sie ließ es nicht zu.«

»Wohin wollte sie?«, erkundigte Beth sich.

»Sie erklärte, sie habe kein Ziel. Ich weiß, dass Master Qhuinn ihr Fahrstunden gegeben hat. Als sie um den Schlüssel bat, wusste ich nicht, was ich tun sollte.«

Die Königin unterbrach ihn: »Du hast nichts Falsches getan, Fritz. Überhaupt nicht. Wir machen uns nur Sorgen um sie.«

Blay holte sein Handy hervor. »Der Wagen hat GPS, es ist also kein Problem. Ich rufe V an. Er kann sie für uns orten.«

Er schickte ihm eine SMS. Und während die Königin den Butler beruhigte, wartete Blay auf eine Antwort.

Zehn Minuten später: nichts. Was hieß, dass der IT-Experte in der Innenstadt beschäftigt war.

Fünfzehn Minuten.

Zwanzig.

Er rief sogar an, doch keiner antwortete. Er musste annehmen, dass jemand Hilfe brauchte – oder Vs Handy im Kampf kaputtgegangen war.

»Und Qhuinn ist nicht im Kraftraum?«, wollte er wissen, obwohl diese Frage längst beantwortet war.

Beth zuckte die Schultern. »Vorhin nicht.«

Blay rief im Trainingszentrum an und erreichte Ehlena. Einen Moment später war er informiert, dass der Kraftraum leer war, Luchas schlief und sich auch niemand im Schwimmbecken oder auf dem Basketballfeld tummelte.

Qhuinn war nicht im Haus. Und nicht im Einsatz, denn er hatte heute frei. Blieb nur ein Ort.

»Ich glaube, ich weiß, wo er steckt«, brummte Blay verdrossen. »Ich hole ihn, während wir auf V warten.«

Schließlich trug Layla sein Kind im Bauch – wenn sie also unentschuldigt allein in der großen Welt herumgondelte, hatte Qhuinn ein Recht darauf, in ihre Suche einbezogen zu werden. Und vielleicht wusste er sogar, wo sie steckte, doch irgendwie zweifelte Blay daran: Schwer vorstellbar, dass er sein Handy liegen ließ, wenn er wusste, dass sie mit dem Auto unterwegs war. In einem solchen Fall wollte er doch sicher erreichbar sein.

Warum hatte er sein Handy eigentlich nicht bei sich? Das sah ihm so gar nicht ähnlich.

Es sei denn, er wähnte Layla in Sicherheit … und wollte ungestört sein.

Na prima.

Blay ging auf sein Zimmer, steckte eine Pistole ein – schließlich wusste man nie, wann man sie brauchte – und zog eine Jacke über, um die Waffe zu verdecken. Dann joggte er die Treppe hinunter und durch die Vorhalle ins Freie … ehe er sich in die Nacht dematerialisierte.

Auf dem Parkplatz hinter dem Iron Mask nahm er wieder Gestalt an, trat an den Hintereingang, klingelte und hielt sein Gesicht in die Kamera. Xhex machte auf.

»Hallo«, sagte sie und umarmte ihn kurz. »Wie geht es dir? Du warst schon lange nicht mehr hier.«

»Ich suche …«

»Sitzt an der Bar.«

Selbstverständlich. »Danke.«

Blay nickte den Türstehern zu, Big Rob und Silent Tom, und ging durch den Mitarbeiterbereich. Als er durch die Tür in den Club trat, versetzte der Bass der Musik seine Brust in Vibrationen – vielleicht war es aber auch nur sein Herzschlag.

Und tatsächlich, da war er: Obwohl sich hundert Leute um die Bar drängten, hob Qhuinn sich für ihn wie eine Leuchtreklame vom Rest ab. Der Kämpfer saß am hinteren Ende des Tresens und kehrte Blay den Rücken zu. Er hatte die Ellbogen auf dem schwarz lackierten Holz aufgestützt und ließ den Kopf hängen.

Blay ließ den Atem mit einem Fluch entweichen. Da waren sie also, wieder am Anfang, dachte er. Doch noch ehe er zu ihm gelangen konnte, wanzte sich natürlich schon eine Frau an Qhuinn ran, stellte sich neben ihn, legte ihm die Hand auf den Arm, und er drehte den Kopf, um sie zu inspizieren.

Blay wusste, was als Nächstes kam. Ein kurzes Abchecken von oben bis unten mit diesen zweifarbigen Augen, ein träges Lächeln, ein paar gedehnte Worte – und die beiden würden in einer der Toiletten verschwinden …

Qhuinn schüttelte den Kopf und hob abwehrend die Hand. Selbst ein zweiter Anlauf wurde abgeschmettert.

Bevor Blay sich wieder in Bewegung setzen konnte, versuchte es ein Kerl mit einer Mähne bis zum Arsch und hautenger Samthose. Er hatte ein strahlend weißes Lächeln und war gertenschlank gebaut, wie für die Akrobatik geschaffen.

Blay wurde ganz schlecht – obwohl er sich ins Gedächtnis rief, dass Qhuinn sich nach ihrem letzten Zusammenprall ohnehin nie mehr auf ihn einlassen würde und es ihm also egal sein konnte, wen der Kerl sonst vögelte. Denn Qhuinns Libido war berüchtigt …

Der Kerl mit dem Samtstrampler und den Extensions kassierte ebenfalls eine Abfuhr.

Dann konzentrierte Qhuinn sich wieder auf den Tresen vor ihm.

Plötzlich vibrierte Blays Handy in der Tasche und mel-

dete den Eingang einer SMS. Sie kam von Beth: *Alles gut –*
Layla daheim. War auf Spritztour, schaut jetzt mit mir fern.

Blay textete einen Dank zurück und steckte sein Handy
wieder in die Innentasche. Damit war die Sache erledigt,
und es gab eigentlich keinen Grund mehr, hierzubleiben
und Qhuinn zu behelligen ... obwohl es eine Gelegenheit
war, seinen nuklearen Rundumschlag von letzter Woche
etwas abzumildern.

Blay schob sich durch das Gedränge auf die Bar zu. Als
er in Hörweite kam, räusperte er sich und sagte über den
Lärm hinweg: »Hallo ...«

Qhuinn riss die Hand hoch, ohne sich umzudrehen.
»Bitte, ich hab kein Interesse, okay?«

In diesem Moment nahm ein Typ links neben Qhuinn
seinen Drink und verschwand von der Bar.

Blay schob sich auf seinen Platz.

»Ich sagte doch, lass mich einfach in ...« Qhuinn erstarrte mitten in seiner Abwehrgeste. »Was ... machst du
denn hier?«

Okay, wie sollte er anfangen?

»Ist irgendetwas nicht in Ordnung?«, fragte Qhuinn.

»Nein, nein. Alles gut ...« Blay stutzte, als er bemerkte,
dass Qhuinn kein Glas vor sich stehen hatte. »Bist du gerade erst gekommen?«

»Nein, ich sitze hier schon ... seit zwei Stunden, wie es
aussieht.«

»Und du trinkst gar nichts?«

»Anfangs schon. Aber dann ... nicht mehr.«

Blay musterte das Gesicht, das er so gut kannte. Es war
so verbissen, die Wangen eingefallen und die Stirn in
tiefen Falten, als hätte auch er seit sieben Tagen nicht
geschlafen.

»Hör zu, Qhuinn ...«

»Bist du gekommen, um dich zu entschuldigen?«

Blay räusperte sich erneut. »Ja, das bin ich. Was ich gesagt habe, war ...«

»Völlig richtig.«

»Was?«

Qhuinn rieb sich die Augen ... und vergrub das Gesicht in den Händen. Dann nuschelte er etwas Unverständliches in seine Handballen, und da erkannte Blay, dass etwas Großes geschehen sein musste.

Aber wahrscheinlich hatte der arme Kerl erkennen müssen, dass auch Blay kein Heiliger war.

Er beugte sich zu seinem Freund. »Was ist los, Qhuinn? Egal, was es ist, du kannst es mir sagen.«

Denn das war nur fair. Schließlich hatte Blay sich bei ihrem letzten Treffen auch gründlich ausgesprochen.

»Du hattest recht«, sagte Qhuinn. »Ich wusste nicht ... dass ich ...«

Als Qhuinn verstummte, zog Blays Brust sich zusammen, und seine Brauen berührten fast den Haaransatz. Daher wehte der Wind. Ach du ... Scheiße.

Erschrocken bemerkte er, dass er von Qhuinn niemals ein Eingeständnis erwartet hätte. Selbst als er ihn angeschrien hatte, hatte er nur endlich einmal seinem Frust Luft machen wollen. Niemals hätte er gedacht, dass er damit tatsächlich etwas auslösen würde.

Qhuinn schüttelte den Kopf, ohne die Hände vom Gesicht zu nehmen. »Ich konnte nur nicht ... all die Jahre mit ihnen, die ganze Scheiße, die ich ihretwegen durchgemacht habe ... ich hätte einfach keinen weiteren Schlag verkraftet.«

Blay war mehr als klar, wer mit »ihnen« gemeint war.

»Ich habe alles Mögliche getan, um es zu ändern und es zu überspielen – denn selbst nach dem Rausschmiss waren sie noch in meinem Kopf. Sogar als sie tot waren ... sie waren immer bei mir, verstehst du. In meinem Kopf ...« Er ballte die Hand zur Faust und schlug sich damit gegen die Stirn, wieder und wieder. »Die ganze Zeit ...«

Blay fing Qhuinns Faust auf und drückte seinen Arm nach unten. »Es ist okay ...«

»Ich habe noch nicht mal bemerkt, was mit mir abging. Wie ich alles verdreht habe ...« Die tiefe Stimme geriet ins Stocken. »Ich wollte ihnen einfach keinen weiteren Grund geben, mich zu hassen. Und das, obwohl sie mir doch eigentlich total egal sein konnten. Was habe ich mir nur gedacht? Wie konnte ich nur solche Scheiße bauen?«

In seinem Schmerz strahlte Qhuinn Kälte aus, und auf Blays Unterarmen breitete sich eine Gänsehaut aus.

Und jetzt, als Qhuinn derart am Boden zerstört war, hätte Blay gern zurückgenommen, was er gesagt hatte – nicht, weil es nicht stimmte, sondern weil es ihm nicht zugestanden hatte, den Schutzwall einzureißen, hinter dem Qhuinn sich verschanzt hatte. Mary, die *Shellan* von Rhage, hätte ihn im Rahmen einer Therapiesitzung oder dergleichen dahin bringen sollen. Oder vielleicht wäre Qhuinn nach und nach von selbst darauf gekommen.

Aber nicht so ...

Die Verzweiflung, die sich in Qhuinns ganzer Haltung ausdrückte, in seiner heiseren Stimme, in dem Schrei, den er mühsam zu unterdrücken schien, war beängstigend.

»Mir war nie bewusst, welchen Einfluss sie auf mich hatten, besonders mein Vater. Dieser Kerl ... er hat mich emotional vergiftet, und ich habe es nicht einmal bemerkt. Das hat ... alles ruiniert.«

Blay runzelte die Stirn. Diesem Teil konnte er nicht folgen. Doch was er sehr wohl erkannte, war die Ge-

gensätzlichkeit zwischen seinen Eltern und denen von Qhuinn – nicht, dass es einer weiteren Erinnerung bedurfte: Er musste daran denken, wie sie ihn vor dem Herd umarmt hatten, wie Mom und Dad die Arme um ihn geschlungen und ihn angenommen hatten, von ganzem Herzen.

Und jetzt saß Qhuinn hier und musste alles mit sich allein ausmachen. In einem Club. Und niemand stand ihm bei, während er mit seiner Vergangenheit, der Diskriminierung kämpfte ... und einer Identität, die er nicht ändern und offensichtlich auch nicht länger ignorieren konnte.

»Es hat alles ruiniert, *alles*.«

Blay legte die Hand auf Qhuinns Oberarm, auf den angespannten Bizeps. »Unsinn, nichts ist ruiniert. Sag das nicht. Du bist deinen Weg gegangen, und das ist okay ...«

Qhuinn drehte den Kopf aus dem Käfig, den seine Hand bildete und in den er gesprochen hatte, und die blau-grünen Augen waren rot geädert und feucht. »Ich habe dich die ganze Zeit über geliebt. All die Jahre ... während der Schule, der Ausbildung ... vor der Transition und danach ... als du etwas von mir wolltest und ja, selbst jetzt, wo du mit Saxton zusammen bist und mich hasst. Und wegen dieser ... *Scheiße* ... in meinem verdammten Kopf konnte ich es mir nicht eingestehen und war blockiert ... und deswegen habe ich dich verloren.«

Während förmlich die Reifen quietschend zwischen Blays Ohren zum Stehen kamen und sich alles zu drehen begann, redete Qhuinn einfach weiter. »Also entschuldige bitte, wenn ich dir widerspreche: Es ist nicht okay – und es wird nie okay sein. Während ich damit leben kann, dass ich mir und allen anderen jahrzehntelang etwas vorgemacht habe, ist es absolut *nicht* okay für mich, dass es mich um das gebracht hat, was zwischen uns hätte sein können.«

Blay schluckte mühsam, als Qhuinn den Kopf wieder nach vorne richtete und die Flaschen hinter der Bar anstarrte.

Er öffnete den Mund und wollte etwas sagen, doch stattdessen ging er noch einmal Wort für Wort den eben gehörten Monolog durch. Gütige Jungfrau ...

Und dann dämmerte ihm etwas.

Wenn ich schwul bin, warum warst du dann der einzige Kerl, mit dem ich je etwas hatte?

Als er erkannte, wie schrecklich falsch er diese Worte zu dem Zeitpunkt verstanden hatte und was in Wirklichkeit dahintersteckte, wurde er schlagartig leichenblass. Das hieß ... in dieser Nacht, als er ...

»Scheiße«, flüsterte er.

»So sieht's also aus«, brummte Qhuinn. »Willst du was trinken ...«

Die folgenden Worte sprudelten nur so aus Blays Mund: »Ich bin nicht mehr mit Saxton zusammen.«

41

Qhuinn wandte ihm ein zweites Mal den Kopf zu. Bestimmt hatte er sich verhört, als ... »Was ...?«

»Wir haben uns getrennt, vor ungefähr zwei Wochen.«

Qhuinn spürte, wie er blinzelte. »Warum ... warte, das verstehe ich nicht.«

»Es lief nicht gut. Schon lange nicht mehr. Als er neulich von seinem Liebesabenteuer zurückkam, waren wir nicht mehr zusammen. Er hat mich nicht betrogen.«

In Qhuinns Kopf stand lediglich ein großes Fragezeichen.

»Aber ich dachte ... warte, ihr beide habt so glücklich gewirkt. Das hat mich jede Nacht aufs Neue fertiggemacht, wie ihr ... äh, ja.«

»Tut mir leid, dass ich dir etwas vorgemacht habe«, sagte Blay verlegen.

»Scheiße, ich hätte ihn fast umgebracht.«

»Na ja, das war im Grunde ritterlich von dir. Er wusste das.«

Qhuinn schüttelte den Kopf. »Ich hatte keine Ahnung, dass ihr zwei nicht mehr … na ja, das sagte ich bereits.«

»Qhuinn, ich muss dich etwas fragen.«

»Nur zu.« Vorausgesetzt, er konnte sich konzentrieren.

»Als wir zusammen waren … in dieser Nacht … da hast du gesagt, du hättest noch nie … du weißt schon …«

Qhuinn sah ihn erwartungsvoll an. Als nichts mehr kam, hatte er immer noch keinen Schimmer, worauf Blay hinauswollte …

Ach, das.

Es war unfassbar, aber Qhuinn spürte, wie ihm warm wurde und er errötete. »Ja, diese Nacht.«

»Na ja, also hattest du noch nie …«

In Anbetracht all dessen, was er gerade ausgepackt hatte, war dieses Detail eine Nebensächlichkeit. Außerdem war es nun einmal Fakt: »Du bist der erste und einzige Kerl, mit dem ich es je auf diese Art gemacht hab.«

Blay schwieg. Und dann: »Oh, verdammt, es tut mir so leid, dass ich …«

Qhuinn unterbrach diese überflüssige Entschuldigung. »Mir nicht. Ich wüsste nicht, an wen ich meine Jungfräulichkeit lieber verloren hätte. Den Ersten vergisst man nie.«

Ja, Gratulation, Saxton, du verdammter alter Glückspilz.

Wieder breitete sich Schweigen aus. Und als Qhuinn schon auf die Uhr blicken wollte, um vorzuschlagen, dass sie sich eine Pause von den Peinlichkeiten gönnen sollten, fing Blay an zu reden.

»Willst du mich nicht fragen, warum es zwischen Saxton und mir nie richtig funktionieren konnte?«

Qhuinn verdrehte die Augen. »Ich weiß, dass es keine

Probleme im Bett waren. Du bist der beste Liebhaber, den ich je hatte, und ich kann mir nicht vorstellen, dass mein Cousin das anders empfunden hat.«

Der verdammte alte Schwanzlutscher Saxton.

Als ihm auffiel, dass Blay verstummt war, sah Qhuinn ihn an. In Blays blauen Augen lag ein merkwürdiges Leuchten.

»Was?« Oh, Mann, verdammt. »Okay: Warum konnte es nie richtig funktionieren?«

»Weil ich absolut und rettungslos ... in dich verliebt bin.«

Qhuinn öffnete den Mund. Und während es in seinen Ohren summte, fragte er sich, ob er sich nicht verhört hatte. Er beugte sich zu Blay hin. »Entschuldigung, was hast du gerade ...«

»Hey, Baby«, unterbrach sie eine Frauenstimme.

Rechts von Qhuinn stand eine Clubbesucherin, die zwei Salatschüsseln mit ihrer Oberweite hätte füllen können, und drückte sich an ihn. »Wie wäre es mit etwas Gesellschaft ...«

»Pfoten weg«, bellte Blay. »Er ist mit mir hier.«

Qhuinn richtete sich kerzengerade auf: Blays Augen versprühten ein kaltes, blaues Feuer und signalisierten unmissverständlich, dass er der Frau an die Gurgel gehen würde, wenn sie sich nicht bald verzog.

Und das war ...

... toll.

»Okay, okay.« Sie hob beschwichtigend die Hände. »Ich wusste nicht, dass ihr zusammen seid.«

»Sind wir aber«, zischte Blay.

Als die Frau beleidigt abzog, wandte Qhuinn sich Blay zu und war sich vollkommen bewusst, dass man ihm den Schock ansah.

»Sind wir das?«, flüsterte er seinem einstmals besten Freund zu.

Und während die Clubmusik wummerte und sich eine Masse von Fremden um sie herum drängte, während die Frau an der Bar Drinks ausschenkte und die Damen vom Gewerbe ihrem Job nachgingen, während das Leben unzähliger anderer weiterlief ... blieb für sie beide die Zeit stehen.

Blay streckte die Hände nach Qhuinns Gesicht aus, und sein Blick erwärmte sich, als er ihn nun forschend ansah. »Ja. Ja, das sind wir ...«

Qhuinn sprang ihn fast an, führte ihre Münder zusammen und küsste seine große Liebe einmal, zweimal ... dreimal ... obwohl er keine Ahnung hatte, was gerade passierte oder ob es real war oder ob im nächsten Moment der Wecker losgehen würde.

Nach all dem Leid sehnte er sich nach Erlösung, selbst wenn es sie nur vorübergehend gab.

Sie sahen einander an, und Blay runzelte die Stirn. »Du zitterst.«

War es möglich, dass all das keine Einbildung war? »Tu ich das?«

»Ja.«

»Mir egal. Ich liebe dich. Ich liebe dich so sehr, und es tut mir so leid, dass ich nicht Manns genug war, das zuzugeben ...«

Blay unterbrach ihn mit einem Kuss. »Du bist jetzt Manns genug – der Rest ist Vergangenheit.«

»Ich meine nur ... Scheiße, ich zittre wirklich, oder?«

»Ja, aber ist schon okay, ich halte dich fest.«

Qhuinn drückte sein Gesicht in Blays Hand. »Das hast du schon immer. Bei dir war ich zu Hause ... mein Herz. Meine Seele. Mein Alles. Ich wünschte nur, ich hätte nicht so lange gebraucht, um meinen Mut zusammenzunehmen. Meine Familie ... hat mich fast umgebracht. Und nicht nur dank der Ehrengarde.«

Blays Blick schweifte ab. Dann ließ er die Hände sinken.

»Was ist?«, fragte Qhuinn verdutzt. »Habe ich etwas Falsches gesagt?«

Scheiße, er hatte gewusst, dass es zu schön war, um wahr zu sein ...

Einen Moment lang sah Blay ihn nur an. Doch dann hielt er ihm die Hand hin. »Gib mir deine Hand.«

Qhuinn gehorchte, ohne nachzudenken, denn Blays Stimme hatte mehr Macht über seinen Körper als er selbst.

Als etwas auf seinen Finger gesteckt wurde, zuckte er zusammen und sah nach unten.

Es war ein Siegelring.

Blays Siegelring. Der, den ihm sein Vater gleich nach der Transition geschenkt hatte.

»Du bist perfekt, so wie du bist«, sagte Blay mit fester Stimme. »Es gibt nichts auszusetzen an dem, was du schon immer warst. Ich bin stolz auf dich. Und ich liebe dich. Jetzt ... und immer.«

Qhuinns Sicht verschwamm. Massiv.

»Ich bin stolz auf dich. Und ich liebe dich«, sagte Blay noch einmal. »Immer. Vergiss deine Familie ... du hast jetzt mich. Ich bin deine Familie.«

Qhuinn konnte nur noch das Wappen und den Ring anschauen, spüren, wie schwer er um seinen Finger lag, das Schimmern des Edelmetalls betrachten.

Sein Leben lang hatte er sich einen solchen Ring gewünscht, so kam es ihm vor.

Und wie üblich, wie immer, war es Blay, der ihm diesen Wunsch erfüllte.

Als ihm ein Schluchzen entfuhr, wurde er an eine breite Brust gezogen und von starken Armen gehalten. Und dann, wie aus dem Nichts, umwehte ihn ein herber, würziger Duft – Blays Bindungsduft –, und es war das Schönste, was er je gerochen hatte.

»Ich bin stolz auf dich, und ich liebe dich«, sagte Blay erneut, und die vertraute Stimme durchdrang all die Jahre der Ablehnung und Verurteilung. Blay bot ihm nicht nur Halt durch seine Anerkennung, sondern eine Hand aus Fleisch und Blut, die ihn aus der Dunkelheit seiner Vergangenheit führte …

… in eine Zukunft, in der Lügen oder Ausflüchte überflüssig waren, denn das, was Qhuinn war, was sie beide waren, war außergewöhnlich – und ganz normal zugleich.

Denn die Liebe war universell.

Qhuinn ballte seine Hand zur Faust und wusste, dass er diesen Ring niemals ablegen würde.

»Immer«, murmelte Blay. »Denn Familie hat man für immer.«

Gütiger Himmel, Qhuinn heulte wie ein Mädchen. Doch Blay schien sich in keiner Weise daran zu stören – oder es zu verurteilen.

Und darauf kam es an, nicht wahr?

»Immer«, wiederholte Qhuinn heiser. »Immer …«

Epilog

Wieder vergingen zwei Wochen ...

... in denen das Leben hammermäßig super war.

»Und, hat's dir letzte Nacht gefallen?«

Qhuinn raunte ihm die Frage ins Ohr, und Blay verdrehte die Augen. »Was glaubst du denn?«

Sie lagen nackt unter dicken, warmen Decken in der Dunkelheit, Qhuinn von hinten an Blay geschmiegt, ihre Arme verschlungen, die Beine verschränkt.

Es hatte sich herausgestellt, dass Qhuinn es liebte zu kuscheln. Wer hätte das gedacht! Und wie schön!

»Ich glaube, es hat dir gefallen.« Qhuinn fuhr mit der Zunge an Blays Hals nach oben. »Sag mir, dass es dir gefallen hat.«

Als Antwort drückte Blay seinen Hintern gegen Qhuinns Ständer. Als der stöhnte, strahlte Blay.

»Klingt, als hätte es *dir* gefallen«, murmelte Blay.

»Scheiße, ja, das kann man wohl sagen.«

Letzte Nacht hatten sie beide frei gehabt, und nach

dem Training im Kraftraum und einer Runde Pool gegen Lassiter und Beth – die sie verloren – hatte Blay vorgeschlagen, noch mal ins Iron Mask zu gehen.

Während Blay sich an die Nacht im Club erinnerte, drängte Qhuinns Schwanz an Orte, an denen er hoch willkommen war … und Blay ließ sich besteigen und ergab sich einmal mehr dem köstlichen, trägen Rhythmus, den sein Freund aufnahm.

Und die Erinnerungen an die Clubnacht machten alles nur noch heißer: Sie waren an die Bar gegangen und hatten sich Drinks besorgt, Herradura für Qhuinn, Gin Tonic für Blay. Und dann war dieser Blick in Qhuinns Augen getreten.

Blay hatte nicht lange gefackelt.

Er hatte Qhuinn in eine der Toiletten geführt, wo sich eine heiße Fantasie erfüllt hatte, mit wildem Rumgeknutsche, Gefummle in Hosen, hektischem Entkleiden von der Taille abwärts …

Ein Seufzer entschlüpfte Blay, als die Erinnerungen an die letzte Nacht sich mit dem lustvollen Akt der Gegenwart zu einem erotischen Cocktail vermengten und ihn auf den Höhepunkt zutrieben – und darüber hinaus, als Qhuinn seinen Schwanz packte und bearbeitete, bis er in einem pulsierenden Strahl in seine Hand kam und am ganzen Körper zuckte, sodass auch Qhuinn nicht länger an sich halten konnte …

Nach einer Erholungspause und einer sehr erfüllenden zweiten Runde sagte Qhuinn gedehnt: »Besteht die Möglichkeit, dass du an diese Toilette gedacht hast?«

»Könnte sein.«

»Das können wir jederzeit wiederholen.«

Blay kicherte. »Tja, nachdem wir heute Abend schon wieder frei haben …«

Die Bruderschaft hatte Order, im Haus zu bleiben, und da die SMS von Tohr keine Erklärung enthalten hatte, ging Blay von einem Meeting beim König aus. Um Xcor und die *Glymera* war es zwei Wochen lang ruhig gewesen – keine E-Mails, keine Truppenbewegungen in der Innenstadt, keine Anrufe. So etwas war nie ein gutes Zeichen.

Vermutlich würden sie den neuesten Stand oder ihre Strategie nach dem Tod dieses einen Ratsmitglieds und die Folgen besprechen. Obwohl Blay wirklich keinen Verlust darin sah, dass Assail den Blödmann getötet hatte.

Und Tschüss, Elan. Übrigens: Wenn du das nächste Mal jemanden anschwärzen willst, versuch's doch mal mit einem Pazifisten.

Bei der Aussicht auf ein Meeting musste er an Qhuinns Aufnahme in die Bruderschaft denken – die reibungslos verlief, wie sich nun zeigte. Qhuinn war ganz der Alte geblieben und trat nicht anders auf als vorher. Ein weiterer Grund, ihn zu lieben: Er ließ sich seinen neuen Status nicht zu Kopf steigen.

Und das Tränen-Tattoo im Gesicht, das jetzt violett war, sah total heiß aus. Genau wie die neue, sternförmige Narbe auf seiner Brust.

»Das machen wir definitiv wieder«, sagte Qhuinn, zog sich langsam aus Blay zurück und wälzte sich auf den Rücken. Dann streckte er die Arme über den Kopf und dehnte sich mit einem Lächeln. Das Licht aus dem Bad war gerade hell genug, dass Blay die Bewegung dieser wundervollen Lippen sah. »Das war echt heiß. Du bist heiß.«

»Was soll ich sagen, es war ein lang gehegter Traum von mir.« Als Qhuinn ernst wurde, berührte Blay seine besorgte Stirn. »Hey, Stopp. Neubeginn, schon vergessen?«

Nach der Nacht der großen Enthüllung im Iron Mask hatten sie eine Reihe langer Gespräche geführt und beschlossen, die Sache mit der Beziehung Schritt für Schritt anzugehen, ohne irgendwelche Erwartungen. Sie waren Freunde gewesen, dann fast so was wie Feinde, hatten eine heimliche Affäre gehabt ... und jetzt hatten sie es endlich auf die Reihe bekommen. Und obwohl sie sich seit frühester Jugend kannten und viel übereinander wussten, war eine feste Beziehung doch etwas ganz anderes.

»Ja. Neubeginn.« Als Qhuinn sich zu ihm beugte und ihn küsste, ging eine SMS für Blay ein.

Natürlich interessierte Qhuinn sich nicht für Meldungen aus der Außenwelt und fuhr damit fort, Blays Lippen zu liebkosen, selbst als der nach seinem Handy griff.

Blay musste es über Qhuinns Schulter halten, als dieser sich auf ihn wälzte und seinen noch immer harten Schwanz an seinem rieb ...

»Was soll das denn?« Blay löste sich von seinen Lippen.

»Man will uns doch nicht unterbrechen?«

»Doch ... Butch braucht mich in der Höhle. Wegen einer ... Kleiderfrage.«

»Na ja, du bist eben bekannt für deine Stilsicherheit.«

Bei diesem Kommentar musste Blay an Saxton denken. Sobald sie sich entschieden hatten, ihre Beziehung bekannt zu geben, hatte Blay dem Rechtsberater die Situation erklärt – und der hatte unglaublich anständig reagiert ... und überhaupt nicht überrascht. Er sagte sogar, es wäre irgendwie eine Erleichterung, ein Zeichen, dass sich die Dinge zum Guten fügten, obgleich er den Kürzeren gezogen hatte.

Zumindest hatte Blay zu seiner großen Liebe gefunden, meinte er.

Wenn jetzt doch nur Saxton seine fände.

»Ich sollte besser mal rüberschauen«, murmelte er. »Vielleicht ist heute großer Ausgehabend.«

Als er aus dem Bett steigen wollte, packte Qhuinn ihn an den Hüften und zog ihn zurück, um ihn noch einmal lang und intensiv zu küssen, und als Qhuinn sich danach zurücksinken ließ, waren seine Augen halb geschlossen.

»Ausgehabend klingt super. Wollen wir irgendwann mal tanzen gehen?«

»Tanzen?« Blay lachte. »Du würdest tanzen? Mit mir?«

Tanzen vereinbarte so ziemlich alles in sich, was Qhuinn hasste: Es war irgendwie altmodisch, es gab Zuschauer, und wenn man es in der Öffentlichkeit tat, musste man dabei auch noch bekleidet sein.

»Wenn du mich bittest, würde ich keine Sekunde zögern.«

Blay strich seinem Freund übers Gesicht. Qhuinn bemühte sich ernsthaft, dabei war Blay gern bereit, zu warten, bis sein Gefährte sich zu öffentlichen Liebesbekundungen durchringen konnte. Hier im Haus wussten alle, dass sie zusammen waren – es war ziemlich offensichtlich, nachdem Qhuinn mit Sack und Pack bei Blay eingezogen war. Aber man leugnete nicht sein Leben lang seine Neigung und hatte dann plötzlich kein Problem mehr damit, seinen Freund in aller Öffentlichkeit abzuknutschen.

Aber er strengte sich an. Und er redete – viel – über seine Familie und seinen Bruder, der sich langsam und mühselig in der Klinik erholte.

Doch hinter verschlossener Tür war es großartig, da gab es keine Grenzen.

Ganz genau so, wie Blay es sich immer gewünscht hatte.

»Gehst du zum Ersten Mahl?«, fragte Blay, als sich die Jalousien vor den Fenstern hoben.

»Vielleicht bleibe ich einfach hier und warte, bis du zurückkommst und ich dich vernaschen kann.«

Wieder hatte sich dieses verführerische Knurren in Qhuinns Stimme geschlichen, und Blay wäre am liebsten zurück ins Bett gehüpft.

»Du bist echt …« Als ein Stöhnen zu hören war, hielt Blay auf seinem Weg ins Bad inne. »Wo ist deine Hand?«

»Was glaubst du denn, wo sie ist?« Qhuinn bog den Rücken durch, und einer seiner Fänge grub sich in seine Unterlippe.

Blay dachte an die SMS, die er eigentlich nicht ignorieren wollte. »Wichser!«

»O ja, das bin ich.« Qhuinn leckte sich die Lippen. »Und du stehst drauf.«

Fluchend stapfte Blay ins Bad. Wenn er so weitermachte, würde er nie aus diesem Zimmer kommen …

Und tatsächlich, als er nach einer Dusche und einer Rasur wieder rauskam, rekelte Qhuinn sich noch immer im Bett. Sein Haar war noch von Blays Händen zerzaust, und die halb geschlossenen Augen suggerierten, dass Blay sich bei seiner Rückkehr wieder sportlich betätigen würde dürfen.

Dieser notgeile Bock.

»Und du willst hier einfach so rumliegen?« Blay stand an der Tür zum Flur und sah ihn vorwurfsvoll an.

»Tja, ich weiß nicht … vielleicht trainiere ich ein bisschen, solange du weg bist.« Ein weiteres Stöhnen wurde von einem Fauchen abgelöst – und siehe da, die Auf- und Ab-Bewegungen seines Arms unter der Decke erinnerten Blay an alle möglichen schmutzigen, schweißtreibenden, wundervollen Aktivitäten. »Du weißt doch, wie wichtig Training ist, um in Form zu bleiben.«

Blay biss die Zähne zusammen und riss die Tür auf. »Ich komme wieder.«

»Lass dir Zeit. Vorfreude macht mich nur umso härter.«

»Als ob du dabei Hilfe bräuchtest.«

Blay zog die Tür hinter sich zu, ordnete sich in seiner losen Jogginghose und fluchte erneut. Hoffentlich hatte Butch einen triftigen Grund, warum er Blays Meinung brauchte.

Und ein Problem, das sich schnell beheben ließ.

Sobald Blay draußen war, warf Qhuinn die Decke von sich und sprang aus dem Bett. Er schnappte sich sein Handy vom Nachttisch, schickte seine vorbereitete SMS los und stürzte unter die Dusche. Zum Glück war das Wasser schon warm.

Eiliges Einseifen. Hastiges Shampoonieren. Blitzrasur …

»Autsch!«, fluchte er, als er sich ins Kinn schnitt.

Er schloss die Augen und zwang sich, einen Gang runterzuschalten, bevor er sich noch die Nase absäbelte: Rasierer oben an der Backe ansetzen, vorsichtig herunterziehen, entlang an der Kinnpartie, den Hals hinunter. Noch mal. Und noch mal.

Warum musste er das eigentlich immer unter der Dusche machen? In einer Nacht wie dieser sollte er vor dem Spiegel stehen …

»Hallo, kleine Schönheitskönigin, bist du fertig?« Die Stimme von Rhage drang ins Bad. »Oder musst du dir noch die Augenbrauen zupfen?«

Qhuinn tastete seine Wangen ab – fertig. »Verpiss dich, Hollywood!«, rief er über das Rauschen der Dusche hinweg.

Dann stellte er das Wasser aus und trocknete sich auf dem Weg ins Schlafzimmer ab.

Rhage stand neben einem lächelnden Tohr, die Arme

hinter dem Rücken. »In welchem Ton redest du mit deinem Stylisten?«

Qhuinn funkelte die Brüder an. »Wenn das ein Hawaiihemd ist, bringe ich euch um.«

Rhage sah Tohr an und grinste. Und auf ein Nicken hin zog Hollywood etwas hinter seinem breiten Rücken hervor.

Qhuinn blieb wie angewurzelt stehen. »Moment ... das ist doch ein ...«

»Smoking, so lautet meiner Meinung nach die korrekte Bezeichnung«, fiel Rhage ein. »S-M-O-K-I-N-G.«

»Deine Größe«, sagte Tohr. »Und laut Butch vom besten Designer.«

»Der heißt wie ein Auto«, murmelte Rhage. »Dabei würde man doch denken, so etwas Ausgefallenes ...«

»Hey, habt ihr euch auch *Honey Boo Boo* angeschaut?«, platzte Lassiter herein. »Wow, schicker Smoking ...«

»Ja, aber nur, weil du drauf bestehst, diesen unterirdischen Schrott im Billardzimmer laufen zu lassen.« Hollywood sah V an, der hinter dem Engel reinkam. »Er wusste nicht mal, was das ist, Vishous.«

»Der Smoking?« V steckte sich eine selbst gedrehte Zigarette an. »Natürlich nicht. Er ist ein echter Kerl.«

»Dann ist Butch wohl ein Mädchen, oder?«, kommentierte Rhage. »Der hat ihn nämlich gekauft.«

»Hey, die Party ist ja schon im Gange«, rief Trez, der mit iAm ankam. »Oh, cooler Smoking. Tom Ford?«

»Ja, oder Dick Crysler oder so«, meinte Rhage.

»Zieh dich lieber an, Rapunzel.« V sah auf die Uhr. »Wir haben nicht viel Zeit.«

»Das ist ein *großartiger* Smoking«, erklärte Phury, der mit Z die Tür weit öffnete. »Den gleichen habe ich auch.«

»Fritz lässt die Kerzen anzünden«, meldete sich Rehv

hinter den Zwillingen zu Wort. »Hey, cooler Smoking. Den gleichen habe ich auch.«

»Ich auch«, meinte Phury. »Der sitzt fantastisch, nicht wahr?«

»Ja, vor allem um die Schultern. Tom Ford ist der Beste ...«

Es herrschte totales Chaos.

Und als Qhuinn es auf sich wirken ließ, das Stimmengewirr der Kerle, die sich mit Handschlag begrüßten und sich auf die Hintern klatschten, blieb ihm einen Moment lang die Luft weg. Dann blickte er hinab auf den Ring, den er von Blay bekommen hatte.

Eine Familie zu haben war ... einfach fantastisch.

»Danke«, sagte er leise.

Alle Gesichter wandten sich ihm zu, die Bewegungen erstarrten, der Lärm legte sich.

Schließlich ergriff Z das Wort, und seine gelben Augen glänzten. »Jetzt rein in das Teil. Wir sehen dich unten, schöner Mann.«

Die Kämpfer klopften ihm auf die Schultern und verließen einer nach dem anderen das Zimmer. Dann war er allein mit dem Smoking.

»Packen wir es an«, sagte er zu dem Ding.

Das Hemd anzuziehen war einfach, aber die Knöpfe waren ungewöhnlich, wie Manschettenknöpfe, und er brauchte ewig, um sie zu schließen. Dann kam die Hose ... Qhuinn beschloss, sich treu zu bleiben, und schlüpfte ohne Unterwäsche hinein. Schließlich stand da ein Paar glänzender Schuhe auf dem zerwühlten Bett, das einer der tausend Besucher dort hingestellt haben musste – zusammen mit einem Paar schwarzer Seidensocken, das gefährlich nah an Feinstrümpfe herankam.

Aber er wollte alles richtig machen.

Schließlich griff er nach dem Jackett und machte sich schon einmal auf ein beengtes Gefühl gefasst, aber Phury und Rehv hatten recht – es glitt völlig problemlos über seine breiten Schultern und war kaum zu spüren. Er ging ins Bad, nahm die schwarze Seidenfliege vom Bügelhaken und blickte in den Spiegel.

Mann ... er sah ganz schön heiß aus, das musste er zugeben.

Er klappte den gestärkten Kragen hoch, legte sich die Fliege um den Hals und zog sie ein paarmal nach links und rechts, bis sie auch wirklich richtig saß. Dann tat er, was er von seinem Vater und Bruder gelernt hatte, als er sie unbemerkt beobachtet hatte ... er band einen perfekten Knoten.

Wahrscheinlich wäre es leichter gewesen, wenn er dazu das Jackett abgelegt hätte.

Und wenn seine Hände nicht so gezittert hätten.

Aber er schaffte es.

Er trat einen Schritt zurück und betrachtete sich von links und von rechts. Von hinten.

Ja, er sah fantastisch aus. Nur leider nicht wie er selbst. Überhaupt nicht.

Und genau das war das Problem. Er selbst zu sein war in letzter Zeit *das* große Ding für ihn geworden.

Weil er nichts damit gemacht hatte, lag sein Haar flach am Kopf an, und einem Impuls folgend griff er nach dem Gel, das er und Blay sich teilten. Er rubbelte es sich ins Haar, sodass es in alle Richtungen stand.

Besser. Jetzt war er sich schon nicht mehr ganz so fremd.

Doch irgendwie stimmte es noch immer nicht ...

Während er überlegte, kamen ihm die jüngsten Entwicklungen in den Kopf: Nach dem entscheidenden Gespräch im Iron Mask hatte er sich erstaunlich leicht gefühlt, so als wäre eine Last von seinen Schultern gefallen, die ihm gar nicht bewusst gewesen war. Es war merkwürdig ... aber immer wieder ertappte er sich dabei, wie er tief durchatmete, wie seine Brust sich langsam hob und entspannt wieder senkte.

Und ein Teil von ihm erwartete immer noch, dass er irgendwann aufwachte und herausfand, dass alles ein Traum gewesen war. Aber jeden Abend erwachte er mit Blay in den Armen, roch seinen Bindungsduft, spürte seine Wärme.

Ich liebe dich. Du bist perfekt, so wie du bist.

Immer.

Blays Worte hallten in seinem Kopf wider, und er musste die Augen schließen und schwankte ...

Ganz plötzlich riss er sie wieder auf und blickte auf den Schrank unter dem Waschbecken.

Ja, dachte er. Jetzt wusste er, was er brauchte.

Ein paar Minuten später trat er in den Flur und war vollkommen mit sich im Reinen, mit Smoking und allem Drum und Dran.

Am Kopf der Freitreppe empfing ihn der Schein von flackernden Weihkerzen, die rechts und links die Stufen säumten. Und in der Eingangshalle standen noch mehr: um die Kamine herum, auf dem Boden, rund um die Bogendurchgänge zu den anderen Räumen.

»Du siehst gut aus, mein Sohn.«

Qhuinn drehte sich um. »Hallo, mein König.«

Wrath kam aus dem Arbeitszimmer, an einem Arm die Königin, den Hund am anderen. »Ich brauche keine Augen, um zu sehen, dass du den Pinguinen alle Ehre machst.«

»Danke, dass ich das hier machen darf.«

Wrath lächelte, sodass man seine riesigen weißen Fänge

sah. Dann zog er Beth kurz an sich, küsste sie und lachte. »Tief im Herzen bin ich ein verdammter Romantiker, hast du das nicht gewusst?«

Beth lachte und drückte Qhuinns Arm. »Viel Glück – aber das wirst du gar nicht brauchen.«

Da war er sich nicht so sicher. Als er der königlichen Familie den Vortritt ließ, kamen ihm plötzlich Zweifel. Er rieb sich das Gesicht und fragte sich, wie er diesen Einfall für eine gute Idee hatte halten können.

Jetzt *keine* Ausflüchte, rief er sich zur Ordnung.

Er ging die ersten Stufen hinunter und knöpfte sein Jackett zu. Ganz wie es sich für einen Gentleman gehörte.

Er war auf halber Höhe, als die Türen zur Vorhalle aufgingen und ein kalter Luftzug die Weihkerzen zum Flackern brachte.

Qhuinn blieb stehen, als Fritz zwei Vampire hereinführte, die mit den Füßen stampften, um sich aufzuwärmen. Wie aufs Stichwort blickten beide zu ihm empor.

Blays Eltern trugen Abendgarderobe, sein Vater einen Smoking, seine Mutter das schönste blaue Samtkleid, das Qhuinn je gesehen hatte.

»Qhuinn!«, rief sie aus, hob den Saum ihres Kleides an und eilte über das Bodenmosaik auf ihn zu. »Nun sieh dich an!«

Qhuinns Wangen brannten. Er zog den Kopf ein und stolperte auf sie zu. Obwohl sie einen Kopf kleiner war als er, selbst mit Absätzen, kam er sich vor wie zwölf, als sie seine Hände nahm, sie weit auseinanderhielt und ihn von oben bis unten betrachtete.

»Du bist der schickste Kerl, den ich je gesehen habe!«

»Danke.« Er räusperte sich. »Ich, äh, habe mich bemüht.«

»Das ist dir gelungen! Nicht wahr, mein *Hellren*?«

Blays Vater kam zu ihm und streckte ihm die Hand entgegen. »Gut gemacht, mein Sohn.«

»Es ist ein Ford. Dings.« O Mann, er klang wie der letzte Trottel. »Oder so.«

Als sie sich die Hände schüttelten und sich dann umarmten, sagte Blays Vater: »Ich freue mich so für euch.«

Blays Mutter fing an zu schniefen und zog ein weißes Taschentuch hervor. »Das ist so wundervoll. Ich bekomme noch einen Sohn – zwei Söhne! Komm her, lass dich umarmen. Mein zweiter Sohn!«

Qhuinn ergab sich sofort, denn er war außerstande, dieser Frau irgendetwas auszuschlagen – und ganz bestimmt würde er es nicht ablehnen, von ihr in den Arm genommen zu werden. Das war nämlich noch besser als ihre Lasagne.

Er liebte Blays Eltern. Wirklich. Ein paar Nächte nach ihrem Entschluss, es miteinander zu versuchen, hatten er und Blay sie besucht. Qhuinn hätte sich fast in die Hose gemacht, doch die beiden hatten es total freundlich aufgenommen, entspannt ... normal.

Aber Blay wusste nicht, dass Qhuinn sie noch einmal aufgesucht hatte, kurz nach Anbruch der Nacht, bevor sie in den Club gegangen waren ...

Qhuinn trat einen Schritt zurück und entdeckte Layla, die vor dem Esszimmer stand. Er winkte sie zu sich und legte ihr den Arm um die Schulter, weil sie etwas befangen wirkte.

»Das ist die Auserwählte Layla.«

»Einfach Layla«, bat sie schüchtern und streckte die Hand aus.

Zur Antwort verbeugte Blays Vater sich tief, und seine Mutter machte einen Knicks.

»Bitte, das ist doch nicht nötig«, setzte die Auserwählte

an, doch sie entspannte sich sogleich, als die beiden jegliche Förmlichkeit über Bord warfen.

»Meine Liebe, Qhuinn hat uns von dem freudigen Ereignis erzählt.« Blays *Mahmen* strahlte. »Wie fühlt Ihr Euch?«

Zweiter Punkt für Blays Eltern. Sie hatten unglaublich cool reagiert, als er ihnen von der Schwangerschaft erzählt hatte – und jetzt waren sie genauso locker und beruhigten Layla mit ihrer entspannten Art.

So waren sie schon immer gewesen, solange Qhuinn denken konnte, unverdorben durch die *Glymera*, unbeeindruckt von den Vorurteilen der Aristokratie, bereit, jederzeit das Richtige zu tun.

Kein Wunder, dass Blay ein so feiner Kerl war ...

»Er kommt rüber«, rief V aus dem stockdunklen Billardzimmer. »Verteilt euch, Leute – jetzt.«

»Kommt mit uns«, bat Blays *Mahmen* und hakte sich bei Layla ein. »Ihr müsst uns führen, damit wir nirgendwo dagegenrennen.«

Im Gehen blickte Layla über die Schulter und strahlte. »Ich bin so aufgeregt. Viel Glück euch beiden!«

Qhuinn lächelte zurück. »Danke.«

Zeit für einen kurzen Übelkeitsanfall, dachte er, als er sich umdrehte und sich dem Eingang zum Foyer zuwandte.

Das Haus war ganz ruhig, die Kerzenflammen still, er wartete und verlor jegliches Gefühl für seinen Körper.

Showtime.

Okay, er kapierte es nicht. Blay eilte über den Hof.

»Du siehst fantastisch aus«, rief Butch ihm noch von der Tür zur Höhle hinterher.

Ihm war noch immer nicht klar, warum er jetzt einen

Smoking trug. Butch hatte irgendwas erzählt von wegen, Blay solle in dem verdammten Ding modeln, weil er hoffte, dass Vishous sich dann vielleicht auch einen kaufte. Aber das war Quatsch. Butch hätte sich in einen seiner vier eigenen schmeißen und darin umherstolzieren können.

Außerdem ließ V sich ohnehin nicht zu irgendwas überreden. Von niemandem. Genauso gut konnte man versuchen, einen Felsbrocken zu beschwatzen.

Egal – Blay wollte diese Sache nur hinter sich bringen, um wieder nach oben zu können – wo er Qhuinn hoffentlich noch im Bett antraf.

Als er die Stufen zu dem herrschaftlichen Portal hochsprang, knisterte das Salz wie Feuer unter seinen schnieken Schuhen, also stampfte er in der Vorhalle ein paarmal auf, damit das glänzende Leder keinen Schaden nahm. Er hielt sein Gesicht vor die Überwachungskamera und …

… die Tür ging auf, und zuerst wusste er nicht so recht, was er denken sollte. Alles war dunkel – nein, das stimmte nicht. Kerzenlicht schimmerte aus allen Winkeln der Eingangshalle und spiegelte sich im Gold der Balustrade, in den Kronleuchtern und Spiegeln …

Und in der Mitte der großen Halle stand Qhuinn. Allein.

Blay trat über die Schwelle auf Füßen, die er nicht mehr spürte.

Sein Geliebter und bester Freund trug den schönsten Smoking, den Blay je gesehen hatte – allerdings lag das weniger am Kleidungsstück als an dem Kerl, der darin steckte: das schwarze Jackett betonte seine Stachelfrisur, das weiße Hemd bildete einen schönen Kontrast zur dunklen Haut, und der Schnitt … brachte den makellosen Kriegerkörper perfekt zur Geltung.

Aber das war es nicht, was ihn wirklich umwarf.

Es waren diese verschiedenfarbigen Augen, das blaue und das grüne, die so leuchteten, dass die Weihkerzen daneben verblassten. Doch Qhuinn schien nervös. Er konnte die Hände nicht stillhalten und wippte in einem Paar glänzender Schuhe vor und zurück.

Blay ging auf ihn zu und blieb dann vor ihm stehen. Und obwohl sich in seinem Kopf die Gedanken überschlugen und ihm langsam dämmerte, was all das hier bedeuten könnte, musste er wie verrückt grinsen: »Du hast deine Piercings wieder drin.«

»Ja, ich wollte … ich wollte, dass du auch sicher weißt, dass ich das bin.«

Als Qhuinn nervös die Stahlringe betastete, die seitlich an seinem Ohr hoch verliefen, beugte Blay sich zu ihm und küsste ihn auf die Lippen – und auf den Ring, der jetzt wieder in der Unterlippe steckte. »Das weiß ich doch. Du bist unverwechselbar – aber ich bin froh, dass du sie wieder trägst. Ich steh drauf.«

»Dann werde ich sie nie mehr ablegen.«

Als ein kurzer Moment der Stille folgte, dachte Blay, oh, verflucht … sollte das wirklich … vielleicht hatte er es falsch verstanden …

Da ließ sich Qhuinn plötzlich zu Boden sinken und kniete auf einem Bein vor Blay auf dem Mosaik mit dem blühenden Apfelbaum nieder.

»Ich habe keinen Ring. Ich habe wahrscheinlich nicht die richtigen Worte.« Qhuinn schluckte vernehmlich. »Ich weiß, es ist zu früh und es kommt aus heiterem Himmel, aber ich liebe dich, und ich will, dass wir …

Zur Abwechslung musste Blay diesem Kerl einmal recht geben – genug geredet.

Entschlossen bückte er sich und erstickte alle weiteren

Erklärungen mit einem Kuss. Dann trat er zurück und nickte. »Ja. Ja, unbedingt, ja …«

Mit einem erleichterten Fluch sprang Qhuinn auf, und sie fielen sich in die Arme. »Fuck sei Dank. O Mann, ich stehe seit Tagen kurz vor dem Herzinfarkt …«

Auf einmal brach um sie herum Applaus aus, erfüllte die zweistöckige Eingangshalle, hallte von den Wänden wider.

Leute traten aus der Dunkelheit ins Kerzenlicht, überall waren lächelnde Gesichter und glückliche …

»Mom? Dad?« Blay lachte. »Was macht ihr … hey, wie geht es euch?«

Als er seine Eltern umarmte, sagte sein Vater: »Er hat es anständig gemacht – und mich erst gefragt.«

Blay wandte sich zu Qhuinn um. »Im Ernst? Du hast bei meinem Dad um meine Hand angehalten?«

Qhuinn nickte, dann breitete sich ein Lächeln auf seinem Gesicht aus. »Ich habe nur diesen einen Versuch. Da wollte ich alles richtig machen. Können wir Musik haben?«

Sofort traten alle zurück und bildeten einen Kreis am Rande des Lichtermeeres, und dann erklang etwas sehr Vertrautes, und Blay erkannte …

»Don't Stop Believing« von Journey.

Qhuinn streckte ihm eine Hand entgegen. »Tanzt du mit mir? Vor dem ganzen Haus … sei mein und tanz mit mir.«

Blay musste heftig blinzeln. Irgendwie schien diese Geste noch bedeutsamer als der Antrag, sich zu vereinen: Sie beide. Vor aller Augen. Herz an Herz.

»Als ob ich da Nein sagen würde«, flüsterte er heiser.

Doch als sie in Position gingen, zögerte er. »Warte. Wer führt?«

Qhuinn lächelte. »Ist doch ganz klar: wir beide.«

Damit umfassten sie einander und begannen, in vollendeter Harmonie miteinander zu tanzen …

… und sie lebten vergnügt bis ans Ende ihrer Tage.

J.R. Ward: FALLEN ANGELS – Die Begierde

In der folgenden Stille konnte Mels die ganze Zeit nur daran denken, dass sie so sicher gewesen war, diesen Mann nie wiederzusehen.

Offenbar hatte das Schicksal andere Pläne.

Er saß neben ihr, ganz in Schwarz gekleidet, dieser große, superschlanke Mann, der absolut tough wirkte mit seinen zu Schlitzen verengten Augen und dem kräftigen Kiefer … und trotzdem schämte er sich offensichtlich für seine Narben und sein Handicap.

Sie begutachtete erneut den Führerschein und runzelte die Stirn. Er schien in Ordnung, Foto, Hologramme, alles da, Größe, Gewicht und Geburtsdatum waren eingetragen, zudem eine Adresse hier in Caldwell – übrigens gar nicht weit vom Haus ihrer Mutter entfernt.

Wahrscheinlich war er auf dem Heimweg gewesen.

Als sie sich wieder dem Mann statt dem Foto zuwandte, stieg das Gefühl in ihr auf, dass er über seinen Schatten gesprungen war, um sie anzusprechen. Er war kein Mensch, der sich gern auf andere verließ, aber das Leben hatte ihn anscheinend in eine Lage versetzt, die ihm keine Wahl ließ.

Kein Gedächtnis. Wenig Mittel zur Verfügung.

Mit dem gehetzten Blick und dem zusammengeflickten Körper musste er ein Soldat sein – nur physisch aus dem Krieg zurück, nicht geistig oder emotional.

Selbstverständlich gefiel der Reporterin in ihr nichts besser als ein spannendes Rätsel, und dass sie an der Amnesie nicht unschuldig war, war ein weiterer Grund, sich kopfüber in die Sache zu stürzen. Aber sie war nicht dumm. Sie wollte sich nicht in ein Drama verwickeln lassen, besonders nicht, falls er an Wahnvorstellungen oder Paranoia litt.

Das Passbild zeigte ihn, kein Zweifel.

»Es ist mir wirklich unangenehm, Sie damit zu behelligen.« Seine schmalen, ruhigen Hände strichen über den Gehstock, den er auf den Knien balancierte. »Aber ich habe sonst niemanden, und das Haus unter dieser Adresse ist nicht meins. Ich kann Ihnen leider nicht sagen, wo ich wohne, aber ich bin mir verdammt sicher, dass es nicht da ist. Und ich hab in den Briefkasten geschaut, als ich da war.« Er beugte sich zur Seite und zog eine Grimasse, als er eine zusammengerollte Zeitschrift hervorzog. »Das hab ich darin gefunden. Der Name stimmt, aber ich bin nicht über fünfundfünfzig. Warum sollte das an mich adressiert in meiner Post liegen?«

Mels klappte das Magazin auf, das AARP-Logo prangte über dem Bild eines elegant alternden Models in Sportkleidung. Auf dem Aufkleber stand Matthias Hault, Straße und Hausnummer waren die gleichen wie auf dem Führerschein … er könnte bei seinem Vater wohnen und denselben Namen tragen.

Wobei Papas ja eigentlich froh waren, wenn ihr Sohn vor der Tür stand, oder?

»Ich könnte zu einem Privatdetektiv gehen«, sagte er. »Aber das kostet Geld, und momentan habe ich genau zweihundert Dollar – beziehungsweise jetzt nur noch hundertachtzig, nachdem ich das Taxi bezahlt habe.«

»Sind Sie sicher, dass niemand Sie sucht?« Als er schwieg, nahm sie an, dass er in seinem leeren Gedächtnis kramte, das sie ihm verpasst hatte. »Was haben denn die Ärzte gesagt? Ganz ehrlich, ich bin völlig baff, dass Sie auf den Beinen sind, das muss ich noch mal sagen.«

»Also, helfen Sie mir?«, entgegnete er.

Wenn sie Nein sagte, müsste er das respektieren. Aber das tat sie nicht. »Nur, wenn Sie mit mir reden. Was meinen die Ärzte?« Sein gesundes Auge wanderte umher, als suchte es nach einem Ausweg. »Ich bin auf eigene Verantwortung gegangen.«

»Wie bitte? Warum denn?«

»Ich hab mich dort nicht sicher gefühlt. Und mehr kann ich Ihnen darüber im Moment nicht sagen. Mehr weiß ich nicht.«

Posttraumatische Belastungsstörung, dachte sie. *Die einzige Erklärung.*

Vielleicht würde es ihn beruhigen, wenn sie seine Identität bestätigte, und dadurch seine Genesung fördern.

»Also gut, ich sehe, was ich machen kann«, sagte sie.

Er ließ den Kopf hängen, als wäre es eine persönliche Niederlage, jemanden um etwas bitten zu müssen. »Danke. Und ich brauche nur eine Recherche zu diesem Namen. Als Startpunkt.«

»Ich kann jetzt sofort hochgehen und das am Schreibtisch erledigen.« Sie deutete mit dem Kopf nach rechts. »Da unten am Fluss ist ein Diner, ungefähr zwei Blocks weiter. Sie könnten sich etwas zu essen bestellen, und ich treffe Sie dort, sobald ich kann. Äh … vorausgesetzt, Sie können …«

»Ich kann«, stieß er hervor.

Und wenn es ihn umbringt, dachte sie, während sie die gerade Kante seiner Kieferpartie betrachtete.

Die übrigens stark an Jon Hamm erinnerte.

Mithilfe seines Stocks drückte der Mann sich von der

Bank hoch. »Dann sehen wir uns dort – und hetzen Sie sich nicht zu sehr.«

Als er das Gesicht gen Straße wandte, fiel ihm die Sonne in die Augen, sowohl in das, mit dem er offensichtlich sehen konnte, als auch in das andere.

»Möchten Sie meine Sonnenbrille?«, fragte Mels. »Es ist eine Ray-Ban, so unisex, wie es nur geht. Die Gläser sind nicht geschliffen.«

Sie wartete nicht erst darauf, dass er den harten Kerl spielte und ablehnte, sondern streckte ihm einfach das Etui entgegen.

Matthias Hault starrte sehr, sehr lange an, was sie ihm anbot, als wäre diese schlichte Geste ein Buch mit sieben Siegeln für ihn.

»Nehmen Sie schon«, sagte sie leise.

Seine Hand zitterte leicht, als er nach dem Etui griff, und er sah ihr nicht noch einmal in die Augen. »Ich werde sie nicht zerkratzen. Sie kriegen sie nachher im Diner zurück.«

»Keine Eile.«

Als er die Brille aufsetzte, verwandelte sie sein Gesicht und gab ihm eine … unbestreitbar gefährliche Ausstrahlung.

Und eine unerbittlich sexuelle.

Ein Stich jagte mitten durch Mels' Körper und traf sie an einer Stelle, die schon seit Ewigkeiten nicht mehr lebendig gewesen war.

»Besser?«

»Ich glaub schon.«

Immer noch weigerte er sich, sie anzusehen, Schultern und Rückgrat waren gestrafft, seine Lippen zusammengekniffen. So ein stolzer Mann, gefangen in einer schwachen Position …

Diesen Moment würde sie nie vergessen, dachte sie unwillkürlich. Genau diesen Moment, in dem der Sonnenschein auf sein hartes, gut aussehendes Gesicht fiel.

Das hier war ein Tor zu etwas Neuem, begriff sie. Diese dem Anschein nach zufällige Begegnung zwischen ihnen beiden würde alles für immer verändern.

»Eines wollte ich Sie noch fragen«, sagte er.

»Was?«, flüsterte sie, völlig versunken in einen Augenblick, den sie nicht vollends begriff.

»Wo ist der Unfall passiert?«

Sie schüttelte sich innerlich und zwang sich zurück in die Realität. »Das war, äh, vor dem Pine-Grove-Friedhof. Nicht weit von da, wo ich wohne – und von Ihrem Haus.«

»Ein Friedhof.«

»Genau.«

Als er nickte und losging, hätte sie schwören können, ihn sagen zu hören: »Warum überrascht mich das nicht.«

Lesen Sie weiter in:
J. R. Ward
FALLEN ANGELS
Die Begierde

BLACK DAGGER

Sie sind eine der geheimnisvollsten Bruderschaften, die je gegründet wurde: die Gemeinschaft der BLACK DAGGER. Und sie schweben in tödlicher Gefahr: Denn die BLACK DAGGER sind die letzten Vampire auf Erden, und nach jahrhundertelanger Jagd sind ihnen ihre Feinde gefährlich nahe gekommen. Doch Wrath, der ruhelose, attraktive Anführer der BLACK DAGGER, weiß sich mit allen Mitteln zu wehren …

Erster Band: **Nachtjagd**
Wrath, der Anführer der BLACK DAGGER, verliebt sich in die Halbvampirin Elisabeth und begreift erst durch sie seine Verantwortung als König der Vampire.

Zweiter Band: **Blutopfer**
Bei seinem Rachefeldzug gegen die finsteren Vampirjäger der *Lesser* muss Wrath sich seinem Zorn und seiner Leidenschaft für Elisabeth stellen – die nicht nur für ihn zur Gefahr werden könnte.

Dritter Band: **Ewige Liebe**

Der Vampirkrieger Rhage ist unter den BLACK DAGGER für seinen ungezügelten Hunger bekannt: Er ist der wildeste Kämpfer – und der leidenschaftlichste Liebhaber. In beidem wird er herausgefordert ...

Vierter Band: **Bruderkrieg**

Als Rhage Mary kennenlernt, weiß er sofort, dass sie die eine Frau für ihn ist. Nichts kann ihn aufhalten – doch Mary ist ein Mensch. Und sie ist todkrank ...

Fünfter Band: **Mondspur**

Zsadist, der wohl mysteriöseste und gefährlichste Krieger der BLACK DAGGER, muss die schöne Vampirin Bella retten, die in die Hände der *Lesser* geraten ist.

Sechster Band: **Dunkles Erwachen**

Zsadists Rachedurst kennt keine Grenzen mehr. In seinem Zorn verfällt er zusehends dem Wahnsinn. Bella, die schöne Aristokratin, ist nun seine einzige Rettung.

Siebter Band: **Menschenkind**

Der Mensch und Ex-Cop Butch hat ausgerechnet an die Vampiraristokratin Marissa sein Herz verloren. Für sie – und aufgrund einer dunklen Prophezeiung – setzt er alles daran, selbst zum Vampir zu werden.

Achter Band: **Vampirherz**
Als Butch, der Mensch, sich im Kampf für einen Vampir opfert, bleibt er zunächst tot liegen. Die Bruderschaft der BLACK DAGGER bittet Marissa um Hilfe. Doch ist ihre Liebe stark genug, um Butch zurückzuholen?

Neunter Band: **Seelenjäger**
In diesem Band wird die Geschichte des Vampirkriegers Vishous erzählt. Seine Vergangenheit hat ihn zu der atemberaubend schönen Ärztin Jane geführt. Nur ist sie ein Mensch, und ihre gemeinsame Zukunft birgt ungeahnte Gefahren …

Zehnter Band: **Todesfluch**
Vishous musste Jane gehen lassen und ihre Erinnerungen löschen. Doch bevor er seine Hochzeit mit der Auserwählten Cormia vollziehen kann, wird Jane von den *Lessern* ins Visier genommen und Vishous vor eine schwere Entscheidung gestellt …

Elfter Band: **Blutlinien**
Vampirkrieger Phury hat es nach Jahrhunderten des Zölibats auf sich genommen, der Primal der Vampire zu werden. Hin- und hergerissen zwischen Pflicht und der Leidenschaft für Bella, der Frau seines Zwillingsbruders, bringt er sich in immer größere Gefahr …

Zwölfter Band: **Vampirträume**
Während Phury noch zögert, seine Rolle als Primal zu erfüllen, lebt sich Cormia im Anwesen der Bruderschaft immer besser ein. Doch die Beziehung der beiden ist von Zweifeln und Missverständnissen geprägt, und Phury glaubt kaum daran, seiner Aufgabe gewachsen zu sein.

Sonderband: **Die Bruderschaft der BLACK DAGGER**
In zahllosen Interviews, Diskussionsbeiträgen und Hintergrundinformationen gewährt J.R. Ward ihren Lesern einen einzigartigen Blick hinter die Kulissen ihrer Mystery-Erfolgsserie. Eine exklusive BLACK DAGGER-Kurzgeschichte rundet diesen einzigartigen Materialienband ab.

Dreizehnter Band: **Racheengel**
Der *Symphath* Rehvenge lernt in Havers' Klinik die Krankenschwester und Vampirin Ehlena kennen und fühlt sich sofort zu ihr hingezogen. Doch er verheimlicht ihr seine Vergangenheit und seine Geschäfte, und Ehlena gerät dadurch in große Gefahr ...

Vierzehnter Band: **Blinder König**
Die Beziehung zwischen Rehvenge und Ehlena wird jäh zerstört, denn Rehvs Geheimnis steht kurz vor der Enthüllung, was seine Todfeinde auf den Plan ruft – und die Tapferkeit Ehlenas auf die Probe stellt, da von ihr verlangt wird, ihn und seinesgleichen auszuliefern ...

Fünfzehnter Band: **Vampirseele**
Der junge Vampir John Matthew ist in Leidenschaft zu der mysteriösen Xhex entbrannt, doch diese verbirgt ein Geheimnis, das die Bruderschaft der BLACK DAGGER in tödliche Gefahr bringt ...

Sechzehnter Band: **Mondschwur**
Xhex wendet sich von John ab, um ihn zu schützen. Doch als der Kampf gegen das Böse ihr alles abfordert, erkennt sie, dass man dem Schicksal der Liebe nicht entkommen kann ...

Siebzehnter Band: **Vampirschwur**
Jahrhundertelang war die ebenso schöne wie unerschrockene Vampirin Payne auf der Anderen Seite gefangen. Als sie mit ihrer Bestimmung bricht und ins Diesseits kommt, verliebt sie sich in den Arzt Dr. Manuel Manello – doch der ist ein Mensch ...

Achtzehnter Band: **Nachtseele**
Schweren Herzens hat sich Payne von Manuel getrennt, um ihn zu schützen. Doch dann gerät Payne im Kampf gegen die Vampirjäger in tödliche Gefahr. Manuel ist der Einzige, der ihr jetzt noch helfen kann ...

Neunzehnter Band: **Liebesmond**
Seit dem Tod seiner geliebten *Shellan* Wellsie ist der mächtige Krieger Tohr nur noch ein Schatten seiner selbst – und ausgerechnet jetzt braucht ihn die Bruderschaft am dringendsten, denn ein gefährlicher Feind hat es auf den Thron ihres Königs abgesehen.

Doch als die schöne No'One auftaucht, schöpft Tohr neue Hoffnung …

Zwanzigster Band: **Schattentraum**
Die Beziehung zu No'One hat Tohr neue Lebensfreude geschenkt, und doch kann er Wellsie nicht vergessen. Und während die Bruderschaft in den Straßen Caldwells ihre härteste Schlacht schlägt, ist Tohrs Herz entzweigerissen: Wem gehört seine Liebe – Wellsie oder No'One?

Einundzwanzigster Band: **Seelenprinz**
Der mächtige Vampirkrieger Blay ist seit einem Jahr mit dem attraktiven Saxton zusammen. Doch eigentlich liebt Blay seinen besten Freund Qhuinn, der gerade dabei ist, mit der Auserwählten Layla eine Familie zu gründen …

Zweiundzwanzigster Band: **Sohn der Dunkelheit**
Die beiden Vampirkrieger Blay und Qhuinn sind füreinander bestimmt, doch sie können ihre Gefühle nicht zulassen. Erst als die BLACK DAGGER in Gefahr geraten, begreifen Blay und Qhuinn, was wahrer Mut bedeutet: sich auf die Liebe einzulassen …

Dreiundzwanzigster Band: **Nachtherz**
Die schöne Vampirin Beth wusste schon immer, dass es schwierig sein würde, mit Wrath, dem König aller Vampire, verbunden zu sein. Aber ihre Liebe zu ihm war stärker, doch nun droht Beths größter Wunsch genau diese Liebe zu zerstören …

Vierundzwanzigster Band: **Königsblut**
Die Herrschaft und das Leben des mächtigen Vampirkönigs Wrath sind in Gefahr. Und ausgerechnet seine große Liebe Beth wird im Kampf gegen seine Widersacher zu seiner Achillesferse ...

Fünfundzwanzigster Band: **Gefangenes Herz**
Trez Latimers Schicksal ist seit seiner Geburt vorherbestimmt: der künftigen Königin der Schatten als Liebessklave zu dienen. Um frei zu sein, floh er einst aus dem Reich der Schatten und lebt seither in Caldwell – immer auf der Flucht vor den Häschern der Königin. Erst als er der schönen Auserwählten Selena begegnet, schöpft Trez neue Hoffnung ...

Sechsundzwanzigster Band: **Entfesseltes Herz**
Für seinen Bruder Trez würde iAm Latimer alles tun. Um ihn vor der Königin zu schützen, hat iAm seine Heimat und ein Leben in Sicherheit aufgegeben – und die Liebe: Mit mehr als dreihundert Jahren ist er immer noch Jungfrau. Doch dann begegnet er einer geheimnisvollen Frau, die sein Schicksal und das seines Bruders für immer verändern könnte ...

Siebenundzwanzigster Band: **Krieger im Schatten**
Alte Allianzen wurden gelöst und neue geschlossen, und doch sind die Feinde der BLACK DAGGER mächtiger als jemals zuvor. Während die Brüder sich zum Kampf rüsten, ahnen sie nicht, dass einer aus ihrer Mitte mit seinen eigenen Dämonen ringt: Rhage.

Denn plötzlich ist seine tiefe und leidenschaftliche Liebe zu Mary in Gefahr …

Achtundzwanzigster Band: **Ewig geliebt**
Rhage und Mary sind einander auf ewig verbunden. Weil Mary ein Mensch ist, wurde ihre Lebenskraft an Rhages geknüpft. Doch nachdem er in der Schlacht verwundet wurde, sieht sich der mächtige Vampir plötzlich mit ganz neuen Gefühlen und einer dunklen Zukunft konfrontiert. Wird Mary ihm auch auf diesem Pfad folgen?

Neunundzwanzigster Band: **Die Auserwählte**
Sie sind füreinander bestimmt und dürfen doch nie zusammen sein: die schöne Auserwählte Layla und der Verräter Xcor, der den Vampirkönig Wrath am liebsten tot sehen würde. Hin- und hergerissen zwischen Loyalität und ihren Gefühlen, muss Layla sich entscheiden: für die BLACK DAGGER oder Xcor, den einzigen Mann, den sie jemals lieben wird.

Dreißigster Band: **Der Verstoßene**
Die Beziehung zwischen der schönen Auserwählten Layla und dem Verräter Xcor droht die Bruderschaft der BLACK DAGGER zu spalten. Und als dann auch noch ein uralter Feind erneut aus den Schatten tritt, ist nichts mehr sicher in der Welt der Vampire. Nicht einmal mehr die wahre Liebe – oder Schicksale, die einst in Stein gemeißelt schienen.

Einunddreißigster Band: **Die Diebin**
Sola Morte ist Einbrecherin aus Leidenschaft. Nicht die finanzielle Not, sondern die pure Lust am Nervenkitzel treibt sie nachts in die Villen reicher Leute. Aber als sie den geheimnisvollen Assail kennenlernt, ist sie diejenige, der etwas gestohlen wird – nämlich ihr Herz. Sola ahnt nicht, dass Assail ein Vampir ist ...

Zweiunddreißigster Band: **Der Spion**
Seit seine große Liebe Sola die Stadt verlassen hat, schwebt Waffenhändler Assail zwischen Leben und Tod. Um ihren wichtigsten Verbündeten im Kampf gegen die *Lesser* zu retten, setzen die BLACK DAGGER alles daran, Sola zurückzuholen, denn die Vampirkrieger wissen sehr genau um die heilende Kraft der Liebe.

Dreiunddreißigster Band: **Der Erlöser**
Einst wurde der mächtige Vampirkrieger Murhder aus der Bruderschaft der BLACK DAGGER verstoßen. Nach Jahren des Exils und der Einsamkeit kehrt er nun nach Caldwell zurück. Als er der schönen Wissenschaftlerin Sarah Watkins begegnet, schöpft er neue Hoffnung. Gibt es vielleicht sogar für ihn eine zweite Chance auf Glück?

Vierunddreißigster Band: **Winternacht**
Seit dem Tod seiner geliebten *Shellan* Selena verbringt der mächtige Schatten Trez seine Tage in Trauer und Einsamkeit. Dann begegnet er im Restaurant seines Bruders der Kellnerin Therese und verliebt sich Hals

über Kopf in sie. Doch Therese hat mit eigenen Dämonen zu kämpfen, und wenn die beiden eine gemeinsame Zukunft wollen, müssen sie erst lernen, ihre Vergangenheit loszulassen …

Fünfunddreißigster Band: **Der Sünder**
Es ist noch nicht lange her, dass Vampirkrieger Syn Unterschlupf bei den BLACK DAGGER gefunden hat. Nebenbei arbeitet er als Auftragskiller. Als er eines Nachts zu seinem nächsten Job unterwegs ist, begegnet er der Halbvampirin Jo Early und verliebt sich vom ersten Augenblick an in sie. Doch die schöne junge Frau ahnt nichts von ihrem vampirischen Erbe und bringt sich in tödliche Gefahr …

Sechsunddreißigster Band: **Winterherz**
Sie haben jahrelang umeinander gekämpft, einander das Herz gebrochen, sich gestritten, beinahe getrennt und wieder versöhnt. Nun sind die beiden Vampirkrieger Blay und Qhuinn endlich glücklich miteinander. Doch als ein schrecklicher Wintersturm über Caldwell hereinbricht, droht es zu einer Katastrophe zu kommen. Eine Katastrophe, die Blays und Qhuinns Liebe erneut auf die Probe stellt …

BLACK DAGGER
—LEGACY—

Kuss der Dämmerung

Die junge, hübsche Aristokratentochter Paradise will sich von der Bruderschaft der BLACK DAGGER zur Kämpferin ausbilden lassen – ein Skandal in der Vampirgesellschaft. Und dann begegnet Paradise bei den BLACK DAGGER auch noch dem attraktiven Craeg und verliebt sich in ihn. Doch Craeg gehört nicht dem Vampiradel an, und seine Liebe zu Paradise ist verboten …

Tanz des Blutes

Ein tragischer Schicksalsschlag machte den jungen Vampirkrieger Axe einst zu einem melancholischen Einzelgänger. Das ändert sich an dem Tag, an dem er der Aristokratentochter Elise als Bodyguard zugeteilt wird und sich mehr und mehr zu der schönen Vampirin hingezogen fühlt. Doch gerade als sich die erotische Leidenschaft zwischen den beiden in Liebe zu verwandeln scheint, droht ein dunkles Geheimnis aus Axes Vergangenheit alles zu zerstören …

Zorn des Geliebten

Der attraktive Peyton stammt aus einer der ältesten Adelsfamilien des Landes, ist reich, und die Frauen liegen ihm zu Füßen. Bis auf eine: Novo. Die ebenso schöne wie toughe Vampirin wird zusammen mit Peyton von den BLACK DAGGER für den Kampf gegen die Feinde der Bruderschaft ausgebildet. Sie hat den Körper einer Göttin und das Herz einer Kriegerin – und für einen verwöhnten Schnösel wie Peyton hat sie so gar nichts übrig. Doch Peyton ist ihr bereits mit Haut und Haaren verfallen, und zum ersten Mal in seinem Leben muss er um die Liebe einer Frau kämpfen …

Schwur des Kriegers

Nach einem tragischen Schicksalsschlag wird der junge Vampirkrieger Boone Ex-Cop Butch O'Neal zugeteilt. Gemeinsam jagen sie einen Serienkiller, der es auf junge Vampirinnen abgesehen hat. Eine Spur führt die beiden in einen Club für Live-Action-Rollenspiele. Dort begegnet Boone der charismatischen Helania, und vom ersten Augenblick an ist er der schönen jungen Vampirin verfallen. Doch dann gerät auch Helania ins Visier des Killers …